모든 별들은 음악소리를 낸다

* 이 도서의 국립중앙도서관 출판시도서목록(CIP)은 서지정보유통지원시스템 홈페이지(http://seoji. nl.go.kr)와 국가자료공동목록시스템(http://www.nl.go.kr/kolisnet)에서 이용하실 수 있습니다. (CIP제어번호: CIP2016018496)

모든 별들은 음악소리를 낸다

윤후명 소설

은행나무

차례

모든 별들은 음악소리를 낸다

1

버스가 고갯길로 접어들면서부터 매제의 눈매에 긴장감이 서렸다. 자못 심상치 않다는 표정이었는데, 그때서야 매제가 내다보고 있는 쪽 차창 밖을 내다본 나는 매제의 눈매에 왜 긴장감이 서렸는지 알 수 있었다. 험한 길 때문이었다.

그러나 그때까지 삶이니 운명이니 하는 모호한 상념에서부터 가계(家系)의 몰락, 그에 곁들여 한 마리 말(馬)에 대해서까지 뭉뚱그려 비장하게 생각하고만 있었던 나는 한동안 무덤덤했다. 그렇다. 나는 무엇인가 꾸준히 비장하게 생각해야 한다는 마음이었다. 하지만 실상 내 멍한 머리는 아무것도 구체적으로 생각하고 있지 못했다. 세상을 떠난 아버지 대신에, 웬일인지 한 마리의 말, 예전에 우리 집에서 먹이다 사라져간 폐마(廢馬)가 자꾸만 떠올라서 나는 머리를 흔들며 생각을 가다 듬곤 해야 했다. 한순간 삶 자체가 엉뚱한 것이라는 생각도 들 었고 또 이어서 우리가 지금 타고 가는 버스도 예전 그 폐마가 끌고 가는 중이라는 착각이 들기도 했다.

나는 자꾸만 흩어지는 상념을 가다듬으려고 차창 밖에 관 심을 기울였다. 갑자기 낭떠러지가 나타나고 벼랑 위에 간신 히 의지한 채 포장도 되지 않은 찻길은 그야말로 구절양장(九 折羊腸), 간담이 서늘했다. 그런데도 낡은 시골 버스는 마냥 거 칠 것 없어라는 듯이 내달렸다. 군데군데 쌓여 있는 잔설 사이 로 드러난 가장자리의 흙은 김이 무럭무럭 나면서 벼랑 아래 쪽으로 흘러내려, 차체가 힘을 가할 양이면 와락 무너져버리 지나 않을까 싶기도 했다. 나는 나도 모르게 흘끗 운전사의 얼 굴을 훔쳐보았다. 그는 아무렇지도 않은 듯했다. 매제는 경상 도 일대에서 운수업 계통의 일을, 그것도 여객 운수 계통의 일 을 보고 있었고, 그래서 그런지 평소에도 남들보다 자동차 사 고에 많은 관심과 우려를 품고 있는 편이었다. 이번에도 기차 를 이용해서 상경한 데 대해 내가 고속버스를 들먹이자 매제 는 "겁이 나서예" 하고 웃어 보였었다. 거기에는 자신이 그 방 면에 몸담고 있으면서도 겁을 먹는다는 게 다소 멋쩍다는 뜻이 담겨 있었다. 버스는 쉬지 않고 달렸다.

"길이 험하지요?"

아무래도 직업이 직업인 만큼 매제라면 이 정도가 어느 정도 위험한 길에 속하는지 알고 있으리라는 기대로 물은 말이었다. 매제는 버스가 기우뚱하는 바람에 어깨를 내 쪽으로 기대 오면서 "험하네예" 하고 고개를 끄덕거렸다. 그러나 더 이상 말을 하지는 않았다.

길은 점점 험해졌다. 나는 경기도에도 이런 산길이 있었구나 하고 놀라면서 해인사 가는 길이나 진부령 넘는 따위의 험한 길을 떠올리며 마음을 가다듬으려고 애썼다. 그래도 표지판 하나 제대로 갖추어져 있지 않은 3등 지방도라 좀체 안심이 되지 않는 걸 어쩔 수 없었다.

"가뜩이나 눈이 와서 말입니더."

매제는 바깥을 내다보고만 있었다. 나는 안좌석의 등받이 위를 한 손으로 움켜잡고 저쪽 앞에 자리 잡고 있는 어머니와 여동생을 살펴보았다. 그네들은 별다른 낌새가 없어 보였다. 아버지의 삼우제(三虞祭)에 가다가 온 식구가 아예 떼로 변을 당해 아버지의 뒤를 따라가는 것은 아닐까 하는 말이 방정맞게 입안에 맴돌았다. 그러나 입 밖에 꺼내지는 않았다. 그런

우스갯소리로 액땜을 하려는 수작조차가 공연히 말이 씨 되어 화근을 불러일으킬지 모른다고 생각했기 때문이었다.

"늘 이렇게 달립니까?"

나는 가운데 통로를 사이에 두고 앉은 중년의 사내에게 위험하지 않느냐는 투로 물었다.

"늘 그래요."

그는 덤덤하게 대답한 뒤 한참 지나서,

"밤에는 더 달리지요. 막차 말입니다."

하고 꼬리를 달았다. 나는 이왕 차를 탄 바에는 밤이었다면 차라리 바깥이 내다보이지 않아 마음이나 편하겠다고 생각했다.

나는 지난번 장의차로 갔던 길을 기억하고 있었다. 그 길은 말끔하게 포장된 4차선 도로였다.

"산업도로요? 며칠 뒤에 개통식을 하지요."

그의 말에 의하면 아직 정식으로 개통식도 하지 않은 데다가 개통식을 하더라도 노선버스는 운행하기 힘들리라는 것이었다.

"예에."

나는 알아들은 척하고 다시 매제 쪽으로 얼굴을 돌리고, 집으로 갈 때는 시간이 좀 걸리더라도 천호동 방면으로 돌아갈 것을 제의하였다.

"그쪽으로도 길이 있습니까?"

매제는 반문하며 길이 있다면 그러고도 싶다는 눈치였다.

"아마 있을 거예요."

언젠가 온 가족이 천호동 방면으로 들놀이를 나갔었는데 그때 '이리로 가면 광주가 된다'던 말을 들은 기억이 떠올랐다. 내가 우회하여 가자고 한 것은, 버스가 가는 방향으로 보아 왼쪽이 낭떠러지여서 앞쪽에서 오는 차와 마주칠 경우 가는 차는 오른쪽, 즉 산 밑으로 들어서게 되어 안전하겠지만 오는 차는 낭떠러지 쪽으로 바싹 나가게 되어 여간 위태롭지 않겠기 때문이었다.

"곧 차가 저쪽 길루두 다니게 될 거입니더."

매제는 말했다. 하기야 장례비용도 거의 매제의 신세를 지고 있는 판국에 내가 교통이 나쁘다느니 어쩌니 할 처지가 아니었다. 우리 식구는 그래도 산소를 마련했다는 것에 안도의 숨을 쉬고 있는 형편이었고, 장남인 나는 출가외인이라는 여동생에게 집안일로 하여 번번이 경제적 부담을 안기는 데 대해 면구스러움을 금치 못하고 있었다.

"죽으믄 만고 편치" 하고 어머니는 아버지의 죽음을 집안의 경제적 핍박에 빗대어 말하곤 했는데, 사실 아버지는 장례비용조차 남기지 않고 가버렸으니 억울해도 하는 수 없었다. 장례식 때 왔던 아버지의 동료들은 하나같이 혀를 차며 "아무개 변호사도 남의 집 지하실에 가마니를 깔고 살다가 갔다"라는 일화를 이야기했다. 아버지가 변호사라는 사실 때문에 우리 식구는 늘 피해망상 같은 걸 가지고 있었다. 아니, 변호사라는 사실 때문이라기보다는 변호사인데도 집 한 칸 없이 가난하다는 사실 때문이라고 해야 정확한 표현이 될 것이다. 동생과 나는 철이 들어서부터는 어떤 서류에건 아버지의 직업을 쓰는 난이 있으면 '변호사'라고 써넣지 않았다. 동생도 물론 그랬겠지만 나는 그런 기회가 있을 때마다 야릇한 수치와 모멸을 느끼며 '무직'이라고 써넣었다. 정말 아버지의 직업이 없었더라면 하고 바라 마지않았다. 거기에서 우리는 야릇한 공범 의식을 느끼고 있기도 했다. 그렇게 거짓으로 기재했어도 아무런 뒤탈이 없었으므로 나는 나중에 딸애가 가정환경 조사서를 써오란다고 내밀었을 때 종교란에 마호메트교라고 거짓으로 기재했을 정도로 비뚤어져버렸다. 삶이 자신을 배반하는 것은 이토록 서투른 동기를 가지고 있었던 것이다.

아버지가 세상을 떠나던 날은 눈이 지독하게 많이 퍼부었다. 그 전날 밤, 나는 우연히도 동숭동에서 원남동 쪽으로 가지 않으면 안 되어 서울대학병원을 가로질러 갔다. 평소에는 전혀 다니지 않던 생소한 길이었다. 술에 꽤 취해 있었는데 병원 구관(舊館) 앞을 지나갈 무렵 갑자기 나는 어떤 강한 충동을 받았다. 머리가 아찔해지면서 어둡고 기괴한 빛 같은 것이 후딱 눈을 스쳐갔다. 그것은 무슨 모습이었을까.

나는 나도 모르게 병원 안으로 걸어 들어가 정신 나간 사람처럼 복도를 헤맸다. 누가 죽어가고 있다. 누가 나달나달 해진 내 영혼에 낡은 깁을 잇대면서…… 그는 누구인가? 나는 속으로 무슨 뜻인지 비참하게 절규하며 얼마 동안을 헤맸다. 넋을 놓고 헤매기에는 지나치게 환한 통로였다. 그러나 우리들 인생 또한 그와 같이 환한 통로를 통해서 얼마든지 암담하게 지나가고 있지 않은가. 병원이라면 일부러 피해 가는 내가 왜 그밤 이슥한 병원길을 택했으며, 왜 병원 복도에서 어설픈 강신술사(降神術師)나 심령주의자라도 된 양 어처구니없는 꼴이 되어버렸던 것일까. 거기에 대한 설명은 전혀 할 길이 없다. 어쩌면 다음 날 아버지에게 죽음의 사자가 닥치리라는 예감이었다고 한다면 그것은 책에서처럼 꾸민 표현이 될 것이다. 그러나 아버지는 다음 날 숨을 거두었다. 회사로 온 전화를 받고 진눈

깨비 속을 허둥지둥 달려갔을 때 아버지는 마지막 숨을 몰아 쉬고 있었다. 나는 말없이 아버지의 머리맡에 무릎을 꿇고 앉아, 내가 왔다는 사실을 알아채는지 못 알아채는지 분간하기 위해 아버지의 어깨를 몇 번 가볍게 흔들었다. 아버지의 눈이 흘깃 나를 보았다. 마지막에 사람을 알아볼 때는 그렇게 되는구나, 하고 나는 생각했다. 나는 아버지의 손을 잡았다. 섬뜩하리만큼 차가웠다. 나는 어머니의 충혈된 두 눈 쪽으로 얼굴을 돌리며 "손이 아주 차" 하고 침통함을 억누르며 사무적으로 말했다. 어머니가 고개를 끄덕했다.

"글쎄, 아까는 이쪽이 차고 그쪽이 따뜻했는데."

어머니는 체념 상태였다. "고등고시만 붙으문 호강시켜주겠다구 해서 삯바느질까지 해서 뒷바라지했더니, 못살 때 쌀 한 가마 안 보태주더라"라고 늘 원망 섞인 푸념을 늘어놓곤 하던 고모도 아무 말이 없었다.

"그래두 어떻게 손을 좀 써봐야지 이러고들만 있으면 어쩐답니까?"

나는 말했다.

"아침에 의사가 다녀갔다. 도저히 가망이 없대."

어머니가 시무룩하게 받았다. 고모 역시 고개를 좌우로 흔들고 있었다. 이젠 안 된다는 것이었다. 나는 그들이 오랜 경험으로 인생의 마지막 상태를 익히 알고 있는 것이라 판단되었다. 나는 아버지의 찬 손을 붙잡고 잠시 말없이 앉아 있었다. 가래 끓는 소리가 점점 심해지고 있었다. 가끔 입 밖으로까지 튀어나오는 유난히 흰 가래를 나는 수건으로 닦아주었다. 이 순간을 위해 나는 어제 미리 초부정굿이라도 했단 말인가. 그때였다. 아버지의 얼굴이 약간 오른쪽으로 기울며 내 쪽을 향했다. 나는 아버지의 얼굴 가까이 내 얼굴을 들이대었다. 무슨 말을 하려 함이 분명하다고 판단되었다.

"말씀하세요. 아버지."

나는 귀에 대고 약간 소리 높여 말했다. 아버지는 여전히 숨을 몰아쉬면서 한동안 그러고만 있었다. 나는 다시 한 번 반복했다. 그러자 아버지가 뭐라고 중얼거렸다. 나는 잡았던 손에 힘을 주고 얼굴을 더 바싹 들이댔다.

"브…… 버업…… 해…… 느……"

그뿐이었다. 아버지는 더 이상 말을 잇지 못했다. 나는 한참동안 그 말의 뜻을 새길 수가 없었다. 단지 오랜 세월의 어느 부분에서 아버지의 인생의 가랑잎이 바삭이는 소리처럼 덧없이 들렸을 뿐이었다. 그러나 다음 순간, 나는 그것이 무슨 말인

지를 또렷이 알 수 있었다. 등골에 전율이 한차례 뱀처럼 지나
갔다. 법을 공부해라. 늦지 않았다. 그 말이었다. 나는 아버지
의 뜬눈을 감기고, 악력을 느낄 정도로 잡혀 있던 내 손을 옆
으로 해서 빼내었다. 그렇게 아버지는 간 것이었다.

2

　그 몇 해 전 봉천동에 이사 오고 나서 우리 집은 난데없이
무슨 동물농장처럼 되고 말았었다. 개는 물론이고 닭, 토끼, 돼
지, 게다가 말까지 키웠으니 어지간했다. 말을 키우다니? 지금
도 서울시 관내의 변두리로 가면 개, 닭, 토끼, 돼지까지 키우
는 집이 없지 않을 것이다. 실제로 어떤 선배는 칠면조를 키운
다고도 했고 또 어떤 선배는 사슴을 키운다고도 했다. 하기야
그런 보기들과 견주면 우리 집에서 말을 키웠다는 사실은 좀
다른 경우에 든다고 하겠다. 왜냐하면 우리는 말 그 자체를 키
우기 위해 말을 먹인 것이 아니라 돼지를 키우기 위해, 돼지를
키울 먹거리인 이른바 짬빵을 실어 나르기 위해 말을 먹이게
되었기 때문이다. 지금 같으면야 짬빵을 실어 나를 마차를 시

내까지 끌고 다니는 일조차 불가능할 것이다. 아버지도 애초부터 마차를 마련해야만 할 정도로 사태가 어렵게 진전될 줄은 꿈에도 몰랐음에 틀림없었다. 얼마쯤 가까운 식당들에서 수거해 올 수 있는 짬빵이 달리고, 리어카를 끌던 떠돌이 청년 일꾼마저 온다 간다는 말 한마디 없이 바람같이 사라져버리자 마차를 사들이기로 작정했던 것이다. 마침 아버지의 팔촌 형 되는, 그러니까 큰아버지가 집에 묵고 있었던 참이어서 아버지는 그 큰아버지와 상의를 했는데 아는 것 많고 '외국어'까지 잘하는 그 큰아버지가 느닷없이 마차를 사는 게 어떻겠느냐, 마부 노릇은 내가 하겠다고 나섰기 때문에 아버지로서는 작정하기가 그만큼 빨랐다. 더군다나 큰아버지는 어느 시장에선가 마차를 사고파는 광경을 본 적도 있었노라고 덧붙이기도 했다. 그 큰아버지가 아니었더라면 아버지로서는 마차는 아예 엄두도 못 냈을지 모른다.

"마르 부리 내겠소?"

아버지는 자못 근심스럽게 물었지만 큰아버지는 세상에 못 할 게 뭐 있겠느냐는 다부진 반응을 보였다. 마차를 사서 마부 노릇을 하겠다고 제안한 사람이 큰아버지였던 만큼 각오는 서 있었다고 보아야 할 것이다. 큰아버지가 그렇게 나온 이상 미적지근하게 자신 없는 태도를 보인다면 더 큰일이기도 했다.

"까짓 거 뭐. 재갈 단단히 물린 놈, 끌구 다니기만 하믄 되지 비."

큰아버지는 몇 번인가 되뇌었다. 그러니 큰아버지의 다부진 반응은 아무래도 자신이 있어서라기보다 당장 한 몸 눕히고 한 끼니 때울 곳이 없는 처지에서 보인 반응임을 아버지인들 모를 까닭이 없었다. 하지만 돼지 먹이도 벌써 며칠째 비싼 돈 주고 사 온 복합 사료만 펑펑 쏟아붓고 있는 마당이니 더 따질 계제가 아니었다. 큰아버지를 잘 아는 나는 사태를 예의 주시하고 있었다. 아버지는 말을 먹일 일과 마구간을 지을 일에 대해서도 걱정을 했으나 결국은 마차를 살 수밖에 없다는 결정에 이르게 되었던 것이다.

"그럼 내일 당장 나가보오."

아버지의 말에 큰아버지는 고개를 끄덕거렸다. 한참을 말 없이 앉아 있던 큰아버지가 아버지에게 같이 가지 않겠느냐고 물었지만 아버지는 "내가 마르 아오" 하고 모든 것을 큰아버지의 재량에 맡겼다. 이튿날 아침 집을 나선 큰아버지는 저녁 무렵이 되어서야 돌아왔다. 정말 훤칠한 말이 끄는 마차와 함께였는데, 상기되고 긴장이 감도는 큰아버지의 얼굴은 마차를 몰고 오면서 꽤 고심했음을 여실히 말해주고 있었다. 우리가 에워싸자 큰아버지는 갑자기 흥분된 어조로, 마침 좋은 말이어서 퍽 만족스럽다고 으쓱했다. 곧, 노새도 버새도 아닐뿐더러 당나귀나 조랑말도 아닌 진짜 말이라는 것이었다.

"진짜 말이라뇨?"

부엌에서 뛰어나온 어머니는 눈이 휘둥그레졌다. 큰아버지가 막상 말을 사 오겠다고 나가기는 했어도 도무지 믿기지가 않는 모양이었다.

"족보까지 있다 합디다."

큰아버지는 한두 번 익힌 솜씨로 말의 멍에를 벗겨 내려놓으면서, 본래 경마장에서 뛰던 말이라는 설명도 곁들였다. 족보까지 있다는 말에 어머니는 마당 한구석에 웅크리고 있는 개를 쳐다보았다. 개 역시 족보까지 있다는 진돗개였는데, 갑자기 말이 나타나자 족보도 족보 나름인지 기를 못 펴고 끙끙 눈치만 살피고 있는 중이었다. 족보까지 있는 말이라는 설명에 어머니는 비로소 '진짜 말'이 무엇인가를 알 수 있겠다는 듯한 표정이었다. '진짜 말'의 설명을 듣고 가장 만족한 것은 아버지였다. 아버지는 누구 말마따나 만면에 희색을 띠고 "햐, 족보까지 있는 말이라" 하고 감탄을 거듭했다. 이 족보가 있다는 말이, 그렇기 때문에 마차를 끌기에는 적합지 않다는 사실을 알기까지에는 그렇게 오랜 시일이 필요하지 않았다. 어쨌든 이렇게 해서 경마장에서 쫓겨난 폐마는 우리 집에 있게 되었다.

봉천동에 이사하고 나서 가장 먼저 문제가 된 것은 동물보다는 식물이었다. 한 그루 포도나무 때문에 아버지와 내가 의견 대립을 보였던 것이다. 따지고 보면 그동안 속에 숨어만 있던 반발이 첨예하게 드러난 결과일 터이지만, 그 의견 대립은 오래갔다. 간단하게 말하면, 아버지가 포도나무 한 그루를 심고 터무니없는 발상을 한 데서 비롯된 의견 대립이었다. 모든 의견 대립에서처럼 나는 아직도 내가 완벽하게 절대로 옳다고 잘라 말하려는 것은 아니다. 그럼에도 불구하고 나는 아버지의 발상을 터무니없다고 몰아세우게 되는데, 그것은 여태껏 내가 그런 보기를 접하지 못한 데 지나지 않다. 아버지는 포도나무 한 그루를 심고, 그리고 거름만 많이 잘 해주면 포도덩굴이 거의 무한정 자란다고 믿고 있었다. 염색체니 배수체니 방사능이니 콜히친이니를 주머니 속보다 더 잘 알고 있는 식물학자들이나 주장할 말이었다. 나는 어림도 없는 말이라고 우기며 대들었다. 포도나무가 무한정 자라든 말든 내가 상관할

바는 아니었다. 그 덩굴이 지구를 일곱 바퀴 돌고 또다시 돌려고 한들 나와 무슨 상관이 있단 말인가? 아버지는 내 주장에 아랑곳없이 포도나무 둘레를 삽으로 파고 집에 있는 동물들의 똥이란 똥 종류는 죄다 퍼부은 뒤 덩굴시렁을 온 마당 가득히 넓히려고 했다. 빨랫줄마저 햇볕 안 드는 뒤꼍에 옮겨 매어야 할 판국이었다. 포도나무는 이웃 포도밭에 택지를 조성한다고 해서 뽑아낸 것을 얻어온 것이었다.

그 무렵 봉천동 일대는 군데군데 택지가 조성되고 있었을 뿐 대부분 황량한 땅으로 버려지다시피 남아 있었다. 논밭은 농사를 짓기보다 땅값이 오르기만을 기다려 방치된 곳이 많았고, 연탄 쓰레기 흙을 편 매립지에 이따금 시금치 따위가 심어져 특별히 손이 가지도 않는 채 자라고 있었다. 농사를 지어봐야 인건비도 안 빠진다고 땅 주인들은 말했다. 경기도 땅이 서울시로 편입되어 주민들은 여러 가지 기대를 걸고 있던 때였다. 그러나 신촌과 상도동을 오가는 신촌교통 버스가 삼십 분에 한 대씩 행선지 표지판을 바꿔 끼우고 들어와서 겨우 시내로 연결해줄 뿐 교통도 엉망이었다. 버스길이 비포장도로임은 물론 정거장 이름도 장승백이에서부터 주막거리, 말죽거리, 비석거리, 거북고개 등으로 이어져나갔다.

청련암(青漣庵) 밑의 야산 기슭에 블록 집을 새로 짓고 우리는 이삿짐을 옮겼다. 아버지 일의 실패로 말미암아 단행된 이사였다. 지금이라면 그 땅만 해도 제법 돈이 될 것이다. 그러나 아버지가 나중에 은퇴를 하면 파묻혀 보낼 별서(別墅)라도 마련할 양으로 그 몇 해 전인가 평당 몇십 원꼴로 사둔 데에 지나지 않았던 그 땅은 그 무렵은 아직까지 거의 경제성이 없었다. 그런데도 군이 이사를 해야 했던 까닭은 갑자기 모종의 사건에 연루되어 몇 년 동안 자격 정지 상태가 된 아버지가 그 땅에 양돈(養豚)을 결심한 때문이었다. 아버지가 돼지치기를 할 결심까지 했다는 것은 사실 큰 결단이었다. 아버지는 돈이야 어쨌든 그때까지 평생을 사회의 상류층으로서 보내왔다. 그런데도 그와 같은 결심을 했으니 사태는 그만큼 심각했던 셈이다. 그러나 그때까지만 해도 아버지를 빼고는 모두들 그 사태가 얼마만큼 심각했는지 가늠할 수가 없었다. 우리들은 실실 웃음까지 흘렸다. 그러나 아버지는 심각하고 진지했다. 아버지의 설명에 따르면 돈사로 잡아먹는 땅은 얼마 안 되므로 돼지를 치는 외에 농사를 얼마쯤 지어 부식이라도 해결하면 우리 식구가 먹고살 걱정은 없으리라는 것이었다. 그러면서 《최신 양돈법》이니 《양돈의 실제》니 하는 책들을 뒤적거렸다.

이사를 하고 나서 시멘트 블록으로 돼지우리를 짓고 본격적으로 계획은 추진되었는데, 포도나무는 그보다 앞서서 현관 옆에 심어졌던 것이다. 봉천동에서의 새 삶을 위한 기념식수와 같았다. 새끼돼지들이 제법 중톳으로 자라고 '진짜 말'이 새 식구로 들어왔을 즈음, 포도나무는 무성하게 순을 뻗어 가지를 치기 시작했다. 모든 것이 순조롭게 진행되는 듯싶었다. 집과 그에 딸린 마당과 돈사가 차지한 땅을 뺀 나머지 땅에서는 고추, 토마토, 가지, 오이 따위가 무럭무럭 자라, 아버지는 포기마다 섶을 세워주기에 여념이 없었다.

그 무렵 쓴 시 한 편을 소개한다.

백발이 되어서도 돌아올 줄 모르는

구름 아래 도망친 옛 남녀를

주야(晝夜)로 따른다

산길 물길 멀고 기막힌

노래의 편도(便道)

내 따르며 아득히

그들이 널어둔 호화로운 그림자에 젖느니

궤짝 속에 깨어진 노래의

한(恨)의 부스러기를

허공처럼 넣어 등에 지고

제목을 〈가요(歌謠)〉로 지은 것은 가야국 건국 설화인 〈구지가(龜旨歌)〉의 '가'나 백제 〈서동요(薯童謠)〉의 '요'에서 따왔는데, 이 두 글자를 붙여놓은 결과 우습게도 유행가처럼 된 것이었다. 어쨌든 나는 사랑 때문에 멀리 도망친 남녀의 분위기를 말하고 싶었다. 나는 도망친 주인공처럼 집안일에 방관자가 되어 있었다. 이사를 함으로써 학교를 오가기에 여간 애를 먹지 않게 된 것이 첫째가는 이유라면 첫째가는 이유였다. 삼십 분마다 배차되는 버스가 어쩌다 한 대만이라도 안 오게 되면, 다시 삼십 분을 기다려야 하므로, 예정된 강의 시간에 대기는 이미 글러버린 일이었다. 조마조마하게 기다리곤 했으나 정책상 할애된 노선이라 걸핏하면 빼먹기 일쑤였다. 하지만 조금만 깊이 더듬어보면 그런 것은 지극히 표면적인 이유에 지나지 않았다. 애초부터 버스를 기다리지 않고 2킬로미터쯤 장승백이로 걸어 나가면 얼마든지 되는 것이었다. 그러니까 내가 방관자가 된 것은 아버지에 대한 불만 그것 때문이었다. 나는 아버지가 사리 판단에 어둡고 독선적이어서 자격 정지를 당했고, 그 결과 집안이 온갖 구차스러운 일을 겪게 되었다고 굳게 믿고 있었다. 우리가 하는 고생은 생뚱하게 사서 하는 고생이라고 결론지은 나는 한마디로 말하자면 아버지를 모멸했다. 아버지야말로 원흉이었다.

그러나 진실로 집안의 몰락 때문에 내가 아버지를 모멸한 것이었을까. 그것 때문만이었더라면 나는 오히려 아버지를 동정하고 아버지와 고통을 함께하려고 했을지도 모른다. 그렇다면 무엇 때문이었을까. 어쩌면, 어떤 사람의 분석대로 모든 아버지에 대한 모든 아들의 원초적인 적대감이 유달리 마각을 드러낸 것이나 아니었을까. 불행한 일이었다. 나는 포도나무 일을 계기로 집안일에 대해서는 완전히 등을 돌리고 말았다. 아버지가 한 그루 포도나무를 무한정 키워 그 무한정만큼 포도를 따겠다는 소박하고 위대한 꿈에 부풀어 있는 것을 본 나는 "그럼 포도밭에서는 뭐 미쳤다구 나물 수백 주씩 심겠어요" 하고 대들며 돼지치기니 밭농사니 다 알조라고 못을 박았다. 누구의 말이 옳고 그르고의 문제가 아니었다. 내 어조가 지나치게 격렬하고 얼굴빛까지 붉으락푸르락하는 데는 나도 놀랐다. 도무지 이해할 수 없는 일이었다. "뭐 미쳤다구" 하는 말은 분명히 아버지의 생각이 '미친' 생각이라고 단도직입으로 찌르는 효과를 노린 말이었다. 나는 아차 잘못했구나 싶었지만 나도 모르게 드러나버린 어떤 마각을 순식간에 얼른 감출 수 있는 능력이 없었다. 나는 불쑥 대든 행위를 합리화하기 위해서 얼굴을 더욱 일그러뜨리고 숨까지 씩씩거리며 처절한 눈초리로 아버지를 노려보아야 한다고 판단했다. 정말 처절한 일이었다. 아버지가 그때만큼 어리둥절하고 멍한 표정을 지은 적도 없었다. 어렸을 적에 잘못을 저지르면 내 손으로 회초리를 구해 오게 했던 그 아버지였다. 순간 나는, 아버지가, 이게 바로 '이유 없는 반항'이로구나 하는 데 생각이 미치지나 않았나 공연히 서글프면서도 부아가 났다.

고등학교 때까지만 해도 나를 불러 앉히고 이런 이야기 저런 이야기 늘어놓기를 좋아했던 아버지였다. 그러나 그 이야기들은 단순히 이런 이야기 저런 이야기가 아니었다. 그 이런 이야기 저런 이야기 끝에는 어김없이 명백한 훈도가 따랐다. 어떤 목적을 둔 그 이런 이야기 저런 이야기에 나는 이미 오래전부터 역겨움을 느끼고 있었다. 그래서 그런 자리가 마련될 성싶으면 미리 무슨 구실을 달아서라도 빠져나올 궁리만 했다. 그 이런 이야기 저런 이야기 가운데 하나가 '이유 없는 반항'이었다. 내가 사춘기에 접어들었음을 간파한 아버지가 영화 이야기로부터 서두를 꺼내, 마침내 사춘기의 방황을 슬기롭게 극복하라는 투로 들려준 교훈이었다. '이유 없는 반항' 이야기를 처음 들었을 때 나는 그것이 제임스 딘이 주연한 영화 제목이라는 사실임은 까맣게 몰랐었다. 다만, 이유 없는 반항이라니 그게 뭔가, 반항이란 도대체 뭘 가지고 반항이라고 하는 것인가, 그냥 대드는 것인가, 아니면 하고 싶은 대로 하려는 것인가, 거기에 이유가 없다는 것은 또 어떤 것인가, 밑도 끝도 없이 대든다는 말인가, 그런 일이 어떻게 가능한가 하는 투로 생각을 굴리고만 있었다.

그 이런저런 이야기 가운데 내게 가장 절실하게 된 교훈을 준 이야기가 〈나의 길을 가련다〉라는 영화 이야기였다. '고잉 마이 웨이, 고잉 마이 웨이' 하고 유난히 목청을 높이면서, 인생의 목표를 설정한 이상 한눈팔지 말고 최선을 다해야 한다고 들려준 이 교훈은 나중에 나로서는 잊을 수 없는 교훈이 되었는데, 그것이 도리어 아버지에게 심한 고통을 주게 될 줄은 아버지는 꿈에도 상상하지 못했을 것이었다. 왜냐하면 아버지가 겨냥한 내 인생의 목표와 나 스스로 겨냥한 내 인생의 목표가 서로 다른 때문이었다. 아버지는 어렸을 적부터 내 인생의 목표가 법(法)으로 설정되었다고 믿고 있었다. 그러나 그렇지 않았다.

아버지가 한 이런 이야기 저런 이야기에는 또 '여자는 머리카락 한 올 한 올이 한 마리의 독사'라는 끔찍한 것도 있었다. 물론 여자에게 혹하지 말라고 경고하는 말이었다. 그러나 이 교훈은 두고두고 나에게 여자라는 존재의 불가사의와 그 신비성을 두드러지게 인상지어주는 데만 도움을 주었을 뿐이었다. 머리카락 한 올 한 올이 다 뱀이라면 도대체 몇천 마리, 몇만 마리나 될까. 그것도 꽃뱀이나 율모기 같은 독 없는 뱀이 아니라 살모사 같은 독사라지 않는가. 머리에 수천, 수만 마리 독사가 우글거리는데도 함초롬히 젖은 눈동자를 깜박거리며 꽃같이 미소 지을 줄 아는 신화적인 동물, 여자!

내가 한 그루 포도나무를 앞에 놓고 아버지에게 대들면서 서글픈 가운데 부아가 난 것은 다른 까닭이 아니었다. 아버지가 만약 내 반발을 단순히 '이유 없는 반항'으로 생각한다면 그야말로 오산이었다. 그 오산을 아직도 오산으로 여기지 않을 아버지가 가련했다. 나는 아버지의 여러 교훈들이 한꺼번에 떠올랐다. 여자는 불가사의하고 신비한 존재임에는 틀림이 없었으나 '머리카락 한 올 한 올이 한 마리의 독사'인 것 같지는 않았다. 그리고 〈나의 길을 가련다〉야말로 서글픈 것이었다. 아버지의 '고잉 마이 웨이, 고잉 마이 웨이'를 외친 가르침에 충실히 따르겠다는 듯이 나는 정말 나의 길을 가고 있었다. 아버지의 '고잉 마이 웨이'는 나로 하여금 법 공부에 전념하라는 준열한 교훈이었다. 그러나 나는 법 공부 따위는 안중에도 없었다. 나는 엉뚱하게 시(詩)를 쓰고 있었던 것이다.

내가 시를 쓰기 시작한 것은 4·19를 겪은 뒤였다. 지난해 봄에 나는 문득 그때를 회상해볼 기회가 있었는데, 이야말로 우연한 일이었다. 지난해 봄 나는 퇴계로 5가에서 종로 5가 쪽으로 걸어 내려오면서 길가에 벌여 있는 각종 난전을 기웃거리는 일이 유일한 낙이었다. 거기에는 흰쥐, 고슴도치, 강아지, 고양이 새끼, 오골계 같은 동물에서부터 칡뿌리, 더덕, 진달래꽃, 산나물, 두릅, 죽순, 복령(茯笭), 그리고 언젠가 아버지와 함께 와서 샀던 열무, 배추, 무의 조생종(早生種)과 만생종(晩生種) 씨앗 같은 식물에다가 신경통을 낫게 한다는 신비한 돌 같은 광물까지 골고루 갖추어져 있어서 학교 교육에서와는 좀 다른 차원의 자연 공부를 시켜준다고 할 수 있었다. 그런 것들 가운데 가장 많은 구경꾼들이 몰려 있는 곳은 발기를 오래 지속시켜준다고 하는 이상한 물건을 파는 곳이었다. 여기서는 아이들이나 여자들은 이건 또 뭘 파는 장사치일까 기웃거리기가 바쁘게 눈총을 받으며 쫓겨났다.

　사람마다 살아온 발자취가 다른 만큼 어떤 사물에 대한 기억이라든가 연상 작용이 다른 법이겠지만 난전판 귀퉁이에서 연뿌리를 보았을 때의 내 연상 작용은 새삼스럽고도 각별한 것이었다. 저녁의 술자리 약속까지는 꽤나 시간이 남아 있기도 해서 이곳저곳 기웃거리던 나는 그 연뿌리 앞에 발을 멈추고 감탕이 채 씻기지 않은 희끗희끗한 겉가죽과 갈색으로 변색하고 있는 단면에 눈길을 던졌다. 그것을 팔고 있는 아낙네가 조바심을 내며 내가 사줄지 눈치를 살피는 행색이 완연했으나 실은 내 머릿속은 이미 연뿌리보다도 그것이 주는 연상 작용에 젖어 있었던 것이다. 길거리의 먼지를 뒤집어쓰고 있는 연뿌리를 보면서, 문학의 아취(雅趣)에 병들어서, 저녁에 연꽃이 꽃잎을 오므리기 전에 그 속에 차(茶)를 넣어두었다가 아침에 꺼내 달였다는 《부생육기(浮生六記)》 운(芸)의 이야기나 미당(未堂)의 '연꽃 만나러 가는 바람 아니라 만나고 오는 바람 같이'라는 시를 읊조린다는 것은 아무래도 어쭙잖은 일이다. 그런데 나는 박남수(朴南秀) 시인의 〈잉태〉던가 하는 시가 떠올랐다. 하지만 납득할 수 없는 것은 나는 그 시를 잘 기억할 수도 없는 데다가 또 내가 연상하고 있는 어떤 것과 그 시가 과연 어떻게 관련을 맺고 있느냐 하는 문제에 대해서는 더더구나 절벽이라는 점이었다. 다만 그 시가 내가 생각하는 바로 그 시가 맞는다면 나는 감탕, 뻘 따위의 썩어 문드러진 새카만 죽음의 모토(母土)에서 몸부림치며 삶을 얻어 태어나는 빛과 같은 생명을 연상하고 있었다는 말이 된다. 물론 이것이, 더러운 진창으로부터 고귀하고 아름다운 연꽃 꽃대를 뽑아올림으로써 극락의 만다라(曼茶羅)를 그리려는 불교의 뜻하고는 아무런 맥락도 닿지 않는다고 밝혀두고 싶다. 또, 내가 '빛과 같은 생명'을 연상했다고 해서, 그런 생명이 무엇인지에 대해서 내가 확연히 깨닫고 있다는 말도 아니다. 다만 막연하나마 삶에 대한 자각이 아프고 외롭고 강렬하게 다가왔던 사춘기의 한때가 되살아났다는 정도로 말해두는 것이 옳을 것이다.

내가 감통 혹은 뻘 속에서 연뿌리를 캐는 광경을 본 것은 부산의 동래(東萊)에서가 처음이자 마지막이었다. 물론 박남수 선생의 시는 읽어보기도 전이었는데, 발표된 시기로 봐서 선생이 그 시를 쓰기도 전이었을 것으로 추측된다. 하기야 선생의 시에서 연꽃이 아예 다루어지지도 않았다고 한다면 객쩍게 들먹거릴 계제는 아닐 것이다. 그날 나는 허벅다리까지 오는 긴 장화를 신은 사내들이 물 뺀 연못의 뻘을 뒤집을 때마다 하얗게 드러나는 연뿌리를 매우 신기한 눈초리로 들여다보았다. 연뿌리는 새카만 뻘 속에 의족(義足)처럼 드러누워 있다가 생생하게 모습을 드러냈다. 의족의 부활이었다. 비록 나는 호기심이 많은 인간이긴 했지만 그때처럼 신기한 눈초리를 가졌던 때도 달리 없었다. 그따위 연뿌리가 무엇이 그렇게 신기했느냐고 묻는다면 나는 대답할 수 없다. 그러나 나는 다리가 아픈 것도, 배가 고픈 것도 잊고 한동안 넋을 놓았었다.

그날 술자리는 지루했다. 술도 하나 앞에 한 병 반꼴로 돌아갔고 이야기도 아무개의 사생활에서부터 아파트의 관리비, 엉덩이에 발찌가 났다고 하소연한다는 어느 회사의 여사원, 신문이나 잡지의 판매부수, 별 볼일 없는 인생, 바둑의 상수와 하수, 조치훈, 원고료와 세금, 의료보험, 최근의 영화, 한국과 일본, 한국이 아시아의 꼬리라면 일본은 아시아의 똥이다, 소설과 시, 프로 야구, 마누라 길들이기 등등 일일이 기억할 수 없을 만큼 중구난방, 천방지축으로 끊임없이 이어졌고 그만큼 분위기도 무르익은 편이었다.

"발찌는 모가지 뒤에 머리털 있는 데 나는 종기를 말하는 건데 엉덩이에 발찌는 어찌 났을꼬? 엉덩이에 털 난 델 말하는

거라 해도 그게 어딜까…… 나 같은 둔재는 감이 잘 안 잡히는
데?"

그야말로 악머구리 끓듯 와자지껄하는 가운데 엉뚱한 말꼬
리를 잡고 토를 다는 축도 있었다.

"누가 아냐, 발찐지 빨찌산인지 말이야, 자, 잔 비우라구."

"어쨌든 처녀가 유부남한테 엉덩이 얘긴 왜 해? 엉덩일 까
보이겠다는 거야, 뭐야?"

"발찌는 본래가 입으로 빨아주어야 나을 수 있는 기라."

"맞다. 낄낄낄낄……"

무슨 이야기든 일단 도마 위에 오르면 이른바 작살을 내는
술좌석의 생리 그대로 남의 집 처녀 엉덩이일지라도 기어이
까보고 말겠다는 투였다.

"좋은 안주 놓고 좋은 소리들 한다. 것보담 우리 앞으루 늘
이렇게 술자리 격을 좀 높이자구. 맨날 돼지 허파 아니면 돼지
곱창이니."

중랑 사현(中浪四賢) 가운데 일현(一賢)을 자처하는 최(崔)가
제동을 걸었다. 중랑 사현이란 중랑천 옆의 열 평짜리 성냥갑
만 한 아파트에 살면서 하루하루 먹고살기에 바쁜 친구 넷이
자조하며 붙인 명칭이라는 것이었다. 그의 말처럼, 늘 모이는

여섯 명 가운데 무려 네 명이 실업자였던 우리들은 평소에 동
대문시장 안의 허름한 술집을 찾아 가장 싼 안주인 돼지 허파
나 돼지 곱창 따위를 볶아놓고 둘러앉는 것이 예사였다. 돼지
노린내가 입구에서부터 역겨워 코를 돌리면서도 여럿이 먹기
에 제일 푸짐하고 값싼 게 또한 그것들이어서 제일 만만하기
도 했다. 그런데 그날은 퇴계로에 자리 잡고 있는 제법 쫀쫀한
광고회사에서 새로 일하게 됐다는 김(金)이 취직 턱으로 특별
히 한잔 사겠다고 한 자리여서 그놈의 돼지 냄새는 맡지 않아
도 좋았다.

"소라는 게 이건 말이야, 대가리에서 꼬리 끝까지 버리는 게
없는 동물이야. 쓸모없는 부분이 하나두 없다니까."

양(楊)이 촌충 토막 같은 소의 등골 한 점을 집어들면서 말
했다. 그날의 안주는 소에서도 가장 흔치 않은 골을 비롯하여
우설, 우신, 우랑 따위로 온통 우(牛)자 돌림의 엽기적인 것들
로 채워졌다. 수육 한 접시로 길을 접어든 것이 그만 술김에
제 길로 빠진 것이었다. "이왕 줄라믄 빤쓰까지 화끈하게 벗구
주는 거지 뭘 그래." 어쩌고 부추겨대는 실업자 초년생 박(朴)
의 말에 물주인 김도 무슨 신바람 나는 일이 있는지 연신 '아
줌마'를 불러낸 결과였다. 마침 자리 잡은 술집이 유별나게 그

런 종류의 안주를 주종으로 삼고 있기도 했다. 나는 비위가 약한 편은 아니지만 그 연분홍 크림색 골에만은 왠지 젓가락이 가지질 않았다. 우설은 작부의 혓바닥 같았고 우랑은 오리알을 잘라놓은 것 같았는데, 우신은 어떤 데 견주어야 할지 알 수조차 없었다. 언젠가 다른 음식점에서 우신을 다듬는 주방 여자들을 보았었다. 여자들은 뻣뻣한 그것을 주무르며 키득키득거렸었다. 그때 나는 쇠좆매를 문득 생각했었다. 쇠좆매, 쇠좆매, 예전에 그것을 말려 죄인을 들고 치는 매를 만들었다고 했다.

"뿔을 얻다 쓰는데?"

박이 양을 쳐다보며 엉뚱한 물음을 던졌다. 그러자 최가 가로막고 나섰다.

"얻다 쓰긴 얻다 써, 단김에 빼는 데 쓰지. 이 사람, 뿔 같은 소리 고만하구 잔을 쳤음 반응이 있어얄 거 아냐. 안경까지 쓰구서 악써."

그 말에 박이 그의 앞에 놓여 있는 잔 둘 가운데 하나를 들었다. 그러나 곧장 입으로 가져가지는 않았다. "뿔이야 뭐 장식용으로 여러 가지루 쓰이잖어? 빨부리두 만들구."

김이, 별 시덥지도 않은 걸 가지고 화제를 삼는다는 듯 시큰

둥하게 중얼거렸다.

"햐, 늬들 쇠뿔에 대해서 쥐뿔도 모르는구나. 그렇게 무식해
서야 어찌 더부렁 벗하겠냐? 쯧쯧쯧."

양이 혀를 찼다.

"쇠뿔로 말하자면 예로부터 각신이라구 해서 남자들 물건
대신에 쓰던 게 있는데 그걸 맨드는 원료로 쓰여졌단 말이야.
주로 궁녀들이 사다가 썼지. 뿔 각(角) 자, 좆 신(腎) 자."

"좋아허네. 무식하기는, 인마. 누가 누굴 무식하다구 하는 건
지 모르겠네. 그건 점잖게 불알신이라구 하느니라."

어려서 서당에 좀 다녔다는 최가 받았다. 그러자 다른 친구
들이 때를 만났다는 듯 '공자 앞에서 문자 쓰네' '뻰데기 앞에
서 주름 잡네' '오뚜기 앞에서 물구나무서네' 하면서 공연히들
키득거렸다.

"그게 그거지. 암튼 쇠뿔루 각신을 만든 건 사실이야. 그 속
에 말랑말랑한 게 들어 있거든."

"각신이구 고무신이구 술이나 마시자구. 자, 쇠뿔을 위해서
한 잔."

모두들 술잔을 들었다.

그날의 술자리는 그런 식으로 거나해져 갔다. 그러나 나는

그날따라 이상하게 술이 잘 받지를 않았고 시간이 지남에 따라 차츰 지겨워서 온몸이 뒤틀리기까지 했다. 지루하다기보다 무엇인가 해야 할 중요한 일을 빠뜨리고 멋모르고 앉아 있는 느낌이었다. 이전에도 시끌덤벙한 술자리에 어울리다 보면 실속 없이 맞장구를 치며 떠들어대는 자신의 모습이 문득 어처구니없다 못해 처량해 보인 적이 종종 있기는 했어도 그날은 애초부터 마음이 무엇엔가 켱겼다. 무엇 때문일까. 시켜진 안주가 별로 당기지를 않아서일까. 그러나 나는 강술로도 곧잘 술을 마셨으며, 굳이 안주를 탓하지 않는 성미였다. 나는 옆에서 떠드는 소리를 한 귀로 듣고 한 귀로 흘려버리며 이리저리 곰곰이 따져보았다. 무슨 기분 나쁜 일이 있었던가. 어떤 일을 해결하지 못한 채 버려두었던가. 그럴 만한 것이 떠오르지 않았다. 그런데도 마음에 끈질기게 달라붙어 있는 미진함은 어디서 오는 것인지 알 수가 없었다. 아무래도 그것은 연뿌리, 동래 연뿌리에서나 빌미를 찾아야 할 모양이었다. 아침부터 일어난 일을 자세히 톺아봐도 별달리 짚이는 게 없었다. 아침부터 일어난 일이라고 해야 느지막이 시내로 나와서 단골로 들르는 출판사의 편집실에 들른 것뿐이었다. '이곳은 시간이 소중한 사람들의 방입니다'라고 사인펜 글씨로 써 붙여놓은 편집실 문을 열고 들어서자 편집자 권(權)이 문 앞 자리에 앉아서 사진 효과를 알아보기 위해 필름을 비춰보는 비춤상자의 형광등에 스위치를 넣으면서 '어서 오십시오' 하고 맞아주었다.

나는 자세히 살피지 않더라도 그가 어떤 일을 하고 있는지 이미 알고 있었다. 그는 지난 이태 동안 제주도 사람들의 의식주 생활을 비롯하여 제주도의 역사니 신화니 풍토니 방언이니 하는 것들을 몽땅 체계적으로 엮어 한 권의 책을 만드는 일에 매달려 있었다. 그는 비춤상자의 젖빛 유리를 통해 비치는 형광등 불빛에 제주도에서 찍어온 사진들을 들여다보고 있는 것이었다. 나는 쭈뼛거리며 그 옆으로 다가갔다. 거의 일 년 남짓 '시간이 소중한 사람들의 방'에 드나들었는데도 나는 항상 쭈뼛거리지 않을 수 없었다. 무엇보다도 남은 열심히 일하는데 헐렁한 눈빛으로 여기 기웃 저기 기웃 하는 너는 뭐냐고 힐난할 것만 같아서였다. 그러나 따지고 보면 철저한 장사꾼이 되지 못한 죄가 있다면 몰라도 힐난을 받을 만한 일은 아닐 것이다.

내가 '시간이 소중한 사람들의 방'에 들른 것은 앞으로의 사업 계획, 즉 출판 계획이 어떻게 짜여 있는지를 탐지하려는 목적이 큰 비중을 차지하고 있었다. 권이 일손을 잠시 멈추고 담배를 꺼내서 내게 권했다. 언젠가 얼핏 그가 하는 말을 들은 결과 제주도의 무당에서부터 기생충까지 그야말로 요절을 낼 모양이었다. 그때 나는 이를테면 '오돌또기'에서부터 요즘의 유행가까지가 될 것인가, 하고 엉뚱하게 생각되었었다. 내게 이런 생각이 떠올랐던 것은, '오돌또기'가 제주도의 무당에 견주어진다면 유행가는 제주도의 기생충쯤이 아닐까 하는 무슨 어처구니없는 비교에서는 천만에 아니고 다만 내가 노래라면 워낙 젬병이기 때문일 것이었다. 그것이 직장이 없는 내가 그 출판사 사람들에게 늘 품어왔던 알 수 없이 꿀리는 느낌과 어울려 맞아떨어졌던 것임에 틀림이 없었다. 무슨 말이냐 하면 '오돌또기'나 요즘 노래같이 남들이 다 아는 평범한 것도 내게 는 어렵고 무거운 짐이 된다는 투로 조그만 위안을 찾고 있었 다는 뜻이다. 이것이 또 무슨 말이냐 하면 또 다른 모르는 것 에 부닥쳐도 떳떳하게 모른다고 할 수 있는 쥐구멍만 한 도피 처를 마련해서 그 뭔가 꿀리는 느낌을 상쇄하려고 했었다는 뜻이다. 나는 이런 감정의 움직임을 짐짓 숨기려는 듯 "권형, 제주도 말로 행어가 뭔지 아십니까? 갈 행(行), 고기 어(魚)." 어 쩌고 말을 건넸었지만 노상 무엇엔가 열중하는 것이 버릇으로 보이는 그는 "행어? 행어? 잘 모르겠는데요" 하고 그만이었다. 그는 노래를 잘 불렀다.

나는 제주도에 통틀어 세 번 갔었다. 그러나 제주도에 관해서 아는 것은 그야말로 쥐뿔도 없었다. 첫 번째는 한여름에, 두 번째는 이른 봄에, 세 번째는 한겨울에 갔었으니 제법 철따라 적절히 안배가 된 셈이었다. 물론 어떻게 그렇게 되다 보니 그렇게 된 것이었다. 첫 번째는 고등학교 동창 녀석들하고였고 두 번째는 대학을 졸업하면서의 졸업 여행, 그리고 세 번째는 친구가 《서울신문》의 신춘문예에 당선하고 나서 그와 함께였다. 어쨌든 이 세 번의 제주행에서 두드러지게 기억되는 일이라곤 지금은 미국의 뉴욕에서 청바지 장사를 한다는 대학 동창 녀석이 술을 고래처럼 퍼마신 대가로 제주도를 잘 보겠다고 새로 사 끼고 있던 콘택트렌즈가 눈알 뒤쪽으로 아예 돌아가버렸다는 것 정도였다. 다음 날 안과 의사가 그것을 빼내주지 않았더라면, 녀석은 아직까지도 마치 자기의 해골 속에서 어떤 일이 일어나는지 꼼꼼히 살펴보겠다는 것처럼 눈알 뒤쪽으로 콘택트렌즈를 끼고 백인종들 틈서리에서 살아가게끔 되었을지도 모른다. 그때의 일에 생각이 미치면, 활달하고 외향적인 성격을 가진 그가 오늘날 내가 살고 있는 이 땅의 저쪽 지구의 뒤쪽 땅에 살면서 자기가 태어났고 자랐고 공부한 이쪽을 확연히 느끼자면, 그의 콘택트렌즈를 눈알 뒤쪽으로 돌리고 싶어 할 것처럼 여겨지는 즐거움이 있다. 그러나 내가 콘택트렌즈에 대해서 무슨 이야기를 듣거나 광고를 보거나 할 때마다 아무리 제주도가 떠오른다고 해도 그것은 내 개인의 역사에 국한되는 것일 뿐이다. 그것은 제주도를 파악하고 인식하는 데는 아무런 가치도 없는 내 개인의 삽화일 뿐이다. 하지만 나로서는 그 삽화를 떠나서는 제주도를 어떤 식으로든 구체화시킬 수가 없다. 현학적으로 표현하자면, 나는 녀석의 콘택트렌즈를 통해서만 제주도를 바라본다! 이러한 사실로 미루어보아 어처구니없는 삽화가 한 개인의 타인에 대한, 사물에 대한 역사에 대한 접근 방법이라고 할 때 나는 얼마나 아득해지고 초라한 느낌에 젖어야 되는 것일까.

행어에 대해서 제주도 사투리를 들먹이면서 말을 건네기는 했어도 그것은 나 스스로도 미심쩍었다. 행어의 이야기는 우리나라에서 물고기 연구로는 태두로 꼽히는 정문기(鄭文基) 박사로부터 언젠가 지나가는 말로 들었던 것이었는데, 옛 문헌에 적혀 있는 그 행어가 무슨 물고기인지 밝히려고 일제 때 우리나라에 와서 귀한 책을 많이 긁어모았던 일본 사람의 책까지 빌려 보고 또 전국을 돌아다니며 캐보았지만 헛걸음이던 끝에 마침내 제주도의 모슬포 부근에서 행어의 정체를 알고 있는 늙은이를 만났다는 데 배경을 둔 것이었다. 행어는 멸치였다고 박사는 말했다. 그러나 모슬포의 한 늙은이가 행어를 알고 있었다고 하더라도 그것을 제주도 사투리로 못 박을 확증은 없는 것이다. 서재에 추사(秋史)의 글씨와 더불어 고슴도치 새끼 같은 자지복의 박제 따위를 가지고 있을 정도로 물고기와 가까운 박사라 해도 행어가 멸치라는 걸 밝힐 의무면 족했지 그것이 가진 언어학적 위상을 밝힐 의무까지야 없다고 해도 좋았다. 그러니까 내가 권에게 제주도 말을 들먹거린 것조차 어쭙잖은 일이 아닐 수 없었다.

"참, 학교 신문에 시가 실렸습디다."

권이 지나가는 것처럼 내게 말했다. 어쩌면 내가 알고 있는 것을 환기시키며 잘 보았다고 인사치레를 하는 듯도 해보였다. 그는 내가 다닌 대학의 대학원에 뒤늦게 적을 두고 있었다.

"시가요?"

나는 뜻밖이었다. 어둠 속에서 갑자기 돌이라도 날아와서 획 머리를 스치는 느낌이었다. 내가 시를 썼던가. 곤혹하고도 부끄러웠다. 나는 그토록 간절히 바라던 시인이 되었음에도 불구하고 시인으로서 시를 못 쓴 지 이미 사 년째로 접어들고 있었다.

"내 시가 말입니까? 쓴 게 없는데?"

나는 확인하기 위해서 재차 물었다. 그가 고개를 끄덕였다.

"모르고 있었습니까?"

그는 편집자의 입장으로서, 아무리 학교 신문이라지만 작자의 허락도 받지 않고 수록한 사실에 대해 여러 가지 생각이 미치는 모양이었다.

"신문을 좀 봐야겠군요."

나는 여간 떨떠름하지가 않았다. 내가 모르고 있는 가운데 어떤 일이든 나에 관한 일이 일어나고 있었다는 것이 견딜 수 없이 당혹스러웠다. 나는 시인이라는 딱지를 붙인 뒤로 십 년 동안에 백 편 남짓한 시를 발표했다. 그리고 시집을 묶을 때 그 가운데 스물서네댓 편은 완전히 버렸다. 이 시집에 정리되지 못한 시들은 내 것이 아니다 하는 제법 단호한 선언이 거기에는 깃들어 있었다.

"옛날의 학교 신문에 썼던 4 · 19 시 있지요?"

권이 물었다. 그 물음 역시 내가 잘 기억하고 있으리라는 예상 아래 던져진 물음이었다.

"4 · 19?"

나는 처음에 그 말이 무슨 말인지 얼핏 귀에 잘 들어오지 않왔다. 생소하기 짝이 없다는 느낌이었다. 아, 그 4·19. 명확하지는 않으나마 어떤 개념이 머릿속에 떠오른 것은 잠시 뒤였다. 4·19 그것이 중세의 무슨 법이나 제도처럼 먼 개념으로 여겨졌던 것은 무엇 때문이었을까.

"아마 4·19 특집으로 그 기념시를 다시 실은 모양입니다."

권이 김빠진 듯 말했다. 내가, 학교 신문에 내 시가 실린 사실에 대해서뿐만 아니라 4·19 자체에 대해서도 전혀 어리둥절해 있기만 한 것이 도리어 권을 어리둥절하게 했고 이윽고 조금은 불쾌하게까지 했던 것 같았다. 그제야 4·19 몇 주년을 맞아 학교 신문의 청탁을 받고 그런 비슷한 시를 쓴 적이 있기는 있었다는 기억이 어렴풋이나마 되살아나는 듯했다. 그러나 시의 내용이나 제목 같은 구체적인 것은 아무것도 떠오르지 않았다. 다만 아침에 아파트를 나설 때 아래층 현관의 우편함에 학교 신문이 배달되어 꽂혀 있었던 것이 떠올랐다. 저녁때 돌아와서 꺼내 보리라고 작정하고 그냥 꽂혀 있는 채로 두었던 것이다.

그 밖에 그 출판사에서 겪은 일이라고는 다른 일거리가 생기면 연락을 바란다는 부탁의 말을 하고 그리고 무료하게 담배를 몇 대 연거푸 피운 것밖에는 이렇다 할 게 없었다. 그렇다면 역시 4·19에 대해서 쓴 시가 도대체 어떤 시였을까 하는 새삼스러운 의문이 나를 사로잡고 있었던 것이라고 할 수밖에 없을 것이었다.

그날의 술자리는 언제나처럼 2차까지 연장되었다. 2차까지 가서도 내가 이른바 '술이 술을 먹는' 상태로 고주망태가 되지 않았던 것은 드문 일이었다. 열두 시가 가까워서 집에 돌아와서도 나는 거의 말짱한 편이었다.

4월 12일자 학교 신문의 특집 기사는 하단의 전 5단짜리 광고를 빼고 나머지 지면을 반이나 차지하는 거창한 것이었다. '역사를 증언하는 자들이여, 사일구의 힘을 보라' 하고 제목에서부터 목소리를 높인 내 시가 눈에 들어왔다. 나는 얼굴이 뜨거웠다. 무슨 청천의 벽락같이 외치고 있는 내 꼬락서니가 가소롭기 짝이 없었다. 빈 깡통의 소리가 더 요란하다더니 무슨 얼빠진 정신으로 외쳐댔던 것일까. 자책이 앞섰다. 더군다나 나는 4·19에 대해서 아는 것이라곤 거의 없지 않은가. 나는 그때 겨우 중학교 2학년 학생에 지나지 않았다. 그런데도 아는 척하며 주절대고 있는 것은 역겹기까지 한 일이었다.

내 경우에는 세대를 따지더라도 4·19에 대해 이러쿵저러쿵 이야기할 수 있는 세대가 아니다. 그때 중학교 2학년의 학생으로서 내가 독재에 대해서 무슨 생각을 가졌다면 거짓말일 것이다. 그리고 나중에 이르러서도 4·19의 역사적, 사상적 의의에 대해서는 거의 무지를 벗어나지 못할 수밖에 없었다. 하나의 사상(事象)이 요모조모로 완벽하게 살펴지고 통찰되고 평가되자면 온갖 측면에서의 방법론이 모두 동원된 뒤라야 가능하다고 할 것이며 나는 그에 대해서 엄두조차 낼 수 없다고 느껴왔었다. 이를테면 나는 이른바 이데올로기 비판 교육을 내세운 한 강좌를 들으면서 대학을 다녔는데, 그때만 해도 마르크스니 레닌이니 하는 이름은 입에 올리는 것조차 꺼려하던 시절이었다. 극복하기 위해서는 알아야 한다는 평범한 진리가 통하지 않던 시절이었다. 그러니까 사상의 체계는 플라톤에서 토마스 아퀴나스로, 칸트로 확고하게 이어지면서 그 밖에 라이프니츠는 단자(單子)의 개념을 마지막으로, 실존주의는 무신론적 실존주의자들의 이름을 마지막으로, 헤겔은 좌파(左派)의 이름을 마지막으로 꼬리를 감추고 말았다. 블레이크든가 오든이든가의 시처럼 '세계의 절반은 어둠'이었다. 지구가 돌고 돌아도 반쪽은 영원히 어둠인 것처럼 모든 것은 반쪽이 어둠이었다. 그 어둠 속에 어떤 동물들이 살고 있는가 아무도 알 수 없었다. 나는 주워들은 대로 답안지에 썼다. '인간은 이 세상에 던져진 존재다. 이것이 바로 실존이다. 나는 이 세상에 던져졌다. 이 피투성(被投性)이……' 이 피투성이라는 철학의 조어만큼 나를 당혹스럽게 만든 말도 없었다. 그것은 글자 그대로 던져졌음을 뜻할 뿐인데도 나는 자꾸만 피(血)가 연상되었다. 그러므로 실존은 피투성이가 되어 이 세상에 버려진 못된 영혼 같은 것이었다. 그 영혼을 구제하기 위해서 나는 시를 써야 하리라고 믿고 있었다. '언어는 존재의 집'이라고 다른 시간에 배우기도 했었다. 존재의 집으로 들어가자. 언어로 절을 짓자. 시를 쓰자. 그러나 그것이 어설프게 그런 기념시 같은 유형으로 나타났다는 사실은 내 정신의 허세와 과장을 증명하는 것밖에 아무것도 아니었다. 거듭 말하자면 내게는 4·19를 뚜렷한 눈으로 바라볼 만한 안목이 결여되어 있기 때문이다. 나는 죄를 지은 느낌이었다. 나는 잠 못 이루며 이 생각 저 생각으로 날을 밝히고 있었다.

다시 동래가 떠오른 것은 새벽 세 시쯤이나 되어서였다. 내가 애초에 동래 쪽으로 갔던 것은 연뿌리를 캐는 것을 보기 위해서가 아니었다. 우리 집은 그때 서면에 있었다. 서면 로터리에 데모대(隊)가 운집했더라는 말을 듣고 어슬렁거리며 나갔다가 어찌어찌하다 보니 동래까지 가게 되었던 것이다. 얼마쯤 어렴풋하고, 또 누가 강조하듯이 나는 당시의 역사적 전개에 대해서나 시대상에 대해서 별다른 견해도 가지지 못했기 때문에 내가 겪은 삽화 한 토막이 어떤 의미를 갖는지조차 알 길이 없다. 그러니까 그날의 삽화는 철저하게 개인의 삽화에 지나지 않았다.

그러나 나는 낮에 종로 5가에서 보았던 연뿌리가 왜 내 발길을 머물게 했는지 비로소 알 수 있을 것 같았다. 그것이 4·19가 나에게 가르쳐준 교훈 같은 게 아닐까 하는 깨달음이 비로소 한 줄기 섬광처럼 뇌리를 스쳤다.

한낮이었다. 내가 어슬렁거리며 서면 로터리로 발길을 옮긴 것은, 그날이 휴일이어서가 아니라 학교가 휴교를 하고 있었던 때문이라고 여겨진다. 어쨌든 개울을 끼고 나는 자주 고래 고기를 사서 소금에 찍어 먹곤 했던 시장통을 지나서 로터리 쪽으로 다가갔다. 데모건 뭐건 아랑곳없이 시장은 사람들이 온통 북적대고 있었다. 내가 궁한 용돈을 마련하기 위해 아버지의 담배 서랍에서 살렘이니 러키 스트라이크니 팔말을 한 갑씩 감춰 나오면 돈하고 맞바꿔주었던 아줌마도 그대로 자리를 지키고 있었다. "담배 가아왔나?" 하는 아줌마의 말에 나는 대꾸조차 하지 않고 고개만 가로저었을 뿐이었다. 내가 무엇 때문에 그렇게 초조하고 긴장된 마음이었는지는 알 수가 없었다. 학교에 못 나가는 막연한 의구심, 막연한 우울 때문에 분한 마음이었는지도 몰랐다. 나는 두근거리는 가슴을 안고 광장 어귀로 들어섰다. 내가 담배를 판 돈으로 뜻도 모르고 〈뜨거운 양철지붕 위의 고양이〉라는 영화를 보기도 했던 극장의 앞쪽으로 한 떼의 군중들이 웅성거리고 있었다. 무슨 일이 일어난 것일까, 아니면 일어나려고 하는 것일까. 그러나 곧 그들이 대오를 정비하려고 한다는 것을 눈치챌 수 있었다. 그들이 무엇이라고 외치고 있었는지는 지금의 기억에 남아 있지 않다. 나는 광장까지 다 나아가서 그들의 움직임이 한눈에 바라보이는 위치에 서서, 또한 그들과 대치하고 있는 맞은편 경찰서 쪽으로 눈길을 돌렸다. 경찰서 건물은 유리란 유리는 다 깨진 채로 그 안에 사람이라고는 한 명도 있을 것 같지 않았다. 떼를 이룬 군중들은 팔을 휘두르며 무슨 구호인가를 외치며 또 노래를 불렀다. 그와 함께 '와' 하는 함성이 일더니 앞머리의 군중들이 앞으로 달려 나갔다. 돌팔매질이 경찰서 건물을 향해 한꺼번에 쏟아졌다. '와아' 하고 다시 한 번 함성이 일었다. 돌연한 광경에 나는 갈피를 잡을 수가 없었다. 주먹이 꼭 쥐어졌다. 이런 일이 어떻게 가능한지에 대해 제대로 생각을 할 수 없어서 정신만 어지러운 혼란에 빠졌을 뿐이었다. 무엇 때문에 경찰 '아저씨'들이 있는 곳에 주먹만 한 돌을 던지며 고래고래 악을 쓰며, 또 그래도 된단 말인가. 그러나 다음 순간이었다. 내가 갈피를 못 잡고, 이리 뛰고 저리 뛰는 군중을 무서움에 떨면서 바라보며 사태의 추이를 관망하고 있을 때, 내 눈에 경찰서의 옥상으로 몇 사람의 머리가 불쑥 솟아 들어왔다. 다시 '와아' 하는 함성이 들리는가 했다.

그때였다. 날카로운 총소리가 고막을 때렸다. 타당, 탕, 탕, 탕, 타당. 몇 발쯤 되었을까. 순식간에 사람들이 쫘악 흩어져 뛰었다. 나도 덩달아 골목길로 뛰면서 뒤를 돌아다보았다. 몇 사람인가 기다시피 하면서 쓰러져 있었고 그 옆을 한 청년이 있는 힘을 다해서 달리고 있는 모습이 얼핏 보였다. 아니 나는 그 청년을 본 것이 아니었다. 그 청년의 귓불에서 흘러 떨어지는 선연한 핏방울을 본 것이었다. 핏방울! 그는 그것을 아는지 모르는지 허둥지둥 달리고만 있었다. 나는 격렬한 무서움에 몸을 덜덜 떨면서 골목길에 주저앉아 있었다.

그날 경찰서는 불탔고 나는 어느 틈에 군중들 틈에 섞여 양정 고개를 넘어 동래까지 행진해 가는 대열에 섰던 것이다. 무서움에 덜덜 떨었던 것밖에는 아무런 동기도 없었다. 내가 아는 사람이라고는 한 사람도 없었다. 그리고 그 대열이 왜 동래 쪽으로 향하고 있는지도 알 수 없었다. 군중심리치고는 참으로 어처구니없는 내 군중심리였다. 지금도 그때를 생각하면 쓴웃음밖에 나올 것이 없었다. 아무튼 나는 아무것도 모른 채 데모대의 일원이 되고 말았던 것이다. 상당히 많은 수의 군중이었다. 이제는 나 같은 조무래기에서부터 중년의 사내들까지도 우글거리며 어울려 있었다. 나는 누군가가 선창하는 구호며 노래를 목청이 터져라 따라 외치며 전찻길 한복판으로 걸어갔다. 서면에서 동래까지는 꽤 먼 길이었다. 내가 쓴웃음을 짓지 않을 수 없다고 하는 것은 내가 내용도 모르고 그들 틈에 끼어들어서만이 아니다. 그보다도 더 어처구니없는 일이 나를 기다리고 있었다. 아무리 터무니없이 흥분되어 있었다고 하더라도 사태를 파악하는 데 조금은 눈치가 있었어야 했다.

행렬이 동래까지 가는 동안 사람들이 이곳저곳으로 나뉘고 있었던 사실을 나는 까맣게 몰랐던 것이다. 그것은 지금도 궁금하기 짝이 없는 일이다.

그 뒤로 나는 외톨이로 남지 않기 위해서는 항상 살피기를 게을리 하면 안 된다는 것도 알게 되었지만 그때의 나로서는 지극히 곤혹스러운 일일 수밖에 없었다. 나는 동래까지 발바

닥이 아픈 것도 잊고 또 꾸준히 긴장을 유지하면서 걸음을 옮겨놓았다. 땀까지 뻘뻘 났다. 그런데 나중에 분위기가 왠지 식었다 싶어 주위를 돌아보니 우리 일행은 열 명 남짓에 지나지 않았고 그들조차도 어디론가 가려고 하는 참이었다. 아는 사람이야 애초부터 없었다. 그러나 그 많은 사람들은 모두 어디로 갔단 말인가. 놀라울 뿐이었다. 앞쪽으로 먼저 가고 있던 사람들도, 뒤에 처져 있는 사람들도 없음이 분명했다. 나는 아무것도 할 수 없는 나이에 대오에서 낙오되었다고 판단되었다. 그들은 다시 서면으로 돌아갔는가. 동래 바닥에 혼자 남게 된 나는 선뜻 어떻게 할 방법을 찾을 길이 없었다. 모든 사람들이 나를 버린 듯한 패배감이 무거운 적막과 함께 어깨를 짓눌렀다. 어린 나이에도 나는 내가 꼭두각시처럼 우스꽝스러운 모습으로 먼 길을 맹목적으로 왔다는 사실을 엄연히 깨달았다. 누구 아는 사람이 내 꼬락서니를 볼까봐 겁이 났다. 더 이상 집이 있는 반대 방향으로 가야 할 까닭이 없었다.

혼자서, 왜 무엇 때문에? 어디로?

그러니까 처음부터 내가 감당할 몫은 아니었다. 그런데 그 잘못을 모르고 나는 무작정 터덜터덜 걷기만 했던 것이다. 도대체 어떻게 그런 일이 일어났을까? 그것은 정말 수수께끼였다. 그러나 이 수수께끼야말로 지금도 밤늦게 혼자 남게 되었을 때 내가 풀고자 가장 애쓰는 수수께끼이기도 한 것이다. 사람들은 모두 어디로 가고 있는가. 우리는 왜 혼자 남아야만 하는가. 삶은, 개인의, 타인에 대한 영원한 대립인가……

나는 발걸음을 멈추고 머리를 식히려고 마음먹었다. 하기야 조금 전의 열기는 이미 씻은 듯이 사라졌고 으슬으슬 오한이 들 지경이었다. 나는 겸연쩍은 몸짓으로 큰길을 벗어나 왼쪽의 연못 쪽으로 슬며시 발길을 들여놓았다. 몇 번인가 전차를 타고 지나다니면서 연분홍의 커다란 연꽃 봉오리가 탐스럽게 맺혀 있는 것을 보았던 기억이 있기도 했기 때문이었다. 그러나 그렇다고 해서 연꽃을 보기 위해서 그곳으로 발길을 들여놓은 것은 결코 아니었다. 연꽃이 피는 계절조차 나는 자세히 모르고 있었다. 그럼으로써 우선 지금까지의 내 행동을 스스로 은폐해 보려는 애늙은이의 속셈, 그것에 불과했다.

그때 나는 연못 주위에 몸을 굽히고 있는 사람들을 보았다. 처음에는 저 사람들이 혹시 학춤을 추고 있는 게 아닌가 하고 여겨졌지만 자세히 보니 아니었다. 신문지 따위로 머리에 고깔을 만들어 쓰고 있었기 때문에 그렇게 보인 것뿐이었다. 호사가였던 아버지를 따라 언젠가 동래 학춤을 구경하러 왔던 적이 있었다. 꽹쇠, 장고, 징, 북 같은 악기가 굿거리장단을 치는 가운데 학 모양을 뒤집어쓴 남자가 나와서 학의 몸짓을 시늉하며 두릿두릿 춤을 추었다. 그때의 광경을 떠올리며, 학춤을 추는 것도 아니라면 무슨 일들을 하고 있는 것일까 하고 다가 갔더니 바로 연뿌리를 캐고 있는 것이었다.

나는 꽤 오랫동안 그 광경을 바라보고 있었다. 감탕을 뒤질 때마다 통통하고 흰 살집을 가진 의족들이 생명을 얻어 되살아나는 것 같은 느낌이 들었다. 아니 그것들은 마디마디마다 짚을 친친 동여맨 살아 있는 제웅들이었다. 그들은 팔다리에서 붉은 피를 흘리는 대신에 흰 피를 흘리고 있을 뿐이었다. 그제야 나는 낮에 보았던 빠알간 귓불의 피를 떠올렸다. 내가 동래까지 온 것은 단순히 그것 때문이었는지 몰랐다. 그러나 이번에는 하얀 피였다. 찐득찐득한 흰 피였다. 이차돈(異次頓)처럼 흰 피였다. 그것은 감탕 속에서 캄캄한 어둠을 벗 삼아 빚은 피였다. 나로 하여금 혼자임을 깨닫게 한 사람들의 피. 모든 선인(先人)들, 타인들의 피. 두려웠다. 나는 어서 집으로 돌아가야겠다고 마음먹었다. 온몸이 떨렸다. 돌아오는 차편이 마땅치 않았는지 혹은 호주머니에 차비가 없었는지, 걸어서 돌아오는 길은 한결 멀었다. 아득한 고립감이 온몸을 휩쌌다. 나는 빠르게 걸었다. 이제부터는 혼자다. 나는 뚜렷이 깨닫고 있었다. 목이 꽉 메어왔다. 그러면서 나는 가슴속 깊은 곳에서 치밀어오르는 새로운 생명의 소리를 들을 수 있었다. 그리고 그 생명의 소리는 철저한 개인의 발견에서 오는 것임을 나는 어렴풋이 알아차리고 있었다.

삶은, 모든 타인에 대한 나만의 뜻이며 말이었다. 나만의 외로움이며 고행(苦行)이었다. 내게 교훈을 준 군중은 이제 정말 사라지고 없었다. 총알이 귓불을 스친 청년도 어디론가 뛰어갔다. 이제는 내가 내 온몸을 스스로 저미면서 피를 흘려야 할 때가 온 것이었다. 그리하여 삶은 피투성이의 괴로운 영혼을 아무도 모르는 캄캄한 어둠의 뻘 속에 깊이깊이 처넣고 다른 생명의 탄생을 기다려야 하는 것이었다. 그 일은 혼자서 하지 않으면 안 되는 것이었다. 여기서 더 이상 자세히 말할 필요성은 느끼지 않는다. 다만 그로부터 나는 항시 시인이 될 꿈을 버리지 않았다는 사실을 밝혀두는 것만으로 족할 것 같다. 나는 4·19를 모른다. 단지 그로 인한 개인의 발견으로 내가 시를 쓰게 되었다는 것밖에는.

3

포도나무를 계기로 집안일에 등을 돌린 뒤로 나는 바깥에서 집으로 돌아오면 주로 좁은 방 안에 처박혀 있거나 집 뒤의 황량한 야산 기슭을 어슬렁거리며 돌아다니는 것이 일과였다. 야산 기슭을 어슬렁거리며 돌아다니는 것도 내겐 시를 쓰는 공부였다. 나는 그렇게 생각했다. 아버지도 '이유 없는 반항'은 건드리는 게 오히려 역효과라고 여기고 있는 듯했다. 밥 때에 상머리에 마주 앉아서도 아무 말이 없었다. 따라서 상머리에서는 어머니가 가끔 입을 열 뿐이었다. 어머니가 하는 말도 기껏 동생들에게 토끼풀을 제때제때 뜯어다 주라거나 족제비가 닭을 또 물어갔다거나 하는 말 따위에 지나지 않았다. 집에 동물이 많아졌기 때문에 그 뒤치다꺼리에 여간 신경이 쓰이지 않는 모양이었다. 동물 농장처럼 여러 종류의 동물이 있다고는 했지만 개가 한 마리, 닭이 예닐곱 마리, 토끼가 세 마리로 그저 재미로 키운다는 정도였다. 어머니가 또 족제비가 닭을 물고 갔다고 하는 것은 전에도 몇 번 그런 적이 있기 때문이었다. 아닌 게 아니라 닭장 바닥에는 닭털이 몇 깃 떨어져 있었다.

그러나 나만은 족제비가 물어가지 않았음을 알고 있었다. 그것은 집에서 일하던 떠돌이 청년이 밤중에 몰래 닭장 속에 들어가 꺼내다 잡아먹은 것이었다. 나는 한밤중에 뜰에 나갔다가 우연히 그 광경을 목격했으나 오히려 내가 그 광경을 목격한 것을 들킬까봐 어둠 속에 몸을 숨기고 조마조마하게 위기를 넘겼었다. 그가 언젠가 그랬다듯이 문자 그대로 계간(鷄姦)하려는 게 아닌가 두렵기도 했다. 그러자 그는 닭을 품속에 감춘 채 쏜살같이 집 뒤의 등성이를 넘어가버렸다. 그는 그때 나와 한방을 썼는데 꽤 오랜 시간이 지나자 술내와 닭 비린내를 풍기며 살금살금 들어와 윗목에 담요를 쓰고 누워 곧 잠에 곯아떨어졌었다.

나는 그런 그가 굶주림보다 외로움에 시달리고 있다고 생각했다. 그는 닭을 붙잡아 그 짓을 하고 나면 닭이 비실비실 도망치다가 고꾸라져 죽는다고 말했었다. 그랬을 것이다. 그는 어둠 속에서 닭에게 그 짓을 해서 죽게 한 뒤 주모에게 들고 가 던져주었음에 틀림없었다. 그가 어느 술집에서 닭을 안주로 해 술을 마셨음이 분명한데도 나는 그가 계간을 했다는 상상에 시달렸다.

그런데 어머니가 또 족제비 타령이었다. 계간까지 하는 떠돌이 청년은 이미 어디론가 떠나가고 없었다. 그렇다면 이번에는 어머니의 말대로 족제비의 짓이라고 보아도 좋을 것이었다. 닭장에는 그전하고는 달리 닭털이 꽤 어지럽게 흩날려 있기도 했다. 어머니는 또 동물마다의 특성에 대해서도 몇 마디씩 했다. 어머니에 따르면 닭은 밤에 잠을 잘 때 쥐가 다가와 몸을 갉아먹어도 가만히 있다는 것이었다. "죽어도 가만있단 말인가?" 하고 여동생이 놀라서 묻자 어머니는 "그럼" 하고 단언했다. 그때 나는 그보다도 닭이 삼 초쯤밖에는 기억력이 없다든가 대포 소리에는 놀라지 않아도 작은 마찰음에는 놀란다든가 하는 누군가의 이야기가 떠올랐었다. 어머니는, 토끼는 물기 있는 풀을 먹으면 죽는다, 돼지는 새우젓을 먹으면 죽는다고도 말했다. 닭이 작은 마찰음을 들을 수 있어도 대포 소리를 못 듣는 것이 사실이라면 인간이 천둥소리는 들을 수 있어도 지구가 빙글빙글 돌면서 태양 궤도를 달려가는 무시무시한 굉음을 들을 수 없다는 것과 마찬가지가 아닐까 나는 생각했다. 나는 닭장 옆에서 그런 쓰잘 데 없는 생각에 빠져서, 언젠가 아무 소리도 들리지 않는 곳에서 고요히 귀를 기울였을 때, 쨍 하고 귓바퀴를 울려오던 그 소리, 그 이른바 정적(靜寂)의 소리가 우주 공간을 메아리쳐 오는 지구 굉음의 여운이라고도 여겼었다. 물론 우주의 진공 속을 도는 지구가 소리를 내리라는 것은 나로서도 납득할 수는 없는 설정이었다.

하지만 나는 케플러라는 천체 물리학자가 내세운, '모든 별들은 음악소리를 낸다'라는 가설을 애써 믿고 싶었다. 모든 별들은 음악소리를 낸다. 그렇다면 지구라는 별이 내는 음악소리는 어떤 것일까. 태양계만 놓고 보더라도 수성, 금성, 지구, 화성, 목성, 토성, 천왕성, 해왕성, 명왕성의 아홉 개 혹성이 내는 음악소리는 제가끔 어떤 것일까. 아니, 태양계의 중심인 태양도 결국은 별의 하나이므로 그 태양이라는 항성이 내는 음악소리는 어떤 것일까. 이글이글 타오르는 불덩어리는 우주 공간에서 불새(火鳥)처럼 울부짖는 것이나 아닐까. 또한 아홉 개의 혹성에 딸렸다는 서른한 개의 위성들과 그 틈틈이 박혀 있다는 천오백 개쯤의 소혹성, 혜성, 유성 들은 모두 어떤 음악소리를 낼까. 태양계의 이 모든 별들이 내는 음악소리는 어떤 것일까.

우주의 질서 속에 태양계의 질서 또한 정연한 것처럼 태양계의 별들이 내는 음악소리들은 화음을 이루며 어떤 교향악을 연주하고 있는지도 모른다. 그 소리는 지금 우리의 귀에는 들리지 않지만 우리들 생명의 먼 기원 속에서 장엄하게 울리고 있는지도 모른다. 그렇다면 우리가 그 소리를 못 듣는 것은 그것이 우리들 생명 그 자체이기 때문일 것이다. 머리를 들어 보면 태양계뿐이 아니다. 먼 안드로메다, 카시오페이아, 오리온 천마(天馬) 페가수스, 그리고 처녀, 쌍둥이, 사자, 황소, 백조, 작은곰, 큰곰, 개, 하물며 게(蟹), 전갈까지도 모두들 음악소리를 낸다. 서양 이름의 별자리로서가 아니라 동양 이름의 별자리로서도 음악소리를 낸다. 토마토 잎사귀에 달라붙는 주황색의 이십팔점박이 무당벌레의 등 쪽에 스물여덟 개의 점이 박혀 있듯이 무당벌레의 등딱지같이 둥그런 천구(天球)를 스물여덟 개로 나눈 저 이십팔수(二十八宿) 별자리의 별들 모두가 음악소리를 낸다. 동쪽의 각(角), 항(亢), 저(氐), 방(房), 심(心), 미(尾), 기(箕), 그 별들. 서쪽의 규(奎), 누(婁), 위(胃), 묘(昴), 필(畢), 자(觜), 삼(參), 그 별들. 남쪽의 정(井), 귀(鬼), 유(柳), 성(星), 장(張), 익(翼), 진(軫), 그 별들. 북쪽의 두(斗), 우(牛), 여(女), 허(虛), 위(危), 실(室), 벽(壁), 그 별들.

어느 날 밤이었다. 나는 담배 재떨이에 꽁초가 수북이 쌓이도록 별들의 음악소리에 대해서 오랫동안 공상에 빠져 있었다. 마치 그 장엄한 교향악이 내 귀에 들려오는 듯했다. 헤아릴 수 없이 많고 많은 별들은 모두가 다른 소리, 다른 음색을 가지고 있다. 사자 별자리는 사자후를 터뜨린다고 해도 좋다. 황소 별자리는 황소의 울음소리를, 백조 별자리는 백조의 울음소리를, 곰 별자리는 곰의 포효 소리를, 개 별자리는 개의 으르렁거림을, 게 별자리는 옆걸음으로 기는 소리를, 전갈 별자리는 독침 쏘는 소리를 낸다고 해도 좋다.

아니, 모든 별이 상상하는 것과 다른 소리를 낸다고 해도 좋다. 이십팔수의 별자리가 무당벌레 날아가는 소리를 낸다고 해도 좋다. 사자 별자리가 바이올린 소리를 내거나 게 별자리가 통기타 소리를 내도 그만이다. 황소가 통발굽으로 은제(銀製) 플루트를 들고 불거나 백조가 흰 날개로 꽹과리를 치거나 처녀가 수자폰을 불거나, 쌍둥이가 한 퉁소를 불거나 전갈이 첼로를 켜거나, 그만이다.

아니, 그보다는 별 하나하나가 하나의 악기 소리를 내고, 별자리 하나하나가 하나의 곡을 연주하는 게 옳을 것이다. 안드로메다가 베토벤의 〈운명 교향곡〉을 연주할 때, 카시오페이아는 〈영산회상(靈山會上)〉을 연주한다. 오리온이 바흐의 〈브란덴부르크협주곡〉을 연주할 때, 페가수스는 〈태평가(太平歌)〉를 연주한다. 이때 별자리가 없는 먼 이름 없는 별은 쇼팽의 〈야상곡(夜想曲)〉이나 〈마주르카〉 같은 피아노곡을 두드린다. 더

먼 별 중에는 〈정선아리랑〉이나 〈진도아리랑〉을 부르는 별도 있다. 슈베르트의 〈연가곡〉을 부르는 별도 있고, 〈변강쇠타령〉을 부르는 별도 있다. 세자르 프랑크의 곡을 연주하는 별도 있고, 힌데미트, 쇤베르크의 곡을 연주하는 열두 개의 별도 있다. 백남준(白南準), 윤이상(尹伊桑), 황병기(黃秉冀), 강석희(姜碩熙)나 서울 음악제에서 '홀로 가는 사람'에 대해 작곡한 박정은(朴正恩)의 곡을 연주하는 별도 있다. 스테파노도 있고 마리아 칼라스도 있고 이미자(李美子)도 있다. 차이콥스키와 러시아 5인조가 연주되는가 하면 〈농악 12차〉 굿거리장단이 연주되기도 한다. 〈사계〉가 뒤바뀌어도 〈페르 귄트〉는 헤매고 〈파리의 아메리카인〉이 〈라 마르세예즈〉를 부를 때, 〈세비야의 이발사〉는 〈나비 부인〉을 흠모하던 끝에 〈사랑의 묘약〉을 훔치러 〈자유의 사수〉를 데리고 〈신세계〉로 간다……

드디어 주간지 내용처럼 된 천박한 공상은 별이 펼쳐 있는 무한한 공간을 갈팡질팡했다. 끝이 없을 듯했다. 골치가 지끈거릴 지경이었다. 나는 홀로 빈방에 누워 천장을 바라보며 쓴웃음을 지었다. 집안은 몰락해가며 이미 돈이 안 되는 일임이 드러나고 있는 돼지치기에 말까지 동원해서 매달려 있는데 이따위 공상이라니 한심하기도 했다. 그러나 공상이란 마약과도 같아서 쉽게 떨쳐버리기가 어려웠다.

이 세상의 모든 음악이 한꺼번에 울린다면 어떤 소리가 될 것인가. 엄청난 소음, 불협화음이 될 것이다. 그러나 그렇다는 증명은 아무도 할 수가 없다. 따라서 우리의 상식을 넘어서고 배반해서 뜻밖에 아주 듣기 좋은 자장가 같은 협화음의 음악이 될지도 모른다. 빛의 삼원색을 합치면 흰색이 되리라고 상상할 수 없는 것과 같이. 그리하여 실제로 음악은 우리의 모든 생명을 늘 고양시키며 깊은 뜻을 불어넣고 있는지도 모른다. 그렇다면 그 음악은 누가 지휘를 하길래 우주의 운행처럼 훌륭한 조화를 이루고 있는가. 그 누구를 사람들은 신(神)이라고 하는가. 과연 신은 있는가.

나는 담배를 다시 한 개비 피워 물고 공연히 벌떡 일어났다. 유리창 밖으로 보일까 해서였다. 신이 있고 없고는 내가 따질 문제가 아니었다. 모든 별들은 음악소리를 낸다. 그 음악소리는 못 들을지언정 별이 보이는가 살펴볼 참이었다. 형광등 불을 끄고 창문에 다가가 커튼을 젖혔다. 갑자기 불을 꺼서인지 안팎이 온통 칠흑같이 어두웠다. 야산 기슭에 외따로 떨어진 곳이어서 그믐밤에는 어둠이 산초(山椒) 씨보다 검었다. 그믐밤인 모양이었다. 나는 담뱃불을 빠끔히 빛내며 유리창에 얼굴을 갖다대다시피 했다.

그때였다. 담뱃불이 빨갛게 유리창에 반사되면서 무엇인가 어렴풋하나마 커다란 형상이 바로 창밖에서 비쳐 왔다. 섬뜩했다. 순간적으로 절망적인 두려움이 온몸을 휘감았다. 그 형상은 유리창을 사이에 두고 내 얼굴과 거의 맞닿아 있었다. 그때까지 나는 그토록 기괴한 형상은 본 적이 없었다. 꿈속에서도 상상할 수 없는 기괴한 형상이었다.

나는 잘못 보지나 않았나 해서 두 눈을 비비며 유리창에 얼굴을 바싹 붙이고 내다보았다. 그 형상은 그 자리에 조금도 움직이지 않고 있었다. 하늘의 기틀은 누설하지 않아야 한다는 옛사람의 말씀이 언뜻 떠오른 것도 잠깐뿐이었다. 가슴이 쿵쿵 울리고 두 다리가 후들후들 떨렸다. 무엇일까. 별이고 음악 소리고는 먼 옛날의 이야기였다. 외마디소리조차 지를 수가 없었다. 나는 캄캄한 방 안에서 꼼짝도 못하고 붙박인 듯 서 있었다. 온몸의 피가 말끔히 씻겨져 나가고 내 몸은 한 장의 얇은 인피지(人皮紙) 같았다. 이 무서운 순간으로부터 어떻게 벗어난단 말인가. 그러는 사이에 어둠에 눈이 조금 익자, 몇 방울의 피도 돌기 시작하여, 나는 다시 한 번 그 형상을 살펴볼 용기가 솟았다. 그러지 않을 수도 없었다. 나는 창밖을 노려보았다. 형상이 뚜렷해졌다. 투구 같은 대가리! 말대가리였다!

집안일에 등을 돌린 나는, 정식으로 마구간을 지을 때까지 내 방 창문 옆쪽으로 차양을 내달고 말을 묶어둔다는 것을 알았으나, 말대가리가 바로 내 창문 옆에 올 수도 있다는 것은 미처 깨닫지 못했었다. 그날의 일로 미루어 나는 불과 며칠 동안이기는 해도 말대가리 밑에 드러누워 우주와 인간, 시와 사랑, 철학과 행복 등등에 대해서 제법 골똘해 있었던 것이었다. 그럴 리가 없었겠지만, 나는 말이 내가 한 짓거리를 엿보고 내 정신의 얄팍함을 엿보지나 않았나, 몹시 꺼림칙한 것이 사실이었다. 사람이 수상한 행동거지를 하면 짐승도 수상한 눈초리로 쳐다본다는 사실을 나는 또한 수상한 눈초리로 관찰한 적이 있었다. 개도 그랬고 닭도 그랬고 토끼, 돼지도 그랬다. 말인들 그렇지 않을 까닭이 없었다.

그러니까 나는 내 행동거지를 스스로 수상한 짓이라고 인정하고 있었던 셈이다. 젊은 날의 모든 행위는 수상한 짓이었다. 아버지의 금기 교훈을 저버리고, 어두운 밤길에서 우연히 만난, 얼굴도 모르는 여자를 못 잊어 하거나, 정치를 생각하거나, 그로부터 머지않은 장래에 나를 좌절의 구렁텅이로 처박게 되는 시를 썼다.

그런데 이상한 일이었다. 어둠 속에서 창밖의 말대가리를 본 다음부터 나는 아무런 수상한 짓을 할 수가 없었다. 바로 창밖에 말대가리가 있다는 사실이 웬일인지 나를 구속한 때문이었다. 다행하게도 얼마 뒤 마차를 다시 팔지 않을 수 없는 일이 생겨서 그런 구속은 그리 오래가지는 않았지만 그동안 나는 말구유에 누워 있는 아기 예수처럼 잠들거나, 그렇지 않으면 말이 그럴 것처럼 여기고 상대적으로 나도 말에 대응하여, 저기 있는 말은 도대체 어떤 운명체인가, 말이란 무엇인가 하고 마치 신에 대하여 궁구하는 듯한 가련한 신세가 되고 말았다.

족보가 있는 '진짜 말'이란 혈통이 좋은 말일 것이었다. 좋은 혈통의 경주마(競走馬)는 18세기 후반에 영국에서 육종, 개량된 서러브레드 종(種) 말로 대표된다고 했다. 이 말은 영국 재래의 암말과 중동 지방에서 온 세 마리의 아랍 산(産) 종마(種馬)를 교배시켜 얻은 말들을 거듭 도태시키고, 개량해서 만든 새로운 품종이었다. 현재 세계적으로 거의 모든 경주마는 연속 여덟 세대에 걸쳐서 서러브레드를 교배한 말이 혈통 등록서를 갖게 된다. 이처럼 서러브레드는 혈통이 확실했다. 어느 말이든 그 혈통을 더듬어 올라가면 세 마리의 아랍 말 바이

어리다크, 타레아라비안, 거돌핀 벌브에 이르게 된다. 그러니까 '족보까지 있다'는 우리 집 말도 십중팔구는 서러브레드 말로서 아라비아 말을 할아버지로 하고 있는 것이었다. 하지만 이 모든 것도 경주마로 경마장에서 뛸 때나 소용이 닿는 이야기였다. 창밖의 말은 폐마였다. 아주 못쓰게 된 폐마는 도살되어 고기는 기름을 짜거나 식용으로 사용되며 가죽, 말총은 각각 그 쓰임새에 따라 팔린다. 그리고 경주를 하는 데만 못 쓸 뿐 멀쩡한 말은 종마나 승용마로 쓰이거나 우리 집에 온 말처럼 마차를 끈다. 수많은 관중 앞에서 신바람 나게 질주하던 말이 짬빵을 실어 나른다는 것은 비참한 전락이었다.

우리 집의 '진짜 말'은 경마장에서는 '진짜 말'이었을지 모르지만 마차를 끄는 데는 전혀 적합지 않았다. 고삐를 끌고 다니기만 해서 부릴 수 있는 말이 아니었다. 큰아버지는 그런 말을 다루기에 여간 애를 먹지 않았는데, 그것은 큰아버지가 말을 다뤄본 경험이 없었기 때문만은 아니었다. 워낙 불만에 찬 말이었다. 며칠 사이에 큰아버지는 말 발길에 차여 끙끙 앓은 적도 있었다. 하지만 그런 정도로는 아직 말을 어떻게 해야 할 단계가 아니었다.

일은 내가 말대가리를 본 며칠 뒤에 일어났다. 그날은 새벽부터 비가 추적추적 내렸다. 아침 여덟 시쯤인가 누군가가 헐레벌떡 달려와서 거북고개에 말이 자빠져 있다는 전갈을 해왔던 것이다.

"뭣, 말이?"

아버지는 비명처럼 소리치면서 허둥댔다. 그 사람의 설명에 따르면 거북고개를 넘어오던 마차가 빗길에 고개 옆 비탈로 미끄러지며 뒤집어졌다는 것이었다. 거북고개는 동네로 넘어오는 나지막한 고개였다. 마침 학교에 가려고 집을 나서던 나는 아버지와 함께 거북고개 쪽으로 뛰어갔다.

그것은 참담한 꼴이었다. 큰아버지가 찬비에 젖어 떨고 있는 모습이 먼저 보였다. 마차는 비탈 아래 모로 처박혔고 말은 게워놓은 것 같은 밥찌꺼기 곤죽 속에 벌렁 자빠진 채 헐떡거리고 있었다. 마차는 누워버린 말 때문에 움직일 수가 없는 상태였다.

"여기서…… 가지를 않고…… 딱 서드니만……"

큰아버지는 더듬더듬 변명을 했다. 그리고 말은 잠을 잘 때도 서서 자는 동물인 만큼 오랫동안 자빠져 있으면 죽는다고 울상을 지었다. 이 일은 말의 목숨에 지장을 주지는 않았지만, 큰아버지가 그 말을 부릴 수 없다는 결론에 이르게 해주기에는 충분했다. 그리고 나아가서는 그 말뿐이 아니라 어떤 말이라도 부릴 수 없다고 여겨지게 해주었다. 그것은 또한 우리 집의 돼지치기조차도 위협하는 것이었다. 그래도 사람이 안 다친 게 다행이라고 아버지는 머리를 절레절레 흔들었다. 나는 큰아버지가 불쌍해서 견딜 수가 없었다.

내게 무엇인가 가르쳐준 사람 중에 우선 큰아버지를 꼽는 것은 내게는 조금도 이상한 일이 아니다. 그럼에도 불구하고 어떠어떠한 가르침을 직접 받았다는 구체적인 사항을 꼬집어서 밝힐 수는 없으니 안타까운 일이라고 해야 하겠다. 아니다. 큰아버지는 독특한 함경도 사투리를 들려주곤 했는데, 그 가운데 '예서 머오?' 하는 말이야말로 두고두고 내 머리에 남는 말이었다. 그것을 들려주고 내게 남긴 것만으로도 그의 훌륭한 스승임에 틀림없었다. 여기서 머냐는 그 말은 내게 와서 다른 울림을 갖게 되었다. 예서 머오? 그것은 때때로 거리를 묻고 있는 게 아니었다. 서울이 예서 머오? 어디서든 서울과의 거리는 쉽게 잴 수 있었다. 그러나 나는 묻는 것이었다. 서울이 예서 머오? 그것은 사랑이 예서 머오? 같은 말이기도 했다.

사실 아버지의 팔촌형이라면 남이었다. 그런데도 나는 유난히 친밀감을 느껴왔었다. 따라서 나는 내가 하는 일을 큰아버지에게 인정받고 싶다는 욕망을 늘 품고 있었다. 왜 그랬는지는 알 수 없는 일이다. 그 떠돌이 삶이 웬지 내 가슴에 닿아와서 그렇게 만들었다고 어렴풋이 느낄 따름이다. 부끄럽지만 그런 욕망의 한 표현으로서 큰아버지에게 보일 목적으로 몇 줄의 글을 썼던 적도 있음을 고백하지 않을 수 없다. 이 어색한 일을 굳이 다시 들추는 것은 그것이 결과적으로 잘된 일인지 잘못된 일인지 도저히 종잡을 수가 없기 때문이다. 언제부터인가 살아가면서 겪는 일은 모두 '새옹(塞翁)의 말(馬)'인 것을 명심하자고 스스로에게 타일러온 바이지만, 큰아버지의 신변에 일어난 일은 나를 그렇게 초연한 사람처럼 놓아두지를 않았다. 그렇다고 단순한 희화(戱畵)라고 얼버무릴 수는 더더구나 없는 일이다. 어쨌든 나는 한때 이상하게도 큰아버지에게 관심이 깊었었다.

큰아버지가 우리 집에 오기 전에도 나는 몇 번인가 큰아버지를 찾아다녔었다. 큰아버지의 삶이야말로 내게는 문학처럼 보였었다.

잘못된 일이라면 애초부터 마(魔)가 끼었다고 해야 옳을 것이다. 도대체가 모든 것이 낯간지러운 수작이었다. 우선 가장 낯간지러운 수작이 내가 큰아버지를 위한답시고 그 얼토당토

않은 글을 썼다는 것이다. 곰곰이 따져보면 실은 처음부터 큰 아버지를 위한다느니 어쩌느니 하는 돼먹지 않은 의도는 없었다고 보아진다. 나는 왜 그따위 짓을 자행했다고 고백하지 않으면 안 되는가. 이 또한 결단코 마가 끼었다고밖에는 말할 수 없다.

그러나 그럼에도 불구하고 그 결과 벌어진 야릇한 일에 대해서는 그것이 잘된 일인지 잘못된 일인지 나는 판단을 미루어두어야만 하는데, 다만 그 일로 해서 나는 내가 경망스럽기 짝이 없는 인간으로서 어떤 과대망상에 사로잡혀 있었다는 진단에까지 이르게 되는 것이다.

내가 큰아버지를 다시 찾아갔던 것은 대학에 처음 입학했을 무렵이었다. 나는 큰아버지의 문병을 겸해서 그 변두리 동네로 찾아갔던 것이다.

나는 큰아버지가 병세의 회복을 꾀한다면서 그 변두리 동네에 홀로 셋방을 얻어들고 있는 까닭을 잘 알 수 없었다. 그러나 오래전부터 큰아버지 나름대로의 세상살이 방법을 보아왔던 나로서는 그것을 왈가왈부할 처지는 아니었다. 큰아버지는 신경성이라는 무슨 병을 앓고 있노라고 했다. 큰아버지는 잠이 잘 안 올 뿐이라고 말했다. "수면제를 먹어두요?" 하고 묻는 나에게 큰아버지는 언제나처럼 껄껄껄 공허한 웃음을 보내주었다. 수면제란 근본적인 게 못 된다는 것이었다. 자신은 이미 병원에서도 퇴원을 했으므로, 큰 무리 없이 섭생에 힘쓰기만 하면 된다고 큰아버지는 말했다. 그러기 위해서는 우선 나는 병자다 하는 강박관념에서 벗어나야 한다는 것이었다. 그 조리 있는 말을 들은 나는 그럼 왜 그런 강박관념에서 벗어나지 못하느냐고 솔직히 물어보았다. 그러자 큰아버지는 "넌 날 아주 병자 취급하는구나" 하고 역시 껄껄껄 웃음을 보내주었다. 큰아버지의 말에 나는 공연히 즐거워져서 큰아버지를 흉내 내어 껄껄껄 웃었다. 큰아버지가 알 수 없는 공포와 불안에 시달리고 손발이 틀리기까지 했었다는 사실이 거짓말 같았다. 이제 잠을 못 자는 것만이 병세로 남았다면 그것은 눈을 감고 숫자를 백에서부터 하나까지 거꾸로 센다거나 베개 옆에 양파를 썰어놓고 냄새를 솔솔 맡는다거나 하는 정도의 처방만으로 치유시킬 수 있는 병에 지나지 않을 뿐이 아닌가. 나는 큰아버지에게 그와 같은 말도 했다. 큰아버지는 귀를 기울이고 있었으나 숫자에도 양파에도 관심이 없어 보였다. 큰아버지가 그만큼이라도 회복된 모습을 본 나는 될 수 있는 대로 잠자코 있어야만 되겠다고 생각했다.

그때 나는 큰아버지에게 보이려고 몇 장의 글을 써가지고 갔었다. 그러나 나는 처음 의도와는 달리 큰아버지가 까맣게 잊고 있기만을 바랐다. 언젠가 큰아버지가 느닷없이 내 글을 한번 보여달라고 말했을 때 나는 내 귀를 의심했었다. 물론 큰아버지가 직선적으로 그렇게 말했던 것은 아니었다.

"넌 앞으로 글을 써보겠다지?"

큰아버지는 자신이 모르고 있던 사실을 확인이라도 하려는 듯이 말을 꺼냈었다. 그런 말이 왠지 생소하기만 해서 나는 마치 큰아버지와 처음 대면을 하는 느낌을 받았었다. "네" 하고 나는 짧게 대답했다. 그 무렵에는 글뿐만이 아니라 무엇에 뜻을 둔다는 것 자체가 삶이라는 엄청난 우연성 앞에 무슨 의미가 있는 것이냐는 회의주의에 빠져 있었던 나는 이러쿵저러쿵 너저분한 이야기를 늘어놓고 싶지 않기도 했다. 글쟁이가 된다는 것은 인생에 무엇이며 그림쟁이가 된다는 것은 무엇이며, 사법고시에 합격한다는 것은 무엇이며, 장군이 된다는 것은 무엇이며, 대학 교수가 된다는 것은 무엇이며, 나는 무엇이며 자아는 무엇이며 삶은 무엇인가, 이런 등등의 얼빠진 회의주의에 얽매여 나는 술만 퍼마셔대고 있었다. 그러니 "넌 앞으로 글을 써보겠다지?" 하고 넌지시 묻는 말은 내 입장으로는 어떻게 들으면 메스껍기도 한 말이었다.

큰아버지가 한동안 고개만 끄덕거리더니 다시 느닷없이 누굴 위해서 글을 쓴 적이 있느냐고 물었다. 나는 당황하지 않을 수 없었다. 큰아버지가 아무리 정체불명의 병으로 시달린다고 해도 내게 그런 종류의 질문을 던져 오리라고는 미처 상상조차 할 수 없었던 일이었다. 큰아버지가 좀 엉뚱한 구석이 있는 사람인 것은 예전부터 잘 알고 있었다. 그러나 그렇게까지 그 같은 질문을 머릿속에 가지고 있었다는 것은 뜻밖의 일로 받아들여졌다. 글을 누구를 위해 쓴 적이 있느냐. 이런 질문은 내 회의주의의 그늘에 늘 웅숭그리고 있던 질문이기도 했다. 글은 원칙적으로 나를 위해서 쓰는 것이었다. 그러나 인간은 다 알다시피 이른바 사회적 동물이며 그 사회적 동물의 행위는 그것이 어떤 종류의 행위이든 사회적이지 않으면 안 되는 것이었다. 그렇기 때문에 나만을 위해서 쓴다고 할 때 독선이 될 수밖에 없는 것이었다. "아뇨, 남을 위해서 쓰려고 한 적은 없는 것 같애요" 하고 대답하면서 나는 민망하고 한편 못마땅하기도 하여 얼굴이 벌겋게 달아올랐다. 그러자 큰아버지는 아무럼 어떠냐는 듯이 예의 껄껄 웃음을 껄껄껄 웃는 것이었다. 그때 나는 내가 불과 몇 줄 안 되는 글을 끄적거려본 데 지나지 않은 애송이라고 큰아버지가 느끼고 있다고 느꼈다. 그러나 나중의 일까지 곰곰이 따져보면 큰아버지는 내가 생각하고 있던 것처럼 그렇게 어느 정도 본격적이라면 본격적인 의미를 말하고 있었던 것은 아니었던 듯싶다. 껄껄껄껄 웃던 큰아버지는 "거 왜 《아라비안나이트》라는 거 말이다. 넌 그런 걸 써보고 싶지 않니?" 하고 뚱딴지같이 말을 해서 나를 더욱 어리둥절하게 했다.

나는 큰아버지가 언제 그런 것까지 읽었는지 감탄하지 않을 수 없었다. 하지만 나는 누구를 위해서 글을 쓴다는 것과 《아라비안나이트》가 연관을 맺고 있는지 도무지 아리송해서 "그건 누구 한 사람이 쓴 것이 아니라구 알고 있는데요. 오래전부터 전해 내려오던 얘기를 엮은 게 아니던가요?" 하고 중얼거렸다. "거야 그렇지." 큰아버지는 말하고 나서 한동안 무슨 생각엔가 잠긴 얼굴이었다.

"언제던가 그때는 잠을 잘 못 잘 때 그걸 읽었지. 책이 엉망이 된 게 반품이 들어왔지 뭐냐. 하, 삼 개월이 지났는데 그제야 안 사겠다는 거야."

아마 서적 외판원을 할 때의 이야기인 모양이었다. 그러나 큰아버지가 서적 외판원 노릇을 그리 오래한 것은 아니라고 나는 알고 있었다. 미군 부대 주변에서 벌이던 사업이 어떤 사태로 벽에 부딪히자 소일거리 삼아 했던 것이었다.

이것저것 반품으로 들어온 책을 방구석에 처박아놓고 읽기전부터 큰아버지는 어디서 보고 들었는지 아는 게 많았다.《아라비안나이트》이야기가 나왔으니 말이지 큰아버지는 우리나라의 나라 이름이 세계 지리 역사상 아라비아 사람에 의해 처음으로 서양에 소개되었다는 사실까지 내게 말해주었었다. 이러한 사실과 아울러 큰아버지는 우리나라 이름의 영문자 표기가 본래 C인데 왜 K가 되었냐는 데 꽤나 불만을 표시했다. 역사적 배경까지 엄연히 밝혀져 있는 판국에 C가 K로 둔갑을 해서 아직까지도 영어권 나라들에서만 주로 쓰이는 Korea를 우리가 덩달아 쓸 필요가 어디 있느냐는 것이었다. 큰아버지는이 표기 문제가 몇 번인가 신문지상에 오르내리다가 흐지부지되고 만 사실을 못내 안타까워했다. 올림픽 같은 국제 경기에서 훨씬 뒤에 입장하게 되는 게 못마땅하다는 순서의 문제를따지기에 앞서서 제 모습을 찾아야 하지 않겠느냐는 주장이었다.

"C가 K루 돼서 사업에도 영향이 커. 일본놈들 서류 밑에 깔리거든."

큰아버지는 투덜거렸다.

그 때문에 과연 큰아버지의 사업에 얼마만 한 영향, 즉 타격이 있었는지 확인할 길이 없는 나로서는 일단은 받아들일 수밖에 없었다. 그러나 그런 일련의 견해에 받아들이기 어려운 구석도 없는 것은 아니었다. 이를테면 C가 K로 됨으로써 영락없이 촌티 나는 이름이 되었다는 것 같은 견해였다. 하기야 내가 "C보다 K가 촌티 난다는 건 도무지 알 수 없는데요?" 하고 갸우뚱거리자 큰아버지는 껄껄껄 웃기만 했다. 내가 이렇게 이론을 단 데는, 미군 부대 주변에서 얼쩡거리며 배운 마구잡이 영어 아니냐고, 큰아버지의 영어 실력을 낮추보려는 마음보가 작용하고 있었음에 틀림없었다. 하지만 대학을 다니는 주제에 영어라면 집에 선교사가 얼굴을 들이밀어도 가슴이 철렁하는 나로서 별다른 학벌 없이 영어로 미군을 상대할 수도 있는 큰아버지에게 자격지심이 없었다고는 할 수 없었다.

영어라면 나는 두고두고 취미를 못 붙일 터여서 이에 대해서는 애당초 길을 잘못 들었다고도 할 수 있다. 나는 또래의 아이들 누구보다도 영어 공부를 일찍 시작하기는 했었다. 요즘에는 초등학교 때부터 법석을 떠는 광경을 보게 되지만 내가 초등학교에 다니던 무렵만 해도 영어 공부란 어림없던 일이었다. 그런데 나는 혼자서 영어 공부를 했다. 이렇게 말하면 무슨 대단한 학습이었던 것처럼 여겨지기 쉬우나 실상 이 영어 공부란 새로 이사 간 집의 다락에서 겉장이 떨어져 나간 그놈의 영어 자습서 한 권을 우연히 발견함으로써 심심풀이로 한 자습에 지나지 않았다. 하지만 이 심심풀이에 나는 꽤나 열심이었던 모양으로, 마침내는 꿈에 한 반의 계집애로부터 영어로 쓴 연애편지를 받기에까지 이르렀던 것이다. 그 계집애는 초등학교를 졸업하자마자 시집을 갔다기보다 시집에 보내졌는데, 나중에 나는 시에 '숙마(熟麻)빛 계집애'로 등장시켰었다. 연애편지는 꿈속에서는 분명하게 해독할 수 있는 것이었으나 꿈을 깨고 난 다음에는 도무지 깜깜했다. 나는 다음에는 꿈속에든 생시든 편지를 받기만 하면 속속들이 해독하겠다는 의지로 시간이 나면 양지바른 마루에 앉아 자습을 거듭했다. 물론 편지는 안타깝게도 다시 받지 못했다. 이 자습이 얼마나 우스꽝스러운 자습이었는지는 초등학교를 마치고 중학교에 진학함으로써 여지없이 밝혀지고 말았다. 한마디로 그것은 영어 공부가 아니었다. 그놈의 자습서를 탓하기도 어려웠다. 영어란 우리말하고 달라서 어순이 바뀐다는 사실을 내가 미처 자습하지 못한 탓이었다. 내가 자습한 문장은 '나는 당신을 좋아합니다'에서 '나는 당신을 사랑합니다'에 이르고 있었다. 그런데 '나는 당신을 사랑합니다'를 나는 '아이 유 러브'로 익히고 있었던 것이다. 어순을 이해하지 못한 무지한 독학자로서는 어쩔 수 없는 일이었다. 자습서에는 'I love you'라는 예문 바로 밑에 '아이 러브 유'라고 토를 달고 나서 다시 '나는 사랑합니다 당신을'이라고 해석해놓고 있었다. 따라서 나는 구태여 '사랑합니다 당신을' 하는 따위로 아무래도 앞뒤가 뒤바뀐 듯한 표현을 쓸 필요가 없다고 판단했던 것이다. 도치법이 강조가 됨을 알았더라면 나는 '사랑합니다 당신을' 하는 투로 도치해서 익혔을지도 모르며 따라서 경우야 어찌 됐든 자연스럽게 '아이 러브 유'라는 말을 익히게 되었을지도 모른다. 그러나 어디까지나 '아이 유 러브'였다. 이 선지자로서의 자랑스럽고 철석같은 관념이 여지없이 깨어지는 꼴을 참담하게 체험한 나는 모멸감으로 치를 떨었다. 그 뒤로 나는 결단코 영어를 자습하지 않았다. 어쨌든 서로가 약점을 가졌기 때문인지 큰아버지와 내가 영어 실력을 떠본다거나 한 일은 한 번도 없었다. 그러나 나로서는 6·25 때 월남해서 갖은 고생을 겪으며 지내왔다는 큰아버지가 어떻게 영어 회화를 밑천으로 삼아 살아가는 사람이 되었는지 수수께끼였으며 경이였다. 아니, 큰아버지의 삶 자체가 내게는 수수께끼였으며 경이였다.

큰아버지는 일종의 전쟁 상인이었다. 일반적으로 전쟁을 이용해서 돈을 버는 상인이라면 규모가 어마어마하고 무엇보다도 짙은 피비린내를 풍기게 마련이다. 흔히 돈벌이를 위해 전쟁을 일으킨다고 말해지기도 한다. 그러나 큰아버지를 전쟁 상인이라고 표현한 것은 그런 뜻에서는 아니다. 그런 뜻에서라면 큰아버지는 전쟁 상인이 아니었다. 우선 돈벌이가 그리 신통치를 않았다. 더군다나 피비린내가 풍긴다거나 전쟁을 일으킨다거나 하는 행위와는 거리가 멀었다. 미군들을 상대로 주로 초상화 따위를 팔아서 끼니를 잇는 일에서 피비린내를 맡을 사람은 아마 어디에도 없을 것이다. 그러나 전쟁을 쉬고 있을 뿐 여전히 전쟁터라는 한국 땅에서 미군들을 상대로 그 사업을 벌였으며 한참 월남전이 번졌을 때는 월남 땅까지 건너갔으니, 전쟁터의 군인들을 찾아다닌 점에서 꼼짝없이 전쟁 상인이었다.

큰아버지가 한 사업이란 사업이고 뭐고 할 것도 없이 초상화 장사였다. 오래 미군 부대 주변을 오락가락한 큰아버지가 왜 하필이면 초상화 장사꾼밖에 못 되었는지에 대해서는 나로서는 전혀 알 길이 없었다. 아울러 미군들이 초상화를 얼마나 많이들 갖고 싶어 하는지, 많이들 갖고 싶어 한다면 그것은 무슨 까닭인지에 대해서도 전혀 알 길이 없었다.

큰아버지는 미군을 가까이 사귀는 데는 초상화 장사보다 더 손쉽고 좋은 방법이 없었기 때문에 그 길로 들어섰고 그런 다음 좀 더 큰 장사꾼이 되려고 꿈꾸었던 것이라고 했다. 그러나 큰아버지는 언제나 초상화 장사꾼으로 머물러 있었다. 큰아버지가 그 초상화를 직접 그리는 것은 아니었다. 직접 그리기는커녕, 아는 것이 많은 큰아버지이기는 해도 그림 솜씨는 보잘것없었다. 그러니까 큰아버지는 나만 주문을 받아오고 화가 아니면 화공(畵工)에 의해 완성이 되면 납품을 해서 대금을 받아오고 하는, 그야말로 몇 마디 영어 회화가 밑천인 장사꾼일 뿐이었다. 하찮은 장사일지라도 큰아버지의 불만에서 엿볼 수 있듯이 꼭 알파벳순 때문은 아닐지라도 어디선가 일본 사람들에게 밀린 적마저 있었던 게 사실이라면 경쟁은 생각보다 치열하다고 보아야 하겠다. 그러니 큰아버지의 돈벌이가 신통치 않은 것은 당연한 일인지도 몰랐다. 언젠가 잠깐 우리 집에 묵을 때 큰아버지는 초상화를 넣은 액자를 열몇 개쯤이나 가져다가 하루 종일 사포로 문지르고 정성 들여 페인트칠까지 했으나 종내 가져가지 못하고 뒤꼍에 처박고 만 적도 있었다.

큰아버지는 오랫동안 거처가 일정치 않았다. 우리 집의 비어 있는 건넌방에 와 있었던 기간도 모두 합치면 꽤 될 것이었다. 큰아버지는 홀몸이었다. 큰어머니는 어디에 있는가. 볼 수도, 만날 수도 없는 곳에 있었다. 흔히 '그게 마지막이 될 줄이야, 어찌 알았겠소들……' 하고 말하지만 우리 집에서는 그런 말도 들은 기억이 없는 듯했다. 큰아버지도 별말이 없었다. 내가 철이 들었을 무렵에는 모든 일이 기정사실로 굳어져 새삼스럽게 들추어낼 거리조차 되지 못했는지 모른다. 아버지나 큰아버지나 이북에 두고 왔다는 큰어머니를 화제에 올리는 것을 나는 듣지 못했다. 그것이 내게는 이상하기 짝이 없는 일이었다. 큰아버지는 결혼한 지 얼마 안 된 스물몇 살의 큰어머니와 헤어지지 않으면 안 되었다고 했다. 분단이 사이를 갈라놓고 만 것이었다.

나는 큰아버지가 새로이 여자를 맞아들임으로써 모든 관계는 새 질서를 얻고 바람직하게 정착될 것으로 여긴 적도 있었다. 그러나 오산이었다. 큰아버지와 살림을 차린 여자는 웬일인지 큰아버지 모르게 보따리를 싸곤 하였다. 보따리를 싸곤 했다고 쓰고 있는데 내가 알기로는 두 여자 정도였다. 그러나 이런 결과는 큰아버지 쪽이나 여자 쪽이나 어느 한쪽에 잘못

이 있다고 단정할 수는 없는 일이었다. 왜냐하면 두 여자는 모두 큰아버지가 전쟁 상인으로서 초상화를 들고 외국 땅에 갔을 동안에 보따리를 쌌기 때문이었다. 큰아버지는 베트콩의 대공세와 함께 월남에서 한국으로 돌아와서 새 여자가 사라진 것을 보았고, 그 뒤 호메이니의 공세와 함께 이란 왕국에서 한국으로 돌아와서 또 다른 새 여자가 사라진 것을 보았다. 그로부터 큰아버지는 하숙이나 자취를 하면서 잊을 만하면 우리 집에 모습을 나타내곤 했던 것이다.

내가 큰아버지에게 보이기 위해서 어떤 종류든 글을 쓰리라고는 예상치 못했었다. 솔직히 말하면 내가 큰아버지를 따랐다는 것은 그런 유의 것과는 거리가 먼, 이를테면 삶의 방황에 대한 것일 터였다. 그러나 큰아버지가 그 무렵 아픈 사람이라는 사실, 그리 중병은 아닐지라도 홀로 잠 못 이루며 회복을 갈망하고 있다는 사실, 그리고 무엇보다도 큰아버지는 내가 어렸을 적부터 이상하게 내 마음을 사로잡은 사람이었다는 사실이 짚였다.

큰아버지는 밤에 잠 못 잘 때 볼 만한 책이라도 몇 권 가져와 달라고 부탁했었고 나는 그러마고 했었다. 나는 시를 비롯해서 남에게는 결코 보여주고 싶지 않은 일기 비슷한 글을 쓰고 있었으므로 거듭 말하거니와 정말 큰아버지에게 보이려고 무슨 글을 쓴다는 건 염두에도 없었다.

그런데도 나는 썼다. 나는 큰아버지가 내 글을 진심으로 보고 싶어 하고 있는지도 모른다고 느꼈다. 그러자 큰아버지에 대한 연민의 정과 큰아버지에게 인정을 받고 싶다는 욕망으로 내 가슴이 꿈틀거리기 시작했다.

큰아버지의 병과 내 욕망은 어떤 관계가 있었던 것일까. 나는 먼저 큰아버지의 병이 빨리 완쾌되어 순조로이 다시 초상화 장사꾼으로 활력을 되찾기를 바랐다. 그런데 어느 순간에 그 바람이 큰아버지에게 인정을 받고 싶다는 오랜 욕망으로 모습을 드러내고 말았던 것이다. 내가 큰아버지에게 인정을 받음으로써 큰아버지가 활력을 되찾을 수 있다고 생각한 것은 아니었다. 그럼에도 불구하고 나는 이 두 가지를 떼어놓고 싶지 않았다. 그것은 역시 큰아버지와 나만이 서로 주고받았던 어떤 마음의 교감 때문이 아니었을까.

내가 챙겨 온 책 몇 권을 풀어놓자 큰아버지는 이런 것을 그래도 안 잊고 가져와주는 것은 너뿐이로구나 하는 눈으로 감격에 겨워했다. 그러나 글에 대해서는 아무 말이 없었다. 큰아버지가 아무 말도 하지 않는 한 나는 시치미를 떼고 있을 작정이었다. 큰아버지는 비록 눈에 두드러진 병자는 아니라고 하더라도, 어딘가 한구석이 불편하면서도 혼자 살기를 고집하는 사람에게서 볼 수 있는 음영이 전과는 달리 짙게 어려 있었다. 밥을 매식하기에도 지쳤는지 방 안에 놓아둔 냄비에는 라면 스프 찌꺼기가 말라붙어서 라면을 거의 상식(尙食)한다고 말하고 있는 것 같았다.

방 안은 어두웠다. 그것은 북쪽으로 창을 빠끔히 열고 있는 향(向) 탓이었지만 나에게는 어쩐지 큰아버지의 심신의 상태를 말해주고 있다고 느껴졌다. 큰아버지는 이제 깜깜한 밤중에 잠을 못 이룬다고 하더라도 숫자를 거꾸로 세거나 양파 냄새를 솔솔 맡는다거나 하지 않는 것과 마찬가지로 결코 책 따위를 펼쳐들지 않을 것이라고 나는 느꼈다.

"편히 앉거라."

큰아버지는 불안한 자세로 엉거주춤 앉아 있는 내게 손을 뻗쳐서 무릎을 눌렀다.

"네."

나는 큰아버지가 무슨 말인가 하려고 한다고 생각했다. 언제부터인가 기회를 봐서 "집으로 들어와 계시죠" 하고 말해야 한다고 나는 마음먹고 있었으나 큰아버지는 오랫동안 아무 말도 안 하면서도 그 기회를 이용하지 않고 있었다. 그러자 큰아버지가 갑자기 정색을 하고 물었다.

"그래, 넌 미군이 정말 철수한다고 생각하냐?"

예기치 못했던 질문이었다. 그러나 다음 순간 그것이 큰아버지로서는 가장 절실한 문제라는 사실이 떠오르자 그런 질문을 예기치 못했다는 게 오히려 이상했다. 미군들이 떠나면 큰아버지의 초상화 장사도 볼 장을 다 본다는 평범하고 당연한 귀결을 나는 망각하고 있었던 것이다. 큰아버지는 내 입에서 무슨 말이 나올까 숨까지 죽이고 기다렸다.

"언젠가는 떠날 사람들인걸요."

신문에서는 오래전부터 그 문제를 다루고 있었다. 큰아버지의 얼굴이 어두워졌다. 나는 "미국 행정부가 최종 결정을 내리겠지요" 하고 역시 신문에서 본 대로 설명을 덧붙이려다가 그만두었다. 큰아버지에게는 아무런 도움말이 안 될 것이기 때문이었다.

"그래, 그렇지. 시끄러운 세상이야."

큰아버지도 이미 알고 있었다. 그런데도 마치 미군 철수 문제가 내 뜻에 달렸다는 듯이 물어온 것은 무슨 까닭이었을까. 나는 언젠가 집의 뒤꼍에 처박혀 있던 빈 액자가 머리에 떠올랐다. 미군의 철수는 큰아버지에게는 삶 자체를 빈 액자처럼 만들 것이 분명했다. 그래서 나는 미군 철수에 대해서라면 한 마디로 큰아버지에게 들려줄 말이 없었다.

나는 마치 큰아버지가 한때 자신의 초상이 넣어져 있었으나, 그러나 지금은 비어 있는 액자를 바라보며 무슨 생각엔가 잠겨 있는 것 같은 착각에 빠져서 마주하고 있는 큰아버지를 제대로 쳐다볼 수조차 없었다.

그렇다면, 하고 나는 생각했다.

큰아버지의 병세는 이미 예전에 나았는지도 모른다. 다만 투명인간처럼 새로운 모습으로 나타날 수 있기 위하여 아무도 몰래 빈 액자 속의 얼굴 없는 초상화로 어두운 골방에 남겨두고 새로운 탄생을 꿈꾸고 있는지도 모른다. 새로운 알에서 눈부시게 탄생하는 부화(孵化)를 꿈꾸고 있는 것인지도 모른다. 게다가 이 시대는 중늙은이들에게일지라도 얼마든지 새로운 기회가 주어지는 시대인 것이다.

"그래, 이렇게 찌뿌드드한 날은 술이라도 한잔 해야겠지."

큰아버지가 침묵을 깨고 말했다. 큰아버지로서는 가장 심각한 인생의 전환기에 서 있는 셈이 아닐까. 나는 큰아버지가 오랫동안 손에 익혔던 초상화 장사를 다시는 할 수 없다는 실의에서 한시바삐 헤어나와야 한다고 생각했다.

그러나 내가 큰아버지의 인생에 대해서 할 수 있는 일이 무엇이란 말인가. 미군 대신에 한국 사람들로 하여금 집집마다 초상화를 그려서 걸어놓아주도록 할 수는 없는 것이었다. 그렇다고 해서 큰아버지가 실의에서 헤어나오지 못하고 그대로 백수건달이 되도록 놓아둘 수는 없는 노릇이 아닌가. 큰아버지를 어떻게든 도와줄 수가 없다는 사실에 나는 마음이 무거웠다.

큰아버지는 소주보다도 막걸리를 원했다. 굳이 큰아버지가 나가겠다는 걸 말려서 자리에 앉히고 나는 밖으로 나왔다. 큰아버지가 일러준 대로 버스 종점 쪽으로 조그만 개울을 건너고 다시 골목을 지나자 '성원집'이라는 간판을 단 왕대폿집이 나타났다. 바깥에서 볼 수 있도록 진열창에는 소주와 막걸리 몇 병이 진열되어 있었고 미닫이 유리문에는 '왕대포'니 '돼지갈비'니 '해장국이니 '낙지볶음' 등의 서툰 글자가 나열되어 있었다. 나는 비닐 용기에 든 막걸리 두 병에다 도토리묵 한 접시를 시키고 노가리 몇 마리를 구웠다.

"묵은 어떡하시겠어요?"

"묵은 어떡하다뇨? 다 가져갈 건데요."

내 말에 그 여자는 언뜻 웃음을 띠었다.

"어디 가까운 데에요? 그럼 드시고 나서 접시를 가지고 오시든지요."

내가 필요 이상으로 퉁명스럽게 대꾸했는데도 그 여자는 친절하게 말했다. 나는 그 여자의 친절이 손님이 없기 때문이라고 생각했다. 나는 그 여자가 말한 대로 나중에 다시 갖다주기로 약속하고 도토리묵을 접시째로 큰아버지 방으로 가지고 갔다. 하기야 접시 하나에 무슨 지나친 의미를 붙일 것까지는 없었다. 술장사로는 당연한 일이라고 해도 그만이겠다. 주인 여자가 아님에 틀림없는데도 그 여자가 선뜻 그렇게 말했기 때문도 아니었다. 서른이 갓 넘었을까 하는 그 여자에게는 사람의 눈을 머물게 하는 구석이 있었다.

나는 큰아버지가 마시는 동안 옆에서 지켜보고만 있었다. 큰아버지에게 불쑥불쑥 여러 가지 질문을 던지고 싶었지만 결국 끝까지 아무 질문도 던지지 않기로 했다. 질문을 해보아야 시원한 대답이 나올 리가 없는 것들이기 때문이었다. 하지만 초상화 장사를 그만두게 되면 무얼 하실 작정이냐는 질문을 눌러두는 데는 상당한 인내가 필요했다. 큰아버지의 뒤를 이을 자손이 없다는 것도 늘 내 마음을 안쓰럽게 하던 문제였다. 내가 인내심을 발휘하고 있는 반면에 큰아버지는 술 한 잔을 들이킬 때마다 새로운 질문을 던졌고 또한 그 질문들이 한결같이 거창한 것이어서 나를 어리둥절하게 했다. 통일이 되겠느냐, 3차 세계대전이 일어나겠느냐, 석유는 나오겠느냐. 나는 이런 질문들에 모두 그럴 수도 있고 안 그럴 수도 있다는 대답으로 일관했다. 실은 큰아버지가 내게 한 가지 대답을 요구하는 것 같지도 않았다.

나는 큰아버지가 막연하지만 심각한 위기에 떨고 있다고 생각했다. 내 생각이 옳았다. 큰아버지는 드디어 말했다.

"내가 이제부터라도 뭘 새로 할 수 있다고 생각하니?"

혼잣말처럼 질문을 던진 큰아버지는 나를 애써 외면하고 컵에 따라놓은 막걸리를 벌컥벌컥 마셨다. 새로 시작한다는 데는 직업뿐만 아니라 아내를 얻는다는 의미도 포함되어 있다고 나는 받아들였다.

"그럼요. 그건 큰아버지 마음먹기에 달렸다고 생각해요."

나는 힘주어 말했다. 그러고 보니 큰아버지의 지리멸렬함에 나는 늘 분노와 같은 감정을 지녀왔던 것이었다. 큰아버지의 방황을 분단의 비극으로 수용하려던 시절도 있었다. 그러나 오래지 않아 나는 그런 태도를 바꾸었다. 큰아버지는 단순한 무능력자에 불과하다. 그리고 분단을 빙자해서 그 무능력을 호도하고 있다. 나는 오래전에 냉철하게 그렇게 판단했었다.

"그건 거짓말이다."

큰아버지는 나를 쏘아보았다.

"어째서요? 큰아버지는 겁을 내고 있을 뿐이에요. 큰아버지는 삼십 대부터 이젠 글렀다 하구 체념했던 거예요. 남들을 좀 보세요. 다들 이를 악물고 살고 있잖느냔 말이에요."

어째서 갑자기 내가 발끈했는지 알 수 없었다. 큰아버지가 어이가 없다는 듯이 멍하니 나를 쳐다보았다. 당황한 듯한 눈초리였으나 뜻밖에 냉소에 차 있는 눈초리였다. 여태껏 볼 수 없었던 냉소에 접하자 나는 흠칫했다. 그러나 가만히 있을 계제가 아니었다.

"큰아버진 통일이라는 이뤄질 수 없는 상황 속에 도피하고 있는 거예요. 통일이 뭐 어린애 장난인 줄 아세요? 분단은 얄타회담이 정한 거예요. 거기서 우릴 양쪽으루 갈라놔버렸다구요. 통일은 글렀어요."

정말 돼먹지 않은 말이었다. 나는 자세히 알지도 못하는 얘기를 마치 얄타회담의 내용을 속속들이 들여다보거나 한 사람처럼 강경한 어조로 공박했다. 그럴수록 더 큰아버지는 너 이제 봤더니, 하는 눈빛을 띠어갔다.

"얄타회담인지 뭔진 모르겠다만 그렇다고 통일이 안 될 건 없잖느냐?"

큰아버지는 감정을 억누르고 차분하게 말했다. 나는 터무니없이 언성을 높인 것이 스스로 창피하기도 해서 그 당위성을 증명하려는 듯이 숨소리까지 씩씩거렸다. 나는 전쟁 막바지에 접어든 일본처럼 씩씩거렸다.

"강대국들이 그렇게 정한 거라구요. 이 세상은 힘의 논리가 지배해요. 통일은 싹수가 노오랗다구요."

나는 점점 더 고양된 감정에 휩싸여갔다.

"흐음."

"큰아버진 통일이 되면 뭘 하겠다는 거죠? 큰아버진 인생의 낙오자일 뿐이에요. 큰아버지도 통일이 이뤄질 수 없다는 걸 알고 있죠? 그렇기 때문에 큰아버지는 안심하고 통일이라는 불가침의 성역을 마련하고 패배를 숨기려고 하고 있는 거죠?"

"흐음."

"흐음이 아니에요. 큰아버진 이 사회에선 가치가 없는 사람이에요. 누가 눈이나 깜짝한대요?"

나 자신도 내가 무슨 소리를 하는지 알 수가 없었다. 그것이 큰아버지에 대한 내 연민의 정의 발로라고 해도 이미 정도가 지나쳐 있었다.

큰아버지의 차가운 눈초리가 노여움과 애처로움으로 광기처럼 번쩍이는 것을 나는 보았다. 사실 그때 이미 내 감정은 말투와는 달리 서글프게 가라앉아 있었다. 그러나 나는 여전히 핏대를 올리며 더 결정적으로 치닫고 있었다.

"이북의 큰어머니두 벌써 딴사람하구 결혼했다구요. 애까지 낳았다구요. 통일이나 큰어머니를 빙자하지 마세요."

"넌."

"왜요? 뭐가 잘못됐나요? 큰아버진 겁을 먹고 있는 데 불과해요."

나는 마치 실제로 본 것처럼 단정적으로 말했다. 큰아버지는 묵묵히 아무 대꾸가 없었다. 내 감정은 한층 서글프고 한층 차분하게 가라앉아 있었다. 그러나 나는 큰아버지의 셋방을 박차듯 뒤로하고 나올 때까지 조금도 기세를 누그러뜨리지 않았다. 큰아버지의 손이 내 따귀를 올려붙이지 않은 것이 이상했다. 큰아버지는 다만 싸늘하게, 동료를 잃은 아픔을 달래려는 듯 숨을 안으로만 몰아쉬고 있었다. 나는 가슴이 아팠다. 한숨이 나오려고 하였다. 더 이상 허세를 감당하기가 어려워졌다고 느꼈을 때쯤 나는 짐짓 눈까지 부라리며 자리를 박차고 나오고 말았던 것이다.

나는 내가 무엇 때문에 격앙되었는지조차 알 길이 없었다. 나는 터벅터벅 어두운 골목길을 빠져나왔다. 나 자신이 가증스러워서 견딜 수가 없었다. 가슴이 꽉 미어졌다. 큰아버지는 그렇다손 치더라도 나는 도대체 무엇이란 말인가. 허전한 마음의 공동을 슬픔이 쥐어짜듯 밀려들었다. 발걸음이 휘청거렸다. 어지럽기조차 했다. 나 자신에 대한 분노와, 갈피를 잡을 수 없는 허전함이 눈앞을 가렸다.

버스 종점까지 갔으나 나는 결국 그 여자가 있는 술집으로 되돌아서고 말았다. 무엇을 어떻게 해야 할지도 모르는 채였다. 나는 미처 갖고 나오지 못한 접시 값이라도 지불하려고 했던 것 같았다. 그때 나는 큰아버지를 위해 썼다는 글 나부랭이가 순간적으로 떠올랐다. 형편없는 것이었다. 그러나 나는 거기에 위안을 둘 수밖에 없었다. 나는 그 종이쪽지를 꺼내들고 느닷없이 그 여자에게 글을 읽을 줄 아느냐고 물었다.

"요즘에도 글을 못 읽는 사람이 있나봐요?"

그 여자는 놀라지도 않고 말했다. 그 말에 나는 조금은 어색한 웃음을 띠고 엉뚱한 부탁을 했던 것이다. 이제 와서 내가 그 글을 좀 전에 큰아버지에게 읽힐 욕심에서 부탁을 한 것은 아니었다. 나는 좀 전에 큰아버지에게 했던 터무니없는 짓거리를 어떤 식으로든 사죄받아야 했다. 통일이 어찌되었든 큰어머니가 어찌되었든 아무래도 좋았다. 나는 진심으로 큰아버지의 병세를 걱정하고 있지 않았던가. 그리하여 나는 그 여자에게 일을 마치면 큰아버지에게 가서 내 〈아라비안나이트〉를 손수 읽어달라고 부탁했던 것이다. 나는 약도를 그려주었고 그 부탁에 합당하다고 생각되는 사례비도 지불했다. 그리고 도망치듯 그 변두리 동네를 빠져나왔다. 무슨 일을 했는지 그저 아득하기만 했다. 버스에 올라탔을 때 등에서는 식은땀이 흐르고 있었다.

그로부터 거의 두 달이 지나서야 나는 다시 그 동네로 찾아갈 수 있었다. 그동안 나는 큰아버지를 다시는 만나러 갈 엄을 못하고 지냈다. 큰아버지도 깜깜무소식이었다. 나는 큰아버지가 슬며시 모습을 나타내주었으면 하고 기다리고 있었으나 큰아버지는 내 속죄의 마음을 알아주지 않는 듯했다. 큰아버지는 그 골방에 들어앉아 병세가 의외로 악화된 채 혼자 앓으며 '고얀 놈' 하고 나를 꾸짖고 있을 것 같았다. 큰아버지의 싸늘한 웃음이 언뜻언뜻 떠올라 괴로웠다. 마침내 나는 큰아버지를 다시 찾아 나설 수밖에 없었다.

　나는 다소곳한 자세로 마당으로 들어섰다. 마침 큰아버지는 마당가의 수도에서 발을 씻고 있다가 나를 발견하고는 후닥닥 일어나 손짓을 했다. 가까이 오라는 손짓이었다. 나는 영문을 몰랐지만 큰아버지의 태도가 예사롭지 않아 엉거주춤 가까이 다가갔다. 예전의 노여움은 감쪽같이 숨기고 있는 것일까. 나는 무엇엔가 홀린 듯했다. 큰아버지는 대뜸 내 손을 끌고 집 한 귀퉁이 남의 눈에 안 띌 곳으로 가더니 내가 마음을 가다듬기도 전에 허겁지겁 입을 열었다.

　"넌 말이다, 두 가지만 동조해주겠니?"

　어안이 벙벙했다.

　"뭘요?"

　"얘긴 나중에 하기로 하고 우선 대답해야 한다."

　"네, 그러죠. 말씀해보세요."

　"하난 언젠가는 통일이 된다는 거고 또 하난 그때까지는 난 가정을 안 갖겠다는 거다."

　이왕에 사과를 하러 온 바에야 그런 따위의 말이 무슨 대수가 있을까. 큰아버지는 또다시 그런 말을 꺼내더니 끈질기긴 끈질기다는 생각과, 한편 찾아오지 않았다면 언제까지나 나를 못된 자식이라고 꾸짖고 있었을 것이라는 생각에 나는 새삼스럽게 큰아버지를 쳐다보며 머리를 끄덕거렸다.

"됐다. 단도직입적으로 말하마. 곧 알려질 테니까. 난 지금 네가 보내준 여자하고 살림을 차렸다. 다시는 초상화 장사 같은 거 한다고 떠돌아다니면서 헤어지자구 들볶지두 않겠다. 통일될 때까지 꾹 눌러살겠다. 그러나 이걸 가정이라고는 여기지 말라는 거다."

내 어깨를 움켜쥔 큰아버지의 손아귀에 힘이 가해졌다. 나는 말없이 듣고만 있었다. 내 얼굴이 어떤 감격과 또 다른 슬픔, 북받침에 서서히 달아오르고 있음을 느꼈다. 나는 얼굴이 더 이상 달아오르는 것을 막아보려고 "그 여자, 아니 큰어머님이, 아니…… 글을 읽어주던가요?" 하고 물었다. 큰아버지는 "글, 무슨 글?" 하고 넌 역시 고상한 조카로구나 하는 표정을 지었다. 그리고 덧붙였다.

"네가 이틀 밤이나 잘 돈을 주었더구나."

그러나 얼마 못 가서 그 여자와 헤어진 큰아버지는 더욱 초라해진 몰골로 우리 집으로 들어왔던 것이다.

4

꽤 오랫동안 큰아버지를 괴롭혔던 말은 우리 집을 떠나가고 말았다. 나는 집안일도 집안일이지만 폐마의 운명이 서글퍼서 머리가 어수선하기 짝이 없었다. 집 안은 침울한 분위기에 감싸였다. 아버지도, 어머니도 말이 없었다. 꿀꿀꿀꿀, 꿀꿀꿀꿀, 돼지 소리만 침울한 분위기 속에 유난히 처량하게 들려왔다. 오후가 되어서도 침울한 분위기는 사라지지 않았다. 마치 말의 시체를 놓고 장례를 지내는 집처럼 느껴졌다.

이제 우리 집은 아무런 희망도 가질 수 없는 어둠의 집이었다. 포도나무가 무한정 자라리라고 기대했던 날도 있었던 집이었다. 그러나 한 마리 폐마가 모든 것을 확실히 해주고 말았다. 나는 가슴에 묵직한 돌이 들어앉은 것처럼 답답했다. 방 안이 무덤 속 같기만 했다. 우리 집도 폐마와 똑같은 운명이 아닐까. 폐마가 마차를 못 끌듯이 애초부터 아버지도 돼지를 칠 수는 없는 것이었다. 말 때문에 돼지를 칠 수 없는 게 아니라 아버지의 운명이 그런 것이었다.

나는 방구석에서 견디지를 못하고 집 밖으로 나와 청련암으로 오르는 길을 느릿느릿 걸어갔다. 암자라고는 하지만 가까이 판잣집까지 들어선 데다가 그 뜰 밑에서는 꽤나 자주 무슨 잔치가 벌어져 장터처럼 법석대는 곳이었다. 언젠가는 중년 사내들이 그 밑의 소나무에 개를 매달고, 버둥거리는 놈을 몽둥이로 치고 있기도 했다. 그런 광경을 연상하며 집안일을 잊으려고 애를 썼으나 가슴의 짓눌림은 여전했다. 물론 나는 학업을 중단해야 할 것이었다. 내 학업을 따질 때가 아니었다. 아버지의 자격 정지는 오 년이나 되었다. 저절로 한숨이 나왔다.

작은 도랑을 건너뛰고부터는 길이 가팔라지기 시작했다. 늦은 오후의 풀숲에서는 노린재들이 교미를 하고 있었다. 암담한 마음으로 걸어 올라가던 나는 암자로 향하는 것에는 불확실하나마 어떤 목적이 있다고 막연히 느꼈다. 우연히 그 여자를 발견할 수 있을지도 모른다, 나는 생각한 것 같았다. 언젠가 어둠 속에서 만난 여자였었다. 만났다기보다 같은 방향으로 걸어오던 인연으로 잠깐 동행을 했다는 표현이 적절할 것이다.

지척이 분간 안 될 만큼 어두운 밤이었다. 어디까지 가느냐는 내 물음에 그녀는 윗동네까지 간다고만 대답했다. 윗동네라면 바로 절 밑 동네밖에 없었다. 사람 왕래가 워낙 뜸한 곳이라 나는 몹시 의아했지만 그녀는 일상처럼 개의치 않는 듯한 말투였다. 나는 잠깐, 이 여자가 혹시 여우라면 어떻게 한단 말인가 하고 어처구니없는 상상조차 했다. 우리는 거의 삼사백 미터쯤 같이 걸었다. 어느 순간에, 우리는 손을 맞잡았고, 또 어느 순간에, 키스까지 했다. 이상하게도 순조롭게 진행된 일이었다. 나는 말할 수 없는 흥분에 휩싸였으면서도, 빌어먹을, 이런 게 인생이란 것일까 하고 가벼운 비애마저 느꼈다. 그녀는, 그녀가 누구라는 것을 밝히지 않았다. 또 가는 곳까지 바래다주겠다는 제의를 군이 사양했다. 나는 정말 여우에게 홀린 것 같았다. 어떻게 그런 일이 일어났는지 도무지 어리벙벙하기만 했다. 그녀는 어떤 여자이길래 어두운 밤길을 겁 없이 가며 또 낯모르는 남자와 스스럼없이 입을 맞춘단 말인가.

그날 이후로 나는 그 이상한 일 때문에 그녀를 생각하는 데 상당히 많은 시간을 빼앗겼다. 어둠 속에서 얼굴 생김새는 제대로 볼 수 없었으나, 그녀는 내 또래거나 많아야 한두 살밖에 더 먹지 않은 여자임을 충분히 감지할 수 있었다. 하지만 그 수수께끼 같은 여자를 찾아 나설 용기도, 이유도 없었다. 우리의 만남은 그것으로서 그만임을 그녀는 말해준 셈이고 나 또한 그렇게 받아들여야 했다. 그런데 구태여 그녀를 찾아 나선 듯한 생각이 든 것은 무엇 때문이었을까. 그러나 그 생각이 구체성을 띤 것은 결코 아니었다. 나는 어디서 그녀를 만날 수 있을지, 만나면 어떻게 할지 도무지 막연하기만 했다. 실은 다시 만나게 될까봐 겁을 먹고 있는지도 몰랐다.

절도 그날따라 적막에 감싸여 있었다. 경내에는 아무도 없었다. 불당 옆에 살림집 같은 집이 옆으로 앉았는데 그 추녀 밑으로 매어져 있는 빨랫줄에 울긋불긋한 옷이 널려 있었다. 전에도 두어 번 구경 왔던 적이 있었으나 나는 그제야 이 절이 대처성의 절이로구나 하고 깨달았다. 나는 그리 넓지 않은 경내를 휘둘러보고 다시 우물가로 갔다. 그러고 보니 물 한 바가지를 퍼먹기 위해 왔던 듯도 싶었다. 나는 플라스틱 바가지에 물을 퍼서 천천히 마셨다. 그녀도 언젠가 한 번은 그렇게 물을 마셨으리라는 생각이 들었다. 새가 지붕 위에 날아와 앉는가 했는데, 뜰로 웬 여자가 들어섰다. 나는 바가지를 든 채로 그 여자를 쳐다보았다. 그 여자 쪽에서도 무심코 내게 얼굴을 돌렸던 듯했다. 눈길이 마주치는 순간 나는 그 여자가 어둠 속에서 만났던 바로 그 여자임을 알아차렸다. 아주 짧은 순간, 섬광처럼 스쳐 지나가는 느낌일 뿐이었다. 그러나 그녀였다. 그 여자의 어디가 바로 그녀라는 확신을 불러일으켰는지는 알 수 없었다. 캄캄한 어둠 속에서 손끝에 닿았던 어떤 육체의 어떤 감촉, 입술에 닿았던 어떤 육체의 어떤 감촉만으로 한 사람을 온전히 유추할 수 있다는 사실은 나로서도 쉽게 믿기지 않았다. 그러나 그녀임에 틀림이 없었다. 그녀도 눈길이 마주친 순간에 눈빛이 얼핏 미세하게 꺾였었다고 느껴졌다. 고개도 알 듯 모를 듯 갸웃했을까, 그러나 그녀는 아무것도 못 보았다는 듯 자연스럽게 경내를 가로질러갔다. 엉덩이에 착 달라붙은 이른바 판탈롱 바지 밖으로 팬티 형태가 선명이 드러났다. 그녀가 등 뒤로 나를 의식하고 있다는 사실이 팬티 자국처럼 드러나 있다고 나는 생각했다.

나는 물바가지를 내려놓고, 또한 그녀처럼 자연스러움을 가장하여 절 밖으로 발길을 돌렸다. 그녀는 이미 살림집 마루 위에 올라서고 있었는데, 나나 그녀나 다시는 서로 쳐다보지 않았다. 자연스러웠고 동시에 부자연스러웠다. 그것은 마치 정적이 감도는 긴장된 무대 위에서 영겁의 인연, 전생과 현생과 내생의 인연을 이야기하려는 서투른 무언극과도 같았다. 우리의 어둠 속에서의 만남은 전생의 어느 순간이었을 것이다. 그러므로 우리는 그 인연을 들추어낼 수가 없고 알은체할 수가 없는 것이다. 만남은 곧 헤어짐이었던 것이다.

집으로 내려오는 동안 나는 신열을 앓듯 비틀거렸다. 절집 딸과 나는 왜 서로 모른 체했을까. 아니, 그날 밤 어둠 속에서도 알은체하지는 않았었다. 그러니까, 어둠 속에서의 입맞춤이나 밝음 속에서의 눈맞춤이나 같은 종류의 만남에 지나지 않았다. 우리는 전혀 다른 세계에서 전혀 다른 삶을 타고난 두 생명체였다. 지금 이승에서 인간이라는 같은 허울을 쓰고 있기는 해도 우리는 본디 지렁이와 달팽이처럼 전혀 다른 삶을 살고 있는 것이다. 우리는 서로 알은체를 하려야 할 수가 없는 것이다. 어둠 속에서의 만남은 영겁의 궤도를 돌고 있는 두 개의 살별이 오직 한 번 스치며 시로 비춘 희미한 반짝임과 같았다. 서로 들려준 아득한 음악소리와 같았다. 그것은 절집 딸과 내가 만나 서로 알은체를 하고, 시시덕거리며 사랑의 약속을 하고, 서로의 육체를 능지처참하듯 탐닉하고, 그리고 뼈다귀를 추려 합장을 한다 한들 변할 수 없는 사실이었다. 우리 모두는 단지 스쳐가는 빛, 스쳐가는 소리에 지나지 않는 것이다.

그날 밤, 나는 창밖에 말이 없어졌다는 사실을 의식하고 있지도 않았는데 오랜만에 밤 깊도록 길고 긴 상념에 빠져들었다. 모든 것이 막막할 뿐이었다. 집안일도, 내 삶도 암담한 어둠 속으로 막 기어들어가고 있는 참이었다. 나는 언제나처럼 다시 커튼을 들치고 유리창 앞에 섰다. 밤하늘에 별이 떠 있었다. 나는 까닭 모르게 한숨이 나왔다. 뭇별들이 삶처럼 떠 있었다. 그러자 페마의 모습이 어디에선가 나타나 천구(天球)의 저쪽으로 달려가고 있는 것이 얼핏 보였다. 하지만 그것은 페마가 아니었다. 날개가 달린 천마(天馬) 페가수스였다.

나는 말을 잡아 죽여 하늘에 바침으로써 인간의 기원(祈願)을 천신(天神)에게 전달케 한다는 고대 설화가 떠올랐다. 페마는 그렇게 나의, 우리 집 사람들의 기원을 천신에게 전달하기 위해 천마로서 사라져간 것이었다.

나는 나도 모르게 눈물이 그렁그렁해졌다. 천신에게 어떤 기원이 전해짐과 함께, 나는 하나의 별이었다. 아버지도, 어머니도, 큰아버지도, 동생들도, 떠돌이 청년도 제가끔 하나의 별이었다. 절집 딸도 하나의 별이었다. 모든 사람들은 하나의 별이었다. 우리는 영원히 서로 만날 수 없어서 어둠 속에 눈빛을 반짝이며 알 수 없는 소리로 노래하고 있는 것이었다. 개도, 닭도, 토끼도, 돼지도 모두들 하나의 별이었다. 모든 생명은 하나의 별이었다. 그리고 그 모든 별들은 견딜 수 없는 절대 고독에 시달려 노래하고 있는 것이었다.

나는 천마 페가수스가 달려간 허공의 말발굽 자국에 눈길을 던지고 깊어가는 밤하늘을 오래도록 바라보고 있었다. 모든 별들이 내는 음악소리를 들을 수 있을까 해서였다.

5

사실 청련암(靑蓮庵)이라는 암자 이름은 흔한 것이었다. 그러나 내 마구간 방에서의 일 때문에 내게는 특별한 이름이었다. 앞에 가는 스님은 청련암을 향해 걸음을 재촉하고 있었다. 나는 봉천동 청련암의 '절집 처녀'를 생각하며, 또 하늘에 별빛이 보일까 올려다보기도 하며 걷고 있었다. 하늘이 잔뜩 내려앉아 있으므로 별빛은 어림없었다. 하기야 별빛이 비치면 또 '모든 별들은 음악소리를 낸다'라는 말을 떠올려 이리저리 상상을 뻗히게 될까봐 저어되기도 했다. 지금은 단지 산길을 걷는 것으로 충분했다.

그런 어느 순간 내가 스님을 불러세웠을 때, 소녀는 당황한 듯 나를 쳐다보았다. 자기가 교회로 가고 있는 줄 알지 않느냐, 그런데 왜 스님은 부르느냐 하는 뜻이 담겨 있었고, 아직은 그래도 낯선 나에 대해서 뭔가 의구심을 갖는 몸짓이었다. 그러고 보니 소녀에게는 미안한 일이었다. 나도 한때 건성으로 교회에 다니면서도 절의 탱화(幀畵)를 보고는 심한 거부감에 무서움마저 느꼈던 적이 있었다. 소녀가 스님에게 거부감을 느끼는 것을 나는 충분히 이해할 수 있었다. 당연한 일이었다. 그러나 나는 이미 앞서 가는 스님을 불러세웠고, 서른이 채 안돼 보이는 스님은 걸음을 멈춘 상태였다. 소녀가 스님의 눈초리에서 보호받고 싶다는 듯 내게로 바싹 달라붙었다. 소녀에게 어떤 위화감을 주어서 미안한 일이기는 했다. 하지만 나는 스님을 불러세운 내 행동에 대해서 스스로에게는 잘한 일이라고 말할 수밖에 없었다. 결과적으로는 소녀의 눈치를 살피느라 몇 마디 말밖에 건네지 못했지만, 나는 시골의 산고개를 넘어가면서 스님이야말로 말동무로는 적격이라고 여겼던 것이다. 단순한 말동무로서만이 아니었다. 스님은 내 일, 그러니까 그 당분간의 내 밥벌이 일에도 이것저것 큰 도움을 줄 수도 있었다. 동안거(冬安居) 중인 한겨울에 수행하지 않고 떠도는 돌중이라 할지라도.

처음 뒤에서 누군가 사람이 따라오는 것을 안 나는 적이 긴장돼 있었다. 얼마 전까정 도둑이 들끓던 되여. 소녀의 이모가 소녀에게 하던 말도 떠올랐다. 강도? 그러나, 그것으로 긴장되었던 것은 아니었다. 완전히 어둠이 깃든 한밤에 갑자기 발소리를 내며 나타난 사람, 사람이 무서웠다고 솔직하게 말하지 않으면 안 된다. 세상에 가장 무서운 게 사람이라고 하는 말은 보편성을 띤 말이었다. 가령 달밤에 공동묘지 부근에서 갑자기 웬 사람을 만났다고 상상해보라. 더군다나 그 사람은 예쁘게 단장한 묘령의 여자. 그 여자가 하얗게 웃으며 말없이 다가온다고 상상해보라. 꼬리가 아홉 달린 여우가 둔갑한 것이라면 그래도 괜찮다고 할 수 있겠다. 원한에 사무쳐 무덤 속에서 나온 진짜 귀신이다! 그러나 우리 뒤를 따라온 사람은 그런 무엇은 아니었다. 그는 빠른 걸음으로 뒤따라와서 그때까지, 비록 여자가 아님을 간파했을지라도, 잔뜩 긴장되어 있는 나를 안심시켜주려는 듯 "길이 늦었소이다" 하고 지나가는 말로 인사까지 건넸다. 언뜻 돌아보니 스님이었다. 스님은 그렇게 말하고는 어느새 우리를 앞질러가기 시작했다. 잰걸음이었다. 나는 안도의 숨을 내쉬며 소녀를 살펴보았다.

밤에 산길에서 사람을 만나는 것처럼 무서운 것은 없다. 나는 일을 맡아 충청북도 땅을 뒤지고 다니게 되기 바로 전 몇 사람과 어울려 밤 숲길을 지나던 때가 떠올랐다. 그때도 그런 이야기가 나왔었다. 그 숲은 깊어서 낮에도 검푸른 빛이 감돌았다. 밤의 나무들은 지구의 생성에 대한 책들에 나오는 고생대(古生代)니 중생대(中生代)니 하는 무렵의 기괴한 나무 모양이었다. 그때 누군가가 물었다. 김형, 밤에 산에서 뭐가 젤 무섭지? 김형이라 불린 이는 한때 제주도에 살면서 홀로 한라산에 몇십 번을 오른 경력을 가지고 있다고 했다. 밤이고 낮이고를 가리지 않고 틈만 나면 올랐다는 것이었다. 밤에 산에 홀로 오른다는 사실만으로도 나는 그가 존경스러웠다. 밤에 산에서 무엇이 가장 무섭느냐는 질문에 그는 대뜸 소라고 대답했다. 소. 그 대답에 모두들 그에게로 주의가 집중되었다. 소라니? 밤에 웬 소냐고 의아해하는 물음에 그는 제주도의 특성부터 이야기했다. 그의 설명에 따르면 제주도에서는 흔히 소를 방목해서, 소가 산자락 여기저기서 풀을 뜯는다. 이 소들은 밤에 나무 그늘에 의지하여 잠을 잔다. 그런데 이 소들은, 아마도 잠을 자고 있기 때문일 텐데, 사람이 아무것도 모른 채 바로 코앞에 다가갔을 때에야 후다닥 뛴다는 데 문제가 있다는 것이었다. 간 떨어지지, 간 떨어져. 그러나 그는 그 말을 마치기가 바쁘게 다시 말했다. 그래도, 그래도 무서운 건 사람입니다. 그러고 나서 이야기는 정해진 것처럼 허깨비니 귀신이니 하는 것들로 옮겨 갔다. 검은 숲 속에서 그런 존재에 대한 체험을 아무렇지도 않게 남에게 들려줄 수 있는 담대한 사람이 있는가 하면, 다른 한편으로는 일부러 주의를 다른 데 두면서 언뜻언뜻 듣는 몇 마디 낱말에도 오싹오싹해지는 사람이 있다는 것은 분명히 불공평한 일이었다. 나는 계속 귀를 닫고 있었다. 그러기 위해서 나는 무엇인가 집요한 생각을 하지 않으면 안 되었다. 나는 검은 숲을 생각했다. 남쪽 독일의 광활한 지역에 우거져 있는 숲, 슈바르츠발트. 휴일이면 그녀는 그 숲속의 길을 자전거로 달린다고 했었다. 그녀는 서울을 떠날 때 학위를 받기까지 오 년, 아니 칠 년을 기다려달라고 내게 말했었다.

이곳도 가을입니다. 오늘 일요일 오후 근교의 숲으로 산책을 갔었습니다. 자전거와 함께이지요. 가을이 망설이듯 오고 있었습니다. 밭길에서 한 농부를 만났습니다. 모르는 야채가 있길래 그저 이름이나 물어보려 했었는데 대화가 제법 길어졌습니다. 흉년 걱정합니다. 고향도 올해는 흉년이란 말을 전해 듣고 있습니다…… 한 주일 충분히 잠 못 자고 잘 먹지 못하고 독일어와 씨름해야 했었습니다. 이달 말에 전공과목을 위한 어학 시험이 있습니다. 철학과 예술사의 복수전공 입학 허가서를 받아놓고 있지만 그 시험을 통과해야 전공 학과에 정식 등록이 됩니다. 그러니까 한 학기는 말 배우고 청강이나 하면서 보낸 셈입니다.

그녀의 편지는 공책 두 장을 빽빽이 앞뒤로 이어지고 있었다. 밤늦게까지 우리말로 무엇인가 쓰고 나면 이튿날 독일어가 그렇게 서툴러질 수밖에 없다는 것, 니체를 읽고 있다는 것, 가을의 입구에서 지평선을 바라보며 순간이지만 완벽하게 평화로웠고 은총처럼 내리쬐는 가난한 햇볕이 아름다웠다는 것 (여기서 그녀는, 다른 좋은 말이 있을 것 같은데 찾아낼 수가 없군요라고 덧붙였다), 시험이 끝나면 스위스 국경 근처의 보덴제라는 호수로 여행을 갈 예정이라는 것 등. 그녀가 무엇이라고 쓰고 있든 그것은 이미 나와는 아무런 상관이 없는 일이었다. 그녀가 서울을 떠날 때, 나는 내가 그토록 오랜 세월을 기다릴 수 없다는 것을 이미 알고 있었다. 물론 나는 기다린다고 말했었다. 그러나 나는 나를 믿을 수가 없었다. 오 년, 아니 칠 년? 나같이 참을성이 없는 인간으로서는 그런 몇 년 단위의 세월을 기다려야 한다는 몫이 바로 내 인생의 몫이라는 사실만 생각해도 참을 수가 없는 것이다. 모든 남녀의 만남이 그렇듯이 그녀와 나의 만남도 우연하게 급속도로 이루어졌는데, 그에 알맞게 헤어짐도 급속도로 이루어진 셈이었다. 그럼에도 불구하고 그녀와 나는 자주 편지를 나누었다. 서울과 독일 프라이부르크라는 도시 사이에 봉함엽서가 전달되는 시간은 일주일쯤이 소요되었다. 내게 전달돼 오는 엽서는 납작하게 박제(剝製)된 짐승 껍질 같은 것에 지나지 않았다. 나는 마음속에서 멀리떠나간 여자의 사연을 열심히 읽었다. 어떤 때는 몇 번이고 무심코 반복해 읽다 보니 거의 욀 지경까지 되었다. 하지만 그사연은 박제가 된 사연들이었다. 잘 다듬어진 우리글로 된 시나 소설을 읽고 싶어 견딜 수가 없습니다. 여자는 그렇게 말하고도 있었다. 멀리 떠나서 보내오는 편지를 보니 다른 모든 여자들처럼 그녀도 평범한 여자였다. 그런데도 나는 그 편지들을 무엇보다도 열심히 읽어야 했다. 그것은 마치 내가 거리를지나가다가도 박제가 놓여 있는 상점 앞이면 어김없이 발걸음을 멈추고 들여다보는 심리와 같았다. 노루 · 사슴 · 꿩 · 두루미 · 악어 · 천산갑 · 뱀 · 거북 그리고 대가리뿐인 멧돼지, 그것들은 늘 불편하게 내 마음을 사로잡았다. 커다란 멧돼지 대가리가 장식된 것은 이화동의 한 술집이었는데, 그 대가리 밑에서 나는 시인 박제천(朴堤千)과 어울려 그의 이십팔수 별들에 대한 시를 안주 삼아 소주잔을 기울이곤 했다.

그녀로부터의 마지막 소식이 온 것은 그녀가 떠난 지 이 년 쯤 되어서였다. 그녀는 선생을 한다는 루트비히라는 독일 청년과 결혼해 있었다. 이곳 사람들은 이상해요. 찌개 같은 뜨거운 걸 못 먹어요. 한번은 그에게 우리 식으로 찌개를 끓여주었는데, 비지땀을 흘리며 간신히 먹는 거예요. 그리고 여자는 루트비히의 애칭은 루디라고 덧붙이고 있었다. 그러고 보니 언제부터인가 그녀는 엽서의 겉봉 주소에 서독을 영어식인 웨스트 저머니(West Germany)가 아닌 독일어식인 베 에르 도이칠란트(B.R. Deutschland)라고 적고 있었다. 그 겉봉의 변이가 그녀의 마음의 변이를 벌써 충분히 이야기하고 있었던 것이었다. 아무래도 좋은 일이었다. 나로서는 나보다 먼저 그 쪽에서 기다림에의 배반을 보여주었다는 사실에 기분이 매우 흡족했다. 그러면 그렇지, 내가 이겼다. 그러니까 내가 감쪽같이 마음을 숨기고 우리 사인 애당초 없었던 걸로 하자느니 어쨌느니 하는 따위의 덜 떨어진 소리를 늘어놓아 한바탕 소동을 벌이지 않았던 것이야말로 얼마나 성숙한 마음가짐이었던가. 그런 뜻에서라면 나는 내가 생각해도 참을성이 없다고 할 수는 없는 인간이었다. 나는 그녀가 그렇게 떠나갈 때까지, 마치 노름을 잘하는 사람이 손에 쥔 패를 결코 얼굴에 노출시키지 않듯이 내 마음을 숨기고 기다렸다. 참았다. 싸움의 진정한 승리는 그 싸움에서 이기고 지는 게 아니라, 모든 것이 판가름 난 훨씬 뒤의 평가에 있음을 나는 잘 알고 있었던 듯싶다. 그래서 나는 모든 부담을 그녀에게 지울 수 있었고 홀로 빙긋이 웃음조차 띠었던 게 아닌가. 어느 비 오는 밤, 그녀는 이국 남자의 품에 안겨 문득 그녀가 배반한 고국 남자를 생각하리라. 그리고 눈물지으리라.

그날 나는 일행이 괴기담을 하며 그 검은 숲을 지나는 동안 줄곧 그녀가 휴일이면 자전거를 타고 달린 그 검은 숲에 대해서만 생각했다.

중부 유럽의 울창한 검은 숲은 너도밤나무의 숲이라고 했지. 그 너도밤나무라는 나무는 우리나라에서는 울릉도에만 자란다고 했지. 검은 숲에 눈이 내리는 어느 날 밤에도 그녀는 그녀가 배반한 고국 남자를 생각하리라. 찌개 잘 먹는 고국 남자를 생각하리라. 그리고 눈물지으리라. 불쌍한 루디 녀석!

그녀의 마지막 소식을 들은 지 몇 달이 지난 뒤에도 나는 여전히 혼자였는데, 생활에 뿌리를 못 내리고 이리저리 옮겨 다니고 있었다. 이리저리 옮겨 다니고 있었다는 것은 셋방을 옮겨 다닌 것에서부터 직장을 옮겨 다닌 것, 그리고 마음의 갈피를 못 잡아 마음을 옮겨 다닌 것, 이 모두를 통틀어 이르는 말이다. 나는 외로운 짐승처럼 실제로 밤거리를 헤맸다. 솔직히 말해서 나는 여자를 찾고 있었다고도 할 수 있다. 어차피 내가 남자인 바에야 그것은 남자의 한계일 것이었다. 그러나 곰곰 생각해보면 나는 단순히 여자를 찾아 헤맨 것 같지만은 않다. 그만큼 삶이란 게 막막했다.

어떤 출판사의 의뢰를 받아 충청북도 일대로 취재를 떠나게 된 것은 그 무렵이었다. 교통이 발달된 오늘날에 와서 충청북도는 단지 두어 시간의 거리에 있는 지역에 지나지 않는다. 그러나 충청북도 전역을 샅샅이 뒤지고 다녀서, 각 동네마다의 특성을 두루 살핀다고 할 때는 그리 간단하지만은 않다. 본디 그 일은 내게 돌아올 것이 아니었다. 출판사에서 그 일을 계획한 것은 꽤 오래전 일이었다. 그래서 어느 정도 취재까지 진행이 되고 있었다. 그런데 충청북도를 맡은 사람이 개인적인 일로 회사를 물러나는 바람에 이른바 대타로 내가 기용된 것이었다. 내가 연락을 받고 가보니, 전임자는 벌써 몇 번째 충청북도를 다녀왔다고 하면서 《도지(道誌)》를 비롯하여 자질구레한 신문 스크랩 따위를 내게 인계해주었다. 그는 그때까지, 군별 (郡別)로 일을 착수하기 전에도 전체의 개괄적인 면모를 살피고 있었다. 그는, 일의 시행착오를 방지하기 위해서 사전에 개괄적인 글을 쓴다는 회사의 방침에 따라 몇 장의 글도 써놓고 있었다. 우선 충청북도를 어떻게 파악하고 있는지, 또 어떻게 파악할 것인지에 대한 간략한 보고서라고도 할 수 있었다. "참고가 되지는 않겠지만, 읽어보십시오." 전임자는 웃으면서 그것도 넘겨주었다. 그러면서 아무래도 이제까지의 일에 구애를 받지 말고 새로이 시작해야 할 것이라고 조언했다. 나는 일이 상당히 막연한 느낌이 들어서 그가 쓴 글부터 읽었다.

……언젠가 아침에 '집친구'에게 또 한 차례 볼멘소리를 했다. 상에 고등어가 올라와 있는데 한 젓가락 집어먹어보니 이건 짜도 이만저만 짜지 않은 자반고등어였다. 물론 젓가락을 대기 전에도 그놈이 자반고등어인 줄은 낌새를 채고 있었건만, 그놈이 그렇게까지 짜리라고는 미처 가늠할 수가 없었다. 내가 기대했던 고등어는 그렇게 짠 놈이 아닌, 펄펄 뛰지는 못할망정 적어도 바다 냄새만은 그대로 가지고 있는 놈이어야 했다. 드디어 나는 나의 '집친구'에게 한마디하고야 말았다. "충청도 아낙네, 잘 들겠수!"
내 '집친구'는 충청북도에서 자랐다. 내가 이번에 충청북도에 대한 일을 맡아 오기 전까지는 내 '집친구'가 충청북도에서 자란 사실을 알고는 있었어도 고등어라면 마땅히 소금에 절인 놈으로 받아들이거나 받아들이고 싶어 하는 사실과 어떤 연관을 맺고 있으리라고는 상상조차 못했었다. 그러나 나는 먼저 충청북도의 역사책을 구해서 펼쳤을 때 내 '집친구'의 행동의 근거를 발견할 수 있었다. 충청북도는 파도소리를 들을 수 없는 내륙 한가운데 자리 잡고 있다. 따라서 예전에는 생선이라고는 북쪽의 남한강을 타고 올라오는 '소금배'에 실려 오던 절인 생선밖에는 먹을 수가 없었고, 그것도 귀한 것이었다. 그래서 충청북도를 겉핥기로나마 살핀 지금에 와서 나는 한 마리 자반고등어에서도 충청북도 사람들의 생활의 애환을 읽게끔 되었다.

충주와 청주의 머리글자를 따서 충청도라는 이름이 생겼듯이, 이 두 도시를 함께 가지고 있는 충청북도는 '충청도 양반'의 본고장이라는 긍지가 높은 곳이다. 그러나 이러한 긍지가 때로는 발전을 가로막는 요인이 되었음도 숨길 수 없을 터이다. 그래서인지 나라 안에서 제주도를 빼고는 가장 작고 보잘것없는 도로서, 뒤떨어진 산골 정도로만 알려져 있다시피 한 곳이기도 하다. 하지만 충청북도가 없다면 우리나라 사람의 삼분의 일쯤은 고추를 넣은 김치를 못 먹고, 담배 피우는 사람의 삼분의 일쯤은 담배를 못 피우고, 시멘트로 집을 짓는 사람의 삼분의 일쯤은 일손을 놓지 않으면 안 된다. 게다가 이 땅의 구석구석에는 '산골'인 만큼 예전 모습을 고스란히 간직하고 있는 신비한 이야기와 이상한 풍습이 아직도 많다.

충청북도는 지금 엄청난 변모를 겪고 있는 곳이다. 나라 안에서 가장 규모가 큰 '다목적 댐'을 세워서 내륙의 바다를 만들고 있는가 하면, 도의 전체를 하나의 관광지로 묶는 계획을 밀고나가고 있는 곳이다. 이런 가운데, 바람이 불면 대추가 떨어지고 대추가 떨어지면 시집을 못 간다고 가슴 죄었던 속리산 아래 처녀들은 지금은 어떻게 살아가는가, 나는 힘껏 살필 계획이다……

얼핏 머리에 들어오지는 않았어도, 그 글은 충청북도가 국내 생산고의 삼분의 일가량 되는 고추·담배·시멘트를 각각 생산하고 있음을 알려주고 있었다. 그러나 나는 신비한 이야기와 이상한 풍습을 예전 그대로 고스란히 간직한 곳이라는 구절에 정신이 쏠렸다. 아닌 게 아니라 그 무렵 중원군에서 뜻밖에 고구려 비석이 발견되어 떠들썩하고들 있었다. 길가에 버려져 있던 돌이, 만주에 있는 광개토왕비를 닮은 고구려 비석임이 확인되었다는 것이었다. 그러니 충청북도는 아직도 무한한 이야기를 간직하고 있음이 확실했다.

그렇게 나는 일에 착수했다. 남이 상당히 앞서나갔던 일을 처음부터 다시 해나가는 식이어서 꽤나 더뎠다. '신비한 이야기와 이상한 풍습'은 쉽사리 발견할 수 있는 게 아니었다. 이런 가운데 내 눈길을 가장 먼저 끈 것이 올갱이라는 것이었다. 아니 올갱이로 끓인 국, 올갱이국이었다. 충청북도의 역사를 비롯하여 경제·사회·문화, 그리고 인물에 이르기까지 종합적인 인문지리지(人文地理誌)를 작성하려는 거창한 일에 참여하여 어쩌자고 한 그릇의 싸구려 국에 그토록 눈길이 쏠렸는지는 나도 모를 일이었다. 나름대로 까닭이 있다면 있다고도 할 수 있을 것이다. 올갱이 자체는 충청북도 것만이 아니었다. 그러나 그것으로 국을 끓여 파는 올갱이국은 충청북도 고유의 것이었다. 올갱이국은 충청북도의 남쪽 지역인 옥천이나 영동쪽을 제외한다면 충청북도 전역에서 가장 널리 알려져 있는 음식이다. 그런데 충청북도 땅을 벗어나는 순간 그것은 이름조차 사라져버린다. 따라서 이 충청북도의 특산물에 내 눈길이 쏠린 것은 당연한 일이었다. 그러나 한 도의 과거와 현재를 총괄하고 그것을 바탕으로 미래까지 내다보는 보고서를 작성하는 데 한 그릇 올갱이국을 따질 계제가 아니었다. 그런데도 나는 올갱이국이 충청북도의 정치·경제·사회·문화의 무슨 상징이라도 되는 듯 시종일관 머릿속에 넣고 다녔다. 나는 가는 곳마다 그 국을 파는 집을 찾아들어야만 직성이 풀렸다. 올갱이는 다슬기의 충청북도 말이었다. 흔히 길거리에서 살아서 펜치로 꽁무니를 잘라 파는, 우산을 접어놓은 것 같은 원뿔꼴의 작은 고둥, 올갱이국은 그것을 삶아 일일이 살을 빼내서 우거지와 함께 끓인 국이었다. 갖은 양념을 나셔 넣고 찌개를 끓이기도 한다. 삶아서 빼낸 올갱이 살은 곤륜(崑崙)의 옥(玉)이 생각났을 정도로 유난히 벽옥(碧玉)빛을 냈다. 술안주로 이 벽옥빛 나는 살만 접시에 담아 내오기도 한다.

그날도 나는 올갱이국을 끓여 파는 집으로 찾아들었다가 소녀를 만난 것이었다. 소백산맥에 바싹 다가앉은 그 마을에 도착했을 때, 이미 다른 곳으로 가는 차편은 끊겨 있었다. 꽤 크기는 했으나 아직 읍으로 승격하지는 못한 어중간한 마을이었다. 그런데 문제는 그날이 공교롭게도 성탄전야인 12월 24일이라는 데 있었다. 빌어먹을, 나는 혀를 찼다. 빌어먹을, 어쩌자고 하필이면 크리스마스이브에 이 산골짜기에 처박히게 되었단 말인가. 나는 볼품없는 길거리를 바라보며 내 신세를 한탄했다. 내 깐에는 그런 신세가 되지 않으려고 서둘렀는데도 불과 몇 시간의 차질 때문에 나는 오도 가도 못하게 되고 만 것이었다. 하루 전날 몇 시간만 빨랐더라면 나는 거기서 다시 고개를 넘어 별리 마을까지 갔다가 되돌아나와서 그때쯤 서울로 가는 고속버스에 몸을 실었을 몸이었다.

객지에서 크리스마스이브를 맞고 보니 생각보다 훨씬 기분이 스산했다. 기독교인도 아닌 주제에 굳이 크리스마스를 들먹일 처지는 못 된다 해도, 그렇더라도 그날 하루쯤 예수를 빙자해서 즐거운 분위기에 휩싸일 만한 은총은 누구에게나 주어졌다고 해도 무방할 것이었다. 서울에서라면 친구들과 어울려 한잔 걸치고 밤늦어서야 뿔뿔이 흩어질 것이리라. 그러나 객지에서 함께 어울릴 친구가 있을 리 만무했다. 나는 그날 난생 처음 그 마을에 발을 딛고 있었다. 이미 차편은 끊겨 있었으나, 나는 마을의 이모저모를 살필 겸해서 이곳저곳 기웃거리며 한편으로는 택시라도 구해 탈까 하는 마음으로 한동안 돌아다녔다. 그러나 그곳에서 머물 수밖에 없다는 결론에 도달하고 말았다. 이미 말했다시피 그리 적지 않은 마을이어서, 요즈음의 웬만한 마을이 다 그렇듯이, 제법 대도시의 문물을 맛보고 있다는 것처럼 반들반들한 구석이 없지 않았다. 다방이나 음식점은 여전히 촌티를 내고 있었다. 그러나 무엇보다 눈에 띄는 것은 좁은 바닥에 세 군데나 되는 생맥줏집이었다. 나는 들어가보지 않고도 그 안이 어떻게 치장되어 있는지 잘 알 수 있었다. 우선 그 벽에는, 반나체의 여자가 젊음과 몸매를 자랑하며 맥주를 선전하고 있는 대형 인쇄물이 붙어 있을 것이었다. 그 여자를 생각하자 나는 처음에 일을 위해 서울을 떠날 때 '예전 그대로 고스란히 남은 신비한 이야기와 이상한 풍습'을 머릿속에 그렸던 내가 공연히 머쓱해져서 쓴웃음을 지었다. 맥줏집뿐이 아니었다. 모퉁이의 한 전파상에서는 열심히 징글벨이 울리고, 루돌프 사슴 코는 매우 반짝인다고 끝없이 외쳐대고 있었다. 개 코는 냄새를 잘 맡기 위해서 축축해 있어야 하기 때문에 젖어 반짝인다고 했었다. 그렇다면 오늘 루돌프 사슴인지 아돌프 사슴인지는 이 거리에서 무슨 냄새를 맡으려고 저리 매우 반짝인단 말인가. 나는 어거지로 도시화를 흉내 내려고 한 길거리를 못마땅해하는 몸짓으로 얼마 동안 서성거렸다. 그렇다. 내가 접하고자 원했던 것은 '신비하고 이야기와 이상한 풍습'은 아닐지언정 적어도 시골의 정취인 것이다. 그러나 그것도 헛일이었다. 그러니 그런 산골짜기에 처박힌 내가 더욱 한심스럽기만 했다. 그렇다고 해서 내가 유난히 흥청거리며 크리스마스이브를 보내고 싶었다는 것은 아니다. 말이야 바른 말이지 기독교인도 아닌 내가 크리스마스이브랍시고 흥청거릴 나이는 꽤 오래전에 지나 있었다. 아무리 나이를 따지고 싶지 않아도 나이는 나이인 것이다. 아니, 나이가 새파랗게 젊다 한들 홀로 시골 마을에서 흥청거리긴 뭘 어떻게 흥청거린단 말인가. 문득 고등학교를 졸업한 그해 크리스마스이브 때 생각이 났다. 몇이서 계집애들과 짝을 지어 빈집에서 밤을 새웠었다. 그날 밤은 생각만 해도 낯간지러운 밤이었다. 특히, 누가 고안해냈는지 그놈의 사과 돌리기와 오징어다리 씹기는 치사하다 못해 구역질나는 것이었다. 사과 돌리기는 턱밑에 사과알을 끼우고 손 안 대고 상대방 남자나 여자의 턱밑으로 옮겨주는 놀이였고, 오징어다리 씹기는 오징어다리 하나를 남녀가 각각 다른 쪽에서 물고 다 먹을 때까지 씹어 들어온다는 놀이였다. 그때 내게로 오징어다리를 씹어 들어오던 그 계집애는 어디서 어떻게 살고 있는지 궁금했다. 나는 별 쓰잘 데 없는 생각을 다 하며 상당히 오랜 동안 서성거렸다. 하늘이 잔뜩 찌푸려서 날은 곧 어두워질 것 같았다. 나는 날이 어두워지면 어디 색전등이 반짝거리는 맥줏집이라도 찾아가 한잔 기울이기로 하고 먼저 그 식당으로 찾아들어갔던 것이다.

밥과 올갱이국과 소주 반병이 내 앞에 놓여 있기까지 나는 소녀가 무엇인가 투정을 부리고 있다는 사실을 알지 못했다. 소녀는 화가 잔뜩 난 복어처럼 볼이 부어 있었다. 나는 그런 모습을 보고서도 처음에는 별다른 느낌이 없었다. 저맘때의 소녀들은 하루에 열두 번도 더 볼이 붓는다. 금방 입이 삐죽거리는가 하다가는 금방 자지러지듯 웃을 수도 있다. 자기가 싫어하는 과일을 즐겨 먹는 사람을 그 싫어하는 과일보다도 더 싫어하는 게 소녀인 것이다. 그러니 소녀가 볼이 잔뜩 부어 있다고 해서 괘념할 거리가 못 되었다. 그러나 조금씩 시간이 흐름에 따라 무엇인가 다른 느낌이 내게 전달되어 왔다. 부어 있는 것은 소녀뿐이 아니었다. 소녀에게 일을 시키고 있는 주인 여자도 역시, 화난 복어처럼은 아니어도, 볼이 부어 있었다. 나는 얼마쯤 관심을 기울였다.

"아니, 이것아. 이 저녁에 어딜 가겠다는 게냐? 한번 못 간다믄 못 가는 줄 알질 않구서."

아니나 다를까, 주인 여자의 목소리가 들려왔다.

"이모두, 어딜 가긴 어딜 가유. 그냥 집에 가겠다는데."

볼멘 소녀의 대꾸였다.

"늬 엄마 그런 소리 읊드라. 신정에나 보내라구 했어."

주인 여자의 잘라 말하는 말들로 보아 그동안 소녀는 꽤 끈질기게 매달렸던 모양이었다. 그리고 여전히 물러설 기세는 아니었다. 그 몇 마디의 대화에서 그들의 관계가 이모와 조카 사이임은 쉽게 밝혀졌다. 다시 소주 한 잔을 털어넣으면서 나는 주인 여자가 "말만 한 계집애가 다 늦게 어딜……" 하고 혼잣말로 중얼거리는 소리를 들었다. 그 말에 나는 좀 놀랐다. 말만 한 계집애? 내가 잘못 보았는가 해서 나는 한쪽 옆에서 잔뜩 불만스러운 표정으로 바깥을 바라보고 있는 소녀에게로 눈길을 돌렸다. 내가 보기에는 분명히 말만 한 계집애라고 할 수는 없었다. 말만 한 계집애라는 건 과년하여 무엇보다 몸매가 풍염(豊艶)하게 무르익은 여자를 말해야 했다. 그러나 소녀는 아직 확실히 앳된 면모 그대로였다. 다만 굳이 주인 여자의 말을 그런 대로 써먹을 수 있다면 그것은 소녀의 엉덩이 부분일 것이라고 생각되었다. 그 엉덩이는 스커트 속에 꼬옥 감추어져 있었으나, 작은 양말의 그것처럼 팡파짐하게 제법 여물었겠다 싶었다. 하지만 역시 말만 한 계집애는 아니었다. 나이도 이제 중학교를 마친 지 한두 해밖에 되어 보이지 않았다. 나는 잠자코 마지막 잔을 기울였다. 그러자 다시 소녀의 "이모" 하고 하소연하는 듯한 소리가 들려왔다.

"잠자쿠 있어. 그 길을 혼자 어떻게 간다구 그랴. 얼마 전까정 도둑이 들끓던 되여. 곧 눈두 쏟아지겠구먼."

"뭐가, 그간에두 줄창 다니던 덴듸."

소녀는 막무가내였다.

"글쎄, 안 되어."

주인 여자는 소녀를 집에 보내고 싶지 않아서가 아니라 어떤 위험 때문에, 그 언니가 아니면 동생의 딸인 소녀에 대한 책임감 때문에 허락하지 않고 있어 보였다.

나는 짐짓 끼어들었다.

"집이 어딘데? 차도 끊겼잖니."

나는 소녀에게 말하고 있었다. 소녀가 놀란 듯 나를 빤히 쳐다보았다.

"요 고개 넘어 별리, 걸어가두 일없어유."

소녀는 차도 끊겼지 않느냐는 내 말에 항변하듯, 걸어가도 일없다는 말에 힘을 주었다.

"별리?"

별리라는 말을 듣자 나는 정신이 번쩍 드는 느낌이었다. 그곳은 내 목적지였다. 나는 다음 일정을 위해 그날 적어도 그곳까지 갔었어야만 되었다. 그곳에는 새로 발견된 마애불(磨崖佛)이 있다고 했고, 나는 그것에 대해 사진까지 찍어야 했다. 마침내 나는 소녀와 동행을 자청하고 나섰다. 하지만 일 가지고 내가 소녀와의 동행을 자청하고 나선 것은 아니었다. 어떻게든 소녀의 소원을 들어주어야 한다. 나는 꼭 그렇게 해주지 않으면 안 된다고 생각했다. 주인 여자를 설득시키는 것은 그렇게 어렵지 않았다. 나는 군청 문화공보 과장의 이름을 들먹였고, 나 역시 마침 급한 공무로 그곳까지 가야 할 몸이라고 둘러댔다. 물론 내 사진이 곁들여진 몇 장의 증명서도 보여주었다. 마침내 함께 길을 떠나게 되자, 소녀는 나를 힐끔힐끔 곁눈질하면서도 얼굴 가득히 기쁜 빛이 역력했다.

우리는 서둘러 식당을 나왔다. 소녀는 이모네 식당에서 일한 지 두 달 남짓밖에 안 되었다고 했다.

"그런데 왜 집에 굳이 가겠다는 거지?"

진작부터 그것은 궁금한 일이었다. 소녀가 어깨를 갸우뚱했다.

"아저씬 교회엔 다니서유?"

소녀가 느닷없이 되물었다.

"아니."

나는 어쩔까 하다가 솔직하게 대답했다. 순간 소녀의 얼굴에 실망의 빛이 스쳐지나가는 것을 나는 놓치지 않았다. 기독교 계통의 학교를 다닌 나로서는 실망시키지 않기 위해서 얼마든지 거짓으로 대답할 수도 있었다. 그러나 나는 그럴 수 없다고 생각했다. 나도 기독교인이 되려고 노력했던 때가 있었다. 그러나 아무래도 교회가 체질에 안 맞았다. 내가 하나님에게 가장 절실하게 기도한 순간들이 있었다면 그것은 국민학교에 다닐 무렵 주일학교에 오가면서였다고 나는 새삼 기억했다. 내가 교회에 가게 된 것은 어린 나이에 내가 좋아하고 있던 재봉틀집 계집애가 다녔기 때문이었다. 그 애의 어머니는 '옷수선'이라고 써붙인 창문 밑에서 늘 재봉틀을 돌리며 옷을 뜯어고치고 있었다. 나는 교회에 나가 그 애를 내 각시로 해달라고 하나님에게 간절히 기도하곤 했었다. 그것밖에는 나는 기독교 계통의 학교를 다니면서도 하나님의 존재를 그렇게 심각하게 받아들일 수가 없었다. 내 무엇이 잘못되었는지, 답답한 노릇이었다.

"교회 왜?"

나는 입을 다물고 있는 소녀가 쉽게 다음 말을 꺼낼 수 있도록 유도했다. 그래도 소녀는 한참 머뭇거리다가 마지못한 듯

입을 열었다.

"난 지금 교회에 가는 거여유."

소녀는 담담하게 말했다. 그리고 이어서 자기는 집동네 교회에 열심히 다녔으며 크리스마스 때는 꼭 가서 여러 가지 행사를 같이 하겠다고 굳게 약속했다는 것이었다. 그러므로 어떠한 일이 있어도 가야만 한다는 것이었다. 말끝에 소녀는 이모가 정 보내주지 않으면 몰래 도망이라도 쳤을 거라고 야무지게 덧붙였다. 교회에서는 〈메리 크리스마스〉라는 동극(童劇)도 하려고 계획하고 있었는데, 그것은 확실치 않다고도 했다.

"기특한 일이구나."

나는 소녀의 말에 알 수 없이 깊이 감동했다. 나는 다시 주일학교 시절이 떠올랐다. 재봉틀집 계집애도 교회일에 열성이었고, 여러 선생님들의 귀여움을 독차지했었다. 그러나 나는 반대로 밖으로만 빙빙 돌았다. 예수님에 대해서, 하나님에 대해서 워낙 아는 게 없기 때문이었다. 나는 예수님이 왜, 어떻게 물 위를 걸어갔는지 도무지 알 길이 없었다. 물고기 한 마리가 어떻게 엄청나게 많아져서 수많은 사람이 배불리 먹게 되었는지 도무지 알 길이 없었다. 그래서 간단한 노래만 삐끔삐끔 따라 불렀다. 나는 신산 주일학교 학생, 예배당에 나와서 주님 말씀 재미있게 듣고 좋은 사람 되겠어요. 그리고 기도만 했다. 내 각시가 되게 해주세요, 하나님 아버지. 이런 한심스런 일은 대학을 졸업하고 나서도 여전했다. 예수의 기적을 곧이곧대로 사실로 믿어야 한다, 아니다, 그것은 비유에 지나지 않다. 이런 논쟁 사이에서 다만 어리둥절해하고 있었을 뿐이었다. 이에 대해서 내가 기껏 할 수 있었던 짓거리는, 언젠가 송추 유원지에 갔을 때, '이스라엘 초어'라는 큼직하고 시커먼 민물고기를 산 채로 파는 것을 보고, 아 이게 예수가 불렀다는 물고기 종류인가보다 하고 한 마리 회를 뜨게 했던 그런 정도에 지나지 않다

현실 생활에 대해서도, 마찬가지로 종교의 문제에 대해서도 나는 도무지 갈팡질팡했다. 내가 본래 가톨릭의 영세를 받은 몸임을 나는 알고 있었다. 강릉 임당동 성당의 271번 베드로였다. 그러나 그것은 내가 의식할 수 없는 어린 시절에 유아영세라는 과정을 통해서였다. 단지 그뿐으로, 가톨릭과의 인연은 줄곧 멀었다. 구태여 밝히자면 전쟁 뒤에 구호물자로, 챙이 달리고 안에 흰 양털을 넣은 모자를 얻어 쓰기는 했다. 담요로 누빈 바지에 그 모자를 쓰고 나서면 소령집 애 부럽지 않았다. 어쨌든 그 뒤, 말했다시피, 신교 주위를 어정거리다가 나중에

는 어떤 심경의 변화로 불가(佛家) 쪽으로도 기웃거렸다. 이것
도 오산이었다. 나는 승려가 되어볼까 하고 얼마 동안 산에 들
어가 있기도 했었다. 그러나 나는 종교적인 인간이 못 되었다.
나중에 승려가 되어 사미계(沙彌戒)를 받았다는 한 방의 동료
는 쉽게 말했었다. "신심만 있으면 어려울 게 없지. 우선 이 이
백육십 자만 읽으라구. 다른 거 생각할 거 없어. 까짓 이백육
십 자 못 외겠어?" 그는 모든 수행승들의 기본적인 경전이라는
〈반야심경(般若心經)〉을 내게 가르쳐주었다. 〈반야심경〉의 온
명칭은 '마하반야바라밀다심경'이었다. 어려서부터 창의력은
부족해도 암기력은 좋다는 성적 통지표를 받곤 했던 내가 그
의 말대로 신심이 문제였다. 나는 〈반야심경〉을 외었다.

관자재보살(觀自在菩薩), 행심반야바라밀다시(行深般若波羅密
多時), 조견오온개공(照見五蘊皆空), 도일체고액(度一切苦厄), 사
리자(舍利子), 색불이공(色不異空), 공불이색(空不異色), 색즉시공
(色卽是空), 공즉시색(空卽是色), 수상행식(受想行識), 역부여시(亦
復如是), 사리자(舍利子), 시제법(是諸法), 공상(空相), 불생불멸(不
生不滅), 불구부정(不垢不淨), 부증불감 (不增不減), 시고(是故), 공
중(空中), 무색(無色), 무수상행식(無受想行識), 무안이비설신의
(無眼耳鼻舌身意), 무색성향미촉법(無色聲香味觸法), 무안계(無眼

界), 내지무의식계(乃至無意識界), 무무명(無無明), 역무무명진(亦無無明盡), 내지무노사(乃至無老死), 역무노사진(亦無老死盡), 무고집멸도(無苦集滅道), 무지역무득(無智亦無得), 이무소득고(以無所得故), 보리살타(菩提薩埵), 의반야바라밀다고(依般若波羅密多故), 심무가애(心無罣碍), 무가애고(無罣碍故), 무유공포(無有恐怖), 원리전도몽상(遠離顚倒夢想), 구경열반(究竟涅槃), 삼세제불(三世諸佛), 의반야바라밀다고(依般若波羅密多故), 득아뇩다라삼먁삼보리(得阿耨多羅三藐三菩提), 고지반야바라밀다(故知般若波羅密多), 시대신주(是大神呪), 시대명주(是大明呪), 시무상주(是無上呪), 시무등등주(是無等等呪), 능제일체고(能除一切苦), 진실불허(眞實不虛) 고(故) 설반야바라밀다주(說般若波羅密多呪), 즉설주왈(卽說呪曰), 아제아제(揭諦揭諦), 바라아제(波羅揭諦), 바라승아제(波羅僧揭諦), 모지사바하(菩提娑婆訶).

정확한 뜻은 모르되 제법 소리까지 높여 외어보아도 애초에 없는 신심이 솟아날 리 없었다. 나는 아직도 애욕의 바다에 너울거리며 뜬 한 마리의 해파리와 같은 존재였다. 좀 더 그럴듯한 먹이를 찾아 어디론가 너울거리지 않으면 안 되었다. 나는 밤중에 산 밑으로 도망치듯 내려오고 말았다. 자, 다음 차례는 힌두교인가 회교인가 하고 나는 참담해졌다.

내가 고개 중턱에서 스님을 불러세운 것은 예전의 내 방황의 찌꺼기가 아직 내 정신과 밑바닥에 남아 있기 때문일 것이었다. 내가 소녀의 보호자로 고개를 넘겠다고 자청한 이상 소녀의 뜻을 살피기는 했어야 했다. 소녀야, 이 방랑자를 조금은 이해해다오. 우리는 나를 가운데로 내 왼쪽에는 소녀가, 오른쪽에는 스님이 서서 걸었다. 막상 말동무로 스님을 불러세웠으나 내게 바싹 달라붙는 소녀의 존재는 생각보다 훨씬 큰 부담을 주었다. 소녀의 태도는 나로 하여금 섣불리 스님에게 말을 붙이지 못하게 눈에 보이지 않는 압력을 가해 왔다. 소녀의 이교도에 대한 경계는 〈시편〉에 나오는 어떤 저주의 분위기와도 같았다. 우리가 바벨론의 여러 강변 거기 앉아서 시온을 기억하며 울었도다. 그중의 버드나무에 우리가 우리의 수금(竪琴)을 걸었나니 이는 우리를 사로잡은 자가 거기서 우리에게 노래를 청하며 우리를 황폐케 한 자가 기쁨을 청하고 자기들을 위하여 노래 중 하나를 노래하라 함이로다. 우리가 이방(異邦)에 있어서 어찌 여호와의 노래를 부를꼬, 예루살렘아 내가 너를 잊을진대 내 오른손이 그 재주를 잊을지로다. 내가 예루살렘을 기억치 아니하거나 내가 너를 나의 제일 즐거워하는 것보다 지나치게 아니할진대 내 혀가 내 입천장에 붙을지로다. 여호와여 예루살렘이 해 받던 날을 기억하시고 에돔 자손을 치소서, 저희 말이 훼파하라, 훼파하라, 그 기초까지 훼파하라 하였나이다. 여자 같은 멸망할 바벨론아, 네가 우리에게 행한 대로 네게 갚는 자가 유복하리로다. 나는 말동무로 스님을 불러세우고 일행으로 삼았다가 오히려 난처한 입장이 되고 말았다. 내가 소녀를 어떻게든 꼭 집으로 보내주어야 한다고 다짐한 것처럼, 나는 소녀의 감정을 조금이라도 상하게 하고 싶지 않았다. 소녀의 태도가 그렇게까지 결연할 줄 몰랐던 내 불찰 탓이었다. 소녀들은 하루에도 열두 번씩 볼이 붓지만, 그런 경우 역시 여자답게 마음의 문을 여는 데는 형식적인 절차가 필요한 것이 당연하다고 나는 어렴풋이 생각했다. 아니, 그렇지 않을지도 몰랐다. 소녀는 일부 학자들에 의해 주장되듯이 예수의 시신을 수습한 막달라 마리아의 화신 같기도 했다. 이렇게 되니 세 사람의 분위기는 여간 어색하지 않았다. 나는 스님이 청련암으로 간다는 말에 겨우, "청련암이 예서 멉니까?" 하고 엉뚱한 물음을 던진 것이 고작이었다. 나는 이미 《도지》와 또 몇만 분의 일이라는 지도에서 청련암이란 절을 보아놓고 있었다. 스님에게 가장 물어보고 싶은 말인, 새로 발견된 마애불에 대해서도 이러쿵저러쿵 꺼낼 수가 없었다. 내가 바위 벼랑에 새겨진 불상을 취재하기 위해 길을 나섰다고 한다면, 아기 예수를 맞이하기 위해 그렇게도 고개를 넘으려고 했던 소녀는 순식간에 나를 등질 것이었다. 나는 사서 고생하는 격으로 이러지도 못하고 저러지도 못했다. '말만 한 계집애'는 결코 아닌 작은 소녀에게 내가 그렇게도 마음을 쓴 적은 전에 없었다. 이해할 수 없는 일이었다. 그렇다면 소녀에게서 나는 내 어릴 적 각시인 재봉틀집 계집애를 보고 있었던 것이 틀림없다.

"어딜 가십니까, 오늘 같은 날에?"

어색한 분위기를 못 견디겠는지 스님이 입을 열었다.

"오늘 같은 날이라뇨?"

나는 소녀의 눈치를 살피며, 단지 그쪽에서 무슨 말인가 꺼내준 것이 고마워서 금방 말을 받았다.

"크리스마스이브 아닙니까, 오늘은."

뜻밖의 말이었다. 나는 산골 고개를 넘는 스님의 입에서 크리스마스이브라는 말 자체가 나온 것에 어떻게 반응을 나타내야 좋을지 알 길이 없었다. 그 점에서라면 소녀도 마찬가지로 나름대로의 충격을 받은 모양이었다. 어둑어둑 스며오는 땅거미 속에서도 나는 소녀가 흠칫하고 스님 쪽으로 눈을 돌리는 것을 놓치지 않고 보았다.

"더군다나 이 소녀는 교인이지요?"

스님은 그것을 간파했는지 앞질러 말했다. 나보다도 약간은 어리다 싶었는데, 뜻밖에 능갈하다 싶은 말투였다. 그보다 놀란 것은 소녀 쪽이었다. 이 소녀는 교인인 듯한데라는 스님의 말을 듣는 순간 소녀는 어쩔 수 없이 내 손을 거머잡고 말았다. 땀에 젖어 촉촉했다.

나는 비로소 스님에게 몇 가지 사실을 털어놓았다. 소녀는 지금 교회에 가고 있다는 것, 나는 우연히 동행을 하고 있다는 것, 그러나 결코 마애불 때문에 내가 가고 있다는 말은 하지 않았다.

"그렇다면 내가 본 중에 젤 아름다운 크리스마스군요. 나무 서가모니불."

스님은 거침없이 말했다. 나무와 남무(南無)가 어떻게 다른지 모르고 또 석가(釋迦)와 서가가 어떻게 다른지 몰라도 그는 분명히 서가라고 발음했다. 나무서가모니불.

"스님은 절에 들어온 지 오래되셨습니까?"

나는 물었다. 그러나 곧 스스로의 말에 놀랐다. 나는 분명히 들어'온' 지라고 말하고 있었다. 그렇다면 그것은 잘못이었다. 그것은 들어'간' 지라고 말해야 옳을 것이었다. 다행히 소녀는 그 말의 차이점을 괘념하지는 않는 듯했다.

"뭐 그냥 어려서부터 들어왔지요. 절에 보내면 명이 길다고 했다나요."

"그럼 지금 계신 곳이 청련암?"

"아닙니다. 뒤늦게 학교에 적을 두었지요. 동국대학교 불교학과. 방학이 되어 은사 스님을 찾아가는 길입니다. 나무관세음보살."

나무관세음보살이라는 말이 유난히 두드러졌다. 그러나 스님의 말투에는 경건함이 깃들어 있었다. 스님이 서울에서 대학을 다닌다고 하더라도 크리스마스를 들먹인 것은 나에게나 소녀에게나 파장이 컸다. 그래도 나는 여전히 스님에게 조금이라도 기울어진 자세를 보이지 않았다. 그런 내 태도에 소녀는 그 극심한 경계심이 조금은 풀어진 것 같았다. 하지만 셋 사이에 흐르는 공기는 별반 달라진 것이 없었다. 우리는 여전히 한 사람의 회의주의자, 한 사람의 예수주의자, 한 사람의 석가모니주의자였다.

고개 마루턱까지는 꽤 먼 길이었다. 어느덧 날은 어두워 내가 확실히 볼 수 있는 것은 내 옆에 걷고 있는 소녀의 어깨 거리 안이었다.

"눈이 올 것 같은데 안 오는군."

스님이 그렇게 말했다. 마치 그 말이 무슨 신호인 양 우리는 마루턱에 올라섰다. 지도에 따르면 청련암은 거기서 왼쪽으로 더 올라가고, 우리는 드디어 별리 마을로 내려가게 되어 있었다. 마루턱에 올라서자 이제 반은 넘어섰다는 안도감이 전달되어 왔다. 게다가 소녀와 스님에게 별것도 아닌 것을 가지고 부담을 주었다는 느낌에서 해방되는 것이 반가웠다.

"자, 그럼 스님."

나는 인사를 했다. 주머니에서 양쪽 손을 꺼냈는데, 합장은 하지 못했다.

"잘 가시오. 눈이 올지 모르니. 애기는 크리스마스 잘 지내고, 나무관세음."

젊은 스님은 어디까지나 나무관세음보살이었다. 소녀만 없었으면 나는 뭔가 한마디 뿔난 소리를 했을 것이었다. 너무 나무, 나무 할 것까진 없지 않소. 그러는 사이에 스님은 어느덧 위로 휘적휘적 멀어져갔다. 그렇게 빠른 걸음걸이를 가졌으리라고는 미처 상상하지 못했었다.

소녀와 나는 어둠 속에서 스님이 사라지는 것을 무슨 기묘한 마술을 보는 것처럼 바라보고만 있었다. 그때였다. 소녀가 갑자기 앞으로 나섰다.

"메리 크리스마스!"

나는 소녀의 입에서 나온 소리에 놀라지 않을 수 없었다. 그 목소리는 연극에서처럼 고양되어 있었다. 나는 나도 모르게 앞으로 걸어가 소녀의 손을 꽉 쥐어주었다. 그러면서 나는 스님이 먼 데서 무엇인가 웅얼거리는 소리를 들었다.

날이 어두웠다. 우리는 고개를 내려가기 시작했다. 그럴 즈음 나는 눈발이 하나 둘 내린다는 것을 알았다.

"어, 눈이 오는구나."

"쪼금 아까부터 내렸어유."

그와 함께 나는 주위를 두리번거렸다. 올라올 때와는 전혀 다른 풍경이었다. 어둠 속에서도 나는 그 차이를 확연히 알 수 있었다. 그것은 흰 숲이었다. 방금 눈이 내려서 흰 숲이 아니었다. 고개를 넘은 쪽은 해가 안 드는 서북쪽으로, 언젠가 내린 눈이 아직도 녹지 않고 있는 것이었다. 어둠 속에서도 나뭇가지들이 함박꽃 송이만 한, 녹다 만 눈덩어리를 매달고 있는 것을 나는 보았다. 그리고 다시 내리기 시작한 눈. 멀지 않아 숲은 희디흰 숲이 될 것이었다.

"어서 가자."

나는 마애불의 얼굴을 그려보았다. 그 벼랑에 새겨진 얼굴은 부드러운 선에 귀가 귀인(貴人)처럼 늘어진, 웃을 듯 말 듯한 얼굴이리라. 주워들은 바로는 신라 때 것인지, 백제 때 것인지, 혹은 고려 때 것인지 밝히고 있는 중이라고 했다. 아무래도 좋았다. 그 산 바위 벼랑에 기어올라 하나의 얼굴을 쪼았을 우리 조상의 모습을 나는 강조하려고 하는 자세였다. 누군가가 아무도 없는 바위에 붙어 어떤 얼굴을 쪼았을 것이었다. 내게는 그 얼굴이 루오가 그린 예수처럼 보일 수 있을지도 몰랐다. 아니, 어떤 나라의 왕자였다가 깨달은 이름 모를 사람이라도 좋을 것이었다. 우상을 숭배하지 말라. 기독교에서 배웠다. 그런데 그런 학교를 다녔으면서도 나는 절했다. 그러나, 그때 금물로 칠해진 불상은 내게는 우상이 아니었다. 그것은 내 마음이었고, 결국 나였다. 나는 새벽 세 시에 일어나 절했다. 나에게 절했다. 나 때문에 일어난 모든 일에 대해서 나를 벌하옵소서. 예수 그리스도, 진정한 마음. 술 먹고 싶고, 여자 간하고 싶고, 돈 갖고 싶은 마음, 권세 가진 자를 욕하고, 친구를 침 뱉는 사악한 마음, 이웃을 헐뜯고 자기를 앞세우는 간특한 마음, 잘된 자 시기하고 못된 자 핍박하는 악마의 마음, 긍휼히 여기소서, 주여. 나는 누구보다도 먼저 일어나 촛불을 켜고, 손바닥을 귀 뒤에서 위로 하는 그 부처에 대한 진정한 배례(拜禮)를 하면서 빌었다. 옛날 정반왕(淨飯王)의 아들 고타마 싯다르타 는…… 보리수나무 아래서 삶의 이치를 깨달았다. 예수와 싯다르타……

"스님이 뭐라고 하고 갔죠?"

눈발 탓인지 소녀는 내 팔에 매달려 있었다. 나는 스님이 먼 음성으로 보내던 소리를 생각했다. 소녀는 그 입으로 거리낌 없이 '스님'이라고 했다.

"글쎄…… 저기 불빛 보이는 데가 동네지? 벌써 행사는 시작했겠지?"

나는 나이 먹은 사람의 그 의뭉을 떨었다. 소녀가 내 손을 더욱 꼭 잡았다. 눈은 본격적으로 내리려고 하는 것 같았다. 나는 소녀를 예수에게로 인도하려고 가고 있음이 분명했다. 그러나 내가 해야 할 일은 다른 일이었다. 붓다의 얼굴을 보러 가야만 했다. 바위 벼랑에 새겨진 한국의 붓다. 그렇지만 소녀가 물어본 것을 사실 그대로 대답할 수가 없었다. 그 스님이 멀리 가면서 들려준 소리, 그것은 눈발 속에서 나만 알아들을 수 있는 가물가물한 소리였다. 아제아제, 바라아제, 바라승아제.

고갯길이 훨씬 가팔라졌다.

"조심해, 다 왔으니까."

길은 소녀가 더 잘 알 것이었다.

그리고 나는 다시 흰 숲을 보았다. 눈이 아주 녹지 않은 곳이 있었다. 희디흰 숲이었다. 스님의 마지막 소리는 무엇이었던가. 아제아제(揭諦揭諦), 바라아제(波羅揭諦), 바라승아제(波羅僧揭諦). 스님은 그런 소리를 남기며 산으로 올라갔다. 〈반야심경〉의 마지막 구절이었다. 아제아제, 바라아제, 바라승아제. 그 뜻은. 가자 가자, 높이 가자, 더 높이 가자라는 것이었었지.

문득 내 눈에 그녀가 흰 숲을 자전거를 타고 달려가고 있는 모습이 어른거렸다. 이곳 사람들은 찌개를 못 먹어요. 검은 숲이 아니라 흰 숲이었다. 나는 아무것도 못 이루고, 여자도 못 찾고, 헤매기만 하는 나를 되돌아보았다. 이제 마을에 도착하면 밤은 더욱 막막하리라. 언젠가 독일에 갔을 때, 그녀를 보고 오지 않았다는 사실도 새삼 두드러지게 떠올랐다. 나는 어금니를 꽉 깨물었다. 현실의 삶도, 직장도, 정신적 지주도, 종교도, 나는 내 것으로 한 것이 없었다. 지평선을 바라보며 순간적이지만 완벽하게 평화로웠다. 먼 불빛이 일렁일렁 가까워지는 듯했다.

그래.

나는 헤매오기만 했다. 삶? 종교? 또 무엇? 모든 것이 엉터리였다. 그러나 포기할 수는 없는 것이었다. 내가 아무리 날라리 인생을 살아왔든, 나도 아름다움을 추구하며, 악을 미워하는 정의로운 인생길에 접어들고자 노력해왔지. 아무렴, 가자 가자, 높이 가자, 더 높이 가자. 아무렴.

그때 나는 나도 모르게 중얼거렸다.

불쌍한…… 녀석!

그렇다. 나는 루디라고 하려고 했다. 불쌍한 루디 녀석! 눈 내리는 어느 날 밤에 그녀는 눈물지으리라. 불쌍한 루디 녀석! 그러나, 그러나, 그러나, 그러나 눈이 내렸다.

불쌍한…… 녀석!

그것이 루트비히의 애칭 루디가 아닌 다른 누구를 지칭하는 줄을 나는 이미 알았다. 그러나 누구라고 밝혀 부르기는 싫었다. 오 년, 아니 칠 년. 그렇다면 아직 나는 얼마나 기다려야 할까. 루디의 애를 갖겠다고? 오 년, 아니 칠 년.

눈이 내리고 있었다. 흰 숲이 검은 숲이었고, 흰 숲이 검은 숲이었다. 눈이 내리며 별빛이 나를 비추고 있었다.

6

아버지가 다시 직업을 되찾는 데는 그러나 오 년이 걸리지는 않았다. 도중에 사면을 받은 것이었다. 그러자 아버지는 갑자기 어깨를 펴고 몇백만 원의 어마어마한 거액을 거침없이 들먹이며 곧 거부(巨富)가 될 테니 두고 보라고 입버릇처럼 말했다. "이번 일은 틀림없어"라고 아버지는 확신에 찬 목소리로 우리 식구들을 흥분시켰다.

그러나 일은 그렇게 쉽사리 풀리지 않았다. 그럴 때마다 아버지는 법률 용어까지 들먹였고 공판 날짜라든가, 상대편 회사의 재정 형편 따위를 소상히 설명했다. 그쪽에서도 질 것은 아예 각오한 바 있었으면서도 날짜라도 좀 끌어보려는 속셈이었으니만큼 이번에는 어쩌지 못하리라는 배경 설명도 빠뜨리지 않았다.

한두 번이 아니었다. 어머니는 그 말에 따라 동네방네 다니며 빚을 얻어 아버지를 뒷바라지했다. 그러나 그 결과는 번번이 허탕이었다. 아버지가 어떻게 그토록 오랜 세월 동안 우리 식구를 호릴 수 있었는지는 수수께끼에 속했다. 우리는 늘 아버지의 "이번만은 틀림이 없어" 하는 말에 솔깃하게 속아 넘어갔고, 결과가 허망해졌을 때는 "그러면 그렇겠지" 하고 쉽게 자포자기하고 말았다. 너무나 오랫동안 계속한 숨바꼭질이기 때문에 싱거운 탓도 있었다. 몇 달 동안 아버지가 언제 돈을 들고 오나 기다리고 있다가 점차 아무도 기대하지 않게 될 무렵의 어느 날이면 아버지는 어김없이 어깨를 축 늘어뜨리고 들어왔다. 우리는 아버지의 말을 듣지 않고도 이미 알고 있었다. "혹시나 했다가 역시나로 끝나고 말아?" 하고 여동생이 누구에게랄 것 없이 빈정대는데도 아버지는 못 들은 체했을 뿐이다. 그러나 아버지는 다음 날이면 어김없이 재기했다. 다음 번 사건은 틀림없다는 장담이었다. 변호사라는 직업은 돈 걱정 하지 않는 대표적 직업으로 알려져 있는 데다가 실제로 그런 경우를 허다하게 보아온 우리 식구인지라 아버지의 장담이 어느 날엔가는 현실로 나타나리라는 환상을 쉽게 버릴 수가 없었다. 우리 식구의 그와 같은 기대감은 전혀 헛된 것은 아니었다. 나중에 알려진 일이지만 아버지는 꽤 많은 돈을 벌었음에도 불구하고 밑에 데리고 있던 잽싼 사무장에 의해 감쪽같이 사기당한 것이었으니 말이다.

어쨌든 아버지처럼 좌절되지 않는 사람도 없었다. 법에 의한 싸움을 한다면 언제나 승산이 있다는 이상한 신념에 차 있었다. 물론 아버지가 한 푼의 돈도 만져보지 못했다고는 말하기 어렵다. 구속적부심(拘束適否審) 제도가 존속했던 시절까지만 해도 그런대로 괜찮았으나 세월이 바뀌고 법이 개정되어 적부심 제도가 없어지자 형사 소송에서 손을 떼고부터는 예전에 모았던 몇 푼의 돈을 쓰기에 급급한 처지가 되고 말았던 것이다. 그런데도 아버지는 내가 법을 공부하기를 강력히 희망했다. 희망이 아니라 강요였다. 하기야 초등학교 때부터 내가 어서 커서 법관이 되기를 고대해온 아버지이고 보면 당연한 귀결이었다. 나는 그 말에 따를 수가 없었다. 나는 이미 문학에의 길로 들어섰다고 선언하고 저항했다. "법이란 인간이 만든 굴레예요. 거기에 매달려 인생을 보낼 생각은 없어요" 하고 나는 항변하면서 무엇에 그렇게 격앙되었는지 "죽으면 죽었지" 하고 어처구니없는 결의까지 표명했던 것이다. 그것은 내가 포도나무를 놓고 "뭐 미쳤다구" 하고 대든 것과 같은 반항이었다.

그러나 아버지도 집요했다. 그럴수록 나는 고슴도치처럼 웅크렸다. 인간성을 옹호하며 살려면 진실이라는 이름으로 피를 흘려야 한다고, 그 길은 문학에의 길이라고 나는 어거지를 썼다. 언제 내가 문학에 그렇게 병들어 있었는지 나도 놀라지 않을 수가 없었다. 아버지는 어이가 없는 모양이었다. 믿는 도끼에 발등을 찍혔다든가 이른바 호랑이 새끼를 키웠다든가 하는 경우라고 여겼을지도 몰랐다. 아버지는 마침내 "며칠 더 깊이 생각해봐" 하고 말하며 물러나 앉곤 했다.

그 무렵 나는 뜻밖에도 아버지의 문학 강의를 듣기도 했다. 김소월에서부터 이백에 이르기까지 장광설을 늘어놓은 아버지는 "시란 아름다운 거지" 하고 말했다. 그럼으로써 나의 저항의 예봉(銳鋒)을 꺾어보려는 의도임을 간파하고 나는 심한 메스꺼움을 느꼈다. 아니나 다를까 마지막에는 "법률 공부를 한다고 해서 시를 못 쓰지는 않을 게 아니냐" 하고 부드럽게 유도한 뒤에, 부자(父子)가 함께 법률계에 몸담고 있는 사람을 보면 부럽기 짝이 없다고 말하며 시무룩한 표정을 지었다. 나는 아버지가 나를 설득하려는 것 자체에 거부감을 가지고 있었기 때문에 무슨 말을 해도 오로지 역겨울 뿐이었다. 내가 결코 양보하지 않으리라는 사실은 너무나 명백했다. 그러므로 아무리 무릎을 맞대고 앉는다 해도 도로에 지나지 않았다. 그 싸움은 내가 이길 수밖에 없는 싸움이었다. 정 그렇다면 학업을 포기하겠다는 데는 어찌할 도리가 없을 것이었다. 아버지는 일단 양보했지만 그 후 내가 대학을 졸업한 뒤에도 나를 법관으로 만들어보겠다는 의도를 결코 버리지는 않았다.

"지금이라도 법을 하겠다면 얼마든지 할 수 있다."

아버지는 늘 주의를 환기시켰다. 아버지는 내가 좌절하고 방황하기를 바랐는지도 몰랐다. 필경은 그렇게 될 것이고 그때 기민하게 기회를 포착하여 현실적인 영달을 약속하는 고등고시에의 길을 제시하면 내 마음을 '바로잡을' 수 있으리라 여기고 있음에 틀림이 없었다. 아버지가 때때로 "요즘 시는 잘 되냐?" 하고 물을 때마다 나는 그 말의 뒤에 도사리고 있는 괴조(怪鳥)의 눈초리 같은 저의를 떠올리고는 불길하고 우울하기 짝이 없었다. 나는 아버지가 내가 이른바 이유 없는 방황을 하고 있다고 여기고 있을까봐 몸서리쳤다. 아버지가 그렇게 물을 때마다 나는 그냥 "네"라고만 짤막하게 대답했다. 내가 열심히 쓰고 있다면 좋아할 리 만무했고, 또 실은 별로 진전이 없어 불면증에 걸릴 지경에 처해 있었지만, 그런 꼬투리를 엿보인다면 무작정 펼쳐 올 공세가 귀찮았기 때문이었다. 아버지와 같은 밥상머리에 앉기도 꺼려하기 시작한 무렵이었다. 아버지의 그와 같은 의도는 참으로 끈질겼다.

"아직도 늦지 않았다."

내 심중을 떠보려는 듯 빤히 들여다보는 눈은 언제나 변함이 없었다. 나는 문학에 병들고 그리고 생활에 시달렸지만 아버지의 뜻에는 변함없이 완강히 저항했다. 결국 문학에 좌절하고 생활에 역시 자신이 없으면서도 아버지에게만은 자존심을 지키며 패배하고 싶지 않았다. 패배? 그것이 왜 패배였던 것일까. 나는 가장 손쉽게 얻을 수 있는 비겁하고 옹졸한 저항의 승리로 내 모든 패배를 호도하려고 했던 것일까. 아버지가 나에게 법을 공부하지 않겠느냐는 권고를 하지 않게 된 것은 내가 결혼을 하고 나서였다. 이제는 늦어버렸어, 결정되어버렸어 하는 낙망의 눈초리를 나는 보았다. 아버지는 나와 마주 앉아서도 별말을 하지 않았다. 그러나 나는 언제까지나 마음이 편치 못했다. 아버지가 "자, 봐라, 내 말을 따르지 않은 결과 네 주제가 뭐가 되었느냐"라고 여기고 있는 것 같았고 나는 나대로 "아무것도 되지 않고 평범하게 사는 것도 또한 훌륭한 삶이란 말이에요" 하는 항변을 마음속으로 되뇌고 있었다.

그런 의미에서 나는 아버지의 변호사 일이 큰 성과를 거두지 않게 되기를 은근히 바랐다. 그랬을 때 내가 겪을 고통을 견딜 재간이 없었다. 그 무렵 아버지는 예의 큰소리를 치면서 차츰 몰락의 길로 치닫고 있는 참이었다. 그래도 내가 아버지에게 "거 보세요. 법을 한다구 뭐 뾰족한 수가 있나요?" 어쩌고 하면서 대들지 않는 데는 그럴 만한 이유가 있었다. 무슨 새삼스러운 공경심이나 효도에서가 아니라 아버지의 일이 쥐구멍에 볕드는 것처럼 볕을 보게 될 가능성 때문이었다.

때마침 아버지는 탄광 사고로 불구가 된 갱부의 손해배상 청구 소송을 맡고 있었는데, 탄광촌과 갱부의 가족이 접촉하여 법원 판결이 있기도 전에 사전 합의하고 소송을 취하할까 봐 갱부의 아내와 그 어린 딸을 집 안으로 데려와 숙식까지 시키고 있었다. 갱부의 아내는 하루 종일 누워서 잠자는 게 일이었고 멜빵 달린 검정 치마를 입은 어린 딸은 입가에 난 부스럼에서 진물을 흘리며 마루에 나앉아 소꿉장을 만지고 있었다. 생판 모르는 객식구의 시중을 드는 것은 쉬운 일이 아니었다. 아버지는 어머니에게 일의 자초지종을 설명하고 며칠만 고생을 하면 된다고 달랬다. 이번에야말로, 하는 비장한 나날들이었다. 그러나 그런 보안조치에도 불구하고 병원에 입원하여 꼼짝 못하고 있던 갱부 자신이 소송을 취하함으로써 허망한 결말에 이르고 말았다. 어느 틈에 탄광 측 사람이 접근해서 소송을 오래 끌면 서로가 괴로운 일이니 적당한 선에서 매듭을 짓자고 꼬드겼다는 것이었다. 재해 보상액 산출 방법에 의한 꽤 많은 손해배상 청구액이 사라져버렸던 것이다. 아버지의 일이 큰 성과를 올리지 않게 되기를 은근히 바라던 편이던 나도 어처구니가 없었다. 그러나 이 경우는 오히려 명확해서 괜찮은 편이었다. 아버지는 많은 승소 판결을 얻어내고 있었는데도 집안에는 한 푼의 돈도 들어오지 못했으니 이상한 일이었다. 그 이유는 패소한 회사가 망했다거나 딴사람 명의로 변경이 됐다거나 하는 상투적인 것이었는데 어째서 그렇게 되는지 우리 식구는 알 길이 없었다. 그럴 때면 법률 서적이라도 좀 들여다보고 어디에 허점이 있는지 캐보고도 싶었으나 나는 그럴 수가 없었다. 멸망이 다가올지라도, 하고 나는 이를 악물었다. 나는 일찍이 내가 터무니없는 적개심을 불태우며 지키려 한 것이 무엇인지 알 길이 없었지만 내가 그랬었음은 훌륭하게 기억하고 있었다. 이제 와서 그 흉터를 내놓고 싶지 않은 알량한 자존심으로 나는 아버지의 몰락을 팔짱을 낀 채 보고만 있었다.

그런데 사태가 이상하게 진전되었다. 사무장이 사기죄로 구속됨과 함께 의외의 사실이 밝혀졌고 거기에 충격을 받은 아버지가 졸도를 해버린 것이었다. 사무장은 소송 착수금을 유용하여 사건을 법원에 계류조차 시키지 않은 채 차일피일 미루다가 고소를 당한 것인데, 일단 일이 터지자 그렇게 끌고 있는 사건이 한두 건이 아님이 밝혀졌다. 더군다나 아버지가 거

뒤들이지 못한 이른바 사례금도 거의 사무장의 손에 의해 가로채인 것임이 드러났다. 집달리들이 달려가 본즉 이미 회사는 존재 자체도 없더라고 한 것도 그의 꾀였고 커미션을 먹고 탄광 측과 갱부를 몰래 타협시킨 것도 그의 꾀였다. 그러나 그가 구속되었다고 해서 희희낙락하고 있을 계제가 아니었다. 모든 계약서에는 아버지의 도장이 찍혀 있었고, 또 실제로 소송 의뢰인들이 아버지의 간판을 보고 온 것이지 사무장의 얼굴을 보고 온 것이 아니라는 데 문제가 있었다. 실로 진퇴양난이었다. 그가 착수금으로 받아 유용한 금액만도 거금이었다. 아버지가 큰소리를 탕탕 쳤던 것도 근거가 있는 소치였다. 우리 식구는 입만 벌린 채 그렇게 엄청난 돈을 사기당했다는 데 대해 할 말을 잃고 있었다.

그러나 아버지는 좀 묘한 입장으로 보였다. 분명히 패배자다운 표정이긴 했으나 "것 봐라" 하고 자신의 무능을 변명하는 투로 말했다. 아랫사람을 잘못 다스린 무능은 아버지에게는 해당되지 않는 것처럼 보였다. 아버지에게는 현실적인 손해를 얼마를 보았건 오로지 법에서의 승부만이 진정한 승부였는지도 모른다. 어떻게 뒷수습을 할 길이 있을까 하여 서대문 구치소로 사무장을 면회하고 온 어머니는, 사무장이 유용한 돈에 대해서는 내놓을 염은 하지도 않고 출감하면 밑천을 삼겠다고 하여 뻔뻔스럽게 말하며 아예 몸으로 때울 결심을 하고 있더라고 전했다. 그때까지만 해도 덤덤한 편이던 아버지는 얼굴이 붉으락푸르락해지더니 "뭐라고? 그놈 참 고약한 놈이었군 그래" 하면서 분을 이기지 못하고 펄쩍 뛰었다.

"이천만 원이라니, 이십만 원만 있어두 원이 없겠수."

어머니는 어머니대로 씨근거렸다.

"아버진 귀가 엷어서 탈이에요" 하고 여동생은 언젠가 하던 말대로 아버지가 지나치게 남의 말을 잘 듣고 이랬다저랬다 한다고 힐난했다. 아버지는 두 눈을 부라렸지만 결과가 결과인지라 불호령은 떨어지지 않았다. 나는 아버지의 일이 버그러졌다는 사실에 대한 분개보다도 나를 법관으로 만들겠다던 뜻이 다소 무색해져서 아버지가 속으로 '저 녀석 내 꼴을 보고 제가 옳았다고 할 테지' 하고 생각할까봐 안절부절못했다.

그날 저녁 아버지는 평소부터 다소 우려를 표명해왔던 고혈압 증세가 도져 쓰러지고 말았다. 홧김에 마신 술이 화근이었던 것이다. 퇴근 무렵 전화 연락을 받고 병원으로 직접 달려간 나는 아버지의 한쪽 눈이 사팔뜨기의 눈처럼 옆으로 돌아가 있음을 보았다. 어머니와 아내가 그 옆에 쪼그리고 앉아 있었다. 의사는 이만하길 다행이라면서 조심하지 않으면 큰일이 난다고 경고를 하였다. 술은 한 방울도 안 된다고 한 방울에 힘을 주어 말했다. 아버지는 입을 반쯤 벌린 채 숨을 헉헉 몰아쉴 뿐 아무 말도 하지 않았다. 말을 할 수가 없었는지도 몰랐다. 그러나 나는 아버지가 변호사 일을 해서 일격에 재기해 보이겠다고 속으로 굳게 다짐하고 있음을 보았다. 마침 여름이 다가왔고 법조계도 예년과 같이 하한기(夏閑期)에 들어가 민사 재판은 휴정을 계속했으므로 아버지의 졸도는 그리 큰 문제가 되지 않았다.

아버지는 며칠을 누워 있다가 자리에서 일어나 혼자 걷는 연습부터 시작했다. 아무래도 성한 사람의 걸음걸이는 아니었다. 우리 식구는 아버지에 대해서 몇 번씩이나 실망을 거듭해서 별다른 기대를 가지고 있다고 할 수 없었으나 뒤뚱거리는 그 걸음걸이를 보고는 또 한 번 실망하지 않을 수 없었다. 아버지는 조심스럽게 걸음마를 할 뿐 우리 식구가 가진 만큼의 실망은 가지고 있지 않은 것 같았다. 아버지는 무엇보다도 나에게 보여질 초췌한 변호사상(像) 때문에 괴로워하고 있음에 틀림이 없었다.

우리 식구는 아버지가 변호사 일에 다시 욕심을 부리지 말고, 비록 액수는 적지만 다달이 고정 수입처럼 들어오는 공중업무나 맡아 하면서 여생을 보내줄 것을 희망하였다. 오십 대 초반의 나이에 여생이라는 말이 공공연하게 입에 올려졌던 것이다.

"몸도 그러니 쉬시면서 그러도록 하세요" 하고 어머니를 통해 설득했으나 아버지는 "걸 말이라고 하나!" 하고 일축하고 말았다. 아버지의 말에 따르면 '도장만 빌려주면 되는 일'을 하면서 보낼 수야 없다는 것이었다. 그렇게 되기 위해서 젊은 시절 수많은 밤들을 새워 공부했던 것은 아니라는 것이었다.

여름이 지나고 법정이 다시 개정되자 아버지는 눈을 빛내기 시작했다. 하기야 계류되어 있던 사건들 때문에라도 당장 집에 틀어박힐 수는 없는 일이었다. 아버지는 성치 못한 몸을 이끌고 나가 새로운 사무장과 손을 잡았다. 그러나 이때까지 우리 식구는 무슨 일이 일어나고 있는지 알지 못했다. 지난번 사무장이 저질러놓은 일의 뒤치다꺼리로 사무실마저 날려버린 아버지는, 몰락한 변호사들의 마지막 길이기도 한 길로 접어들었던 것이다. 즉 이번에 사무장과 손을 잡았다는 것은 그 사무장에게 아버지가 고용되었음을 뜻했다. 그렇게 해서라도 아버지는 법정에 서야 했던 것이다. 변호사의 고용은 변호사법에 저촉되는 행위였다. 물론 변호사와 사무장 간에 면밀한 묵계를 하고 겉으로는 변호사가 사무장을 고용한 것처럼 꾸미고는 있었지만 그런 관계의 빈틈이란 쉽게 드러나게 마련이었다.

누가, 무엇이 아버지를 그토록 몰아세워 더듬거리는 말투를 무릅쓰고 변호인석에 서게 했던 것일까. 불편한 몸으로 법정에 서기 위해 나가는 아버지에게 우리 식구는 아무 조언도 할 수가 없었다. 어머니가, 아들이 버니까 이젠 집에서 쉬라고 했다가 날벼락이 떨어진 적이 있었기 때문이었다. 아버지는 막무가내였다. 아버지는 이른바 사건을 사기 위해 급기야는 집까지 저당 잡히고 말았다. 브로커들이 몰고 오는 사건이었다. 이러한 일련의 몸부림이 아버지를 돌이킬 수 없는 함정으로 몰고 가고 있음을 아무도 몰랐다. 아니, 아버지로서는 알면서도 어쩔 수 없이 던진 승부수였는지도 몰랐다. 아버지의 변호사 일은 다시 활기를 띠어가고 있는 것처럼 보였으나 실은 그게 아니었다. 이번에는 사기를 당한 정도가 아니었다. 지나치게 욕심을 많이 낸 새 사무장 때문에 세무 사찰을 받게 되었고, 그 결과 아버지와 사무장의 고용 관계가 들통이 나 문제가 생기고 만 것이다. 어느 날 아버지는 얼굴이 핼쑥해져서 들어와 맥없이 자리에 눕고 말았다. "이젠 끝장인가보다" 하고 아버지는 내뱉었다. 그 얼굴은 병마가 휩쓸고 간 마을 같았다.

"왜요? 또 무슨 일이 생겼수?" 하고 어머니는 붙어 앉았다.

"징계위원회에 회부됐어" 하고 아버지는 실토했다. 변호사의 구속에는 법무부 장관의 재가가 필요하므로 구속까지는 되지 않겠지만 변호사법 위반으로 얼마간 자격 정지가 될 공산이 크다는 것이었다. 이미 집에서 쉬기를 은근히 바라고 있었던 우리 식구는 자격 정지에는 별다른 관심이 없었다. 다만 문제라면 그동안 벌여놓은 사건들을 어떻게 마무리 지을 것인가였다.

나는 아버지의 자존심을 상하게 할까봐, 일부러 아무 일도 일어나지 않지 않았느냐는 듯 무표정하게 대하려고 애썼다. 아버지의 심리상태가 어떤지는 나로서도 읽을 수가 없었다. 그러나 아버지는 만회할 길 없는 실추에 누구보다도 가슴이 아픈 모양이었다. 태연을 가장할 때처럼 그리고 그 태연의 뒷면이 남들에게 보여졌을까 우려할 때처럼 초라해 보이는 때는 없다. 아버지는 밤새도록 잠을 못 이루는 것 같았다. 나 역시 까닭 모르게 잠이 오지 않아 불을 끈 채 희부연한 천장만 응시하고 이 생각 저 생각 더듬고 있었다. 나는 잠을 못 이룬 아버지가 불편한 걸음걸이로 마루를 왔다갔다 하는 소리를 들을 수 있었다. 마루가 비틀린 뼈처럼 삐걱거렸다. 나는 마루의 어

디가 어떻게 삐걱거리는지 알고 있었으므로 어둠 속에 누워서
도 아버지가 어디쯤에서 다리를 끌고 있는지 잘 알고 있었다.
아버지는 내 방 앞에서 걸음을 멈추고 얼마 동안 숨을 몰아쉬
었다. 자조일지도, 비탄일지도 모를 깊은 숨소리였다.

아버지의 눈길은 어디를 향하고 있을까. 어렸을 때 아버지
는 나를 훈계할 때 나 스스로로 하여금 회초리를 구해 오도록
했었다. 나는 마당으로 나가 내 종아리를 때릴 회초리를 구했
다. 내가 맞을 것이었지만 지나치게 가는 것은 나 자신이 용납
되지 않아 나는 울면서 마당을 뒤졌다.

아버지가 방문 앞에서 숨을 몰아쉬고 있는 동안 나는 문득
어릴 적 회초리를 구하러 마당을 맴돌던 때와 같은 심정이 되
었다. 그러한 훈도(薰陶)는 모두 나를 법관으로 만들기 위한 일
념 때문이었음을 알고 있었다. 나는 아버지의 몰락이 나의 배
반으로부터 비롯되었다는 묘한 자책감에 사로잡히는 것을 어
쩔 수 없었다. 아버지는 하루아침에 화려하고도 어마어마한
성취를 달성해 보임으로써 내 고질화된 가치관을 뒤흔들어놓
고 싶었음에 틀림이 없었다. 그러나 나로 말하면 아버지가 꿈
꿈 일격의 무모함을 미리 알고 있었고, 그럴 경우 내가 취할
수 있는 행동이 어떠해야 할 것인지 걱정되었다. 아무것도 나

를 굴복시킬 수 없음이 너무도 분명한데 상대방이 그 수단을 은밀하게 열심히 강구하고 있다는 것은 참을 수 없는 일이었다. 나는 혐오와 경멸과 연민을 느꼈다. 그러면서도 함께 살아가야 한다는 당위는, 삶이란 형벌에 다름 아니라는 사실을 환기시켜주었다. 다음 날부터 아버지는 징계위원회의 통고를 기다리며 집에 틀어박혀 있었다.

"은행 돈이 벌써 삼 개월째 밀렸는데." 어머니는 울상을 지었다. 집을 담보로 얻은 대부금의 이자 때문이었다. 더군다나 그 무렵 알려진 사실로는 아버지는 은행에서의 융자 외에도 이른바 신문 광고에 흔히 보이듯이 '이중 대출도 됨'에 의해 개인 사채업자에게도 집을 담보로 잡히고 있었다. 사태가 이에 이르자 동생은 "우리가 이렇게 사는 걸 안다면 모두들 웃을 거야" 하면서 아버지가 변호사임을 비웃었다. 여동생의 그런 태도에는 다분히 자기중심적인 불만도 개재돼 있었는데, 말하자면 혼기가 다가오는데도 혼수금 따위는 한 푼도 마련돼 있지 않다는 데 대한 반발이었다. 지구가 돈다는 것은 그저 돈, 돈, 돈, 돈, 하면서 돈다는 것을 뜻하는 듯이 보였다. 지구는 돈, 돈, 돈, 돈, 돈, 돈, 돈, 돈, 돈다. 그로부터 열흘 뒤 아버지는 다시 육 개월의 자격 정지를 통보받았다. 변호사회의 자율적인 징계 결과였다.

"음" 하고 아버지는 짧게 신음을 내뱉었을 뿐 이미 예상하고 있었다는 듯 별다른 동요는 보이지 않았다. 아버지에게 그 육 개월은 돌이킬 수 없는 세월임을 나는 알고 있었다. 내 봉급으로는 아버지가 진 빚의 이자를 감당할 수 없는 것이었고, 아버지는 이제 다시는 재기를 꿈꾸지 않을 것이었다.

"어떡하지요?" 하고 식구들은 자못 걱정이 되는 눈치였다.

"어떡하긴 뭘 어떡해" 하고 나는 일축했지만, 이로써 아버지와 나의 쓸잘 데 없는 자존심 싸움이 제발 끝나주기만을 바랐다. 지금 가진 쥐꼬리만 한, 그것도 마이너스 상태의 재산만 포기하면 그만이었다. 아버지는 갑자기 초췌한 모습을 띠어갔다. 걸음걸이도 전보다는 눈에 띄게 불안정해졌다. 이제야말로 나에 대한 아버지의 금법(禁法)은 옛 시대의 바이마르 헌법처럼 멀어진 것이었다.

7

폐마가 사라진 마구간은 꽤 오랫동안 비어 있다가, 방으로

만들어졌다. 그리고 마침내는 내 방이 되기에 이르렀다. 그 방
에서 나는 대학을 다녔고, 글을 읽고 썼다. 그러나 그 방이 폐
마의 보금자리라는 사실은 늘 내 뇌리에서 떠나지 않았다. 그
래서 나는 폐마가 되기 전에 내 길을 더 열심히 가야 한다고
나를 다그치지 않으면 마음이 놓이지를 않았다. 모든 별들이
내는 음악소리를 내 음악으로 만들지 않으면 안 된다고……

8

터미널로 들어간 버스가 다시 몇 미터쯤 뒷걸음쳐서 멎었다.

"다 왔군요" 하면서 나는 제일 먼저 좌석에서 일어섰다. 어
서 버스에서 벗어나고 싶었기 때문이었다. 한겨울인데도 날
씨가 따뜻해서 길은 눈 녹은 물로 질펀했다. 나는 녹은 팥빙수
같은 물구덩이를 이리저리 피하며 걸어나갔다.

"공원묘지 차가 대기하고 있다던데."

어머니가 두리번거렸다. 그 말에 상복 보따리를 들고 뒤따
라오던 동생도 건성으로 두리번거렸다.

"저쪽에 있는 긴갑십니더."

매제가 턱으로 왼쪽을 가리켰다. 흰색 바탕에 검은색 테를 두른 마이크로버스가 거기 있었다. 우리는 어슬렁어슬렁 그쪽으로 걸어갔다. 광주 읍내에서 묘지까지는 십 분 안팎이라 듣고 있었다.

"그리 먼 거리는 아니군요. 아까 그 고개만 아니라면 교통은 좋은 편인데."

나는 매제에게 말을 건넸다.

"맞심더" 하고 매제는 동조하고는, "아까 그 운전사 술까지 묵었어예" 했다.

"그래요?"

"한 십 년 그 바닥에 굴러묵으문 압니더."

"사실 아까즘에는 내심 겁이 덜컥 났어예. 사고 나는 걸 하도 마이 봐놔서예, 거게다가 술까지……"

매제는 혀를 내둘렀다. 나는 매제가 새삼스럽게 지금에 와서 강조하는 것은 내가 아까 지레 앞질러 겁을 집어먹고 있었음을 알기 때문이라고 생각했다. 그러나 우리 모두는 아버지의 묘소를 비교적 알맞은 거리에 별 탈 없이 장만할 수 있었다는 사실에 안도와 위로를 느끼고 있었다. 아버지는 자신의 장례 비용조차 남기지 않고 세상을 떴으니까 말이다. 은행을 비롯한 여러 종류의 빚쟁이들의 성화에 못 이겨 집마저 내놓고 사글셋방으로 옮기고부터 아버지의 병세는 갑자기 악화되었다. 두드러지게 나타난 증세는 감정실금(感情失禁)이었다. 조그만 자극에도 감정을 주체하지 못하여 텔레비전을 볼 때면 마냥 울고 있는 형편이었다. 운다기보다 눈물을 줄줄 흘린다는 말이 옳았다. 뇌혈관 계통에 장애가 온 것이었다. 숨을 쉴 때에도 간단없이 가래가 끓었다. "으이구, 그저 울기는." 어머니가 노골적으로 경멸하며 삿대질을 할 때면 무력한 분노의 눈을 멀뚱멀뚱 뜨고 멍하니 쳐다보기만 할 뿐이었다. 이빨과 발톱이 빠지고 우리 속에 가두어진 병든 짐승. 한때는 서슬이 시퍼래서 불호령을 내렸을 아버지였건만 그 패도(覇道)는 이미 간곳 없이 사라져버렸던 것이다.

집에서 아버지를 비웃을 수 없는 구성원은 오로지 나뿐이었다. 그것은 일찍이 내가 아버지에게 복종하지 않은 대가요, 일종의 형벌이었다. 나는 과거에 이미 아버지를 실컷 매도했던 것이다. 아버지로 인해 편히 머리 둘 곳마저 빼앗겼지만 나는 군소리 한마디 입 밖에 낼 수가 없었다. 내가 아버지의 뜻에 따라 법을 택하고 그래서 실패를 했더라면, 그랬다면 나는 아버지를 매도해도 좋을 것이었다. 그러나 나는 아버지의 권외

(圈外)에서 방관자요 국외자, 더 나아가 대응자로서 행동했기 때문에 그 마당에 뛰어 들어갈 자격이 없었다. 내가 뛰어 들어가 아버지를 매도할 수 있는 길은 옛날의 "뭐 미쳤다구" 하는 따위의 불복종을 철회함으로써만 가능했다. 그러나 인생에 있어서 세월, 즉 시간만큼 거역할 수 없는 속박의 율법(律法)이 어디에 있을 것인가.

사흘 만에 다시 보는데도 묘지는 상당히 모습이 달라져 있어 보였다. 사흘 사이에 날씨가 확 풀린 때문인지도 몰랐다.

"비석에 새길 비문을 지어오셨습니까?" 관리사무소의 직원이 물었다. 지난번에 그런 부탁을 받은 바 있으나 나는 비문을 짓지 않고 있었던 것이다. 아버지에게는 아무런 수식도 필요 없고 다만 이름 석 자면 족하리라는 마음이었다. 나는 아버지의 묘소로 올라가는 길을 올려다보며 "글쎄, 평범하게 하지요" 하고 막연하게 말했다.

언덕바지로 올라가는 길은 외길이었다. 그 오르막 외길을 보는 순간, 아무것도 남기지 않고 오히려 빚만 남기고 남루 속에 갔지만 법에 대해 가졌던 아버지의 남다른 외곬의 집착이 진하게 되살아났다. 그것이 오기라 해도 좋았다. 자신의 몰락과 파멸을 자신의 신념으로써 자초했다고 한다면 그 인생 또

한 패배는 아닐 것이었다. 어려서 아버지의 직업란에조차 변호사라고 쓰기 싫었던 것은 그 외길을 이해하지 못했던 치기와 미망의 소치에 불과했다는 뉘우침이 밀려왔다.

나는 위로 향해 뻗어 있는 외길을 물끄러미 쳐다보면서 나도 모르게 "변호사 아버님" 하고 나직이 중얼거렸다. 그때 내 눈에는 눈물이 가득 괴었는데, 여동생이 무슨 말인가 하려고 다가왔으므로 나는 "신발에 웬 돌이……" 하면서 굽혀 얼굴을 땅으로 향하고 구두에 손을 가져갔다.

그와 함께 어떤 생각이 머리를 스쳤다. 그것이 천마 페가수스가 가리키고 있는 별이라는 생각과 연결된 것은 잠시 뒤였다. 나는 하늘을 올려다보았다. 그리고 마음속으로 그 별을 짚어보았다. 이제 아버지의 별은 어떤 음악소리를 내며 빛날 것인가……

9

내가 별들의 음악소리를 듣고 있는 동안 전혜린이라는 여자는 별들의 냄새를 맡고 있었던가. 나는 놀라지 않을 수 없었다.

한때 새로운 여성의 한 형태를 보여주며 시대를 휩쓸었던 여자 전혜린.《그리고 아무 말도 하지 않았다》라는, 독일 소설가 하인리히 뵐의 소설을 번역해 우리에게 소개하고 또 같은 제목의 산문을 써서 베스트셀러를 만들었던 전혜린이었다. 그러나 그녀는 더 이상 어떤 설명을 하고 있는지 나는 모른다. 그냥 '별들의 냄새'라고만 되어 있기 때문이었다. 그게 뭐 어떻다는 구절도 없다. 별들의 냄새가 어떻다는 것일까. 별들이 과연 냄새가 나는 것인지에 대해서도 알 수 없는 나로서는 막막하게, 무조건적으로 받아들일 수밖에 없는 것이다. 마구간 공간에서 내가 읽은 문장은 다음과 같을 뿐이었다.

어두운 밤—자욱한 안개, 별들의 냄새.

완성된 문장도 아니다. 토막 난 암호와 같다. 이것을 구태여 산문적으로 연결해보면 어느 어두운 밤에 안개가 자욱하게 끼었고 별들은 무슨 냄새인가 냄새를 내고 있다는 이야기까지도 될 수 있다. 물론 글쓴이의 의지가 거기 담겨 있는지 아닌지는 우리가 알 수 없다. 말하자면 별들의 냄새가 맡아진다는 것과 별들의 냄새를 맡는다는 것은 다르다. 하지만 그런 것까지야 여기서 캐고들 계제가 아니다. 다만 확실히 밝혀져 있는 것은 별들이 냄새를 내고 있다는 것인데, 웬일인지 안개가 자욱하게 끼어 있는 것이다. 안개가 자욱한데도 밤하늘의 별들이 보이는 것일까? 그렇지는 않겠다는 걸 경험으로 알고 있으므로 생각은 잠깐 갈피를 잃는다. 어두운 밤은, 안개가 자욱하게 끼어 더욱 어둡다. 그렇지만 별들의 냄새는 어디선가 맡아져 온다. 안개가 자욱하게 끼어 있다고 하더라도 그 위에서 별들이 반짝이는 건 변함없다. 안개 때문에 그 빛이 가려져 있을 뿐이다. 그러니까 별들이 냄새를 뿜는다면 안개 속에도 그 냄새가 배게 마련이다.

어두운 밤—자욱한 안개, 별들의 냄새.

그런데 이 글은 '독일에서 죽음을 기도했을 때의 전혜린 일기'의 한 대목이라고 읽었던 기억이 떠올랐다. 그렇다면 별들의 냄새란 죽음을 유혹하는 어떤 향기임직도 하다. 그것이 어떤 것일까? 나는 그것이 논리를 뛰어넘는 글이라는 걸 용납하지 못하고 전전긍긍하고 있다. 죽음을 앞에 둔 사람이 보이지 않는 별들의 냄새를 맡는다는 사실은 실상 아무것도 이상할 것이 없는 것이다. 그러면 꼭 죽음을 앞에 둔 사람만이 그럴 수 있는 것인가. 그렇지 않을 것이다. 더군다나 우리들 모든 삶이란 무릇 엄연히 죽음을 앞에 두고 있는 바 아니랴.

그러고 보니 나는 별들의 냄새가 어떻다느니 하면서 바깥 풍경을 내다보고 있었지만 별빛을 바라보고 있는 것은 아니었다. 바깥에는 안개가 흐느적거리고 있었다. 최근 들어 짙은 안개를 본 적이 드물었었다. 나는 지금 독일 프랑크푸르트를 거쳐 프랑스 파리에 와 있고, 안개는 지난 저녁 낯선 여자와 언덕길을 올라올 때부터 발밑에 깔리고 있었던 것 같기도 했다. 그것이 정확하지 않다면 그때 발밑에 깔리고 있던 희붐한 것은 그저 도시 야경의 잔상쯤인지도 모른다. 밤의 불빛이란 아주 이상한 것이어서, 언젠가 산 밑에서 밤을 맞았을 때, 그 산의 뒤쪽 마을의 불빛이 온통 하늘을 훤하게 비추어 후광을 만들며 산 전체를 성상(聖像)처럼 보이게도 하는 것이었다.

나는 바깥의 안개를 내다보다가 눈길을 돌려 여자의 얼굴을 곁눈으로 내려다보기도 한다. 낯선 여자는 곤히 자고 있다. 그러나 이제 저것은 야경의 잔상이라기보다는 역시 안개가 틀림없다. 건너편 건물의 불빛도 안개가 흘러 엷을 때만 솜사탕처럼 부풀어 저만치 보인다. 아직은 깊은 밤이다. 당연히 별빛은 보이지 않는다. 그럼에도 불구하고 나는 별빛에서 냄새가 난다고 여기고 코를 벌름거리고 있으니 이상한 일이다.

나는 그런 내가 몹시 이상해 보여서 공연히 방 안을 왔다갔다 한다. 낯선 여자는 여전히 곯아떨어져 있다. 아마 팬티도 안 입은 알몸일 것이다. 그 알몸에 대해서도 알고 있다는 점에서 그녀는 결코 내게 낯선 여자는 아니다. 하지만 나는 낯선 여자임을 강조한다.

실상 그녀는 며칠 전부터 나와 함께 있었다. 그것은 지극히 평범한 인연으로서의 만남이었다. 몇 개 나라를 도는 동안, 영어 한마디 제대로 못하는 내가 나라마다 안내자가 필요했던 것은 어쩔 수 없는 노릇이었다. 따라서 중앙아시아와 러시아에서는 러시아어를 하는 한국인, 독일에서는 독일어를 하는 한국인, 프랑스에서는 프랑스어를 하는 한국인이 나와 함께였다. 이렇게 나를 도와준 사람들을 한국인이라고만 밝히고 있는데 그들의 신분이 각양각색임은 두말할 것 없다. 중앙아시아의 한국인은 이른바 고려인 4세인 남자였으며, 러시아의 한국인은 역시 고려인 4세였지만 러시아인과 결혼한 여자였으며, 독일에서는 한국 여행사 직원, 그리고 프랑스의 한국인이 바로 지금 침대에 곯아떨어진 여자였던 것이다.

그러니까 내가 그녀를 낯선 여자라고 하는 것은 터무니없다. 낯선 여자라니? 나는 그녀가 "서울론 언제 돌아가실 거예요?" 하고 물음을 던진 그날부터 그녀를 잘 알고 있었다. 그리고 그 물음이 내게 부여한 의무감을 아직도 무겁게 그러안고 있는 것이었다. 그러나 나는 벌써 몇 번째 그녀와 침대에서 엎치락뒤치락했는지 모른다. 그녀의 젖가슴은 처녀 젖가슴이라기에는 지나치게 커서, 그때 마침 길거리에서 전시하고 있던, 멕시코 조각가의 여인상을 연상시켰었다. 하기야 조각에서는 여자뿐만 아니라 남자도 일괄적으로 마치 잔뜩 바람을 넣은 풍선처럼 뚱뚱한 몸뚱이를 하고 있었다. 그러나 그 몸뚱이에 비해서 여자의 젖가슴은 유난히 크다고는 할 수 없다. 그런데 내 안내자 여자는 젖가슴만 유난히 컸다. 그 젖가슴만 빼고는 몸은 오히려 가냘픈 편이었다. 그런 점에서는 중앙아시아 사막의 쌍봉낙타 같기도 했다. 쌍봉낙타는 그 자신을 위해 두 육봉이 발달되었다고는 하나 그것은 실은 메마른 사막을 먹여 살리기 위해 사막의 입에 물리는 두 젖가슴이기도 한 것이다. 그 낙타가 없었다면 역사상 사막은 어찌되었겠는가?

그러면 그녀가 사막의 쌍봉낙타라면, 그녀가 내 위에 걸터앉아 그 쌍봉을 덜렁거릴 때, 나 자신은 사막을 자처했던가? 그랬는지도 모르겠다. 이 경우 '자처'라는 말은 상당히 모호하게 나 자신을 미화하고 있다. 사막이라는 말도 관념어 · 상징어가 되면서 미화된다. '자처'조차도 아니다. 나라는 인간은 사막보다도 황폐해진 지 오래인 것이다. 그러나 실제로 사막을 본 사람은 아무 말도 못한다. 왜냐하면 사막에는 사막밖에 없기 때문이다.

몇 나라를 지나서 프랑스 파리에 도착했을 때, 한국인이 하는 호텔에서 만난 한 한국인 청년은 "파리에는 개똥이 많다"라는 말을 늘 외고 있었다. 이 말은 절대 비유가 아니다. '개똥'이라는 말은 아무것도 아닌 것을 뜻하기도 하는데, 액면 그대로 파리의 길거리에는 개똥 그 자체가 엄청나게 많은 것이다. 그는 그 말을 곧 "몽마르트르에는 개똥이 많다"로 바꾸고 제발 개똥을 조심하라고 몇 번씩이나 충고를 잊지 않았다. 파리 대신 몽마르트르가 나온 것은 우리가 묵고 있는 별 두 개짜리 작은 호텔이 몽마르트르 언덕 입구인 아리스티드 브뤼앙 거리에 있었던 데 연유한 것이다. 아리스티드 브뤼앙은 샹송 가수라고 했다. 나는 그의 노래는 전혀 모르나 그의 초상의 인쇄물은 몽마르트르 언덕의 상점들에서 흔히 볼 수 있었다. 그는 옆모습으로 검고 둥근 차양 모자를 쓰고 붉은 머플러를 등 뒤까지 드리우고 있다.

여기서 그 거리의 한국인 호텔인 물랭 호텔을 간단히 소개할 필요가 있겠다. 물랭이란 풍차라는 뜻이다. 예전에는 이 언덕 주변에 풍차가 많았었다고 하며 그 가운데 하나인 낡은 풍차가 돌아가지는 않는 채 지금까지 보존되어 있다. 이 언덕 아래의 환락가에 있는 붉은 풍차라는 뜻의 '물랭 루즈'도 이런 연고로 붙여진 이름이라고 하겠다. 지하철 아베스 역에서 내려 왼쪽으로 교회를 지나 카페들과 상점들의 거리를 걷다 보면 왼쪽으로 아리스티드 브뤼앙 거리가 나오는데, 이 거리는 그리 잘 알려져 있지 않은 작은 거리로서, 조금 내려간 오른쪽으로 물랭 호텔이 자리 잡고 있다. 파리에서는 유일하게 한국인이 경영하는 호텔이기 때문에 이곳 사정에 어두운 한국인은 흔히 이 호텔에 묵으면서 파리 생활을 시작하는 경우가 많다. 나 역시 여기 머무르면서 아침저녁으로 개똥을 밟지 않으려고 조심하며 이곳저곳 기웃거리는 게 일과였다. 파리의 여자들은 왜 그렇게 개들을 끌고 다니는지 모를 일이었다. 그런 어느 날 그녀를 소개받은 것이었다.

그날 나는 "몽마르트르에는 개똥이 많다"는 말이 입에 붙어 있다시피 한 그 한국인 청년과 어울려 언덕 위에 카페에서 포도주를 한 잔씩 하고 내려왔었다. 포도주 병마개 따개라는 뜻의 이름을 가진 그 카페는 언덕 주변의 많은 카페와는 달리 낡고 허름해서 그런대로 옛 정취가 배어 있다는 느낌을 주는 곳이었다. 그곳에서 포도주를 한 잔씩 따라놓고 피아노 연주를 듣다 오곤 하는 것이 우리의 큰 낙이기도 했다. 사회주의에 대해 글을 쓰고 있다는 그 청년은 샹송의 본고장에서 정작 샹송은 듣기가 힘들고 미국의 팝송이나 재즈가 판을 치고 있다는 사실에 무엇보다 분개하고 있었다. 그러나 그 카페에서 피아노로 재즈를 연주하는 사내의 솜씨는 일품이라고 인정하는 데는 인색하지 않았다. 우리는 특히 콧수염이 눈에 띄는 살바도르 달리의 얼굴을 크게 내세운 포스터가 붙어 있는 피아노 옆자리에 앉아, 사내가 흥겹게 연주하는 〈파리의 아메리카인〉을 두세 번씩 듣고 내려오곤 했었다. 그 피아노 연주도 그러려니와 그곳에 앉아 있으면 수시로 드나드는 관광객들의 모습을 보는 것도 결코 작지 않은 낙이었다. 그곳의 단골손님임이 분명한 중년의 추상화가를 제외하면 손님들은 언제나 각양각색으로 바뀐다.

그날은 앞자리에 앉은 가죽 재킷의 여자가 자꾸만 곁눈질을 하더니 나갈 무렵에 끝내 "한국인이세요?" 하고 말을 걸어오기도 했었다. 아마 우리가 말하는 걸 들은 모양이었다. 나는 그렇다고 고개를 끄덕이고는 그쪽이 일본 사람인 줄 알았다고 대답해주었다. 그랬더니 자기도 처음에는 그렇게 여겼다며 느닷없이 "아트 아세요? 달리를 좋아하세요?" 하고 연거푸 묻는 것이었다. 그 물음의 엉뚱함이 나를 당황케 했다. 우리가 앉아 있는 자리는 달리의 무슨 전시회 포스터가 붙어 있는 바로 밑이라고 미리 말했었다. 아마도 어디선가 그에 관한 포스터를 몇 장 붙여놓은 걸 전시회라고 선전하는 것인 모양이었다. 그는 아리스티드 브뤼앙의 붉은 머플러와 같은 색조의 붉은 옷을 강렬하게 입었고, 끝이 뾰족하게 위로 추켜올려진 콧수염에다 무엇엔가 놀란 듯 오른쪽으로 잔뜩 흘겨 뜬 눈을 하고 있었다. 내가 그를 특별히 좋아할 무슨 건덕지는 어디에도 없었다. 그녀가 그렇게 느닷없이 물어 온 것은 우리가 포도주 잔을 앞에 놓고 앉아 있는 모습이 그 포스터와 꽤나 친화력이 있어 보여서라고 판단되기는 했다.

아닌 게 아니라 그런 식으로 술잔을 앞에 놓고 뭔가 관망하듯 앉아 있는 모습은 다분히 프랑스식이라고 해야 할 것이며, 우리는 그 달리 포스터와 어느 정도 익숙해져 있기도 했다. 첫날 그곳에 갔을 때, '어떤 그림을 그린 사람이 저 사람이던가' 하고 나는 학교 시절을 더듬었다. 그는 환상의 세계를 주제로 한, 얼마간 괴이한 그림을 그린 사람이라고 기억되었다. 나는 정상적이 아닌 좀 괴이한 것을 좋아하긴 해도, 그의 그림을 그리 좋아하지는 않았던 것 같았다. 알다시피 몽마르트르는 많은 화가들을 키웠고, 그 가운데 널리 알려져 사랑받는 화가는 달리보다 좀 윗시대 사람이 될 수밖에 없다. 시대뿐만이 아니라 그림의 유파나 위상이 그렇고, 또 그들이 만들어낸 이야기들이 그런 것이다. 하기야 그림 공부라곤 제대로 해본 적이 없는 나로선 더 이상 이러니저러니 이야기를 늘어놓는다는 것은 지극히 어려운 일이고 또 주제넘는 일이기도 하다. 그러나 몽마르트르에는 어차피 나 같은 얼뜨기들의 입초시에도 오르내리게끔 되는 화가들이 있다. 그래서 그곳에는 전 세계에서 온 얼뜨기 관광객들의 발길이 끊이지 않는 것이다. 그리고 말했다시피 물랭 호텔이 그 언덕 아래 있다는 것만으로 나는 자연스레 그 화가들 옆에 있게 되었다고 덧붙여도 지나친 허영은 아니리라. 당장, 물랭 호텔과 나란히 붙어 있는 호텔이 바로 위트릴로의 이름을 딴 호텔이다. 그의 그림은 기념품 상점 어디서나 인쇄물로 볼 수 있을 만큼 그는 몽마르트르에 살면서 그곳 풍경을 많이 그린 대표적인 화가라고도 할 수 있겠다. 이에 관해서는 내 말보다도 여행 안내책의 것을 그대로 소개하는 것이 좋을 듯하다.

몽마르트르 하면 생각나는 것은 화가들, 그 가운데서도 위트릴로의 그림이다. 허물어져 지금이라도 쓰러져 내릴 듯한 낡은 회색의 담벽과 포석이 깔린 길. 그림 그대로의 길모퉁이를 곳곳에서 만날 수 있다. 구름 한 점 없는 날보다는, 어둠침침하게 흐린 추운 날이나 가랑비가 촉촉이 내리는 오후, 몽마르트르에서 살다 간 화가들의 생각에 젖으며 걸어보는 것도 정취가 있다. 위트릴로의 어머니는 원래 서커스단의 곡예사로 자유분방한 여자였다. 사고로 서커스를 그만두자, 세탁소에서 배달원이 되어 몽마르트르 언덕에 있는 화가들의 집을 드나들게 되었다. 거기서 모델이 되어주기도 하다가 여류 화가가 된다. 그러다 위트릴로가 태어났는데, 사생아로서 아버지가 누구인가에 대해 말이 많았다고 한다. 위트릴로가 태어나 어린 시절을 보내고 공상의 꿈을 키웠던 돌계단이나 빈터가 있는 언덕은 아직도 옛 모습 그대로다.

이렇게, 작은 지면에 위트릴로는 많은 부분을 차지하고 있다. 이어서 이름을 열거하기에도 벅찬 수많은 화가들이 등장한다. 그리고 그 분위기와는 전혀 맞지 않을 것 같은 고흐가 뚜렷이 있다. 빈센트 반 고흐는 동생 테오의 집에 살면서 그림을 그렸는데, 지금도 남아 있는 그 낡은 풍차를 그려서 당시의 흔적을 보여주고 있기도 하다.

고흐가 살았던 테오의 집은 물랭 호텔에서 걸어서 불과 이삼 분 거리에 있었다. 우리 식으로 치면 다세대 주택쯤 되는 건물일 터였다. 그 입구에 붙어 있는 낡은 대리석판은 고흐가 이곳에 1886년부터 1888년까지 살았었음을 알려주고 있었다. 기록에 의하면 그는 목사로서의 일에 성공하지 못하고 뒤늦게 그림을 그리기로 결심하고 화필을 든 지 육 년쯤 뒤인 삼십삼 세에 파리의 동생 집으로 온다. 그러고 나서 아들과 오베르쉬르와즈로 옮기며 광적으로 그림을 그리다가 삼십칠 세에 권총 자살을 감행하고 만다.

나는 '장봉' 빵을 사러 밖으로 나가면 그 집 앞에 일부러 갔었다. 그리하여 무슨 굉장한 암호라도 푸는 것처럼 그 대리석판을 바라보다가는 오곤 했는데, 그럴 때마다 웬일인지 가슴이 답답했었다. 고흐는 생전에 살신의 굳은 신념으로 작품에 몰두했었고, 그 이상과 집념은 실로 고귀한 것이었다. 그러나 생전의 그는 세상의 인정을 받지 못하여. 그 놀라운 작품들 중에 팔렸던 것은 겨우 단 한 점뿐이었다. 그래서 평생 동생 테오에게 생활을 의지하는 수밖에 없었다. 고흐가 그 집에 살았던 것은 백 년도 더 전이었지만, 그러나 그 집이 그대로 있듯이 부근의 풍경도 그다지 달라지지 않았을 것이다. 나는 '장봉' 빵을 사기 위해 공연히 이 빵집 저 빵집을 기웃거리며 시간을 보냈다. 값싸고 적당한 종류를 고른다는 명분이 있기는 했으나 실제로는 찢어지는 가난 속에서도 죽도록 가열했던 한 예술혼의 자취를 더듬어보려는 마음이 없었다면 그건 거짓말이라고 고백한다. 고흐가 살던 거리에서 물랭 루즈로 내려가는 길가에는 빵집을 비롯하여 슈퍼마켓·정육점·꽃집·생선 가게·과일 가게·장난감 가게·과자 가게 들이 즐비했다. 초콜릿 가게에는 코가 길고 뾰족한 피노키오가 등 뒤의 금박지 보따리에 초콜릿을 잔뜩 걸머지고 있었고, 생선 가게에는 가리비 조개가 맛있게 보이는 조갯살 버무림을 가득 담고 있었고, 정육점에는 앙증맞은 회색털 토끼가 엉덩이 한쪽만을 빨갛게 베어진 채 두 귀를 쫑긋거리듯 거꾸로 매달려 있었다.

나는 그 거리에서 길쭉한 '장봉' 빵을 하나 샀다. 장봉이라는 말은 사전을 찾아보니 햄이라고 되어 있었다. 그러니까 '장봉' 빵은 길고 딱딱한 빵 한가운데를 갈라 그 속에 햄과 야채 따위를 넣은 것이다. 미국 사람들이 한 끼 요기로 햄버거를 먹는 것처럼 프랑스 사람들은 장봉을 먹는 것이었다. 그런데 사전에는 장봉이 속어로는 사타구니라는 뜻이 된다고도 쓰여 있었다. 그러나 이런 것은 아무 상관이 없는 일이다. 내가 '장봉'이라고 말할 때 상대방이 '사타구니'라고 알아들을지 모른다고 지레 겁을 집어 먹을 필요는 없었다. 왜냐하면 '장봉' 빵을 파는 가게 앞에서 사고 싶은 빵을 손가락으로 가리키면 그것으로 그만인 것이었다.

몽마르트르에 머물러 있었던 인연으로 화가들의 이름이 나왔을 뿐이지, 나는 그곳 화가들에 대해 여러 가지 주워들은 이야기를 더 이상 옮겨놓을 생각은 없다. 그렇기는 해도 고흐의 집이 내 숙소 가까이 있었다는 것은 기이한 인연이라 아니할 수 없다. 이렇게까지 말하는 것은 그러한 인연이 빌미가 되어 내가 그녀를 만났기 때문이다. 그러므로 다른 화가들이야 어떻든 고흐와 연관 지어 좀 더 이야기를 진행시켜야 한다.

카자흐 · 러시아 · 체코를 거쳐 프랑스에 이를 때까지 나는 고흐에 대해서는 별다른 관심이 없었다. 아니 고흐가 아니라 어떤 화가라도 관심을 기울일 생각은 아예 없었다. 그것은 내 영역 밖이었다. 그림에 대해서는 여전히 까막눈일지라도 사는 데는 아무 지장이 없었다. 어떤 때는 차라리 까막눈인 게 다행이라면 다행이라고 여겨질 때도 있었다. 만약 눈이라도 틔어 그 주변을 얼쩡거리는 신세라면, 말로만 들어도 현기증이 날 지경인 그 어마어마한 그림값 앞에 어찌할 것인가 하고 자위하면 그만이었다. 그런 내게 고흐는 자연스럽게 다가왔던 것이다.

빈센트 반 고흐라는 이름이 너무나도 잘 알려진 이름이어서 나는 평소에 약간의 반감 같은 것을 느끼고 있었다. 이 근거없는 반감이야말로 그의 큰 세계를 볼 줄 모르는 데서 나왔다 하더라도, 세상 모든 사람들이 이구동성으로 입을 모으는 데 내 한 입을 보태지 않겠다는 건 예로부터의 내 알량한 자존심이기도 했다. 모든 사람들이 모두 다 부자가 되어 좋아라 하고 있다면 나는 부자가 되기를 그렇게 원했다가도 그만두고 가난뱅이가 되어야 하는 것이었다. 이 쓸데없이 뾰족한 성깔 탓에 나는 많은 상처를 입고 살아와야만 했다. 그런데 이번에 고흐는 자연스러웠다. 이렇게 되기 위해서는 우연이든 뭐든 내가 먼저 몽마르트르로 찾아들었다는 사실이 강조되어야 한다. 파리에 하나뿐인 한국인 호텔이 거기에 있었고, 고흐의 집은 거기서 불과 이삼 분 거리에 있었다. 이 사실을 좀 그럴듯하게 표현하기로 하면, 고흐가 거기서 나를 기다리고 있었다고 하는 투가 될 것이다.

이것을 인연이라고 나는 말했다. 이것이 인연이 되어 그녀를 만났다고 나는 말했다. 이 또한 아주 자연스럽고 단순한 과정이었다. 처음 고흐의 집 대리석판을 보고 온 날 나는 호텔의 한국인 주인에게 오베르쉬르와즈까지 어떻게 가느냐고 물었던 것이다. 여행 안내 책자에 고흐는 그곳 묘지에 묻혀 있다고 되어 있었다. 그 주인 사내는 십팔 년 동안 파리에 살고 있는 사람으로서, 어느 기업체의 유럽 지사를 맡고 있었다고 했다. 그러다가 그만 파리에 눌러살게 되었다는 것이다.

"오베르쉬르와즈라…… 고흐의 묘지라……"

그는 한참 동안 눈을 껌벅거리더니, 그곳은 그다지 먼 곳은 아닌데 실은 자기 역시 한 번도 가본 적이 없다고 겸연쩍은 표정을 지었다. 고흐의 집이 근처에 있음을 발견하고 찾아갔다 와서 혹시 그의 묘지가 가까운 어디엔가 있다면 가보는 것도 괜찮겠다 싶은 마음이 일어난 것은 당연한 일이었다. 더군다나 나는 여러 도시를 돌아오는 동안 꽤 많은 묘지들을 보았고, 파리만 해도 여러 묘지들이 관광 명소가 되어 있는 판이었다. 고흐의 집이 내 숙소와 옆어지면 코 닿을 데 있지만 않았더라도 나는 파리 바깥에 있는 그의 묘지까지 찾아가볼 엄두조차

내지 않았을 것이다. 그러나 어느 순간 나는 엄두를 내고 있었다. 그래서 호텔 주인에게 그곳을 물은 것은 은근히 그가 안내를 하겠다고 나서기를 바랐던 때문이기도 했다. 파리 시내라면 나는 누구의 안내 없이도 골목골목 돌아다닐 자신이 있었다. 주머니에 지하철 노선도를 보물지도처럼 모셔 넣고 먹을 것이라곤 오로지 사타구니 아닌 '장봉'이라는 이름만 외고서 말이다. 여기에 복잡한 커피 종류는 아예 알려고 노력할 필요도 없이 '카페오레'를 한 잔만 곁들인다면 더할 나위 없이 품위 있게 되는 것이다. 그리고 저녁에 돌아와 호텔의 한식당에서 푸짐한 된장찌개라도 부탁해서 먹으면 삶은 그야말로 낙원이었다.

"뭐 꼭 가야 하는 건 아니니까……"

나는 얼버무렸다. 사실이었다. 그의 묘지가 갖는 구체적인 의미는 없었다. 눈치를 보니 그는 그곳에 나를 안내할 의향이 없어 보였다. 언젠가 한번 가보긴 해야 할 텐데 하고 혼잣소리로 웅얼거리는 것이 그의 의향을 더욱 뒷받침했다. 그렇다면 혼자서 파리 바깥까지는 성큼 나갈 용기가 없는 나로서는 포기하면 그만이었다. 볼일이 있어서 하는 수 없이 꼭 가야 하는 일이라면 혼자서라도 무슨 수를 내리라 마음을 다잡아먹었을 것이다. 그들이 내 '장봉' 발음을 사타구니라고 듣고 낄낄거려도 할 수 없는 노릇일 것이었다. 그렇다면 나는 사타구니와 '카페오레'만이라도 믿고 낯선 길을 갈 것이었다. 정처 없이 낯선 길을 가는 일이란 예로부터 우리네 한 많은 민초들의 삶 그 자체가 아니었던가, 하고 용기를 내면 그뿐이었다.

묘지란 한 나라, 한 민족의 문화재이기도 했다. 그렇다고 굳이 고흐라는 특정인의 묘지를 보아야 할 까닭은 내게 없었다. 나는 그동안 많은 묘지를 거쳐왔었다. 그러나 고흐의 묘지를 보아서 손해될 것도 또한 없었다. 그래서 호텔 주인의 어정쩡한 반응 앞에서 나 또한 어정쩡한 태도를 보였을 뿐이다. 그것으로 그만이었다. 그것이 그 며칠 전이었다. 그리고 언덕 위 카페에서 느닷없이 '아트'를 하느냐는 둥 달리를 좋아하느냐는 둥 질문을 받고 나서 호텔로 내려온 그 순간까지 나는 고흐의 묘지에 대해서는 이렇다 할 생각을 않고 있었다. 아트는 뭐 말라죽을 아트란 말인가 하고 그 쓰잘 데 없는 외래어 선호 사상에 기가 막히는 심정이기도 했다. 바로 그때 그녀가 내 앞에 나타난 것이었다.

"거기에 혼자 가기 어려워하는 거 같아서…… 이 학생이 마침 시간이 난다고 해서 붙잡아두고 있는 참이에요. 전에 우리한테 와서 도와주던 학생인데……"

현관을 들어서자마자 호텔 주인이 말했다. 나는 갑자기 무슨 말인가 하고 옆의 '학생'이라고 불린 여자에게 눈길을 주었다. 그녀는 '저, 인사드리겠어요' 하는 말을 얼굴에 담고 자신을 J라고 소개하며 약간 웃고 있었다. 그러는 사이에 나는 퍼뜩 오베르쉬르와즈를 떠올릴 수 있었다.

"아, 고흐의 묘지."

감탄사까지 나온 것은 과장법이었다. 그렇게 세심하게 신경을 써서 동행자까지 구해주시다니, 하고 고마움을 나타내고는 있었으나, 어느 편이냐 하면, 조금은 귀찮다는 느낌을 숨기고 있는 것이었다. 실제로 나는 이제부터 내 묘지 순례의 길을 마무리할 계획을 세우고 있었다. 그리고 이왕 파리에 왔으나 예술의 도시라는 곳에서 미술관부터 몇 군데 돌아보아야겠다는 생각에 루브르며 어디며 쏘다니기만 했던 것이다.

"안녕하세요? 사장님도, 정말 거길 못 가보셨어요?"

그녀가 생글생글 웃으며 내게 고개를 까닥하고는 호텔 주인에게 말을 붙였다.

"그래, 이거 꾸려가는 데도 뭐가 그리 바쁜지. 이번에 갔다 와서 교통편을 좀 알려줘."

"묘지뿐이 아니에요. 그 〈오베르의 교회〉라는 거 있죠? 언덕 위에 교회가 있고 그 앞 언덕길에 여자 하나가 있는 그림. 그 교회도 있고요. 고흐가 죽은 집도 있어요."

"알어, 알어."

호텔 주인은 그만하라는 손짓을 했다. 그녀는 위에는 검정 반코트에 아래는 회색 바지를 입고 귀에는 은빛 귀고리를 달고 있었고, 단발에 가까운 생머리를 하고 있었다. 이렇게 하여 J와 나는 처음 만난 것이었다.

다음 날, 그녀는 약속한 시각에 어김없이 호텔로 와서 나를 데리고 나갔다. 우리가 함께 나갔다고 말하지 못하고 그녀가 나를 데리고 나갔다고 말하는 것은 어쩔 수 없는 일이다. 적어도 돌아오는 길은 몰라도 거기까지 가는 길은 도리 없이 그녀가 나를 데리고 가야만 하는 것이었다. 아닌 게 아니라 그녀는 한국에서 온 사람들을 몇 번인가 그런 식으로 데리고 다닌 적이 있다고 했다. 나는 그녀가 그렇게 상습적으로 일을 맡아 하는 프로가 아닌가 하여 은근히 주머니 걱정부터 되었다. 아침에 그녀가 온다고 한 시각이 가까워졌을 때 먼저 로비에 나가 기다리고 있던 나는 호텔 주인에게 넌지시 그 점을 물어보았다. 하지만 사람 좋은 한국인인 그는 그저 생각해서 주면 된다고만 말하는 것이었다. 도대체 그 말처럼 사람을 곤란케 하는 말은 없었다. '알아서'라든가 '생각해서'라든가 '적당히'라든가 하는 말의 뜻은 일종의 관습에 기준을 두는 것일 터였다. 그렇지만 관습에 익은 사회에서도 그것처럼 모호한 말은 없었다. 더군다나 프랑스에서 이른바 한국 촌놈한테 생각해서 주면 된다고 하는 말은 뜬구름 잡는 식의 말이 아닐 수 없었다. 생각해서 주면 된다는 그 생각이 어느 정도냐고 꼭 집어 묻고 확실히 알고 싶은 마음이 굴뚝같았다. 그러나 그의 태도가 워낙 유연해서 나는 울며 겨자 먹기로 참을 수밖에 없었다. 프랑스까지 와서 뭘 그런 걸 그렇게 꾀죄죄하게 따지느냐고, 속으로 형편없이 잔 사람이라고 치부할까봐서였다. 남의 소심한 깜냥은 아랑곳없이 안내자 여자를 제멋대로 붙여준 것부터가 이를테면 월권 행위였다. 그러나 주머니 걱정만 아니라면 머나먼 이국땅에 와서 젊은 아가씨와 어디론가 떠난다는 사실은 그것만으로도 놀랍고 흥분되는 일임에 틀림없었다. 게다가 그녀가 나를 그 어디론가 데리고 가는 것이었다.

"오베르쉬르와즈를 아시나요? 아니, 아니, 거길 어떻게 아시나요?"

지하철역에서 전동차 오르기를 기다리는 동안 그녀가 물었다. 그녀는 전날과는 달리 인디언 풍 무늬가 드러나는 고동색 스카프로 머리를 가리고 있었다.

"고흐의 묘지가 있으니까."

"그렇지만 왜 그 묘지를 꼭 봐야 하는 거지요? 고흐를 연구하시는 것도 아니라던데요."

"연구는 무슨 연구, 그냥 가보는 거지요. 그냥."

대답이 궁할 수밖에 없었다. 파리에 오기 전까지는 고흐란 내게서 아주 먼 사람이었다. 얼마 전에 그가 죽은 지 백 주년이 된다고 신문에도 났었으며, 그에 관한 책이 선전되기도 했었다. 언젠가는 그의 〈해바라기〉인가 하는 그림이 사상 최고의 가격으로 팔렸다는 해외 토픽이 눈길을 끌기도 했었다. 몇 백억 원이었는지 상상을 할 수도 없는 엄청난 가격이었다. 오직 돈으로만 가치를 평가할 수 있는 시대에 그의 그림은 엄청난 돈을 받음으로써 가치를 증명해 보였다. 그런데 불과 백 년 전에 그는 무엇보다도 몰이해 속에서 저 스스로는 식생활조차 해결할 길이 없는 사람이었다.

그에 대한 내 기억은 고등학교에서 대학 초기에 이르러 흐려진다. 〈해바라기〉니 〈과수원〉이니 〈자화상〉이니 하는 그림들의 너무나 강렬한 붓질에 기가 질려서 그만 그를 멀리하기 시작했다고 여겨진다. 아니, 그렇기도 하려니와 그 뒤 이 험한 사회에 나와 하루하루 허우적거리며 살아가는 일은 그 밖의 다른 일들에 등을 돌리는 일이기도 했다. 고흐가 다 무엇이란 말인가. 고흐든 고갱이든 고야든 모두 다 먹고사는 일과는 아무 상관이 없는 이름이었다. 한때 라면을 주식으로 삼았던 시기가 있어 친구들이 내게 라면 박사라는 별명을 붙였듯이, 모두 거룩한 이름들은 먹거리로서의 라면의 이름들 뒤에 희미한 것이었다. 특히 우리나라와 같이 격동의 시대를 엮어온 사회에서는 더한층 그랬다. 기억한다. 저 유신이라는 독재의 시대에 사회의 초년생으로서 어렵게 어렵게 얻은 직장에서 연거푸 집단 해고를 당하여 어두운 저녁거리를 비 맞은 개처럼 방황하던 시절을 나는 기억한다. 사회보장이란 신기루 같은 이야기였다. 오라는 데도, 갈 데도 없었다. 월남전에 참전한 대가로 이것저것 허섭스레기들을 가져와서 나라 전체로는 예전보다는 그래도 형편이 피었다고는 하나, 개개인이 일자리를 얻기는 여전히 하늘의 별 따기보다야 쉬울지는 몰라도 결코 호락호락한 일이 아니었다. 끄떡하면 긴급조치 위반으로 줄줄이 사형이다 무기 징역이다 중형이 내려지던 유신 아래서 나는 직장을 얻으러 어깨를 잔뜩 움츠리고 다녔던 기억이 새롭다.

김재규의 그 돌발 사건이 일어난 10·26으로 세상이 바뀌었어도 마찬가지였다.

그 무렵 어느 날이었던가. 오랜만에 친구와 만나 세상 돌아가는 이야기와 먹고사는 이야기로 시간 가는 줄 모르다가 그만 문을 닫아야겠다는 술집 주인의 말에 쫓겨나다시피 한 적이 있었다. 시계를 들여다보면서야, 며칠 전부터 통행금지 시간이 연장 실시되고 있다는 사실을 깨달았다. 셋집 근처까지 가는 길은 미로와 같은 뒷골목들을 더듬어가야만 했다. 그런 뒷골목이나마 있는 동네인 것이 다행이다 싶었다. 그 무렵은 잘못 걸렸다 하면 붙잡혀가서, 듣기만 해도 끔찍한 순화 교육이란 걸 받는다고 했다. 거기서 죽는다는 말도 심심찮았다. 나는 도둑고양이처럼 살금살금 발소리를 죽이려고 애쓰며 잰 걸음으로 이 골목에서 저 골목으로 옮겨가고 있었다. 그러다가 집이 가까워져서 마지막으로 큰길을 건너지 않으면 안 되는 곳에 이르렀다. 나는 마치 이쪽 담장에서 저쪽 담장으로 건너뛰려는 도둑고양이처럼 숨을 가다듬었다가 도약하는 자세로 큰길로 덥석 나갔다. 그 순간 나는 얼마나 놀랐는지 모른다. 긴장 탓이었는지, 술 탓이었는지, 골목 안에서는 아무 소리도 들지 못했었다. 오로지 공포에 떠는 통금시대의 정적 소리만을 들었을 뿐이었다. 그런데 내가 거리로 나섰을 때, 나서서 눈을 오른쪽으로 돌렸을 때, 바로 눈앞에 실로 어마어마한 광경이 닥쳐오고 있음을 보았던 것이다. 내 입에서는 저절로 '앗' 소리가 터져나왔다. 앗, 그것은 탱크를 앞세워 구보해 오는 군인들이었다. 어떻게 이런 일이 일어났는지 아득했다. 그토록 아무 소리도 못 듣고 나는 정적 속의 거리로 몸을 뻗쳤는데, 그것은 마치 탱크의 캐터필러를 향해 돌진하는 저 육탄 용사의 일촉 즉발의 모습이었다. 유신시대보다도 군대가 더 무서운 대상으로 인식되던 시절이었다. 그러나 그렇게 맞닥뜨린 순간 나는 반사적으로 몸을 피해서 내가 뛰쳐나왔던 골목으로 급히 되돌아갔다. 가슴이 쿵쿵 뛰었다. 그 쿵쿵 뛰는 가슴 위에 탱크의 캐터필러 소리와 군인들의 군화 소리가 겹쳐지고 있었다. 무슨 일이 일어날까 조마조마해서 벽에 바짝 붙어 있는 동안 나는 거의 사색이 되어 있었다. 아닌 게 아니라 나는 이젠 죽었구나 했었다. 그동안이 얼마쯤이었는지 지금도 나는 전혀 가늠할 길이 없다. 군인들이 달려들어 내 가슴에 총부리를 겨누기까지 기다리고 있는 내 몰골은 내가 생각해도 처참했다. 그 때를 떠올리면 나 자신에 대한 모멸감 때문에 치가 떨린다. 그런데 그렇게 처참한 몰골로 서 있는 동안 실로 망령들의 세계에서 일어난 일인 양 탱크와 군인들은 어디론가 사라지고 있었다. 여기서 나는 망령이라는 말을 꼭 쓰지 않으면 안 된다. 얼마 뒤 겨우 제정신을 조금 차린 나는 정말 망령처럼 흐느적거리는 몸을 간신히 가누고 집으로 발걸음을 옮겼다. 집에 도착했을 때 나는 거의 죽은 사람이었음을 나 자신 잘 안다.

다음 날 자리에서 일어나자 서울에는 계엄령이 내려져 있었다. 그로부터 육군사관학교의 두 동급생이 정권을 주고받은 희한한 지난 세월을 예고한 군대의 진주였다. 나는 그 권력의 흉악한 망령을 직접 목격한 것이었다. 내 80년대는 이렇게 시작되었고, 그 뒤 실제에 있어서도 나는 망령처럼 여기저기 떠돌며 살았다. 그날 밤 그 일이 내게 준 충격은 좀처럼 지워지지 않았다. 그래서 나는 혹시 그날 밤 군인들에 의해 죽은 몸이 아닐까, 어이없는 몽상에 빠졌다가 퍼뜩 깨어나는 때도 있었다. 그 몽상이야말로 망령의 세계였다. 그렇다면 이제 군사정권을 마감하는 이 시점에 내가 외국에까지 나와 묘지들을 돌아보는 것이 저 망령의 세계와 꼭 무슨 인과 관계라도 있는 것만 같아서, 나는 몇 번씩 고개를 갸우뚱거렸던 것이다. 하지만 내가 예전에 망령의 환상에 접했고, 현실에서 좌절할 때마다 그 환상에 시달렸다고 해서, 그런 측면에서 나를 묘지로까지 연결하는 것은 아무래도 과대 상상이라고 나는 믿는다. 솔직하게 말해서 나는 삶에의 어떤 열정으로 여러 묘지를 둘러본 것이 아니었던가 그 말이다. 나는 아직도 무한한 삶에의 열정으로 경이에 차 있다!

오베르쉬르와즈로 가는 열차는 생라자르 지하철역과 연계되어 있었다. 호텔 동네 지하철역에서 다섯 정거장을 오는 짧은 시간 동안 내가 그녀에게서 알아낸 것은 우리의 목적지까지는 한두 시간 남짓밖에 걸리지 않으리라는 것과 그녀가 한국에서 대학을 다니다 왔으며 프랑스 문학과 미술사학을 복수전공 하려고 하고 있다는 것 정도였다. 그녀가 "복수전공을 하려고 하는데 잘 모르겠어요" 하고 말하는 것에서 아직 그 단계가 되지 않았다는 사실을 알 수 있었다. 그렇지만 프랑스의 학교 실정을 깜깜 모르는 나로서는 그녀가 어느 단계에 와 있는지 역시 깜깜 모를 수밖에 없었다. '복수전공'이라는 것 자체가 예전부터 내게는 도무지 아리송하던 것이었다.

표 파는 창구에 붙어 서서 창구 안 사람과 시계를 번갈아 보고 있는 그녀를 바라보며 며칠 전에 그 역 앞에서 본 아르망이라는 조각가의 시계탑을 떠올렸다. 커다란 벽시계들을 이리저

리 쌓아올린 탑 같은 조각으로 시계로서의 기능은 없는 작품
이었다. 우리나라 천안의 버스터미널에도 같은 조각가의 조각
이 높이 서 있었다. 자동차의 타이어들을 그렇게 이리저리 쌓
아올린 탑 같은 것이었다. 그리고 서울 인사동의 어느 건물에
서는 첼로인지 바이올린인지를 또 그렇게 쌓아올린 그 조각
가의 조각도 보았었다. 천안의 아르망 앞에 섰을 때는 나는 마
침 사랑의 도피를 떠나 있는 참이었고, 인사동의 아르망 앞에
섰을 때는 사랑의 도피에서 마악 돌아온 참이었고, 지금 또 저
바깥쪽 아르망이 있는 이곳에서는 낯선 여자와 어디론가 떠나
고 있다…… 공교롭게도 아르망은 여자와 함께 떠나든가 돌아
오면서 내게 나타난 탑이었다. 실상은 묘지로 향하면서도 그
렇게 직설적으로 말하지 않고 어디론가 떠나고 있다고 말하는
것을 용서해주기 바란다. 그렇게 말하기에는 그녀의 온몸에서
발산되는 기운이 너무도 꽃다운 것이었다.

　"맞아요. 전에도 중간에서 갈아탔어요."

　그녀가 차표 두 장을 들고 와서 내게 한 장을 내밀었다. 다
른 나라들에서도 흔히 혼자서 여러 곳을 돌아다니기는 했었
다. 그랬더라도 묘지를 갈 때는 언제나 안내자의 힘을 빌렸었
다. 그런데 이번은 본의 아니게 그렇게 된 셈이었다. 나중에 사

례야 어쩌됐든 아무튼 잘된 일이었다. 우연찮은 우연이라는 말이 있는지는 몰라도 나는 전혀 예기치 않게 고흐의 묘지까지 향하고 있는 것이었다.

자, 여기까지 왔으니 여러 나라를 거친 그 여행 자체에서 묘지가 내게 무슨 의미가 있는지 밝히는 게 예의일 것 같다. 다른 나라의 안내자들은 물론 물랭 호텔의 사람들에게도 일절 밝히지 않은 이야기로서, 서울을 떠날 무렵 나는 잡지사에 있는 친구로부터 엉뚱한 제의를 받았던 것이다. 아니다. 이렇게 말하는 것은 모호하다. 나는 어떻게든 일단 서울을 떠날 생각에 온몸이 쑤시기 시작하여 무엇인가 모색을 거듭하고 있었던 것이다. 그 결과 친구로부터 한 건 올렸던 것이다. 경제적인 것만 따져서는 이 '한 건'이 내 상황을 완벽하게 구제해준 건 아니었다. 완벽하게라는 것은 어림도 없는 말이다. 그러나 돈도 돈이지만 내게는 명분이 더 필요했다. 돈은 어림짐작으로 필요량의 삼분의 일쯤이 해결되는 듯했다. 그럼 명분은 어떤가? 그 점은 아마도 돈에 비하여 다시 삼분의 일쯤밖에는 필요량을 채우지 못했다고 여겨진다. 하지만 불만을 품어본들 무슨 소용이 있으랴. 나 자신마저도 내가 살고 싶은 것의 삼분의 일이나마 살고 있는가 의문스러운 것이다. 누구 말마따나 정말 세계는 넓고 할 일은 많다는 것이겠는데, 내 경우는 이 말이 긍정적이고 진취적인 뜻으로서가 아니라 부정적이고 퇴영적인 뜻으로 새겨진다는 데 문제가 있는 것이다. 세계는 너무 넓고 할 일은 너무 많아서 나는 그만 '후유' 한숨을 쉬며 좌절할 수밖에 없는 것이다.

이런 판국에 우리나라의 효율적인 국토 이용을 도모하려면 새로운 묘제의 개발이 시급하며, 그 대책을 강구하기 위하여 먼저 외국의 묘지 실태를 돌아본다는 게 내게 맡겨진 일이었다. 잡지의 기획에 따르면 이를테면 종합적인 국토 개발 보고서를 몇 회에 걸쳐 연재하기로 하고 있었으며, 거기에는 농지 · 임야 · 그린벨트 등의 이용과 보존 실태로부터 부동산 문제, 자연 파괴 문제, 환경오염 문제까지 광범위하게 파헤치고 대책을 세우겠다는 것이었다. 일 년에 묘지는 이십만 개씩이나 늘어나며 여기에 필요한 땅의 면적은 서울의 여의도 크기에 해당한다. 이십만 개씩 늘어나는 묘지 중에 십육만 개가 개인 묘지이다. 이에 대한 대안으로 가족 납골묘가 제시될 수 있는데 이용률이 워낙 형편없이 낮다. 이러다가는 십 년 안에 묘지는 한계에 이른다. 그러니 대책이 시급하다는 것이었다. 중요한 문제였다. 여기에는 근본적인 한계가 있었다. 그것은 우리나라의 인구 밀도가 세계 어느 나라보다도 높다는 사실이 안고 있는 문제였다. 전체 국토 면적으로 보아서는 몇째인가 뒤로 밀린다고는 해도, 험준한 산악을 빼고 이용 가능한 땅만으로 보아서는 세계에서 첫째가는 인구 밀도라는 점이 안고 있는 문제, 그것이 무엇보다도 근본적인 한계였다. 쉽게 말해서 산 사람도 몇 평 차지하기 힘든 땅을 죽은 사람이 차지하는 데서 문제는 야기되는 것이었다. 그렇지만 선영이라는 이름의 집안 묘지와 수많은 사람들의 개인 묘지는 물론 공동묘지도 상대적으로 우리가 다른 나라보다 더 넓은 면적을 선호하고 고집한다는 것은 확실히 병폐임에 분명했다.

여기서, 어떻게든 서울을 떠나고자 했던 내 불같은 욕구와, 그런 나를 가엾게 본 친구의 일거리는 마침내 합의점을 발견했다고 하겠다. 고마운 일이었다. 그러나 그때까지만 해도 이 일거리가 내게 던지게 될 의미를 몰랐었다.

이제야 내가 몇 나라를 거쳐왔음을 말하면서 왜 군이 묘지 이야기를 은근히 곁들였는지는 밝혀졌을 것이다. 왜 하필 묘지를 찾을 때만은 안내자를 필요로 했는지도 밝혀졌다. 최소한 그것은 해야 할 일이었기 때문이다. 하기야 외국 여행에는 필수적으로 그 나라의 이름난 묘지를 보게끔 되는 수가 많다.

중국을 여행하며 서안에서 진시황의 묘를, 북경에서 모택동의 묘를 누가 안 보며, 인도를 여행하며 아그라에서 왕비의 묘인 타지마할을, 뉴델리에서 마하트마 간디의 묘를 누가 안 보며, 대만을 여행하며 대북에서 장개석의 묘를 누가 안 보며, 러시아를 여행하며 모스크바에서 레닌의 묘를 누가 안 보겠는가. 그러나 이런 일상적인 여행에서와는 달리 내게는 보통의 공동묘지를 살펴야 하는 과제가 짊어지워졌던 것이다. 요컨대 화보에 넣을 사진이 중요하다고 친구가 신신당부했으므로 사진을 찍는 일이 생각보다 훨씬 까다롭고 번거로웠을 뿐, 모든 것은 순조로웠다. 이른바 보고서를 쓰는 일은 나중에 우리나라에 다시 돌아가서의 일이었다. 그야말로 나중에 삼수갑산을 가도 그만이었다. 그러니 요즘 말로 할랑했다. 나는 일단 서울, 아니 한국을 벗어났다는 사실에 더할 나위 없이 홀가분했다. 한국에서는 산다는 것 자체가 가혹한 투쟁이었다. 그것이 어느 정도인가는, 사십 대 남자의 사망률이 세계 제일이라는 통계에서도 잘 나타난다 하겠다. 별 게 다 세계 제일이었다. 인생은 사십부터라는 말이 있고, 실제로 그런 요소도 있을진대, 그 나이에 그만 맥없이 세상을 하직하는 사내가 많기로 세계에서 으뜸이라면 알조인 것이다. 그래서인지 사십을 넘은 한국 사람들에게 지나온 세월을 환기시키면 하나같이 입을 모아 어디 살 만해서 살았느냐고 대답하게 마련이다. 나 역시 그저 앞만 보고 열심히 달려왔는데 이르러 있는 곳은 매양 그곳으로, 그 모양 그 꼴이었다. 연자방아를 돌리는 말이나 소를 본 적이 있는가. 요즘에는 세계적으로도 오지에 속하는 곳에서나 볼 수 있는 연자방아의 말이나 소는 끝없이 앞으로 가고 있지만 언제나 제자리를 맴돌고 있을 뿐인 것이다. 그 연자방아를 돌리고 있는 마소의 신세가 바로 내 모습이었다. 그럼에도 불구하고 여자는 내 곁을 떠나갔다. 결과적으로 그것은 다행이었다. 그리하여 나는 내 새로운 꿈을 펼치며 묘지를 향해 갈 수 있게 되었기 때문이다. 앞뒤를 모르면 듣기에 이상할지 몰라도 그것은 사실이었다. 죽은 사람으로서 묘지를 향해 가는 것은 과거를 정리하고 청산하는 일이 될 것이다. 그러나 산 사람으로서 묘지를 향해 가는 것이 과거를 정리하고 청산하는 일이 된 사람이 여기 있었으니, 그 사람이 바로 나였다.

평일이어선지 열차를 타고 가는 사람은 손가락으로 꼽을 정도였다. 차창 밖으로 이어졌다 끊어졌다 하는 마을의 집들은 고풍스럽고 정겨웠다. 12월의 겨울인데도 마당에는 잔디가 파릇파릇하게 살아 있는 것이 그 지방 기후였다. 마을 옆 헐벗은 겨울나무에는 까치집 같은 암녹색 겨우살이가 여러 개씩 붙어 자라고 있었다. 그것도 프랑스에서 흔히 보는 풍경이었다. 세계의 어디에서나 시골집들은 텃밭이 있어서 거기서 채소를 가꿔 먹고 있다. 대학을 졸업하고 지금까지 텃밭 하나 딸린 조그만 집 하나 마련하여 여우 같은 마누라와 토끼 같은 애들과 오순도순, 아웅다웅 살겠다는 꿈에 마소와 같이 살아왔으나, 그것도 결코 쉬운 일이 아니었다.

"프랑스에서 뭘 느끼시나요?"

열차가 소리를 내며 철교를 건널 때쯤 그녀가 물었다. 갈아탈 곳에 다 온 모양이었다. 열차를 타고 자리에 앉아서도 우리는 여행을 하고 있는 남녀답지 않게 몇 마디 말을 나누지 않았다. 나는 나대로 바깥 풍경을 바라보느라고 신경이 팔려 있었던 까닭도 있었으리라. 게다가 나는 어쩐 셈인지 낯선 사람과 대화를 진척시키는 데 유난히 어려움을 많이 느끼는 인간형임을 나 자신 잘 알고 있었다. 그리고 또 나는 언제부터인가 여자와 마주 앉아서는 상대방의 신상에 관한 문제는 꼬치꼬치 묻지 않기로 하고 있었다. 호텔 주인에게 귀띔을 받아서 그녀가 학생임을 알았을 뿐이지, 지하철에서 '복수전공'에 대해 말을 꺼낸 것은 그녀 자신이었다.

"한국 학생이 그렇게 많다는 데 놀랐다고나 할까."

나는 건성으로 말했다. 처음에 프랑스에 유학하고 있는 한국 학생이 만 명이나 된다는 말을 듣고서는 참으로 놀랐었다.

"그런 게 아니라…… 여기가 자유스럽다거나……"

그녀가 약간 당황스러운 표정을 지었다.

"글쎄, 화가가 되고 싶다고 느꼈지."

"화가요?"

그녀가 나를 빤히 쳐다보았다. 나는 말없이 고개를 끄덕거렸다. 내가 왜 그런 말을 하고 있는지 알 수 없었다.

"그림을 잘 그리시나보죠?"

그녀가 다시 물었다.

"아니, 화가가 되면 방을 싸게 얻을 수 있는 나라라니까."

그녀가 어떻게 듣건 괘념할 바 아니었다. 싸구려 방만 얻을 수 있다면 몇 달이고 몇 년이고 남몰래 숨어 살고 싶었다. 서울로 돌아가면 다시 방을 얻으러 어디론가 돌아다녀야 했다. 묘지 이야기를 먼저 쓰고 나서 방을 얻으러 다닐 시간이 있을까 문득 걱정이 되었다.

"피이, 한국에는 안 돌아가시고요?"

"누가 가고 싶어서 가나."

나는 웬일인지 전혀 생각지도 않았던 말만 뇌까리고 있었다. 이제 하루라도 빨리 돌아가서 묘지 이야기를 써야 하는 것이었다.

"저는…… 가고 싶어요."

그녀가 중대한 결심이라도 다짐하듯 말했다. 그러고는 자리에서 일어나며, 여기서 갈아타야 된다고 말했다.

열차에서 내려 오베르쉬르와즈로 가는 다른 열차의 연결을 알아보고 나서야 파리에서부터 거리로 따지면 별것이 아닌데도 사람들이 쉽게 찾지는 않는 까닭을 명확하게 알 수 있었다. 무려 한 시간이나 기다려야 연결 열차가 온다고 했다. 고흐에 대한 어떤 집착도 없으면서 시골 역에서 한 시간이나 갈아탈 열차를 기다리면서까지 가고 있다는 사실이 이해할 수 없었다. 그렇게 되고 보니 그녀가 갑자기 여간 생소해 보이지 않았다. 나는 그녀를 새삼스럽게 쳐다보았다. 이렇게 된 까닭은 틀림없이 열차에 있었다. 우리가 타고 온 열차는 아마도 서쪽 해안의 항구 쪽으로 가는 열차인 듯했다. 그리고 오베르쉬르와즈로 가자면 거기서 갈아탄다는 것은 미리 그녀가 알려주었었다. 그러나 그녀도 거기서 한 시간이나 기다려야 하리라고는 예상치 못했던 모양이었다.

"전에 왔을 때는 이렇지 않은 것 같았는데요."

그녀는 자신의 잘못인 양 머리를 갸웃거렸다.

"괜찮아요. 전에는 언제였는데?"

"삼 년 전쯤 되나요, 그게 아마."

우리가 한 시간 동안 아무도 없는 역 구내에 무작정 서 있기도 뭐하다고 느낀 것은 거의 동시였던 모양이었다. 우리는 말 없는 합의 아래 그곳 개찰구의, 우리나라 지하철역의 것처럼 출입을 막고 있는 쇠막대기 밑을 앉아서 기어 역사(驛舍) 밖으로 나왔다.

"누구더라······ 이곳 강변을 그린 그림이 기억나요. 〈강변과 다리〉라고 했던가. 뒤로 마을이 있고 강물은 보이지 않는데 돌다리가 있어요. 그리고 남자와 여자가 사진을 찍듯이 정면으로 서 있죠."

그곳이 강변 마을임은 열차를 타고 올 때 보았었다. 그러나 우리는 강변 쪽이 아니라 반대쪽 언덕을 향해 느릿느릿 걸었다. 그때 내게 중요한 것은 누가 그곳 강변 풍경을 그렸는가 하는 것 따위가 아니라 내가 왜, 어떻게 이 도시에 와서 이 여자와 멀리 교회가 바라다보이는 언덕길을 걸어 올라가고 있는가 하는 이상한 느낌에 사로잡혀 있다는 것이었다. 그런 장면이 내 삶에 있으리라고는 결코 상상할 수도 없었으리라 여겨졌다. 그것이 어떠한 이상한 경험일지라도 상상할 수 있었으리라는 것과 그렇지 못한 것이 있다.

그곳에서는 그녀가 더 이상 안내자가 아니라는 생각 때문인지도 몰랐다. 조금 전부터 그녀가 지금까지와는 전혀 다르게 보인 것부터가 모를 징조였다. 그녀는 그곳에서는 내 안내자가 아니었고, 우리가 그 낯선 마을에서 유예받은 우리 인생의 한 시간 동안 우리는 공동으로 그 시간을 책임지지 않으면 안 된다는 것, 그것을 나는 새롭게 받아들이고 있는 것이었다.

이 별로 대수롭지 않은 상황의 전개가 나를 어리둥절하게 했고, 아울러 현실에서 동떨어진 느낌을 갖게 했다고도 할 수 있다. 이러한 느낌들이 그 강변 마을에서의 한 시간 동안 나를 줄곧 따라다녔다. 우리는 역사 앞 네거리를 얼마 동안 배회하다가 언덕길을 올라갔으나 중세풍의 교회까지는 가지 않았다. 그 언덕길에 마침 슈퍼마켓이 있어서 그곳에 들러 물건들을 사지는 않고 구경만 하고 나옴으로써 나머지 시간을 거의 다 보냈던 것이다. 거기 들어가고자 한 것은 나였는데 왜 그랬는지는 나도 모를 일이었다.

"강변으로 가볼걸 그랬나봐."

나는 그녀가 강변 풍경에 대해 말했던 것을 새삼스럽게 상기했다. 엉겁결에 들른 그 마을이라고는 해도 기껏 슈퍼마켓에 들어갔다가 떠난다는 것은 내가 생각해도 어처구니없는 일이었다. 더군다나 그곳은 한눈에 보아도 상당히 오랜 역사를 가진 유서 깊은 곳이었다.

"시간이 다 됐어요."

그녀가 시계를 보며 서둘렀다.

"그렇긴 한데."

나는 열차 시각과는 상관없이 그렇게 서두를 건 없다고 말하고 싶었다. 그 묘지에 가는 것은 중요한 목적이 아니었다. 거기에 가서 무슨 특별한 사실을 살피거나 캐낼 것도 아니었다. 애초부터 나는 그녀에게 그곳에는 그냥 가보는 것이라고 분명하게 밝혔었다. 그것이 어느새 무척 중요한 일처럼 되어, 기를 쓰고 가고 있는 것이 새삼 이해할 수 없었다. 그냥 가보는 것이니 그냥 돌아가도 그만이었다.

"여기 잠깐 기다려주실래요?"

네거리 가까운 길가에서 그녀가 멈춰 섰다. 그리고 어깨에 메고 있던 가방을 내게 맡겼다. 동전을 집어넣고 들어가게 되어 있는 간이 화장실이 길가에 있었다. 그녀가 동전을 집어넣고 문을 열고 들어가 일을 보는 동안 나는 그녀의 가방을 들고 기다려야 했다. 가방은 지나치게 무거웠다. 그녀가 물소리를 내며 밖으로 나와 가방을 다시 가져갈 때 열차 시각은 오 분을 남겨두고 있었다. 이것이 그 강변 마을에서의 우리의 행적이었다. 그리고 우리는 그곳을 떠났다.

오베르쉬르와즈 역시 강변 마을이라고 했다. 아까의 강은 센 강의 본류가 되고 오베르쉬르와즈의 강은 센 강의 지류가 되는 것이다. 그곳에 도착한 것은 짧은 겨울 해에 어느덧 저녁빛이 내리기 시작한 무렵이었다. 무엇보다도 먼저 묘지를 보는 것이 중요한 일이었다. 자칫 늦으면 묘지의 문이 닫혀버릴지 모른다고 그녀는 조바심부터 앞세웠다. 그곳은 고흐가 마지막 얼마 동안을 살다 간 마을로서 그에 관계된 여러 유적이 남아 있는 곳이라고 했다.

"다른 건 나중에 시간이 있으면 보도록 하고요. 우선 거기부터 가야겠어요."

그녀는 역사 앞에서 오른쪽으로 발걸음을 옮겨놓기 시작했다. 길은 조금씩 경사져 올라가고 있었다. 지나다니는 사람도 어쩌다 한둘 눈에 띄는 정도였다. 먼저의 강변 마을을 떠나온 지 불과 반시간쯤밖에 안 되어서인지 두 마을이 뚜렷이 비교되어 오베르쉬르와즈는 스산하고 어중간한 시골 마을이라는 인상이 짙었다. 햇빛이 사라진 탓인지도 몰랐다. 고흐의 마을은 아무래도 밝은 햇살을 떠나서는 상상하기 힘들었다. 파리에서 지난 며칠 동안 미술관들에서 잠깐 잠깐 스친 그의 그림은 하나같이 노랗고 파란 색깔들의 세계였다. 들의 밀밭은 노란색을, 하늘은 파란색을 기조로 꿈틀거리고 있었다. 그러나 그날 그곳의 들과 하늘은 모두 회색이었다. 내가 그 겨울의 어스름에 밝은 빛살만의 세계를 보려 했다는 것부터가 터무니없는 희망이었는지도 모른다는 생각이 들었다. 나는 앞서가는 그녀의 뒤를 따라 다시 왼쪽 길로 접어들었다. 언덕이 조금 가팔라졌다.

"〈오베르의 교회〉라는 그림 아시죠?"

몇 걸음 올라가다가 그녀가 물었다. 나는 솔직히 잘 생각이 안 난다고 대답할 수밖에 없었다. 어제 호텔 주인에게 그녀가 그 그림 이야기를 했다는 기억이 떠올랐다.

"바로 저 교회예요."

그녀가 손을 들어 왼쪽을 가리켰다. 문득 눈을 들어 바라보니 길 위에 커다란 돌집이 눈에 가득 들어왔다. 앙상한 나뭇가지들이 곁들여 있는 하늘 아래 그 돌집은 무겁게 가라앉아 있

었다. 이런 느낌은 그 교회가 돌이 아니라 다른 어떤 것으로
이어져 있다고 하더라도 마찬가지였을 것이다.

"이쪽으로 가야 해요. 곧 들판이 나타나요."

우리는 교회를 지나 오른쪽으로 꺾어져 걸음을 재촉했다.
그녀의 말대로 곧 마을의 집들이 끝나는 곳에서 구릉이자 들
판이 시작되고 있었다. 멀리 산들이 보이고 아마 밀밭이었을
빈 들은 땅거미가 옅게 내리며 다소 음울한 빛에 감싸여 있었
다. 그리고 들판 오른쪽 저편으로 마치 요새와 같이 담이 네모
지게 둘러 있는 것이 바라보였다. 그녀가 설명해주지 않아도
그곳이 묘지임은 한눈에 알 수 있었다. 우리는 그 들판의 밭들
사이로 난 흙길을 따라 말없이 걸었다. 마을과 묘지의 중간쯤
에 고흐가 그 장소에서 그린 풍경을 패널로 만들어 세운 기념
안내판이 있었다. 그리고는 유럽 어디서나 흔히 볼 수 있는 까
마귀들도 한 마리 눈에 띄지 않았다. 카자흐를 떠난 이래 마을
밖에 동떨어져 있는 묘지는 처음이었다. 모스크바에서도, 상트
페테르부르크에서도, 프라하에서도, 그리고 물론 파리에서도
묘지들은 인간의 마을과 함께 있었다. 묘지는 친근한 공원이
었다. 그런 것들을 보며 나는 집에서 메모해 온 몽테뉴의 말을
대입시켜보곤 했었다.

묘지를 교회 근처나 사람들이 빈번히 오가는 곳에 만들어, 일반 사람들이나 여자나 아이들이 죽은 사람을 보아도 두려워하지 않도록 순화시키며, 또한 해골이나 묘지나 장례 행렬 따위를 늘 보임으로써 우리 인간의 조건을 깨닫게 해야 한다.

어쩌면 묘지에 대한 내 보고서는 위의 말을 인용하면서 시작할까도 싶었다. 그런데 그 묘지는 마을 밖 구릉 한가운데 덩그러니 자리 잡고 있었던 것이다. 그 옆의 들이 밭이 아니라 쓸모없이 버려져 있는 땅이라면, 그것은 차라리 카자흐의 중앙아시아 사람들 묘지를 연상시켰다. 중앙아시아에서도, 묘지는 담장만 돌로 쌓지 않았다 뿐이지 마을을 떠난 빈 들판에 작은 마을처럼 자리 잡고 있었다. 그 죽은 사람들의 마을에는 곳곳에 돔을 올리고 정말 집처럼 지어진 무덤들이 있어서, 처음 그것을 보았을 때는 소인국에 온 것이 아닌가 신기하기도 했었다. 그 마을에서도 부자의 집은 규모가 크고 번듯한 돔을 자랑하고 있었다.

"이렇게 왔는데 벌써 문을 닫았으면 어쩌지요?"

그녀가 발걸음을 빨리하며 나를 쳐다봤다. 나는 아무 대꾸도 하지 않았다. 아닌 게 아니라 거기까지 와서 허탕을 치고 되돌아갈 수는 없었다. 하지만 그보다도 나는 그 묘지를 바라보며 들판 길을 걸어가는 도중 내내 여태껏의 다른 묘지들에서 가졌던 것과는 다른 어떤 감정, 이를테면 죽은 자의 외로움 같은 느낌 때문에 다른 생각을 앞세울 수가 없었다. 나는 지금 예술혼의 과잉에 못 이겨 자기 귀까지 자르며 발광해야 했던 화가가 직접 그림을 그린 교회를 지나, 들의 풍경을 지나 그의 묘지로 향하고 있다. 그러자 특별한 감흥 없이 예전에 스쳐 지났던 화첩 속의 그림들이 어렴풋하게나마 되살아나는 듯했다.

"아, 문이 열려 있어요. 다행이군요."

그녀가 창살처럼 된 문을 밀고 있었다. 오는 동안 아무도 오가는 사람이 없었는데 묘지 한쪽 구석으로 남녀의 모습이 보였다. 우리는 안으로 들어가 곧장 고흐의 묘지로 향했다. 사방팔방으로 구획 지어진 묘지들에는 묘비들이 즐비하게 늘어서 있고 꽃들이 여기저기 울긋불긋 놓여 있었다. 그녀는 왼쪽 끝으로 가서 담장을 따라 걸어갔다. 묘지 안은 바깥의 을씨년스러운 회갈색 일색의 풍경과는 달리 여러 빛깔로 단장되어 있었다. 들판 한가운데 마련된 아늑한 휴식처 같기도 했다. 그러나 겨울 들판과 견주어서 그렇다는 것이지, 어떻게 보면 군데

군데 놓여 있는 울긋불긋한 조화들은 오히려 싸늘한 주검들을 강조하고 있는 것 같기도 했다. 어두운 주변 풍경 속에서 조화들은 저마다 활짝 피어 화려한 빛깔을 자랑하고 있었다. 플라스틱으로 만들어진 빨간 장미 꽃송이들, 흰 꽃잎에 노란 꽃술의 마거리트 꽃송이들, 노란 수선화 꽃송이들이 솜씨를 자랑하고 있었다. 묘비에 기대 세워져 있고, 묘지 위에 가로뉘어 있고, 묘비 옆의 돌꽃병에 꽂혀 있는 플라스틱의 시들지 않는 꽃들. 밝고 화려해서 슬프고 처량한 꽃들. 진짜 꽃보다 조금은 더 오래갔으나 어떤 것들은 빛이 바래며 흉물스럽게 낡은 뼈대를 드러낸 플라스틱 꽃들.

"여기예요. 빈센트 반 고흐."

그녀가 마침내 멈추어 섰다. 눈이 나쁜 나는 묘비를 읽자면 얼굴을 가까이 갖다대다시피 해야 한다. 그곳에 어떤 꽃이 놓여 있을까, 신경이 쓰였다.

"꽃을 못 사왔어요. 그를 여기에 묻은 뒤에 의사 선생이 주위에 해바라기를 심었다는데 지금은 또 겨울이라서…… 그 옆에 나란히 있는 게 테오예요."

그녀가 무슨 변명을 하듯이 말했다. 그녀의 옆에 가서 섰을 때 내 눈에 들어온 것은 아이비 덩굴로 뒤덮인 묘지와 그 아이비 덩굴 위에 놓여 있는 보랏빛 아이리스 한 송이였다. 플라스틱 꽃은 아니었다. 나는 담 밑 가까이 있는 묘비로 다가가서 눈을 들이대고 빈센트 반 고흐 하고 나직하게 소리내어 그의 이름을 읽었다. 누가 보았더라면 마치 아이리스의 향기를 맡으려는 것처럼도 보이리라고 여겨졌다. 아니, 약간 과장해서 말하면, 담 밑에 누워 있는 고흐의 얼굴을 들여다보겠다는 것처럼도 보일지도 모른다고 나는 생각했다. 아무래도 좋았다. 실상 나는 묘비에서 고흐의 이름을 읽고 있는 것에 지나지 않았다. 그렇건만 거기에는 한 화가를 위해 바쳐진 한 송이 아이리스의 향기를 나 자신이 맡으며 그 얼굴이라도 기억해보려는 비의(秘意) 또한 없지는 않았으리라 하는 것이다.

내가 꽃 한 송이 가져오지 못했으므로 남이 가져온 꽃 한 송이의 살아 있는 향기를 맡아 내 마음을 보탤 수도 있으리라. 땅 밑의 백 년 전의 고흐의 모습에 조금이라도 가까이 내 얼굴을 가져다대고 있는 것도 괜찮은 일이리라.

"한 송이라도 누가 갖다놔서 다행이에요. 고흐가 그린 아이리스가 생각나요."

"동생하고 나란히 묻혔구면."

"동생은 평생 형의 뒷바라지만 했잖아요."

그녀의 말은, 죽어서도 뒷바라지를 해야 하므로 그 옆에 묻혔다는 것인지, 아니면 살아서의 그 각별한 형제애를 기려 둘이 나란히 묻혔다는 것인지 잘 분간이 되지 않았다. 테오는 고흐가 자살하자 저승길마저 뒤따르듯 그로부터 육 개월 뒤에 병원에서 세상을 떠나고 말았다는 것이다. 나는 허리를 펴고 묘지와 그 둘레를 얼마 동안 살펴보았다. 다른 묘지와는 달리 돌이나 시멘트로 덮여 있지 않고 네모진 경계 안은 아이비가 뒤덮인 작은 풀밭이었다.

"사진 한 장 찍고 그만 가지."

나는 주머니에서 소형 카메라를 꺼냈다. 우리 둘을 함께 찍어줄 사람이 보이지 않아서 우리는 서로가 상대방을 향해 카메라 셔터를 눌렀다. 날씨가 꽤 어두워졌음을 알리며 자동카메라의 플래시는 두 번 다 번쩍번쩍 터졌다.

이것으로 나는, 우리는 순례의 목적을 이루었다. 묘지 밖으로 나오자 날은 급격히 어두워지기 시작했다. 우리는 서둘러 들판 길을 걸어 마을로 향했다. 구릉 위에 자리 잡고 있는 들판이어서 멀리 아래쪽으로 마을의 불빛이 하나둘 밝혀지고 있는 게 아득하게 바라다보였다. 산 자의 마을과 멀리멀리 떨어져 있는 죽은 자의 마을에서는 나름대로의 질서와 평화 속에 어떤 사랑의 이야기들이 소곤거리며 들려오는 듯했다.

사막 초원 한가운데 자리 잡고 있는 중앙아시아 사람들의 묘지가 머릿속에 떠올랐다. 처음 서울을 떠나올 때는 그곳까지 가려는 계획은 없었었다. 손쉽게 포괄적으로 계획한 것이 러시아와 프랑스라는, 대비되는 두 나라였다. 다분히 즉흥적인 선택이기는 했어도 그것으로 충분하리라 싶었던 것이다. 그랬던 것이 모스크바에서 카자흐 땅으로 둘러 가는 기회를 얻게 되어 어느 날 그 중앙아시아의 사막 초원으로 길을 나섰던 것이다.

도시의 외곽 도로에 하늘을 찌를 듯 높이 자란 포플러나무가 어느덧 뒤로 사라지자 눈앞에는 끝없는 들판이 펼쳐졌다. 나무 한 그루 없는 황량한 들판의 끝에 지평선이 걸려 있었다. 지금 내가 사막 초원이라고 어정쩡하게 표현하고 있는 이 광야는 듬성듬성한 앉은뱅이 낙타가시풀조차 가을부터 누렇게 말라 눈에 보이는 시야는 그저 회갈색의 대지였다. 몇 날이고 가도 가도 이런 풍경뿐이라고 안내자는 말했다. 우리의 목적지는 우슈토베라는 곳으로, 이는 '세 개의 언덕'이라는 현지 말이었다. 이 우슈토베가 우리나라 사람들이 1937년에 강제 이주되어 온 몇 군데의 정착지 중 하나였다는 말에 그곳으로 향하게 되었던 것이다. 소련의 연해주 땅에 살던 우리나라 사람들이 스탈린에 의해 강제로 이주된 역사는 여기서 다룰 성질은 아니다. 그 길로 계속 달리면 사할린까지도 간다고 하는 길이었다. 오른쪽 들판 저 멀리 이름 높은 천산(天山) 산맥의 줄기가 뻗어와서 산 너머가 중국이라고 알려주고 있었다. 천산이 위대한 것은 일망무제의 광야 멀리 장대한 모습을 보이고 있다는 그것 때문만이 아니라, 그 크고 작은 봉우리들에 눈과 얼음을 이고 있다가 조금씩 내를 이루고 강을 이루어 들판으로 흘려보내기에, 그 물줄기로 뭇 생명을 먹여 살리는 조화와 섭리가 거기에 있기 때문이다. 그래서 천산 아랫동네의 물은 맑고 차고 달다.

해는 대평원의 중천에 떠오르고 문득 검붉은 흙언덕 사이로 뜻밖에도 호수가 나타났다. '흰 모래'라는 뜻의 갑체가이 호수였다. 천산 산맥의 험준한 골짜기를 굽이돌아 북류해 온 일리 강의 물줄기가 여기로 모였다가 다시 발하시 큰 호수로 흘러들어가는 것이었다. 늦가을 빙하의 물이 아침 햇살을 받아 뽀얗게 물안개를 피워 올린다. 바람이 휘몰아치는 호수 둔덕에서 아름답다는 말 대신 신령스럽다는 말이 입가에 맴돈다.

그 광막한 사막 초원의 주인은 오랜 옛적부터 유목민들이었다. 몽골이 이곳에 침략해 왔을 때, 유목민들은 러시아 황제에게 도움을 청하게 되었고, 이로써 그 땅은 최근까지 러시아에 속하게 되었다. 그렇다고 하더라도 그 땅의 주인은 여전히 유목민들일 수밖에 없었다. 고원 지대의 칭기즈칸의 유적은 그저 흙탑으로 남아 있는 폐허였다. 말 위에 올라앉아 몇백 마리의 양 떼를 몰고 가는 사내, 개를 앞세워 소 떼를 몰고 길을 가로막는 소년들만이 그 땅을 지키고 있는 것이다.

이렇게 거의 변함없는 풍경 속을 몇 시간이나 갔을까. 길 한쪽 옆으로 작은 마을이 눈에 들어왔다. 나는 내 눈을 의심하며 그 마을을 살펴보았다. 저것이 신기루가 아닐까 하는 생각도 해보려고 했다. 그렇지만 신기루가 아니라는 것은 처음 본 순간부터 알고 있었다. 신기루란 사막에서 몹시 지친 사람의 눈에 나타나는 헛것이 아니었던가. 그것은 아무리 보아도 소인국의 마을이었다. 군데군데 이슬람 사원 모양의 집들이 세워져 있고 그 밖에도 여러 조형물이 아기자기하게 들어서 있는 마을은, 하지만 강아지 한 마리 얼씬거리지 않고 정적만이 감돌았다. 마을이 뒤로 사라지는 동안 고개를 뒤로하여 내가 열심히 바라보는 걸 본 안내자가 그제야 "저긴 무스만의 묘지지요" 하고 말했다. 그때까지도 나는 그곳이 묘지라는 생각은 못하고 있었다. 어쩌면 역사적인 기념물일지도 모른다고 추측하기도 했었다. 무스만이 무엇이냐는 내 물음에 그는 여기 회교도들을 그렇게 부른다고 대답해주었다.

"거 무스만들은 말입니다. 사람이 죽으면 관에 넣질 않고 그냥 쭈그리고 앉은 자세로 묻습니다. 그 앞에 차 따라 먹는 그릇 하나를 놓아두고요." 그러니까 그의 설명은 죽은 사람은 찻잔 하나만을 가지고 먼 저승길을 간다는 것일 터였다. 그것도 이색적이었으나 사막 초원에 인간의 마을처럼 꾸며진 묘지는 내내 뇌리에서 지워지지 않았다. 우슈토베까지 가는 도중에 그런 묘지는 곳곳에 있었다. 처음 계획에는 없었던 여행이긴 해도 그런 묘지들을 보게 된 것은 내게 커다란 수확이었다. 이런 일을 하게 될 때마다 신통한 것은 막상 현장에 부딪쳐보면 의외로 그럴듯한 수확이 있게 마련이라는 점이었다. 그런 뜻에서 중앙아시아에서의 길은 일부러라도 가야 했던 길이었다. 우슈토베의 한국인 마을을 찾아간 것도 종국에는 그들의 묘지를 찾아간 것과 같은 의미를 갖게 되었다.

마을의 원로 몇 사람의 안내를 받아 찾아간 야산 기슭 첫 정착지는 갈대가 우거진 황량한 들판일 뿐 아무것도 없었다. 옛날 이곳에 내버려지다시피 한 사람들은 곧 닥쳐올 겨울을 대비해 부랴부랴 땅을 파서 움집을 지었다고 했다. 그 위를 갈대로 덮고 흙을 올렸던 움집의 흔적은 그 주변에 움푹움푹 파인 구덩이들로 흉하게 남아 있었다. 그런데 그 구덩이들 옆으로 새로 조성된 묘지가 있었던 것이다. 한국인의 묘지는 무스만의 그것과 모습부터가 달랐다. 우선 우리나라 사람들의 것은 무엇보다도 불룩하게 봉분이 있는 것이다. 묘지 앞의 묘비 위에 무스만들이 초승달의 모양을 만들어놓은 것과 같이 한국인들이 별의 모양을 만들어놓은 것은, 달과 별의 모양만 다르지 같은 형식이라고 할 수 있었다. 그러나 봉분은 전통적으로 우리 것이라고 할 수 있었다. 물론 그 땅 밑의 사람이 관 속에 누워 있다거나 찻잔 앞에 앉아 있다거나 하는 것은 어디까지나 보이지 않는 땅 밑의 이야기이다.

들판을 다 걸어와 고흐의 무덤이 있는 그 묘지를 뒤돌아보며, 중앙아시아의 묘지들을 뒤돌아보았을 때와 똑같이 나는 이별이라는 낱말을 기억하고 있었다. 그것은 막막한 이별이었다. 죽음이란 어련히 이별이 아니겠는가만 그 이별은 이상하게도 언제까지나 살아 있는 이별이라는 생각이 들었다. 그 이별의 흰 손이 묘지 위에서 '안녕!' 하고 언제까지나 손짓하고 있다는 느낌이었다.

열차 시각까지는 아직도 꽤 여유가 있었다. 고흐가 살았던 집 앞을 지나 비로소 카페를 발견한 우리는 그곳으로 들어갔다. 파리의 카페와는 판이하게 시골의 사교장 분위기였다. 고흐의 집을 방문하지 못한 것이 아쉬웠다. 그렇지만, 그 집은 누군가가 사들여 수리 중으로서 이른 시각이라고 해도 구경을 할 수는 없다고 했다. 카페 안은 담배 연기가 자욱했고 카운터에서 서서 술을 마시는 사람, 자리에 앉아 담소하는 사람들로 시끌벅적했다. 게다가 우리가 자리를 잡고 앉자, 손님 중의 누군가가 끌고 온 개가 카페 안집의 개와 으르렁거리며 싸움까지 할 기세여서, 더욱 어수선하고 소란스러웠다. 여기서도 나는 어김없이 '장봉'에다가 '카페오레'였다. 웨이터에게 주문을 하고 나서 그녀는 가방 속에서 책 한 권을 꺼내 내게로 밀었다. 한쪽 귀를 붕대로 가리고 있는 고흐의 자화상이 표지 그림으로 되어 있는 화집이었다. 강변 마을에서 화장실에 들어갔을 때 들고 있던 가방이 저 책 때문에 그렇게 무거웠구나. 비로소 알 수 있었다.

"혹시 참고가 될까 해서 가져왔지요."

묘지를 본 것은 무슨 참고가 될 테지만 그의 그림들이 참고가 될 것은 없었다. 들판을 지나오면서 내 머리를 떠나지 않은 것은 마을 안의 묘지와 마을 밖의 묘지에 대한 것이었다. 마을 안의 묘지에 초점을 맞추자는 것이 내 의도이기도 했다. 그래서 몽테뉴의 말을 들먹이기도 했던 것이다. 그러나 고흐의 묘지를 보고, 또 중앙아시아의 묘지까지 다시 되살아나, 내 머리는 혼란스러웠다. 그렇다면 지금까지의 구도를 바꾸어 마을 안의 묘지와 마을 밖의 묘지를 두 부분으로 나누어 다루는 문제를 고려해보아야 한다는 생각도 들었다.

"그림을 뭐 알아야지."

그렇다고 화집을 본체만체하고 있을 수는 없어서 나는 적당히 들춰보는 시늉이라도 해야 했다. 들춰지는 페이지의 그림마다 그녀는 〈감자를 먹는 사람〉이라거니 〈아를의 개폐교〉라거니 〈양귀비와 까마귀가 있는 밀밭〉이라거니 〈밤의 카페〉라거니 〈별이 빛나는 밤〉이라거니 제목까지 일일이 말해주었다. 수확한 밀짚더미에 누워 잠든 농부 부부를 그린 〈오후의 휴식〉도 있었고, 프랑스의 삼색기가 나부끼는 오베르의 읍사무소도 있었다. 빵을 먹고 커피를 마실 대도 나는 눈으로는 화집을 열심히 들여다보며 지금까지 본 묘지들을 어떻게 연결할까 새삼스럽게 궁리를 거듭하고 있었다.

마을 안의 묘지를 부각시키자면 무엇보다도 훌륭한 묘지들이 있었다. 파리의 여러 묘지들이 그랬다. 상트페테르부르크의 수도원 묘지도 그랬다. 그리고 프라하의 유대인 묘지도 특색이 있었다. 이들 묘지야말로 몽테뉴의 말을 잘 뒷받침해줄 수 있는 곳이었다. 그러나 한편으로 전혀 다른 논조가 필요한 다른 종류의 묘지들이 세상에는 존재하고 있었다. 밤거리로 나와서 어둠에 싸인 역을 향해 걸어가면서도 나는 그 생각에만 사로잡혀 있었다.

"서울론 언제 돌아가실 거예요?"

그때 그녀가 어둠 속에서 물었다.

"서울론…… 곧 돌아가야지. 어차피 여기 살려고 온 건 아니니까. 대통령 선거도 끝났으니 돌아가야지."

"대통령 선거랑 무슨 관계세요?"

"온통 시끄러우니까. 지겨워."

공교롭게도 대통령 선거가 한창 열기를 띨 무렵 나는 서울을 떠났었다. 이번의 떠남이 나 자신의 생활을 정리하고 새로운 출발을 하는 계기가 되어야 한다고 나는 굳게 다짐했었다. 대통령 선거는 우연히 맞물린 시대적 변화에 불과했다.

그런데 알 수 없는 일이었다. 어두운 프랑스의 시골 역에 서서 열차를 기다리며 내 머리를 무겁게 치고 나가는 것이 있었다. 그것은 내가 이제 분명히 생활을 정리해야 할 시점에 이르렀다는 것이었다. 과거를 정리한다는 것은 단순히 떠남으로써만 성립되는 것이 아니었다. 도피만으로 해결되는 것이 아니었다. 아마도 내가 마을 안 묘지니 마을 밖 묘지니 하며 생각을 거듭한 결과 하나의 일이 떠올랐는지도 모른다. 그것이 그녀가 "서울론 언제 돌아가실 거예요?" 하고 묻는 말에서 촉발되었다는 것은 불가사의한 일이었다.

진정 그랬던 것이다.

너무나 오래전에 벌어져서 이제는 내 문제가 아닌 것처럼 되어 있는 그것을 나는 기어코 되살리고야 말았다. 그것은 아버지의 묘지를 찾는 일이었다.

돌아오는 열차 역시 승객은 몇 사람 되지 않았다. 그녀는 아까 꺼냈던 화첩을 무릎 위에 놓고 가끔씩 들춰보고 있었다. 나는 올 때처럼 강물 위 철교를 건너는 열차의 바퀴 소리를 들었고, 맞은편에서 다가와 스쳐 지나는 다른 열차의 진동음을 들었다. 그리고 파리의 불빛이 눈을 어른거리게 할 즈음까지 몹시 피곤한 듯 머리를 의자 등받이에 기대고 있었다.

그동안 나는 여러 묘지를 지나왔다. 그곳들에서 많은 이름 있는 사람들과 이름 없는 사람들을 만났었다. 수많은 까마귀들이 심장에 좋다는 갈리나나무의 빨간 열매를 쪼아먹던 수도원 경내의 묘지에는 도스토옙스키도 있었고, 차이콥스키도 있었다. 카람진, 무소륵스키, 보로딘도 있었다. 화가 오스토모바 부부도 있었고, 시인 푸슈킨의 친구도 있었다. 핀란드 만을 끼고 전나무숲이 울창한 마을에는 화가 레핀이 그의 아틀리에의 뜰에 눈을 맞으며 누워 있었다. 그뿐인가, 곳곳에 또한 많은 혁명가들이 있었다.

러시아와 독일, 프랑스를 보리라 계획했다가 체코까지 들르게 된 것은 행운이라고 할 수밖에 없었다. 그렇게 되기 마지막까지도 전혀 예상하지 못했던 일이었다. 결과적으로 상트페테르부르크에서 제일 싼 비행기표를 구하느라고 여기저기 수소문하고 뛰어다닌 나머지 얻어걸린 게 체코의 수도 프라하를 경유하는 것이었다. 이 과정을 시시콜콜히 다 늘어놓자면 한나절은 좋이 걸릴 것이다. 여행사다 공항이다 몇 번씩 왕래해야 했고 샀던 표를 무르고 영사관에 찾아가서, 며칠 수선을 떨었다. 무려 반값이나 싼 비행기표였으니 그런 수고쯤은 당연하기도 했다. 게다가 흔히 다른 비행기가 경유지에서, 공항 안에서만 갇힌 신세로 지내다가 훌쩍 떠나야 하는 시간밖에

주지 않는 것과는 다르게 그 싸구려 비행기는 여섯 시간이라는 충실한 시간을 허락해주었다. 체코슬로바키아가 체코와 슬로바키아의 두 나라로 갈리기 며칠 전이라고 해서 어딘가 어수선하긴 했으나 나는 프라하 시내를 보기 위해 공항을 빠져나갔다. 소설가 카프카의 묘지가 그 시내에 있다는 말을 어디선가 들은 적이 있었기에 시내 관광보다는 그 묘지를 보고자 했던 것이다.

프라하는 2차 세계대전 전까지 유럽에서 유대인들이 가장 많이 살던 도시라고 했다. 불과 몇 시간 동안의 말미에 프라하라는 역사적이고 매혹적인 도시를 자세히 살핀다는 것도 무리였다. 작곡가 스메타나가 노래한 몰다우 강을 그곳에서는 블타바 강이라고 했는데, 그 강 위에 걸쳐진 카를로 다리 양옆으로 도시는 중세의 고풍스럽고 예술적인 옛 모습을 그대로 간직하고 있었다. 말 그대로 백조가 노니는 운하를 지나 블타바 강을 건너고, 바로크 풍의 포석이 깔린 길을 지나갈 때, 어디선가 스메타나의 선율이 흘러나왔다. 영롱하게 반짝이는 보헤미아의 크리스털들이 고색창연한 거리의 상점마다 투명한 영혼처럼 빛나고 있었다. 그런 아름다운 거리에서 카프카를 찾는다는 것은 불가능한 일처럼 보였다. 내가 알기로 카프카는 무엇인가 음울한 흉계가 진행되는 비인간적인 사회와 제도에 대한 소외자로서의 운명에 항거하되 결국 무력한 인간의 한계에 괴로워하는 하나의 전형이었다. 그 카프카가 살기에는 그 보헤미아의 왕국은 지치게 정교하고 아기자기하고 미려했다. 그래서 나는 안내자에게, 탄생 백 주년이 되는 카프카를 보고 싶다고, 마치 몹시 난처한 부탁을 하듯 말했다. 그렇게 간청하지 않으면, 어쩌면 흉측한 벌레로 변해서 어디엔가 버려져 있을 것 같은 그를 찾아낼 수 없으리라는 느낌이었다. 그는 유대인으로 체코에서 태어나 그곳에 살면서 독일어로 글을 쓴 사람이었다. 이것은 체코에서는 체코에 살았더라도 체코어를 쓰지 않고 독일어를 썼기 때문에 이방인이며, 독일에서는 독일어를 썼더라도 체코에 살았기 때문에 이방인이라는 걸 뜻했다. 그는 어디서나 영원한 이방인이었다. 그래서 그의 이름은 카프카가 아니라 차라리 이니셜만인 K였다. 이 도시에서 이방인 K를 찾아볼 수 있을 것인가.

K는 그래도 인간이므로 괜찮았다. K라는 이방인이 아니라 벌레처럼 버림받은 어떤 존재를 찾아볼 수 있을 것인가. 나는 초조하기조차 했다. 나 자신 가끔 고향이라고 발길이 닿을 때면 철저한 이방인이었다. 그럴 때면 지연 사회의 끼리끼리 의

식으로 똘똘 뭉쳐진 한국 사회에서 여기도 못 끼고 저기도 못 끼고 전전긍긍하는 부랑 집단으로 분류될까봐 어거지로 자기 뿌리를 주장하고 다니는 꼬락서니는 아닐까 스스로 의혹이 들기도 했다. 지나친 자격지심이었다. 하지만 그곳이 고향이라고 남들에게 쉽게 내세울 증거는 찾기 어려웠다. 일찍이 내가 사물을 분간 못하는 어린아이일 때 내 아버지는 세상을 떠났으며, 그 뒤 어머니는 그곳을 떠나 다른 사람을 만나서 다시 내 아버지를 삼은 것이었다. 이런 이야기에 눈이 휘둥그레질 한국 사람은 아마도 없으리라 믿는다. 왜냐하면 내가 태어나기 전인 일본의 식민 통치 이전의 험한 상황들은 아예 접어두고 그 뒤만 따지더라도 전쟁과 혁명과 변혁으로 이 한반도의 조그만 땅덩어리에서는 온갖 기구한 삶이 연출되었던 것이다. 최근에 북한을 위해 싸우다 잡혀서 사십삼 년 동안 남한의 교도소에 갇혀 있던 노인이 마침내 북한의 가족들에게 되돌아가게 된 이야기도 있었다. 새로이 내 아버지가 된 사람도 곧 돌아가겠다며 남한으로 와서 그만 발이 묶인 북한 출신이었다. 한반도에서는 수많은 피맺힌 생이별들이 한낱 촌극일 뿐이었다. 같은 민족이 어이없이 갈려 서로 죽이고 죽는 전쟁통에 얼마나 억울한 죽음들이 많았었는지는 이루 다 셀 수조차 없는 것이다. 총 맞아 죽은 사람, 칼 찔려 죽은 사람, 굶어 죽은 사람, 매 맞아 죽은 사람, 얼어 죽은 사람, 불에 타 죽은 사람, 물에 빠져 죽은 사람, 깔려 죽은 사람, 떨어져 죽은 사람…… 이 끔찍한 죽음들이 흔한 일상사였다. 내 집안일도 그런 일 가운데 하나였다.

그러나 예상보다 한결 활기 띤 광장으로 들어서는 동시에 나는 익명의 K가 아니라 너무도 뚜렷하게 얼굴을 내밀고 있는 카프카를 만났고, 놀랄 수밖에 없었다. 거기에는 그가 살던 집이 있었으며, 그가 다니던 학교가 있었으며, 그가 살던 집의 담벼락에는 그의 얼굴이 새겨진 구리판이 당당하게 붙어 있었다. 그리고 그 옆에서는 그에 관한 전시회가 플래카드를 내걸고 당당히 개최되고 있었다. 그가 프라하의 화려한 중심가에서 살았으리라는 상상은 해본 적이 없었다. 그것은 유대인 거리에 그렇게 예술적인 건축들이 즐비하리라고 상상해본 적이 없었던 것과도 일맥상통한다. 그것은 완벽한 건축 예술의 거리였다.

하지만 카프카와의 만남은 그것으로 완성된 것은 아니었다. 유대인 거리에서 그에 관한 기념 공연을 하는 기독 교회도 보았고, 그가 다녔던 유대 교회도 보았다. 그렇지만 정작 그의 묘지를 확인할 기회를 갖지 못한 것이었다. 물론 나는 그 누구의 특정한 묘지를 보고 부각시킬 의도는 처음부터 없었다. 그런 의미에서 묘지 그 자체만을 성실히 보면 그만이었다. 그러던 것이 프라하에서라면 카프카를 보아야겠다는 욕심으로 발전했던 것뿐이었다. 계획대로라면 애당초 들러보지도 못했을 곳에서, 사진이나 그림으로도 못 보았던 유대인 묘지들하고도 또 달랐다. 어둠침침한 반지하의 유대 교회에서 발길을 돌려 어느 건물 모퉁이 뒤로 돌아갔을 때, 거기에는 흡사 석재 공장이 아닐까 싶을 정도로 많은 판석들이 가득 들어차 있었다. 윗부분을 세모지게 다듬은 그 판석들은 이리저리 제멋대로 세워져 있었으나 이제는 다른 것이라곤 더 이상 세울 수 없을 만큼 빼곡했다. 그 돌 하나하나마다 사람의 이름과 생몰연도가 새겨 있었다. 집들 사이의 공터에 묘석들만 가득 세워져 있는 것이 유대인의 묘지였다. 토지 이용의 효율로서는 괄목할 만한 것이었다. 우리의 경우 궁여지책으로 현재 백오십여 곳의 가족 납골묘를 만들어놓게까지 되었다 하는데 그중에 겨우 십여 곳만 활성화되어 있다고 했다. 그러므로 묘지에 빼곡히 세워져 있는 묘석은 문제 해결에 시사하는 바가 없지 않았다. 이로써 나는 또 한 종류의 묘지를 본 것이었다. 그곳에 카프카의 묘지 아닌 묘석이 있는지, 없다면 다른 어느 곳에 있는지 엉겁결에 캐묻지도 못하고 시간에 쫓겨 되돌아섬으로써 프라하에서의 일정은 끝나 있었다. 하기야 목적은 충분하게 달성되고도 남은 셈이었다.

오베르쉬르와즈로부터 파리에 도착한 시각은 밤 열 시가 다 되어서였다. 우리는 생라자르 역에서 헤어졌다. 호텔까지 혼자서 갈 수 있느냐는 그녀의 물음에 대해 나는 그런 것은 남자가 여자에게 베푸는 친절의 말이라고 대답했다. 그리고 내가 그녀의 집까지 바래다주는 게 도리겠으나 그러지 못하는 것이 유감이라고 덧붙였다. 그것은 진심이었다. 이어서 나는 자세히 안내해주어서 고맙다고 말했다. 그러면서 언제부터인가 속으로 은근히 헤아리고 있던 사례 문제를 거론할 때가 되었음을 깨달았다. 생각해서 주면 된다던 호텔 주인의 말이 또다시 곤혹스럽게 되살아났다. 그녀를 소개해준 호텔 주인을 이제 와서 야속하게 여길 마음은 없었다. 잘된 일이었다. 나는 잠깐 어색하게 머뭇거리다가 오늘 사례는 어떻게 하면 좋겠느냐고 용기를 내서 물었다. 마지막으로 무슨 말을 하는 것일까 하는 태도로 엉거주춤 서 있던 그녀는 내 말에 펄쩍 놀라는 시늉을 했다.

"거긴 저도 다시 한번 가보리라 별렀던 곳이에요. 가까운 곳이긴 해도 혼자 훌쩍 가게는 안 되거든요. 오히려 제가 고마운 걸요."

"그래도 그런 게 아닌데."

난처한 일이었다. 그녀가 괜찮다는 손짓을 하며 발을 떼어 놓으려 했다. 나는 그런 그녀를 바라보며 나로서는 뭔가 고맙다는 표시를 해야 마음이 편하겠다고 말했다. 그러자 그녀는 정 그러시다면 내일이든 모레든 점심이라도 한 끼 사시는 것으로 하면 어떻겠느냐고 제안했다. 나는 좋다고 대답했다. 그것으로써 그날의 일은 모두 끝났다. 그녀는 내게 고개를 까딱 해보이고는 뒤돌아서서 걷기 시작했다.

고흐의 묘지를 다녀와서 생긴 가장 큰 변화는 내가 귀국을 구체적으로 서두르게 되었다는 것이었다. 호텔방에 돌아와 안락의자에 앉는 순간부터 그 문제는 갑자기 다그치듯 나를 사로잡았다. 그전까지도 어영부영 하루이틀 미적거리고 있으면서 은근히 압박을 느끼고는 있었으나 막상 서두르지는 않았다. 그러다가 돈이 완전히 바닥나면 하는 수 없이 서울행 비행기를 타게 되겠지 하고 스스로를 방기하고 있는 꼴이었다. 그러던 차에 그녀와의 그 짧은 여행은 확실한 계기가 되어주었다. 그녀가 내게 직접적으로 제시했거나 강요한 것은 결코 아니었다. 그렇지만 나는 이 여행이 계기가 되었다고 말하지 않으면 안 된다. 그것은 강렬했다.

과거를 정리한다는 것은 단순한 도피만으로는 되지 않는다고 나는 이미 말했었다. 그러므로 거기에 덧붙여서 이제 말한다. 과거를 정리하기 위해서는 미래를 향해 나아가야 한다고. 미래를 향해 나아가자면 현실에 발을 붙여야 한다고. 나는 그동안 많은 묘지들을 보고 다녔었다. 그 일은 고흐의 묘지를 본 것으로 마무리해도 좋을 것이라는 생각이 들었다. 그 마무리 작업이 남아 있어서 내가 미적거리고 있었던 것이라면 할 말은 없었다. 어쨌든 그로써 보는 것은 마무리가 되었고 나는 돌아가서 현실을 되찾아야 했다. 그리고 과거를 정리하고 현실을 딛고 미래로 나아가기 위해서 내게 남겨져 있는 가장 중요한 작업은, 다른 모든 묘지에 대한 보고서보다도 내 아버지의 묘지에 대한 보고서라고 나는 깨달았던 것이다.

그 일을 위해서는 하루바삐 서울행 비행기를 타는 일이 문제였다. 오랜 세월 동안 그것은 내게는 금기처럼 되어온 일이었다. 좌우익의 다툼이 치열해지던 저 해방 공간에서 불의의 죽음을 당했다는 아버지에 대해서는 말을 꺼내는 것조차 당연히 암묵적인 합의 속에 금기였다. 어느 쪽이라는 것조차 따질 계제가 아니었다. 억울한 누명 아래 사라져갔다는 것뿐, 가정사적인 평화를 위해서도 그것은 영원히 침묵 속에 묻혀 있어야 하는 일이었다. 여러 사람들이 그 질서를 원하고 있었던 것이다. 그러나 그럴 수는 없다고 나는 마음속으로 부르짖었다. 그러기에는 너무나 많은 주검들이 내게 살아 있는 말을 들려주었고, 살아 있는 마음을 보여주었던 것이다. 이제야말로 생명은 그것만으로서 지상 과제인 것이었다.

다음 날 아침에 눈을 뜨기가 바쁘게 나는 서두르기 시작했다. 막상 마음만 먹으면 아무리 이역만리라 해도 요즘에야 파리를 오가는 것은 간단한 일이었다. 서울행 비행기표는 미리 끊어 왔으므로 날짜만 확정받으면 그만이었다. 그러고 잠들었는데 눈을 뜨고 보니 점심때가 가까워 있었다. 어제의 강행군에 제법 피로했던 모양이었다. 이 상황에는 약간의 설명이 필요하다. 눈을 뜨고 보니 전화벨이 울리는 소리가 들렸었다. 그와 함께 나는 먼저 시계부터 보았던 것이다. 그러니까 눈을 뜨고 나서 전화벨 소리를 들었는지, 전화벨 소리를 듣고 눈을 떴는지 그것은 어렴풋했다.

"아침도 안 하셨다면서요? 어제 약속 잊으셨어요?"

뜻밖에도 그녀가 로비에서 거는 전화였다. 뜻밖이라고 했지만 전혀 뜻밖이라고 할 수 없는 일이었다. 그녀와의 점심 한 끼 약속은 분명히 내일이나 모레였었다. 그것이 내일이라면 틀림없이 그 내일이 밝아 있는 것이었다. "언제 한번 만납시다" 하는 것이 뜻 없는 인사말에 지나지 않는 우리네 습관 때문이었는지도 모른다.

"안 그래도…… 마침 잘 왔어요."

"그럼 기다릴게요."

나는 침대에 걸터앉아서 담배 한 대를 뽑아 물었다. 마침 잘 왔다는 것은 점심때에 알맞게 맞춰 왔다는 게 아니라 당장 항공사까지 안내를 받을 수 있겠다는 속셈을 말한 것이었다. 그리고 생각해보니 그녀는 젊고 매력적인 아가씨이기도 했다.

부랴부랴 세수를 마치고 아래층으로 내려가자 의자에 앉아 있던 그녀가 몸을 일으키며 인사를 했다. 어제 함께 그곳을 다녀왔다는 게 거짓말같이 느껴졌다. 어쩌면 아주 오래전 어느 날에 우리는 추수가 끝나 빈 들길을 그렇게 걸었었다는 착각이 들었다. 그때 우리는 어떤 죽은 이를 그 들길로 보내고 함께 되돌아오는 길이 아니었을까 하고 나는 생각했다. 그리고 나는 오늘 당장 이렇게 나타날 줄 몰랐다는 말이 입 밖으로 나오려는 걸 눌러 참았다. 전날과는 달리 나는 그녀가 나타난 사실을 매우 반갑게 여기고 있는 것이었다. 그러나 그와 함께 웬일인지 항공사까지 쉽게 찾아갈 수 있겠다는 현실적인 계산이 그 반가움에 차지하고 있는 비중은 솔직히 아주 미미한 것에 불과함을 알았다.

"어디 좋은 데 있음 안내하시지."

나는 먼저 문을 열고 밖으로 나갔다.

"좋은 데란 비싼 덴가요?"

그녀가 따라나오며 웃음을 띠고 물었다.

"아니, 싼 델수록 더욱 좋겠지. 개똥을 조심하라구요. 몽마르트르에는 개똥이 많다."

모퉁이로 접어드는 곳에 중년 여인이 앉아 며칠 전부터 아코디언을 연주하고 있었다. 나는 왠지 그러고 싶어져서 그 여자 앞에 5프랑짜리를 놓아주었다. 집시 여인 같지는 않아 보였다. 그리고 우리는 거리를 걸어 내려갔다. 꽃집에는 아프리카 토인의 가면같이 얼룩덜룩한 무늬가 큼직하게 박힌 붉은 꽃이 진열장 안에 놓여 거리를 내다보고 있었고, 정육점에는 그 앙증맞은 회색 토끼가 허리 아래는 댕강 잘려나간 채 여전히 두 귀를 쫑긋 뻗치고 매달려 있었다. 그 두 귀가 가리키고 있는 아래쪽 좌판에서 털이 홀랑 뽑힌 칠면조가 예쁘게 단장한 머리를 다소곳이 쳐들고 우리를 쳐다보고 있었다. 그것들을 바라보며 거리를 내려가는 동안 그녀는 제일 마땅한 음식점으로 월남 식당이 어떻겠느냐고 제안했고, 나는 그녀의 제안을 받아들였다. 한국 음식과 일본 음식을 제외하면 그래도 입에 맞으리라는 그녀의 말이었다. 거기에 값도 적당하다는 말이 곁들여졌다. 다른 약소국가들의 식당보다 베트남 식당이 그래도 여럿 되는 것은 그 나라가 프랑스의 오랜 식민 통치를 받았기 때문임은 두말할 것 없었다. 그녀의 안내에 따라 비교적 가까운 곳의 월남 식당으로 찾아들어간 우리는 북경식 수프에 볶음밥 종류를 시켰다.

이렇게 하여 우리의 만남은 지속되었다. 그날 이후 우리의 만남은 전날 그녀가 나를 고흐의 묘지로 안내했던 것과는 그 성질이 달랐다. 파리에서는 내게 구태여 안내자가 꼭 필요한 것은 아니었다. 나는 점심을 먹고 항공사까지만 안내를 해주면 고맙겠다고 말했는데, 그로부터 며칠 동안 그녀는 거의 내 옆에 붙어 있게 되고 말았던 것이다. 항공사에 가서 알아보니 다행히 돌아오는 첫 번 월요일에 자리가 남아 있었다. 그래도 그 월요일까지는 닷새나 말미가 있었다.

"그동안 뭘 할 거예요? 파리에서 볼 곳은 다 보셨나요?"

날짜가 확정되자 그녀도 덩달아 허둥댄다는 느낌이 들었다.

"어딘가에서 북한 서커스를 하던데 말야. 안내장을 봤어."

나는 제법 여유를 부렸다. 그러나 나 역시 어딘가, 무슨 일인가 빠뜨려놓은 것 같은 미진한 느낌에 휩싸였다. 그로부터 우리는 닷새라는 시간이 지나면 영원히 헤어지는 사람들처럼 되고 말았던 것이다. 왜 그렇게 되었는지 설명하기란 쉬울 것 같으면서도 막상 쉽지 않다. 그전에 혼자서 루브르니 어디니 돌아다닐 때와는 달리 그녀와 함께 파리를 구경하는 일은 강행군이었다. 항공사를 들른 그 오후에만도 우리는 생제르맹 데프레 교회를 비롯하여 들라크루아 미술관과 그 근처를 순회해야 했던 것이다. 닷새라곤 해도 그날과 마지막 날을 빼면 옹근 시간은 사흘밖에 여유가 없기도 했다. 들라크루아는 모로코에 가서 그곳 아랍 풍의 사람들과 말들과 천막들과 메마른 땅을 스케치하고 있었으며, 생제르맹 데프레 교회에서는 상가 대원이 성가를 부르고 있었다. 그 옆에 서 있는 아폴리네르의 흉상. 그리고 카페.

내가 러시아를 거쳐 파리로 왔다는 이야기를 들은 그녀는 다음 날 레닌이 망명중에 들르곤 했다는 카페로 안내하기로 했다. 파리에서는 안내자가 없어도 된다는 말은 지도만 있으면 길을 안 잃고 지하철을 탈 수 있다는 뜻에 지나지 않는 것이다. 안내자가 있다는 것은 그렇게 달랐다. 나는 모스크바의 레닌 묘지가 떠올랐다. 그는 그가 세운 새로운 이념의 나라가 몰락한 뒤에도 모스크바의 심장부인 크렘린 광장에 그대로 누워 있었다. 경비병들이 지키는 지하 묘지로 들어가면 그는 유리관 속에 상반신을 드러내고 마치 잠자는 양 눈을 감은 채 누워 있다. 사진에서 보듯 머리가 꽤 벗어지고 움푹 들어간 눈에 볼이 패어 광대뼈가 약간 돋아 보이며 턱이 뾰족한 얼굴은 생시처럼 말끔하다. 누군가가 인조로 만든 게 아닐까 불경스러운 의문도 던진다. 고향 땅에 묻히기를 원했던 레닌이 생전의 그 모습으로 그렇게 있게 된 것은, 스탈린이 그를 독살한 뒤 혹시 시체 검안으로 발각될까봐 아무도 손을 대지 못하게 하려는 의도였다고, 누군가는 확인할 수 없는 이야기도 하고 있었다. 레닌이 자주 들렀다는 카페의 테라스에 앉으면 큰길 가운데로 로댕이 조각한 발자크의 동상이 내다보인다. 그 네거리 카페들은 많은 화가들과 문학가들의 이름들과도 관련을 맺고 있었다. 파리는 카페에서 이러쿵저러쿵 떠들어대는 일밖에는 없는 사회라고 꼬집은 것은 멕시코의 여류화가 프리다 칼로지만, 내 안내자의 안내는 성실한 것이었다. 이밖에도 우리가 찾아다닌 곳은 다 열거하기가 어지러울 지경이다. 여러 사람인 개인 미술관이 여기에 추가된다. 그리고 다시 묘지들인 앵발리드와 팡테옹이 추가된다. 내가 묘지들을 보고 다니면서, 나폴레옹의 관이 있는 앵발리드와 많은 위인들의 관이 있는 팡테옹을 뒤늦게 그녀가 안내할 때까지 미루어둔 까닭은 그곳들이 보통의 묘지가 아니라 거대한 건물로 된 묘지라는 데 있었다. 어쨌든 그곳들도 일로서 보아야 할 곳이긴 했다. 그러고 나서도 추가될 곳은 더 많지만 그것은 생략할 수밖에 없다. 다만, 묘지 하나만 더 추가하기로 하는데, 이곳은 실은 그녀를 만나기 전에나 혼자서도 가보았던 곳이어서 정확하게 말하면 추가라고 하기는 어렵다. 그것은, 독특한 글들을 썼으며 또 계약 결혼이라는 것으로도 우리의 입에 오르내렸던 사르트르와 보부아르가 그곳 몽파르나스 묘지에 함께 누워 있다는 데 이야기가 미친 결과였다. 그 두 사람의 합장 묘지는 보았는데 거기 다른 쪽에 있다는 시인 보들레르의 묘지와 기념비는 못 보았다고 나는 말했다. 그 말에 그녀는 자기 역시 그렇다고 대답했던 것이다. 그리하여 우리는 그 묘지로 향했다.

고흐의 묘지로 갔던 때보다는 그래도 이른 저녁의 그 묘지에는 파르스름한 저녁 이내가 감돌고 있었다. 도심의 번화가 바로 한옆에 그런 고즈넉한 장소가 있다는 것이 다시금 새삼스러웠다. 우리 같으면 금싸라기 땅이다 개발이다 해서 도저히 남아나지 않았을 것이었다. 그 묘지의 정문에서 오른쪽 첫 번째 길로 사르트르와 보부아르의 합장묘를 지나 끝까지 가서 왼쪽으로 접어들면 그 왼쪽에 보들레르의 낮은 무덤이 있었다. 그리고 정문에서 왼쪽 끝 가운데쯤 그의 기념비가 세워져 있었다. 기념비는 묘지 담장을 뒤로하고, 사람 키의 한 길 반쯤 되는 받침대 위에 두 팔꿈치를 밑에 받치고 두 주먹으로 턱을 괸, 앞으로 엎드린 모양의 흉상이었다. 받침대 앞으로는 반듯이 누운 여자가 조각되어 있었다. 내가 뒤늦게나마 그 묘지에 가서 그를 만나고 싶었던 것은 문학에 처음 빠져들었을 무렵 그가 내게 준 강렬한 인상 때문이었다. 그 무렵 그의 악마주의가 어떻고 하면서 나는 잘 알지도 못하는 그의 시를 읽고는 했었다. 그리고 그의 시 〈악의 꽃〉 가운데 한 구절은 이번 일을 맡고 모은 자료에도 적어놓았던 것이다.

이승은 짧다. 무덤은 기다린다. 무덤은 배고프다.

그러므로 보들레르의 묘지와 기념비를 찾아본 것은 여러 가지로 도움이 되는 일이었다. 그러나 그 묘지에 다시 갔던 일을 말하는 데는 여태껏의 일들과는 전혀 다른 뜻이 있다. 그것은 나로서는 상상조차 할 수 없었던 일이었다. 이 이야기는 보들 레르의 기념비를 보고, 사진을 찍고 나서 다시 정문 쪽으로 걸어와 그곳 벤치에 잠깐 쉬어가겠다고 걸터앉았을 때부터 시작된다. 실제로 며칠 동안 부지런히 돌아다니느라 다리가 몹시 아팠었다.

벤치에 앉아 얼마 되지 않아서였다. 젊은 남녀 둘이서 서로 사진을 찍으며 다가오고 있었다. 그 순간 우리 사진을 한 장 찍어달라고 부탁하려는 생각이 불쑥 인 것이 잘못이었는지 모른다. 나는 여러 곳에서 카메라 셔터를 눌렀었는데 고흐의 묘지로 간 날부터 거의 같이 어울렸으면서도 함께 사진을 찍은 적이 없었다. 나는 카메라를 들고 일어나 우리 앞까지 온 남자에게 내밀고 셔터를 눌러달라는 시늉을 했다. 그것까지는 잘못이 아니었는지 모른다. 남자는 선뜻 좋다고 하며 내 카메라를 받아 들었다. 나는 다시 벤치로 돌아가 그녀 옆에 앉았다. 남자는 벌써 카메라를 우리에게 맞추고 있었다. 이른바 '김치'를 할 순간이었다. 그런데 그 남자가 갑자기 카메라에서 눈을 떼더니 구도가 잘 안 맞는지 좀 더 가까이 다가앉으라는 시늉을 했다. 나는 나도 모르게 그녀와 너무 떨어져 앉아서, 그것도 그녀 쪽으로 내 팔을 벤치 등받이에 올리고 버티듯이 하고 있었던 것이다. 그녀와 나는 서로 바라보고 웃었다. 그녀가 내 옆으로 다가앉았다. 그러는 사이에 내 팔은 자연스럽게 그녀의 등 뒤로 돌아가 있었다. 그도 미소를 짓고 있었고 우리도 미소를 지었다. 나는 본의 아니게 한쪽 팔을 벤치 등받이 위로 해서 그녀의 어깨를 살짝 감싸 안은 모습을 연출하게 되었던 것이다. 이어서 곧 플래시가 반짝 터졌다. 어느새 날이 그만큼 어두워졌나보았다.

"메르시."

그녀가 고맙다고 말했다. 그 말과 함께 나는 그녀의 어깨를 감싸 안았던 팔을 풀고 일어나 그에게로 가서 역시 고맙다는 인사를 표하고 카메라를 돌려받았다. 그들은 우리에게서 멀어져갔고 나는 다시 벤치로 와서 앉았다. 그러고 나서의 짧고도 긴 침묵을 나는 기억한다. 갑자기 그 침묵이 거북하게 되고 말았다. 그리고 그렇게 앉아 있는 것도 거북하게 되고 말았다. 그것은 속이고 있던 감정이 백일하에 드러난 때문임을 나는 알았다. 그 연출자는 내가 그렇게 하고 싶어 했다는 사실을 알았던 것처럼 자연스럽게 요구했었다. 아니, 나는 그 묘지에서, 그 순간만큼은 그러고 있고 싶다는 생각을 했었던 것은 사실이라고 뒤늦게야 깨달았던 것이다. 그럼에도 불구하고 나는 감정을 속여넘기기로 하고 있었던 것이다. 그 위선과 체면치레를 그는 단숨에 지적하고 척결하고 말았다.

나는 그 짧고도 긴 긴장의 순간을 기억한다. 갑자기 숨이 차오르는 소리를 나는 들었다. 나는 다시금 팔을 들어 벤치 등받이 위로 해서 그녀의 어깨를 감싸 안았다. 그 짧고도 긴 순간의 침묵과 긴장이 그녀의 어깨에 닿은 내 손가락의 지문을 통해 섬세하고도 뜨거운 전율로 변해 오는 것을 나는 느끼고 있었다. 그녀는 아무 말도 하지 않고 석상처럼 앉아 있었고, 그때 저녁빛 속에서도 그녀의 얼굴이 경련하듯 상기되고 있는 것을 나는 보았다. 그 사이에도 찰나가 영겁 같은 시간이 있었으나 나는 어느 결에 그녀의 얼굴 쪽으로 내 얼굴을 가져가서 그 입술에 내 입술을 포개고 말았다. 그리고 우리는 기다렸다는 듯이 격렬하게 서로를 끌어안았고 숨 막히는 입맞춤을 오래오래 계속하였다.

이렇게 그 묘지에서 느닷없이 시작된 뜨거움은 그날 저녁을 먹고 물랭 호텔의 삼층 내 방으로 함께 와서까지 이어졌다. 그녀는 불도 끄지 않은 방에서 상대방을 향하여 정면으로 선 채

옷을 벗었다.

여기서 그녀와 내가 침대 위에서 알몸으로 뒹군 이야기를 자세히 늘어놓을 필요는 없을 것이다. 나로서는 전혀 예상조차 못했던 일이 벌어지고 있다는 사실에 얼떨떨한 가운데 나는 그녀에게 탐닉했다. 그러면서도 그 일이 묘지에서 비롯되었다는 것이 웬일인지 자꾸만 머리에 어른거렸다. 예전에 시골 동네에 살던 어린 시절, 뒷동산 무덤가 역시 나이 찬 총각 처녀들의 훌륭한 사랑의 장소였다는 기억도 되살아났다. 그러나 이번 경우에 나는 묘지를 보러 쫓아다니다가 그 묘지에서 엉뚱한 불장난을 벌이게 되었으므로 묘지가 주는 의미는 다른 것이었다. 불장난을 벌이기 위해 묘지를 찾는 것과 묘지를 찾았다가 불장난을 벌인 것은 엄연히 다른 것이다. 왜냐하면 후자의 경우 묘지의 역할이 훨씬 더 강조되어도 좋기 때문이다.

불장난?

말해놓고 보니 이처럼 무책임한 말이 없어 보인다. 남들이 그렇게 말할지라도 나는 거기에 동조해서는 안 된다. 삶에 있어서 한순간의 티끌만 한 부분이라도 결단코 불장난이라고 스스로 매도하는 일이 있어서는 안 된다. 불장난이라는 말 대신에 그 자리에는 진실이라는 말이 들어와 있어야 한다. 하지만 그날 밤의 나는 머릿속이 온통 헝클어진 상태에서, 그야말로 불속을 헤맸다. 그것은 불장난이 아니라 불 자체였다.

그러나 정작 중요한 일은 그 불속에서 나와서부터라고 나는 말한다. 내가 그녀의 몸에서 떨어져서 물 한 컵을 마시고 담배를 피워 물었을 때, 그녀는 내게 물었던 것이다.

"돌아가시면 무슨 일부터 하시게 되나요?"

나는 그 물음을 건성으로 들었다.

"그건 가서 생각해봐야겠지."

그래서 나는 건성으로 대답했다. 내게는 서울에 닿자마자 할 일이 있었다. 맡아가지고 온 일도 내게는 무시 못할 숙제였다. 그리고 이미 말했다시피 언제부터인가 나를 붙들고 놓아주지 않는 일을 확인하고야 말지 않았던가. 그것 또한 그녀의 물음 때문이었음을 나는 너무도 또렷이 기억하고 있었다. 그녀는 생각해봐야겠다는 내 말에 그녀 자신이 무슨 생각엔가 잠겼는지 한동안 아무 말도 없었다. 나는 그녀의 두 눈이 어둠 속에서 깜박이는 것을 보는 느낌이었다.

"저…… 말씀드리겠어요……"

문득 그녀가 말했다. 그녀의 말이 조금은 어렵게 나오는 것으로 여겨져서 나는 귀를 기울였다.

"저도 서울로 갔음 해요. 같은 비행기로요. 사실은 저는 학교를 그만둔 지 벌써 일 년이 넘었어요. 용서하시겠죠?"

그녀가 말을 멈추고 내 반응을 살폈다. 나는 그녀가 서울로 같이 갔음 한다는 말이 무슨 뜻인지 모르겠는 데다가 용서하느냐는 물음이 같이 가겠다는 것에 대한 것인지 학교를 그만둔 것에 대한 것인지 잘 알 수 없어서 여전히 듣고만 있겠다는 태도를 취했다.

"더 이상 여기서 이렇게 있을 수는 없어요. 저도 가겠어요. 용서해주세요."

"뭘 용서하지, 내가?"

나는 어느새 긴장하고 있었다.

"저하고 같이 가주셔야 하니까요. 왠지 혼자 돌아가기가 무서워요. 그렇지만 꼭 가야겠어요. 이러다간 미칠 것만 같아요. 더 이상 거짓말을 하면서 여기 있을 수는 없어요. 같이 가게 해주세요."

그녀는 애원했다. 나는 그녀가 왜 내게 그렇게 애원해야 하는지 이해하기 어려웠다.

"그거야 같은 비행기를 타는 걸 누가 뭐라나. 표만 있음 그만이지."

나는 될 수 있는 대로 무덤덤하게 말하려고 애썼다. 아닌 게 아니라 그녀를 가게 하거나 못 가게 할 권한은 내게 없는 것이었다.

"표는 오래전에 벌써 사놓았어요. 그렇지만 날짜를 잡을 수가 없었어요. 결정을 할 수가 없었던 거예요."

그녀는 단숨에 말하고 나서 숨을 한번 몰아쉬더니 "선생님은 그런 걸 모르실 분이 아니에요" 하고 말했다. 나는 갑자기 벌어진 사태에 여전히 어리둥절한 상태일 뿐, 무엇을 모르지 않는다는지 확실하게 깨달을 수가 없었다. 이제까지의 말을 정리해보면, 그녀는 학업을 도중에서 포기하고 말았다는 것이며 그래서 돌아가겠다는 것이었다. 이러쿵저러쿵 따질 것 없이 당연한 노릇이었다. 유학을 한다고 외국에 나가서 이것도 저것도 안 되어 허송세월을 하는 사람이 한둘이 아니라는 사실은 나도 들어서 알고 있었다. 바로 그런 사람 중의 한 여자가 지금 내 옆에 옷을 벗고 누워 있는 것이었다. 허송세월만 하는 것도 나은 경우인지도 몰랐다. 개중에는 그만 나쁜 길로 빠져버리는 경우도 있다고 했다. 있을 수 있는 일이었다. 그녀가 돌아가겠다고 몸부림치는 것은 차라리 갸륵하다고도 할 수 있었다. 그런데 거기에 왜 내가 개입해야 될까, 나는 얼떨떨하지 않을 수 없는 것이었다.

"선생님은 그저 저를 끌고 가시면 되는 거예요. 부탁드려요.
한국까지 가는 게 저 혼자서는 너무 힘들어요. 선생님은 아실
거예요."

그녀는 "선생님은 아실 거예요"라는 말을 두 번 더 되풀이했
다. 그리고 방을 같이 쓰고 있는 친구에게 짐 따위를 다 맡기
면 된다고, 우선 돌아가는 게 문제라고 간절히 말했다.

"그야 뭐 어려운 일이겠어……"

드디어 나는 겨우 말했다. 나는 그녀의 간절함을 충분히 알
고도 남았다. 이미 말한 것처럼 갸륵한 뜻이었다. 그렇지만 내
가 그녀의 귀국에 어떤 계기가 되어 용기를 불어넣고 나아가
서는 모종의 안내자에다 보호자까지 되어야 한다는 것에는 약
간의 망설임이 없을 수 없었다. 그렇다 하더라도 그녀의 갸륵
한 뜻을 꺾을 수는 없다는 생각이 들었다. 물에 빠진 그녀가
지금 지푸라기 하나라도 붙잡으려고 발버둥치고 있는 것 같았
다. 그녀는 내 대답이 워낙 미지근해서인지 그 뒤에도 몇 번이
나 같이 가겠다, 데려가달라고 되풀이했다. 그런 그녀에게 내
가 마지막 한 말은 염려하지 말라는 것이었다. 그 말을 하고
나서 그제야 나는 침대 옆 스위치를 눌러 전등불을 껐다. 그러

기 전에 흘끗 훔쳐본 그녀의 얼굴은 왜 그런지 몹시 낯설어 보였다.

그 낯설음이 서울에 와서까지 그대로 그녀의 얼굴에 남아 있는 까닭은 나도 모른다. 우리는 어김없이 월요일 저녁에 서울행 비행기를 같이 탔다. 내 옆에 젊은 일본 여자가 자리 잡은 것을 그녀는 사정해서 자기 자리와 바꾸어 앉았다. 파리에서 서울로 오는 비행기는 일본 사람이 없으면 텅텅 빈다고 했다. 아무려나 상관없었다. 나는 스튜어디스가 끌고 다니는 수레에서 한국 신문이란 신문은 있는 대로 집어놓고 그걸 샅샅이 읽느라고 다른 데 신경을 쓸 시간이 없었다. 한국에서는 김영삼 대통령의 시대가 열리고 있었다. 그가 중학생 시절부터 하숙집 책상머리에 '미래의 대통령'이라고 써붙여놓았었다는 이야기도 있었다. 나는 내가 중학교 때 마라톤 선수를 꿈꾸었다는 것을 회상하고 혼자 멋쩍어 쓴웃음을 깨물었다.

그렇게 나란히 앉아 열세 시간 동안 기내식을 두 번이나 먹고 잠이 드는 둥 마는 둥 김포에 내린 우리는 그러고서도 헤어지지 못하고 서울의 한 여관방까지 오고 말았던 것이다. 어이없는 일이었다. 우리나라에 돌아왔으나 우리에게는 아직도 프랑스가 계속되고 있는 형국이었다. 더군다나 그 여관방이 드디어 우리나라에 온 기념으로 마지막 이별을 위한 방이라면 문제는 또 달랐다. 그녀는 내게 며칠만이라도 자기와 있어달라고 간청했던 것이다. 그녀의 말에 의하면 선생님은 파리를 떠나는 날짜에도 며칠쯤은 신축성이 있지 않았느냐는 것이었다. 그러므로 서울에 왔다고는 해도 파리에 며칠 더 있는 셈 치면 되지 않느냐는 것이었다. 곤혹스럽기 짝이 없었다. 그렇더라도 그녀의 요구가 꼭 지나친 것이라고는 할 수 없었다. 영락없이 나의 파리 생활은 계속될 처지였다. 우리들 인간에게 닥치는 고난과 핍박은 그 자체보다도 그것을 예상하며 기다리는 동안의 두려움이 훨씬 더 고통스럽다고 누군가가 이미 말했었다. 그것을 안다 해도 우리는 인간인 이상 유예를 간절히 원한다. 나는 그녀의 고통스러운 유예의 시간 속에서 인질로서 사로잡힌 것이다. 다행히도, 그녀는 역시 나를 향해 정면으로 바라보이며 옷을 벗은 뒤에 단 한 차례 육체를 불태우고는 그만 잠들어버렸다. 비행기에서 잠을 한잠도 못 잤다고 그녀는 말했었다. 아마도 수면제라도 먹었는지 몰랐다. 잠들기 전에 그녀는 며칠만 같이 있어달라고 애원조로 말했고, 나는 우선 오늘밤은 지나고 보자고 대답했었다.

잠든 그녀의 얼굴을 내려다보며 나는 그녀가 집시 같다는 생각을 했다. 루소의 〈잠자는 집시〉를 떠올린 것 같기도 했다. 그 얼굴이 검고 줄무늬 원피스를 입은 집시는 나무 지팡이를 들고 사막에 누워 있었다. 별도 반짝이고 달이 휘영청 밝았는데 사자 한 마리가 와서 들여다보고 있으며 그 옆에는 만돌린 같은 악기 하나와 토기 물병 하나가 놓여 있다. 지금 침대에 누워 있는 여자는 얼굴이 희고 옷 대신 이불을 덮은 벗은 몸에 나무 지팡이 따위는 들지도 않았다. 그러나 나는 그 그림 속 집시 여인이 자꾸만 연상되었다.

그녀는 어떤 방법으로든 고향에 돌아왔으므로 나름대로 꿋꿋하게 살아가리라 나는 믿는 마음이었다. 비록 집시와 같은 삶일지라도 말이다. 그러므로 더 이상 내가 그 옆에 머물러 있어서는 안 되었다.

바깥은 어둠 속에 짙은 안개가 끼어 있었다. 달도 없었고 별도 물론 없었다. 고흐의 〈슬픔〉이라는 스케치에는 무릎을 세우고 거기에 팔을 올린 여자가 그 위에 얼굴을 묻은 옆모습으로 있었다. 벗은 몸이라서 시든 유방이 옆으로 드러난다. 나는 오베르쉬르와즈에서 그녀와 함께 카페에 앉아서 고흐를 이야기하다가 열차를 타고 온 밤이 이상하게 향기로웠다고 기억되었다. 고흐의 〈밤의 카페 테라스〉에는 하늘에 별들이 돋아 있었다. 그날 밤에도 하늘에 별이 돋았었다. 그러나 〈밤의 카페 테라스〉의 별들보다 더 그의 별의 특징을 보여주는 그림은 〈별이 빛나는 밤〉이나 나아가서는 〈별과 지는 달〉의 별일 것이다. 그 별들은 밤하늘에 솜사탕처럼 부풀어 있는 별이었다. 솜사탕을 만들 때 실사탕을 젓가락으로 빙글빙글 돌려 감아놓은것 같은 별이었다. 아니다. 안개 속의 별이 그처럼 보이리라는 상상 속에 장난스러운 표현을 해서는 안 된다. 그 별들은 너무도 영롱하게 빛남으로써 그 빛이 현란하게 빙글빙글 돌고 있는 것은 두말할 것 없으며, 또한 머나먼 우주에 동떨어져 있지 않고 우리네 삶과 함께하기 위하여 바로 머리 위에 살아 있는 빛덩어리로 커다랗게 빛나고 있는 것이었다. 우주의 삼라만상의 상징으로서의 별은 가장 가깝게 우리네 삶과 함께 기쁨과 슬픔을 나누며 뜨겁게 다가와 있는 것이었다. 그것은 바라보는 별이 아니라 함께 살고 있는 별이었다. 그러자 내가 있는 곳이 옛 마구간 방이 아닐까 해서 나는 주위를 두리번거리기도 했다.

어두운 밤—자욱한 안개, 별들의 냄새.

그것은 비행기 안에서 우연히 본 신문에 실려 있는 글에서 발견한 것이었다. 물론 전혜린을 추억하는 글이었다. 이에 대해 전혜린이 더 자세히 썼는지 어떤지는 알 수 없었다. 독일에서 유학하고 돌아온 전혜린은 몇 편의 짤막한 글을 남기고 아까운 나이에 그만 세상을 뜨고 말았다. 그 기사는 죽음을 은유적으로 다루고 있는 것이었다. 그 구절이 되살아나며 나는 안개 속에 숨어 있는 별들의 냄새를 맡았다. 그러나 그것은 죽음의 냄새가 아니라 생명의 냄새였다. 그것은 그 어느 날 밤에 낯선 간이역에서 열차를 기다리던 밤의 향기이기도 했다. 그리고 그것은 이 세상의 모든 묘지를 거쳐와서 우리들 산 사람에게 사랑의 감정을 일으키는 영원의 냄새이기도 했다. 그것은 내게는 결코 죽음의 냄새는 될 수 없었다. 그러기에는 나는 너무도 많은 묘지를 거쳐온 것이었다. 그전까지 묘지는 내게 망령의 것이었으나 이제는 결코 아니었다. 이 세상의 삶마저 망령의 것으로 살아온 부분이 있다면 그것은 이제 파기되어 마땅한 것이었다.

의자에 앉아 탁자 위의 메모지에 무엇인가 끄적거리고 있던 나는 그것이 무엇인가 비로소 들여다보았다. 그것은 빙글빙글 돌듯 빛을 뿜고 있는 별의 형체였다. 다른 사람이 보면 못 알아볼지 몰라도, 단순한 선으로 빙글빙글 어지럽게 돌려놓은 것은 별의 형체였다. 고흐가 그려놓은 별과 같이 밤하늘에 빙글빙글 돌며 생명처럼 빛을 뿜고 있는 별이었다. 그리고 나는 별들의 향기에서 은은하나 또렷한 음악소리를 들을 수 있었다.

별들의 냄새—별들의 음악소리.

끄적거린 메모를 얼마 동안 들여다보고 나서 나는 그 밑에 "안녕!"이라고 적어 넣었다. 언젠가 묘지들에서 나를 향해 흔들던 이별의 흰 손이 내 안에서 되살아난다고 나는 느꼈다. 죽음이란 존재의 다른 양태에 불과하다고, 그래야만 우리의 삶은 더욱 공고해질 수 있다고 누군가 말하는 소리가 들리는 듯했다. 나는 한시라도 빨리 내가 찾아야 할 묘지를 찾는 것이 그녀의 뜻임을 믿고 있는 것이었다. 이윽고 메모지를 그녀의 벗은 옷 위에 올려놓은 나는 하나뿐인 짐가방을 어깨에 둘러메었다. 그렇게 나는 그녀에게서 떠난 것이었다. 문을 닫기 전에 마지막으로 보니 그녀는 아무런 표정 없이 평온하게 잠들어 있는 얼굴을 하고 있었다.

별을 사랑하는 마음으로

1

나는 러시아의 숲을 떠올리며 자작나무에 관한 시를 읽고
있었다. 오후라고는 해도 아직은 일렀다. 해가 기울자면 아직
이르다는 것보다 약속 시간까지는 시간이 얼마 더 남아 있었
다는 뜻이다. 사실 나는 망설이고 있었다. 그녀로부터 전시회
초청장을 받은 며칠 전부터 망설임은 시작되었었다. 약속 시
간이라는 것 자체가, 아니 시간은 그만두고 약속이라는 것 자
체가 근거를 의심할 만했다. 약속이란 서로가 합의해야만 성
립하는 것이다. 언젠가 그림을 그려서 보여주겠다고 그녀는
말했었다. 그러나 그녀의 말에 나는 희미하게 웃었을 뿐이었
다. 아마 고개를 약간 끄덕거리기야 했겠지만 그것도 희미했
으리라.

그런 나에 맞받아 그녀도 희미한 웃음을 띠었다고 받아들여졌다. 일찍이, 이십 대에, 이른바 '고졸한 웃음'이라는 것에 대하여 들은 바 있었다. 그녀의 웃음이 거기에 해당된다고 나는 해석하려고 했던 기억이 난다. 그 희미한 웃음 속에서 그녀가 그림을 그리고 있는 모습이 떠오른다. 그러니까 이 경우 그녀의 웃음이 주위의 풍경처럼 떠오르고 그녀의 모습이 그 안에 놓여 있는, 동일한 대상이 겹쳐 있는 형국이 될 것이다. 이것부터가 하나의 그림이련만 이 그림 속의 그녀가 또 그림을 그리고 있다. 자세히 보면 그녀가 그리고 있는 그림 속에 다시 또 그녀가 그림을 그리고 있는 모습이 보이는 것 같기도 하다. 그리고 또 그 그림 속에…… 마치 거울들을 서로 맞보이도록 놓아두어서 무수히 겹쳐 보이게 되는 것과 같다.

그러나 내가 그녀를 생각하며 떠올리고 있는 이 모습은 실은 환영(幻影)이다. 따라서 그녀와 연관되어 있는 모든 기억이 환영일지 모른다고, 나는 퍼뜩 놀란다. 하지만 모든 기억이 환영일 수는 없다. 그녀는 몇 개월 전 그곳에서 분명히 그림 그리기에 열중하곤 했었다. 그리고 정말 전시회 초청장이 날아온 것이었다. 그녀가 그곳에서 크레파스로 그려 내게 준 초상화는 이력저럭 버리지를 못해서 아직도 건넌방에 둘둘 말아 보관하고 있는데, 푸른 줄이 쳐진 환자복을 입고 서 있는 내 머리 위에는 '행복한 모습'이라고 씌어져 있다. 그 무렵 내가 과연 행복한 모습을 하고 있었는지 어땠는지 그것은 좀 가늠하기 어렵다. 그럼에도 불구하고 그녀는 그렇게 써놓았었다. 하기야 나는 불행한 모습이었다고는 할 수 없다. 환자복을 입고 있다고 해서 사람이 다 불행한 것은 아닐 것이다. 어렸을 적 언젠가는 하얀 벽의 병실에서 환자복을 입고 파리한 얼굴로 삶에 대하여 무슨 사념엔가 잠겨 있는 사람에 대해 동경을 품었던 일도 있었다. 그럴 때면 나는 어김없이 "아아" 하고 내 처지를 한탄하곤 했던 것이다. "아아, 사는 거란……"

사는 게 어쨌다는 건지 지금의 나로서는 당시의 그 감정을 알 수 없어서 다소 안달조차 느낀다. 그런데도 나는 "아아" 하던 그 순간들이 감미로웠다고 기억한다. 그것이 오후의 망설임의 시간 속에서 되살아나서 나는 망연할 수밖에 없었다. 그러고 보면 당시 "아아" 했던 것도 어떤 망설임의 일종이었던 것처럼 여겨진다. 그렇다면 여태껏의 내 생애 중에 도대체 망설임 때문에 애꿎게 허비한 시간은 그 얼마나 많았던가. 이렇게 더듬으며 나는 드디어 그녀의 초대에 응하리라는 결단을 내렸던 것이다. 그러면서도 엉뚱하게도, 한국에도 자작나무는 잘 자라니까, 하고 나는 중얼거렸다. 책상 위에 여전히 자작나무에 관한 시가 펼쳐져 있어서였을 것이다.

산골집은 대들보도 기둥도 문살도 자작나무다.
밤이면 캥캥 여우가 우는 산도 자작나무다.
그 맛있는 모밀국수를 삶은 장작도 자작나무다.
그리고 감로(甘露)같이 단샘이 솟는 박우물도 자작나무다.
산 너머는 평안도 땅도 뵈인다는 이 산골은 온통 자작나무다.

시인 백석(白石)의 시 〈백화(白樺)〉였다. 프랑스에 가본 적이 없으면서 몽파르나스 풍의 차림으로 서울 종로 거리를 걷던 이 시인이 이처럼 지극히 토속적인 시를 서서 사람들을 놀랐었다고, 해설에 씌어 있었다. 몽파르나스 풍이란 게 도대체 무슨 풍인지, 웃음이 나오는 대목이기는 했다. 얼마 전에 프랑스의 미테랑 대통령이 프랑스 대통령으로서는 처음으로 우리나라에 왔었고, 예전 조선시대에 그들의 제독 한 사람이 함대를 이끌고 강화도에 와서 훔쳐간 궁중문서 가운데 책 한 권을 돌려준 일이 화제가 되고 있는 참이었다. 나는 프랑스 대통령의 방한과 함께 파리의 거리들은 어떠할까 생각하고 있었으므로 백석을 읽으면서 몽파르나스가 떠오른 것은 이를테면 곁불을 쬐는 셈이었다. 우리나라의 토속적인 시인을 읽으면서 파리의 거리를 생각한다는 것은 특이한 경험이기는 했다. 그러나 이런 것들은 내가 그녀의 초대에 응해서 만나기로 한 사실의 들러리 일들에 지나지 않는다. 왜냐하면 나는 이제부터 내가 왜 그렇게 망설였는지에 대해서부터 말할 것이기 때문이다.

내가 '그곳'이라고 말한 그 병원에 들어가서도 며칠 동안 나는 그녀가 같은 병동에 있는 사실을 몰랐었다. 이 말에는 상당히 자세한 설명이 필요하겠는데, 확실히 말하거니와 그것이 병실이 아니라 병동이라는 점이다. 병실이라면야 여러 명이 있다 하더라도 며칠이라는 기간 동안 누가 누구라는 걸 모를 리는 없다. 그런데 병동이라면 좀 달라진다. 커다란 병원 건물을 통째 병동이라 할 때, 거기 들어 있는 환자를 다 안다는 것은 여간해서는 어려운 일이다. 그렇다면 나는 왜 그녀가 같은 병동에 있는데도 며칠 동안 몰랐었다고 했단 말인가. 그것은 그 병동이 커다란 건물 안에 따로 독립되어 있는 특수한 목적의 병실들 몇 개만을 일컫고 있었기 때문이다. 이들 몇 개의 병실들로 이루어진 그곳이 이른바 폐쇄 병동이라고 하는 곳이었다. 그러니까 건물의 한 층을 전부 차지하고 있는 것은 아니지만, 엄연히 독립되어 하나의 병동으로 불리는 곳이었다.

누구나 폐쇄 병동이라는 말만 들어도 음침한 느낌이 절로 들게 마련이다. 하지만 실제로 이 병동에 대해 알고 있는 사람은 그리 많지 않을 것이다. 그러므로 그곳이 어떤 곳인지를 설명하자면 우선 병동 구조부터 약도를 그려 보이지 않으면 안 되겠다. 이 부분은 다음에 내가 하고자 하는 이야기와는 실질적인 관계가 없을지도 모르므로, 성급한 사람은 건너뛰어 읽어도 상관없을 것이다.

먼저 문을 열고 들어가보도록 하자. 그런데 이 문이라는 것부터가 다른 병원이나 병실의 문과는 사뭇 다르다. 그것은 물론 두께가 그렇게 엄청난 것은 아니라 해도 마치 얼음 창고의 문처럼 육중한 느낌이 드는데, 늘 안에서 열쇠로 굳게 잠겨 있다. 아무나 함부로 들어갈 수도 없고 나올 수도 없다. 우리는 어두컴컴한 그 문 앞에 가서 문 옆의 초인종 단추를 눌러야 한다. 문 앞의 복도가 유난히 음침한 것도 특징이다. 그러면 한참 만에 안에서 누구냐는 물음이 사무적으로 들려온다. 들어갈 자격이 있는 사람들, 예컨대 의사나 간호사나 필요에 의해 고용된 사람이나 특별한 보호자가 아니면 문은 열리지 않는

다. 그냥 찾아오는 면회는 금지되어 있다. 신분이 확인되면 열쇠 소리가 들리면서 그 문이 조심스럽게 열린다. 언젠가 한번은 내가 거기 들어가 있다는 말을 듣고 후배 하나가 찾아와서 그래도 혹시나 하고 하루 종일 기다리다가 하는 수 없이 발길을 돌렸다고도 했다. 어쨌든 문이 열려 들어갔다고 치자. 안쪽으로 그리 길다고는 할 수 없는 복도가 뻗어 있고 양쪽으로 작은 방들이 몇 개씩 늘어서 있다. 문마다 문패처럼 붙어 있는 명칭을 보면, 왼쪽으로는 집단 요법실·작업 요법실·배전실이라 되어 있고, 오른쪽으로는 의사 상담실·비소독물실·치료실·간호사실이라 되어 있다. 이들 방을 지나면서 왼쪽으로 제법 널찍한 공간이 나타나는데, 이곳에는 벽 쪽으로 긴 의자가 놓여 있고 그 한쪽은 긴 의자 두 개와 탁자가 마주 놓여 있다. 그리고 앞으로 책상이 있고 구석에는 커다란 텔레비전이 눈에 들어온다. 이 홀에서 창문을 통해 바깥으로 내다보이는 풍경은 그러나 예사롭다. 창문 쪽으로 가서 다시 왼쪽으로 눈을 돌리면 중앙 홀보다는 작은 공간이 나타나는데, 이 가운데에 '챔피언'이라는 딱지가 붙은 탁구대가 놓여 있고 그 옆으로 실내 운동을 위한 자전거 페달 밟기가 놓여 있다. 벽에 붙어서 주로 만화 잡지들이 꽂혀 있는 초라한 책꽂이가 놓여 있고, 창턱의 긴 화분에는 스킨과 베고니아가 비들비들 살아 있다. 다시 책상 앞으로 와서 복도를 걸어가기로 하자. 오른쪽으로 커다란 쓰레기통이 놓여 있는 위로 샌드백이 매달려 있는 작은 공간이 눈에 들어오고 양쪽에 방들이 늘어선다. 왼쪽으로는 그냥 고유번호의 숫자만 적혀 있는 병실들이 다섯, 오른쪽으로는 소독물과 욕실이 있는 다음부터 역시 고유번호의 숫자만 적혀 있는 병실들이 넷 늘어선다. 욕실에는 '주의 사항'이라는 글자 아래 '오전 6시 이전 오후 8시 이후 사용을 금합니다. 욕조에는 들어가지 마십시오. 사용 후 간호사실에 연락해주십시오'라고 적혀 있다. 여기서 알 수 있는 것은 숫자만 적혀 있는 것이 병실로서, 모두 합해서 아홉 개밖에 안 된다는 사실이다. 즉 얼마 되지 않는 이들 병실을 위해 이 병동은 운영되고 있는 것이다. 이것이 다다. 이것이 이 병원의 폐쇄 병동이다. 좀 더 설명을 덧붙이기로 하자면 아홉 개밖에 안 되는 병실은 1인용이 둘, 2인용이 넷, 3인용이 셋으로서 모두 열아홉 명의 환자를 수용할 수 있다. 그러니까 생각보다는 훨씬 규모가 조촐한 폐쇄 병동이라 할 수 있겠다. 이것이 다다.

그러나, 아무리 조촐한 폐쇄 병동이라고 해도 폐쇄 병동임에는 틀림이 없다. 이 말은, 그곳이 폐쇄 병동으로서의 특성을 조금도 부족함 없이 유지시키고 있다는 뜻이다. 즉, 폐쇄 병동은 다른 병동과는 달리, 폐쇄 병동으로서의 규율이 엄연히 있으며, 그것이 거기서도 그대로 적용된다는 것이다. 우선 하나의 예를 들자면 병실이 정해져 들어간 환자는 환자복이 나올 때까지는 입고 있던 옷을 그대로 입고 있을 수밖에 없는 것인데 이때부터 그 규율은 적용된다. 간호사가 들어와 느닷없이 혁대를 끌러 맡겨야 한다고 명령함으로써 그것은 시작된다. 그리고 주머니 속의 물건에서 위험한 것이라고 여겨지는 것은 다 맡겨야 한다. 말이 맡기는 거지 압수당하는 것이다. 그때쯤이면 그 병실 창문의 바깥쪽에 철망이 쳐져 있다는 사실을 알게 된다. 처음 간호사가 와서 혁대를 끄르라고 말하면 흔히들 의아한 표정을 짓고 무슨 영문인지 몰라 하게 마련이다. 그러나 곧 이어 간호사가 말한다. 이건 환자의 안전을 위한 거예요. 아시겠죠? 간호사는 빤히 얼굴을 쳐다본다. 내 경우는 그 말의 뜻을 얼른 알아듣지 못했었다. 그래서 간호사의 얼굴을 마주 쳐다보았었다. 환자의 안전이라니? 혁대를 매고 있으면 어째서 위험한가? 혹시 혁대로 다른 사람을 다치게라도 한단 말인가? 내가 아니라 다른 사람이라도 과거에 그런 사례가 있었단 말인가? 도무지 어려웠다. 그 순간 얼핏 프랑스 사드 백작이 머리를 스쳐갔던 것은 이른바 식자우환이었을 것이다. 사드라는 사람에서 비롯된 사디즘이라는 말이, 꼭 혁대 그것만을 채찍처럼 휘두르며 이성 상대를 괴롭히는데 괴롭힘을 당하는 상대는 오히려 쾌감을 느낀다는 내용은 아닐 터인데도, 내천박한 머리에는 혁대가 떠올랐던 것이다. 일생에 한 번도 혁대로 남을 때린 적도 없으며 또 남으로부터 혁대로 맞은 적도 없는 내가 어디서 이따위 혁대 망상을 떠올렸는지를 구태여따질 필요가 없을 것이다. 그것을 가르쳐준 것은 서양 영화 몇편이었음이 분명했다. 사내가 여자를 혁대로 마구 때린다. 여자는 비명을 지르며 죽어가듯 한다. 정의에 불타는 다른 사내가 그 현장에 끼어들어 사내를 물리친다. 그러나 그 순간 웬걸, 죽어가는 시늉을 하던 여자가 발딱 일어나 정의에 불타는 사내를 원망하며 질타한다. 여자가 그것을 즐기며 희열을 느끼고 있었음이 밝혀진다. 이와 반대로, 때리고 맞는 관계가 서로 뒤바뀌어 있는 경우도 있다. 사디즘과는 상대적으로 학대당하는 것에 쾌감을 느낀다는 마조히즘이 여기에 결부된다. 이렇게 말하고 있으면 사디즘도 정신병으로서 폐쇄 병동용이라고 단정 짓는 것처럼 들릴지 모른다. 그런 걸 규정짓는 게 내 임무는 아니다. 따지고 들면야 세상에는 별별 이상한 모습의 삶이 있는 것이다. 성도착증자들·동성연애자들·편집광자들·과대망상자들·피해망상자들·광신자들…… 가령 이 가운데 하나의 성도착증자들 중에도 별별 남녀가 다 있다고 했다. 그러나 이야기는 다시 본래의 혁대로 되돌아가야 한다. 나는 경황중에 혁대를 풀어 간호사에게 줄 수밖에 없었다.

"간혹 말이에요. 이런 걸로 자살을 하려는 환자가 있어서요. 이해하시겠죠?"

그녀는 확실히 말했다. 나는 그제야 '환자의 안전'이라는 말뜻을 명확히 알 수 있었다. 혁대로써 다른 사람을 어떻게 하는 위험 때문이 아니라 자기 자신을 어떻게 하는 위험 때문이라는 것을.

자살?

나는 그 낱말이 내게 그토록 근접해 있다는 사실에 흠칫 놀랐다. 그 말은 마치 내가 자살하기 위해 혁대를 매고 다녔다고 깨우쳐주는 것 같았다. 그러자 간호사의 손에 들려 있는 내 혁대가 뱀보다도 더 흉물스러워 보였다. 스스로 목숨을 끊은 사람들을 가까이 본 적이 몇 번 있었었다. 언젠가 우리 식구와 같은 처지로 옆방에 세 든 부부는 밤새도록 이놈아 이년아 하고 싸웠는데 아침에 여자가 농약을 먹었다고 했다. 그 몸피 좋고 사람 좋은 여자가 기억 속의 첫 자살자로 아직껏 내 뇌리에 남아 있다. 그리고 그다음으로 실연한 이웃집 가정부 처녀, 까닭을 모르게 괴로워했던 같은 과 학우, 가정불화의 동네 술친구 등이 있었다. 그들은 다만 사라짐으로써 나와 영원히 단절된다는 사실을 가르쳐주었다. 그런데 실로 엉뚱한 장소에서 나는 시험되고 있는 것이었다.

이제 이 자살이라는 말이 나온 김에 이야기의 순서를 잠깐 바꿀 수밖에 없는 것은, 다음 날 의사가 '심문'을 할 때도 처음에 이 낱말이 나온 까닭이다. 정확하게 표현하면 의사와의 면담이라고 해야겠지만 그것은 확실히 심문이었다. 그 심문 가운데 하나가 자살에 대한 것이었다.

"혹시 자살을 꿈꾼 적이 있습니까?"

의사는 다짜고짜 들이대고 묻는 것이었다. 그러나 그 심문의 말이 떨어지는 순간 나는 이미 노회해져 있었다. 의사의 심문에는 형사나 검사의 심문에서와 마찬가지로, 절대로 곧이곧대로 대답해서는 안 되는 것이다. 그것이 머리싸움의 한 종류라는 것을 나는 잘 체득하고 있었다. 여기에는 상당한 기술이 필요한 것도 사실이었다. 무조건 잡아떼다가 진실성을 의심받아서는 곤란했다. 그러기 위해서는 먼저 주제를 흐려놓아야 한다.

"꿈꾼다는 건…… 뭐를 말합니까?"

나는 마치 프로이트처럼 되물었다. 여기서 자살이라는 심문의 핵심은 안개에 가려지고 꿈이라는 엉뚱한 그림자가 전면에 어롱거리게 되는 것이었다. 의사는 약간 당황한 기색을 보였다.

"글쎄, 자살에 대해서 무슨 생각이라도 해본 적이 있느냐고 묻는 겁니다."

"무슨 생각이라니요? 충동 말입니까?"

내 물음은 조금도 흐트러짐 없이 단호했으나 나는 의식적으로 얼굴에 부드러운 웃음을 지어 보였다. 자칫 잘못해서 의사에게 말려드는 날에는 병원에 잡혀 있는 기간이 하루라도 길어지면 길어졌지 좋을 일이 없는 것이었다.

"그렇죠."

의사는 쉽사리 넘어가지 않았다. 세상에 어떤 형태로든 한 번이라도 에이 죽어버릴까보다 하고 생각해보지 않은 사람은 없을 것이었다. 그러나 순진해질 필요는 없었다.

"없습니다."

나는 딱 잘라 말했다. 공연히 양심이니 뭐니 하고 잘난 체하다가 쓸데없는 꼬투리를 잡혀서는 곤란했다. 만약 그런 충동이 일었던 적이 없기야 했겠어요 하는 정도로 솔직해졌다 하더라도 그 말은 요지부동의 전과로 차트에 기록되게 마련이었다. 그러면 나는 자살 충동 용의자로 분류되어 또 하나의 감시의 눈이 추가될 것이다.

이런 '심문'이란 실로 우스꽝스럽기 짝이 없는 것이었다. 그래서 의사 면담실에서 종종 환자의 난동이 벌어지는 것을 나는 충분히 이해할 수 있었다. 소파에 마주 앉아 의사는 묻는다. 여기가 어디입니까? 몇 층입니까? 왜 왔는지 압니까? 그러고 나서 숫자를 따라 말해보라는 둥, 100에서 7을 빼면 얼마며 거기서 다시 7을 빼면 얼마냐고 몇 번 거듭하는 둥, '삼천리 금수강산'을 거꾸로 해보라는 둥, 길에서 주민등록증을 주우면 어떻게 하겠느냐는 둥, 도무지 뻔하기 짝이 없는 질문이 계속 퍼부어지는 것이다.

의사와 마주 앉아 하는 면담도 그렇지만 혼자서 작성해야 하는 '다면적 인성 검사'라는 것도 사람을 어리둥절하게 하기는 마찬가지였다. 그것은 여러 가지 항목의 글을 적어놓고 항목마다 자기 자신의 상태가 그것과 걸맞은지 아닌지를 '그렇다'와 '아니다'로 나타내는 것으로, 참으로 밑도 끝도 없는 것이었다.

아침에 일어나면 으레 상쾌하고 거뜬하다. (그렇다. 아니다.)

범죄에 관한 신문 기사를 즐겨 읽는다. (그렇다. 아니다.)

손발이 찰 때가 많다. (그렇다. 아니다.)

일을 하려면 굉장히 긴장하고 애를 써야 한다. (그렇다. 아니다.)

차마 입 밖에 낼 수 없을 정도로 나쁜 일을 생각할 때가 가끔 있다. (그렇다. 아니다.)

새 직장에 갔을 때, 누가 실력자인지를 파악하려고 한다. (그렇다. 아니다.)

나의 성생활은 만족스럽다. (그렇다. 아니다.)

가끔 집을 떠나고 싶을 때가 있다. (그렇다. 아니다.)

아무도 나를 이해해주는 것 같지 않다. (그렇다. 아니다.)

때때로 욕설을 퍼붓고 싶어지는 때가 있다. (그렇다. 아니다.)

내 건강에 대해서 걱정하는 일이 많다. (그렇다. 아니다.)

가끔 무엇이고 때려부수고 싶어지는 때가 있다. (그렇다. 아니다.)

언제나 참말만을 하지는 않는다. (그렇다. 아니다.)

학교 친구나 오랫동안 못 본 친구들이 먼저 인사하기 전
에는 모르는 체하고 지나가는 것이 마음 편하다. (그렇
다. 아니다.)

나보다 못한 사람으로부터 명령을 받아야 할 때가 종종
있다. (그렇다. 아니다.)

여기에 아무렇게나 인용한 항목은 불과 열다섯에 지나지 않
는다. 더 늘어놓을 필요도 없을 것이기에 이럴 경우 차라리 지
면이 허락지 않는다고 하는 편이 더 점잖을지 모른다. 불과 열
다섯인데도 그것들이 '그렇다'면 어떻고 '아니다'면 어떻다는
것인지 하품과 한숨이 절로 나올 지경인데, 이러한 항목이 얼
마나 있는고 하니 무려 566개인 것이다. 56이 아니라 566이
다. 나도 다른 사람들처럼 행복했으면 좋겠다. 목덜미가 아프
거나 뻣뻣할 때가 있다. 가끔 화를 낸다. 연애소설을 좋아한다.
능력 있고 열심히 일하면 누구나 성공할 가망이 많다. 인생은
살 보람이 있다고 생각한다. 오늘 해야 할 것을 내일로 미루는
일이 가끔 있다. 사람들은 잘되기 위한 거짓말도 한다. 나는 매
일 세수한다. 여자도 남자와 같이 성의 자유를 가져야 한다. 가
장 힘든 싸움은 나 자신과의 싸움이다. 때때로 기분이 좋지 않

을 때는 짜증이 난다. 건방진 사람이 일을 청하면 옳은 일이라도 반대하고 싶어진다…… 항목은 끝없이, 끝없이, 끝없이 566을 향해 진행된다. 몇 페이지나 되는 설문지를 한 번 쓰고 버리기 아까워서인 듯 내게 주어진 그것은 앞서서 누군가에게도 한두 번 주어졌던 모양으로, 곳곳에 볼펜 흔적이 남아 있었는데, 드디어 마지막 항목 밑에는 '집어쳐'라고 신경질적으로 쓴 볼펜 글씨가 휘갈겨져 있기도 했다. 이 글자를 보면서 나는 그래도 위안을 받았고 문득 566까지 진행되었을 바에야 차라리 588까지 나아갔더라면 어땠을까 하는 꽤나 여유작작한 발상이 스쳐가기도 했다. 청량리역 근처의 그 이름난 홍등가의 명칭인 '오팔팔'이 왜 하필이면 떠올랐던지, 내 정신이란 역시 어딘가 허황된 구석이 있는 모양이었다. 아니 그렇게 단정 지어서는 안 된다. 그 이상한 검사지를 가지고 도대체 무엇을 검사한다는 거냐고 나는 반발했던 것 같다. 그것은 결국 '집어쳐'라고 내뱉은 말과 같은 것에 지나지 않았다.

문제는 그런 등속의 '검사' 내지는 '심문'이 그 밖에도 많다는 것이었다. 아무튼 혁대로부터 비롯된 자살이라는 낱말이 나와서 이야기는 많이 건너뛴 결과가 되고 말았다. 그렇게 간호사로부터 그 밖에 유리병이나 끈·칼·성냥·손톱깎이·

병따개·거울 등의 위험한 물건을 소지하면 안 된다는 주의를 받는 것으로써 그 폐쇄 병동에서의 생활은 실제로 시작된 셈이었다. 나중에 '알리는 말씀'이라는 종이를 보니 그 소지해서는 안 될 위험물 가운데는 종교 서적도 들어 있었다.

그녀가 그림을 잘 그린다는 사실을 안 것은 '미술 요법'이라는 시간을 통해서였다. '미술 요법'이란 '독서 요법'과 '오락 요법'과 '작업 요법' 등의 시간과 함께 일주일에 한 시간씩 그림 그리기로 치료 효과를 돕게끔 시도하고 있는 프로그램이라고 했다. 그런 시간이라길래 기웃거리며 작업 요법실 문을 열고 들어가보니 벌써 몇 명이 열심히 그림을 그리고 있었다. 그때 나는 그녀가 붓을 들고 그림을 그리고 있는 것을 보았고, 외부에서 초빙되어온 젊은 남자 선생이 그 그림을 들여다보며 상당히 진지하게 고개를 끄덕이고 있는 것을 보았다. 병동에 들어간 지 얼마 되지 않아 여러 가지로 어리바리한 상태에서 간호사가 시키는 대로 가라면 가고 오라면 오고 했었던 나는 도화지 한 장을 받아 들고 그녀의 맞은편에 앉았다. 그녀가 그림을 잘 그린다는 사실을 그 시간에 알았다고 나는 앞에서 말했다. 그러나 더 면밀하게 말하면, 그녀라는 사람에 대해 그때 처음으로 어떤 개념을 가졌다고 해야 한다. 나는 그때 비로소 저런 여자가 있었구나, 하고 내 나쁜 눈을 탓했던 것이다. 그림뿐만이 아니라 무엇에도 열심히, 성실하게 몰입하고 있는 모습은 아름답다고 나는 생각했다. 새삼스러운 생각이 아니라 확인이었다. 그러자 식사 시간에도 그녀를 몇 번인가 얼핏 스쳐보았던 기억이 났다. 나중에 관찰한 바로는 그녀의 행동거지 자체가 워낙 폭이 좁아서 남의 눈에 띄지 않는 점도 있었다. 그녀는 식사 시간이나 약을 받는 시간 이외에는 병실에서 나오는 적이 거의 없었다. 아침 체조 시간이나 차 마시는 시간이나 오락 요법 시간이나 모두 그녀에게는 해당이 없는 시간이었다. 하기야 이렇게 정해놓고 모두 모이도록 되어는 있으나 강제성은 없는 것이었다. 간호사가 방방이 몇 차례씩 돌며 독려해도 꼼짝 않는 사람은 어쩔 도리가 없었다. 그녀도 그런 축에 들었다. 그런데 드디어 그 방에서 그녀를 보았던 것이다.

그녀는 다른 사람은 거의 의식하지도 않고 열심히 그림에만 눈길을 쏟고 있었다. 수채화 물감을 붓에 묻힐 때도 그녀는 붓 끝만 바라보고 있는 식이었다. 어찌 보면 다른 데로 눈길을 돌리지 않는 그 자체가 다른 것을 지나치게 의식하고 있음을 반증한다고 여길 수도 있었다. 입을 앙다물고 도화지와 물감과 물로만 옮겨가는 눈길이 거기에 있었다. 그림 그리기 말고 다른 요법 시간에는 전문 강사가 따로 없이 간호사들이 맡아 하고 있는 반면 그 시간만큼은 바깥에서 화가를 모셔 오고 있었다. 지지난 주일은 등 공예, 지난 주일은 가죽 공예, 이번 주일은 음식 만들기 등으로 주일마다 바뀌는 작업 요법 시간과는 달리 그림 그리기는 매주 계속되는 것이기는 했다. 그러나 독서 토론 시간도 매주 계속되는 요법 중의 하나였으나 그 시간은 예쁘장한 박 간호사가 맡고 있었다. 간호사는 누가 쓴 것인지 모를 수필을 과제로 독서 토론을 하고 있는 중이었다.

어쨌든 그녀는 그림을 그리고 있었다. 탁자 위에는 플라스틱으로 만든 사과며 귤이며 복숭아가 놓여 있었다. 하지만 그녀는 그걸 그리고 있는 것은 아니었다. 그녀가 열심히 그리고 있는 것은 기러기인지 고니인지, 그렇게 커다랗게 생긴, 하늘을 날아가는 새였다. 그 커다란 새는 얇게 구름이 깔린 하늘을 날아가고 있었다.

"저렇게 큰 새가 어떻게 하늘을 날아다니는지 궁금해요."

나는 느닷없이 말하고 말았다. 그러자 미술 선생과 다른 사람들이 나를 동시에 쳐다보았다. 나는 그녀가 그린 그림 속의 새를 가리키고 있는 것이 아니라 일반적인 새를 가리킨 것이었다. 나는 늘 그렇게 생각하고 있었던 것이다. 꿈속에서 내가 새가 되었는데, 아무리 날갯짓을 해도 내 몸이 무거워 날지를 못해서 끙끙대다가 간신히 잠을 깬 적도 있었다. 그것은 악몽이었다.

"아주 잘 그리고 있어요."

미술 선생은 그녀를 옹호하듯 말했다.

"아, 네."

나는 어색하게 웃었다. 나는 언뜻 그녀에게 미안한 생각이 들었으나 그녀는 전혀 아랑곳없이 그림에만 열중하고 있었다. 내가 잠깐 머쓱해져 있자 미술 선생은 내게 무엇이든 그려보라고 말했고, 그제야 나는 내가 무엇을 그려야 하는가 궁리를 해야 함을 알았다. 그릴 것이 없었다. 나는 멍하니 창밖을 내다보다가 그만 슬그머니 방을 나와버렸다.

나로서는 그것으로 그만이었다. 정말로 별다른 뜻이 없었다. 그런데 그녀에게는 그게 아닌 모양이었다. 지금 나는 그 그림 그리기 시간에 드디어 그녀를 보았다고 꼭 집어 말하고 있다. 그렇지만 그때까지 여전히 그녀는 여러 여자 환자들 중의 하나일 뿐이었다. 말하자면 그림을 열심히 그린달 뿐 특별히 무슨 관심을 기울일 일이 없는 여자였다. 병동에 들어가 며칠이 지나는 동안 나는 여러 남녀와 자유롭게 이야기를 나누는 사이가 되어 있었다. 그러나, 이미 밝혔듯이 그녀와는 그럴 기회조차 제대로 없었다. 3인용 병실인 6117호실에 틀어박혀 그 긴 시간 무엇을 하는지 알 수 없었다. 하지만 그 그림 그리기 시간 이후 나는 나도 모르게 그녀에 대해 뭔가 궁금하게 여기고 있는 나를 발견했다. 침대에 누워서 천장이나 벽을 바라보며, 혹은 창밖의 일상 사람들을 물끄러미 내려다보며, 내가 무슨 상념에 젖어 있나 퍼뜩 가다듬어보면, 그것이 그녀일 경우가 몇 번 있었던 것이다. 내가 무엇 때문에 저 여자를 머리에 떠올리고 있었던 것일까? 나는 의아했다. 다행히 그녀를 향한 어떤 상념은 그 의아함에서 멈추어지곤 했다. 폐쇄 병동에 함께 수용되어 있다는 것뿐, 그때까지 우리는 아무런 연관이 없었다.

　그런 어느 날이었다. 나는 작업 요법실에 들어가 의사가 내게 내려준 숙제를 하고 있었다. 신참이었으므로 나는 앞에 말한 것과 같은 여러 가지 검사를 연거푸 해야 했다. 그때 나는 '문장 완성 검사'라는 걸 하느라고 잔뜩 부아가 나 있었다. 아니, 그날도 그보다 먼저 의사와 마주 앉아서 한 심리 검사에서부터 부아가 나서 나 역시 '집어쳐'를 외치고 싶었다. 그것은 뒷부분이 빠져 있는 문장을 나름대로 완성하는 것이었다.

1) 가족을 부양하는 것은

2) 언젠가 나는

3) 나의 어머니는

검사지는 이렇게 50)까지 계속되어 있었다. 몇 개의 문장 앞머리를 더 인용하면 4) 사람들이 나를 피할 때, 5) 교육이라는 것은, 6) 사람들이 성에 대해 이야기하면, 7) 내가 정말 행복하려면, 8) 나는, 9) 다른 사람들과 함께 있는 것은, 10) 내가 바라는 여인상은…… 하고 무려 50개나 줄지어 있는 것이었다. 이 문장들을 하나하나 완성해 나가면서 나는 내가 왜 그렇게 한심스러운지 눈물이 날 지경이었다. 창밖을 내다보라. 언제나처럼 높은 굴뚝이 하늘로 솟아 있고, 어쩌다 새들도 날아가고, 그 아래로는 옷깃을 여민 남녀들이 생활 속을 걸어다니고 있다. 일 때문에 그렇게 가거나 사랑 때문에 그렇게 가거나 어쨌거나, 그들의 기쁨과 슬픔과 외로움과 그리움을 함께 느끼고 숨 쉬고 싶었다. 시대를 이야기하고 정치와 사회와 경제와 문화를 이야기하고 싶었다. 사랑 이야기도 좋을 것이다. 뒷골목 허름한 해장국 술집에 넋 놓고 앉아 떠나간 여자를 생각하는 맛도 각별하리라. 떠나간 여자는 어딘가에 한 송이 청초한 꽃처럼 피어나 살고 있는 것이리라. 그런데 나는 지금 엉뚱하게도 폐쇄 병동에 들어앉아 '문장 완성'이라는 실로 어리둥절한 검사를 받고 있는 신세였다. 이른바 '순수'를 등껍데기처럼 진 거북이 꼴로 살다가 발랑 뒤집혀 어쩌지도 못하고 버둥거리고 있는 내 모습이 연상되었다. 내가 행복하게 해주겠다고 귓가에 속삭였던 여자들이 볼까봐, 아무도 없는 그 방에서도 나는 여간 껄끄럽지 않았다. 49) 남자들은 여자에 대해, 50) 나의 능력은…… 검사지는 마침내 끝나고 있었다. 휴우, 나는 긴 숨을 내쉬었다. 그 문장들을 완성하는 동안에 인생이 다 흘러간 듯한 느낌이었다. 그리고 두 팔을 머리 위로 올려 기지개를 켜려는 순간 나는 그 방에 누군가가 들어와 있는 기척을 알아챘다. 나는 후딱 돌아보았다. 그녀였다.

"글을 쓰셨군요."

그녀는 매우 친숙한 사람처럼 물었다. 나는 그 친숙한 몸짓이 오히려 어색하게 느껴진 것도 그러려니와 글을 쓰고 있었느냐는 물음이 이해가 되지 않아서 그녀를 물끄러미 쳐다보고만 있었다. 글을 썼다면, 그것은 확실히 글을 쓴 것이었다. 그러나 또한 확실히 그것은 글을 쓴 것이라고 할 수 없는 노릇이었다.

"혹시 그림을 그리고 있는가 했지요."

그녀는 한걸음 더 다가갔다. 나는 막막해지지 않을 수 없었다. 내가 무엇을 하고 있었는지는 방에 들어서자마자 알았을 것이다. 문장 완성 검사는 누구나 거쳐야 하는 검사였으므로 그녀도 내가 무엇을 하고 있는지는 알고도 남았을 것이다. 그러니까 그녀는 뭔가 내게 이야기를 건넬 꼬투리를 잡고 있는 것이었다.

"그림은 안 그려요. 아니지. 못 그려요."

나는 조금은 통명스럽다 싶게 말했다. 그림이라고 그려본 것은 고등학교 미술 시간 이래 한 번도 없었으니 나도 참 엔간한 인간이기는 했다. 아름다운 것은 알겠는데 그걸 형상화시키지 못한다는 사실은 좀체 수긍할 수 없는 일이었다. 그림이나 노래를 뜻대로 못한다는 것은 그만큼 잘못 살아온 것처럼도 여겨졌다. 그 방에 들어와 홀로 문장 완성 검사지를 펼쳐놓기 전에 의사와 마주 앉아서 치렀던 심리 검사의 내용이 다시금 떠올랐다. 그림에 관한 문제가 왜 그렇게 많은지 그림을 못 그리는 나만을 겨냥한 것은 아닐 터인데도 나는 속으로 '집어쳐'를 외쳤을 만큼 저항심을 느꼈던 것이다.

"자, 그 종이에다 나무를 먼저 그려보세요."

의사는 백지를 내밀며 말했었다.

"무슨 나무를요?"

나는 그렇게 물을 수밖에 없었다. 의사는 내게 느닷없이 나무를 그려보라고 지시한다. 마치 내 약점을 단번에 찔러서 그것을 통하여 내 심리를 파악하겠다는 의도로 받아들여진다. 그러나 설마 내가 그림을 지지리도 못 그린다는 사실을 미리 알았을 리 없는 것이었다. 그것은 어디까지나 내 자격지심일 뿐이다. 이렇게 나를 안심시켜도 '나무'라는 말이 갑자기 엄청난 추상명사처럼 다가왔다. 물론 밤나무 · 대추나무 · 모과나무 등 종류마다의 나무는 구체적으로 알 수 있어도 나무 일반은 우리가 알 수 있는 게 아니다. 더 나아가 밤나무도 어느 하나의 특정한 밤나무는 우리가 알 수 있어도 밤나무 일반을 알 수 있는 것은 아니다. 이렇게 말하는 것이 지나치게 사변적이라 할지 모르므로 이것은 어디선가 인용한 것임을 밝혀두기로 한다. 무슨 나무를 그려야 좋을지 나는 한동안 머뭇거렸다. 아무 나무나 그려보라는 의사의 말에 나는 국민학생들이나 그림 직하게 팔을 양쪽으로 쫙 벌리고 서 있는 나무를 그렸다. 타원형의 잎사귀 몇 개를 적당히 그리고 나서 나는 의사를 쳐다보았다.

"그 나무가 무슨 나무입니까?"

그러자 의사는 정색을 하고 물었다. 나무를 그리는 것만으로 과제는 끝나지 않았다.

"글쎄요…… 무슨…… 나무인지……"

나는 얼버무렸다. 무슨 나무를 생각하며 그 나무를 그렸는지 알 수 없었다. 나를 빤히 바라보던 의사는 알았다는 듯이 무엇인가 차트에 적어 넣더니 "좋습니다" 하고는 다음 과제로 넘어갔다. 의사는 집을 그리게 하고는 그 집이 무슨 집이냐고 물었다. 그다음에는 남자를 그리게 하고는 그 남자가 어떤 남자냐는 것이었다. 그 남자가 몇 살이며 성격은 어떠하며 무슨 일을 하는 사람이냐고 의사는 따지듯이 물었다. 내가 알 길이 없었다. 그다음에는 여자를 그리게 하고는 그 여자가 어떤 여자냐는 것이었다. 내가 알 길이 없었다.

이 그림 그리기가 끝나자 다음 과제는 그림 보고 그리기였다. 의사는 가방 속에서 작은 책자를 내놓고 펼쳐놓았다. 그리고 거기 그려진 간단한 모양들을 그대로 옮겨 그리라고 지시했다. 아닌 게 아니라 그 모양들은 워낙 간단해서 지금도 몇 가지는 쉽게 기억할 수 있다.

이런 것들이었다.

그다음 과제는 그림 보고 느낌 말하기였다. 의사는 가방 속에서 다른 책자를 꺼내 이쪽저쪽 펼쳐 보였다. 그것은 아무런 구체적 형상도 아닌 부정형의 형상으로서, 말하자면 제멋대로 된, 그림 아닌 그림이라고 하는 게 옳을 것이었다. 의사 역시 이건 정답은 없는 거라고 안심을 시키기도 했던 것이다.

"박쥐…… 나비…… 골반…… 바닷속…… 사원……"

나는 그야말로 느낌을 말하려고 애썼다. 정답이 없다고 했어도, 아니 정답이 없다고 했기 때문에, 그것은 더 어려운 문제였다. 정답이 있었다면 모른다고 해도 그만일 텐데 어쨌든 무엇인가 자신의 견해를 밝혀야 한다는 것이 그토록 어려운 일임을 나는 그때 처음 알았다. 그런데도 내가 하나하나 말할 때마다 의사는 무엇인가 차트에 꼬박꼬박 적어 넣는 것이었다. 의사가 적어 넣는 것을 보며 나는 그가 내 존재의 비밀을 나보다 더 잘 알고 있으리라는 기분 나쁜 느낌에 사로잡히기까지

했다. 끔찍한 일이었다.

몇 개의 그림을 그리고 생각을 말하고 하는 동안 나는 마치 산 채로 회를 떠 살이 다 발라내지고 앙상한 뼈만 남은 생선 꼴이 되었다는 느낌이었다. 언젠가 거제도에 갔을 때 낚시꾼 사내가 갓 잡은 물고기를 회 뜨는 것을 본 적이 있었다. 살을 말끔히 발라내고 머리와 꼬리와 뼈만 남은 것을 사내는 바위 밑 바닷물에 휙 던져버렸다. 거기까지는 그저 그러려니 하고 나는 재미있게 보았었다. 그와 함께 나는 내 눈을 의심했다. 그 뼈만 남은 물고기가 꼬리지느러미만을 부지런히 양옆으로 움직여 저쪽 물 가운데로 도망쳐가는 것이었다. 그제야 낚시꾼도 어 저놈 봐라 하면서, 허허허 어이없는 웃음을 내게로 날렸다. 나는 마지못해 따라 웃기는 했던 것 같다. 그러나 그것은 기어코 내가 못 볼 것을 보았구나 하고 낙담하고 있는 모습을 그에게 보이기 싫어서 웃어준 웃음이었다.

그 뒤로 나는 전혀 관계없는 장면에서도 종종 그 물고기의 몰골이 떠오르곤 했다. 그림들과 씨름하며 심리 검사를 마치고 나오면서도 나는 어느 결에 그 물고기의 몰골을 머리에 떠올리고 있는 나를 발견하고 여간 쓸쓸하지 않았다.

그놈의 이상한 검사라는 것들 말고도 물리적인 검사도 거의 매일 계속되는 판이니 죽을 짓이었다. 간 기능 검사나 혈당치 검사 따위로 수시로 피를 뽑고 오줌을 받는 것은 그렇다 하더라도 위내시경 검사다 심전도 검사다 뇌파 검사다 무슨 초음파 검사다 해서 목구멍 마취제를 먹이질 않나 그야말로 영일 없는 나날이었다. 그러나 일단 폐쇄 병동에 들어온 이상, 그 들어온 이유가 무엇이든지 간에, 시키는 대로 고분고분하게 따르지 않으면 안 된다는 것을 나는 너무도 잘 터득하고 있었다. 이런 점에서 나는 나 자신의 적응력을 어느 정도 신뢰하는 편이고, 그리하여 지난 세월 그 숱한 우여곡절의 줄타기를 잘도 견디어냈다고 자부하고 있기도 한 것이다. 폐쇄 병동에서 고분고분하지 않고 자존심이니 뭐니 하는 것을 앞세워 뻗대다가는 자신에게 해만 돌아올 뿐이었다.

언젠가 들어온 지 얼마 되지 않는 청년이 의사 면담실에서 의사에게 그만 대들었다가 어디서 어느 틈에 나타났는지 눈 깜짝할 사이에 나타난 청원 경찰들에 의해 침대에 쇠사슬로 결박당하는 것을 본 적도 있었다. 사지를 결박당해 씩씩거리며, 그러나 번듯이 눕혀진 청년에게 의사가 주사 한 대를 놓자, 청년은 곧 죽은 듯이 널브러지고 말았었다. 휴전선 가까운 마을에서 농사를 짓는다고 한 청년은 틈만 나면 내게 말을 붙이곤 했었다. 그가 내게 던진 물음 가운데 지금도 아리송한 것은 "성철스님의 ○에는 뭐라고 대답해야 하느냐?" 하는 것이었다. 그는 동그라미를 허공에 그리며 그렇게 묻고는 "- + = ○인가" 하고 스스로 손바닥에 써 보이기도 했었다. 조계종 종정 성철스님이 붓으로 그린 커다란 동그라미는 어느 책 속에 보너스로 한 장씩 별도 인쇄되어 끼워져 있는 것을 나도 본 적이 있었다. 그것은 아마도 불교의 원융(圓融) 사상을 나타내는 게 아니겠느냐고 하려다가 그렇게 한마디로 말할 수 있는 것인지 어떤지 자신이 없어서 나는 아무 대답도 하지 못했었다. 다행히 그는 내 대답을 기다리지 않고, 북두칠성의 한 별이 녹색을 띠고 떨어졌다느니, 마누라가 용띠라서 범띠인 자기를 잡아먹었다느니, 생각만 해도 뼈까지 떨리지만 용의 여의주를 자기가 먹어서 견딘다느니, 정주영이 나라를 맡아야 한다느니 하다가는 내가 왜 이렇게 됐는지 모르겠다는 싱거운 말로 일방적인 대화를 끝마쳤다. 의사에게 덤벼들어 침대에 결박당한 일이 있기는 해도 그는 결국 온순한 청년이었다.

비록 폐쇄 병동에 들어와 있을지언정 그 사람들은 내게는 하나같이 온순한 사람으로 보였다. 의사에게 직접 덤벼들지는 않더라도 가끔 투정을 하는 환자가 있기는 했으나 대부분 자기 자신과 묵묵히 싸워가고 있는 사람들이었다. 거기에는 각양각색의 사람들이 있었다. 하루에도 몇 번씩 집에 가겠다고 눈물을 흘리는 여자, 투약 시간마다 약을 바꿔달라고 떼를 쓰는 여자, 늘 천장을 향해 목을 뒤로 꺾고 걷는 남자, 어두워지기 시작하면 복도를 밤새도록 쉬지 않고 바삐 오가는 남자, 만만한 사람만 부딪치면 '딱 한 번만'이라고 전제하고는 자기 물건에 손을 안 댔느냐고 묻고 묻고 또 묻고 하기를 끝없이 되풀이하는 남자, 복도 끝 자기 병실 앞에 가서는 꼭 발뒤꿈치를 검사하듯 들여다보는 남자, 가끔씩 윗옷을 홀랑 벗고 나뒹구는 여자 등등, 모두들 나름대로 심각한 증세를 내보이고 있었다. 그런 사람들 사이에서, 교통사고로 다친 뒤 점점 팔다리 마비 증세가 심해지고 기억 상실증이 와서 보험회사 감정 때문에 들어왔다는 전직 여교사는 쉬는 시간마다 중국 무술인 우슈 시범을 보여주었다. 그녀는 무협 영화 중에 〈황비홍〉이 최고이며 진짜라고 평하기도 하면서 어디서든 큰 소리가 나면 자동차 급정거 소리가 들린다고 했다. "그때 사고가 어찌나 끔찍했는지 사람 골이 깨져서 우유처럼 흘러내린 것도 봤다니까요."

갑자기 내 문장 완성 검사지 앞에 나타난 그녀로 인하여 이야기는 엉뚱한 곳으로 흐르고 말았다. 그렇다. 나는 그녀를 보고 있었다. 그녀는 내가 그림을 그리고 있지 않은 것을 알고서도 그림을 그리고 있는 줄 알았다는 투로 말했었다. 그리고 다시 돌아서 나갈 생각을 않는 걸 보면 낌새가 이상했다. 그제야 나는 그녀가 내게 무슨 말인가 하려고 일부러 찾아왔음을 눈치챘다.

"전 그림 공부를 했어요. 비테프스크를 아시나요?"

그녀는 드디어 말했다. 특수한 공동체에 같이 생활하고 있다는 소속감이랄까, 그곳 사람들의 대화는 애초에 직설적이었다. 그녀가 그림 공부를 했다는 것은 그림 그리기 시간에 이미 충분히 감지했었다. 그런데 비테……는 무엇일까?

"그게 뭔데요?"

나는 물었다. 그리고 그전 어느 때보다도 그녀의 얼굴을 자세히 쳐다볼 수 있었다. 화장품과 손거울까지 위험물로서 소지할 수 없는 그곳에서 그녀의 얼굴은 이상하리만큼 맑게 빛났다. 지금 이렇게 표현하는 그 얼굴이 꽤 특수한 것임을 알아주기 바란다. 실은 손거울은 몰라도 화장품 같은 것을 앞세워 말한 것부터가 경우에 맞지 않는다. 화장품을 쓰지 않을 때 여자의 얼굴은 더욱 맑게 빛날 수 있기 때문이다. 그러나 그때 그녀의 그 얼굴은 순간적으로 마치 세속을 떠난 얼굴 그것처럼 보였다고 나는 말하고 싶은 것이다. 그녀는 내가 그녀의 말을 못 알아들은 것이 안타깝다는 듯한 표정을 지었다.

"비테프스크는 샤갈의 고향이에요. 샤갈의 연인들은 하늘을 날아가지요."

나는 샤갈이 러시아 태생으로 프랑스에서 활동한 화가라고만 알고 있을 뿐 그의 고향까지는 모르고 있었다. 그리고 그녀의 말을 들으면서 그 화가가 그런 그림을 그렸다는 것만 알면 되었지 그 고향까지 알 필요야 없지 않을까 하는 생각이 일었다.

"고향까지야 알 수 없지요."

나는 무덤덤히 말했다.

"그게 아니에요. 비테프스크를 모른다면 샤갈을 모르는 거예요. 하늘을 날아다니는 연인들은 바로 비테프스크의 하늘을 날아다니는 거라고 되어 있으니까요. 비테프스크 하늘 위에 벗은 여자도 있어요. 제목부터가 그래요."

"아."

"비테프스크는 폴란드 국경 쪽 러시아 마을이에요."

"아."

나는 나도 모르게 두 번씩이나 "아" 하고 감탄사를 연발하고 있었다. 그리고 나서도 그녀의 입에서 무슨 말이라도 또 나오면 어김없이 "아아" 하고 입이 열릴 것만 같았다. 그러나 그것은 정확히 말해 샤갈, 마르크 샤갈이라는 이름의 화가 때문이 아니었다. 그가 비테프스크에서 태어났건 비프스테이크를 잘 먹었건 그것이 문제가 아니었다. 요컨대 그렇게 말하고 있는, 내 앞에 있는 여자 때문에 나는 그런 것이었다. 그녀의 말뜻은 충분히 알아들을 수 있었다. 샤갈이 그림 제목 자체에 고향 이름을 달았으니 그의 그림을 본 사람이라면 고향 이름을 알고 있게 마련이라는 것이리라. 그런 점에서 내 무식은 드러났다. 그러나 그런 정도의 무식이 들통 나서 쩔쩔맬 내가 아니었다. 그런 점에서라면 샤갈이든 사갈(蛇蝎)이든 내게는 아무런 상관이 없어도 좋았다. 그런데 그녀의 말투가 역시 얼굴처럼 맑게 빛난다는 느낌이 나를 엄습했던 것이다. 그래서 나는 놀라지 않을 수 없었던 것이다. 그것은 확실히 엄습이었다. 여기서 '맑게 빛난다'는 데 대하여 다시 설명하지 않으면 안 된다. 폐쇄 병동의 사람들은 모두 얼굴이 얼마만큼은 흐려져 있다. 어딘가 어두운 그림자가 깃들여 있게 마련이었다. 조울증 환자들이 조증이 되어 웃을 때 그 어둠이 걷히지 않느냐고 할지 모르나 그것은 모르는 소리인 것이다. 그들은 조증으로 가벼울 때나 울증으로 한껏 무거울 때나 그 얼굴 뒤에 어두운 그림자의 광배를 운명처럼 갖고 있는 것이다. 그런데, 그런데 그녀는, 그때 내 앞에서 샤갈을 말하고 있는 그녀는 달랐다. 비록 샤갈이 그린 여자처럼 입술을 붉게 칠하지 않았고 옷차림도 푸른 줄이 죽죽 쳐진 환자복일 따름이었어도 그녀는 충분히 아름다웠다.

"샤갈의 그림에서는 닭이나 염소가 날아다니기도 해요. 여자와 남자도 새처럼 날아다니고 있지요."

그녀는 또록또록 말했다. 그토록 또록또록한 목소리는 실로 오랜만에 듣는다 싶었다. 샤갈의 그 그림을 본 적은 없었다. 그렇지만 나는 사람이 새가 되어 날아간다는 고전적인 이미지를 머리에 떠올렸다. 동서양을 막론하고 그것은 인류의 공통된 꿈이었던 것이다. 인간이 하늘을 날아오를 수 있다는 것, 그것은 이상의 현실화이기도 했다.

"난 샤갈을 잘 모르는데."

"그런데 왜 새가 하늘을 날아가는 게 이상하다는 거죠?"

나는 무슨 동문서답인가 하다가 퍼뜩 깨달았다. 그녀는 지금 지난번 그림 그리기 시간에서의 내 말을 추궁하고 있는 게 아닌가 말이다. 나는 기러기나 고니 같은 커다란 새가 어떻게 하늘을 날아다니는지 궁금하다고 말했던 것 같았다. 그렇게 말했다는 것은 틀림없었다.

"아니…… 그게 아니라……"

나는 도리 없이 더듬거렸다. 내가 그녀의 그림을 두고 말한 것이 아니라는 변명도 소용이 없었다. 그녀는 지금 고전적인 이상을 말하고 있음을 나는 알았다. 새처럼 하늘을 날 수 있다면 하고 그 누가 한 번쯤 꿈꾸지 않았으랴만, 그리고 폐쇄 병동의 사람들치고 그것이 더더욱 절실하지 않은 이 그 누구랴만, 그녀는 지금 너무도 절실히 그 꿈에 젖어 있다. 내가 어떻게 그리 빨리 그녀의 마음을 읽을 수 있었는지 나는 모른다. 그녀의 어디에 날개에의 의지를 엿볼 수 있는 단서라도 있었던 것일까.

날개. 그것은 비상이라는 추상명사였다. 지난 세월 동안 나도 종종 이 세상에서 잠깐만이라도 날아올라 떠날 수 있다면 얼마나 좋을까 머리를 쥐어뜯곤 했었다. 내 비밀 일기장에 옛 사랑의 이름과 함께 적어놓았던 구절은 '예토(穢土)에서 정토(淨土)로'였지만 그 방법론은 단연코 날개였던 것이다. 나는 그 진부함에 스스로 메스꺼웠다. 그런데 폐쇄 병동에서 웬 여자가 당당히 날개를 그리고 있다.

"샤갈을 좋아한 건 아니에요. 그렇지만 하늘을 자유롭게 날아다니는 사람들은 좋아요. 프랑스와 러시아의 하늘을 다 말이에요."

"프랑스와 러시아의 하늘……"

"그렇죠. 러시아에 가고 싶어요. 얼마 전부터 그렇게 가고 싶은걸요. 여기서 나가면 꼭 갈 거예요."

그녀는 눈빛을 빛냈다. 이제 러시아로 가는 것은 다른 나라에 가는 것과 똑같은 여행이 되었으니 그녀의 꿈이 불가능한 것은 아니었다. 다만 그녀가 언제, 어떻게 폐쇄 병동을 나갈 수 있느냐 하는 것이 열쇠일 것이었다. 나 역시 그 나라들의 하늘을 보고 싶다고 나는 웬일인지 비밀처럼 말해주고 싶었다.

그날의 만남은 그 대화를 마지막으로 끝났다. 오후의 투약 시간이 되어 간호사가 방방이 돌아다니고 있었던 것이다. 나는 약을 받아먹으면서 그녀가 나를 찾아온 까닭을 더욱 확실히 깨달을 수 있었다. 그녀는 결코 샤갈이라는 화가를 말하려고 온 것이 아니었다. 그렇다면, 새 혹은 날개? 그렇다. 그녀는 비상을 꿈꾸는 자기 자신을 확인하기 위해 나를 찾은 것이었다. 내가 그녀의 새를 향해 몇 마디 지껄인 것이 그나마 빌미가 되어 내게 답답한 마음을 하소연하러 찾은 것이었다. 갇힌 사람은 작은 틈서리에서도 출구를 발견하려 한다.

나는 병실에 돌아와 침대에 누워서도 그녀에 대해 관심이 쏠렸다. 그런 곳에 들어와서도 맑게 빛나는 얼굴을 가질 수 있다는 게 믿기지 않았다. 병실 밖에는 잘 나오지도 않으므로 그런 긴 시간을 그녀는 오히려 흐린 얼굴을 베개에 묻고 있으리라는 상상도 머리를 스쳤다. 그곳에 갇힌 사람은 누구나 지금 당장 나가고 싶어 안달을 하게 마련이었다. 그런 염원으로 그녀가 새를 그렸다면 그것은 지극히 간단한 비밀의 표현이리라. 하지만 나는 자꾸만 그녀의 새와 더불어 그 염원의 맑은 얼굴이 망막에 어리는 것이었다.

　도대체 그다지도 또록또록 견해를 밝힐 줄 아는 여자가 왜 병원에 들어왔느냐는 의문이 나를 사로잡고 놓아주지를 않았다. 그곳에 들어와 있는 사람들이라고 말투가 다 흐리멍덩하고 횡설수설하리라고 여기는 것부터가 틀린 일이기는 했다. 그런 점에서는 오히려 생각이 뚜렷한 면들이 많은 편이라 할 것이다. 다만 어느 순간 무너지면 그만 이성이 흐려지고 말투가 격해지는 게 눈에 띄게 드러날 뿐이다. 그러니까 흔히 말하듯 정상인이라고 하는 사람과 비정상인이라고 하는 사람은 약간의 정도의 차이에서 갈라놓는 편법이라고도 할 수 있었다. 나는 그녀의 증세가 궁금하여 당장 누군가라도 붙잡고 꼬치꼬치 캐묻고 싶었다. 병동에는 외형상으로 보아 각양각색의 사람들이 들어와 있다고 미리 말했지만, 그 내밀한 병력은 의사만이 알 것이었다. 외국 유학에 적응 못해서 발병하여 들어왔다는 여자도 있었고, 결혼 생활에 적응 못해서 들어왔다는 여자도 있었다. 도무지 알 수 없이 골만 아파서 들어왔다는 남자도 있었고, 집에서 나오고 싶은데 간섭이 심한 결과 이상하게 되어 들어왔다는 소년도 있었다. 누군가가 늘 괴롭히기 때문에, 환상이 보이기 때문에 들어왔다는 사람도 있었다. 거기에 팔자 좋게 얼마 동안 쉬어야 한다기에 들어왔다고 슬쩍 눙치는 여자도 있었다. 농사꾼 청년도 있었고 우슈의 그 여자도 있었다. 그러나 모든 전말의 알맹이는 보다 더 원천적인 어떤 것속에 숨어 있으리라는 게 내 생각이었다. 아무도 그 생명의 비밀을 알 수 없는 한 '왜?'라는 의문은 헛된 것일지 몰랐다. 어쩌면 그 비밀을 알기 위해서는 개개인 사람들의 유전자 속에 들어 있는 인자, 그 아버지의 아버지의 아버지의 아버지의 아버지…… 그리하여 저 태초의 생명까지 거슬러 올라가지 않으면 안 된다고 나는 막막히 괴로워하기도 했다. 그리하여 나는 생명이란…… 비밀이다…… 하고 깨달음 아닌 깨달음에 공연히 소스라쳐 놀라곤 했던 것이다. 그럴 때면 나는 지난 세월의 추억에서 아름다운 무엇을 찾아보려고 일부러 머리를 딴 데로 쓰려고 노력하기도 했으나 헛된 노릇이었다. 떠나간 여자들도, 친한 친구들도 '생명······ 비밀······'이라는 무서운 암호 앞에서 모두 외로운 박제였다.

어쨌든 그로부터 그녀가 어떤 증세로 들어오게 되었는지 알아내는 것이 내게는 가장 큰 과제가 되었다. 틈만 나면 중앙 홀의 소파에 나와 앉아 소일하는 사람들은 왜 들어왔는지 묻지 않아도 알게 되어 있었다. 그들 중에는 스스로를 '미쳤다'고 거리낌 없이 이야기하는 축들도 있었다. 폐쇄 병동 사람들을 나누는 이분법이 있다면 그것은 남자와 여자로 나누는 것과, 자신을 미쳤다고 하는 사람과 안 미쳤다고 하는 사람으로 나누는 것 두 가지일 것이다.

그녀는 왜 이곳에 들어왔을까?

나는 그녀를 내심 '샤갈의 여인'이라고 제법 멋 부려 부르기로 하고 있었는데, 결국 의사나 간호사를 통해 직접적으로 알아보는 수밖에 없다는 결론을 내렸다. 그렇다고 해서 무작정 찾아가서 물어볼 계제는 아니었다. 내가 그녀에게 특별한 관심을 기울이고 있다고 인식되는 것은 안 될 일이었다. 내 관심이 특별한 관심이라고 할 만한 것인지조차 나는 알 수 없었다. 남자가 여자에게 갖는 특별한 관심이라는 그런 종류와는 다른 관심이라는 방패막이도 가져보았다. 나는 간호사가 들어와 이것저것 물어볼 시간을 면밀히 기다렸다. 그러나 기회는 쉽사리 오지 않았다. 나는 본래 학생 시절부터 관심 있는 여자에게 일부러 딴청을 부리다가 기회를 놓치는 데는 뭐가 있었다. 폐쇄 병동 사람들은 의사 표현에 직설적이라는 말을 앞에서 했었다. 한 여자가 새로 들어왔는데 그는 다짜고짜 휴전선 농사꾼 청년에게 노골적으로 달라붙고 있었다. 한번은 청년이 병실로 들어가보니 그녀가 웃통을 벗은 채 자기 침대에 누워 있더라는 것이었다. 청년은 씩씩거리며 뛰쳐나왔다. 하지만 여자는 아무런 부끄러움이 없었다. 그러면서 청년이 자기의 첫사랑 남자와 닮았다고 기회만 있으면 옆자리에 붙어 앉아 막무가내로 몸을 기대곤 했다.

그녀는 여전히 병실에서 두문불출이었다. 마침 크리스마스가 다가와 병동 안은 여러 가지 장식으로 울긋불긋해지고 뭔가 부산스러운 분위기였는데도 그녀는 꼼짝 않고 있었다. 중앙 홀의 천장과 벽에는 노랗고 파란 종이술이 요란하게 매달리고 벽 쪽으로는 초록색 나무와 고동색 나무와 베이지색 나무 위에 솜눈이 소복소복 내려 쌓였다. 벽면은 하늘로 변해 동그랗고 탐스러운 솜눈송이가 가득 날리고 있었고 깜박이는 전구의 별이 여기저기 박혀 있었다. 그 하늘 아래 분홍 목도리를 두르고 흰 모자를 쓴 소년이 유난히 동그란 두 눈을 뜨고 이쪽을 쳐다보고 있었다. 그녀가 샤갈을 이야기한 뒤 며칠이 지나 '한국자원봉사연구실'이라는 단체에서 주관한 '사랑의 노래, 마음의 노래' 시간에도 그녀는 모습을 나타내지 않았다. 모처럼 젊은 남녀들이 바깥에서 들어와 떠들썩하게 노래와 함께 오락을 벌이는 그 자리는 간호사의 등쌀에 못 이겨서라도 참석할 수밖에 없는 노릇이었는데 말이다

> 사랑해, 당신을, 정말로 사랑해.
> 당신이 내 곁을 떠나간 뒤로
> 얼마나 눈물을 흘렸는지 모른다오.
> 예예예예예예예예예예예예……

젊은 남녀들과 간호사들과 환자들은 소리 높여 노래했다. 워낙 노래에는 소질과 관심이 없는지라 생전 처음 들어보는 노래도 적지 않았다. "삼십육 년 동안을 땅에 숨어서 이날만 기다리던 우리 태극기"를 마지막으로 '사랑의 노래, 마음의 노래' 시간이 끝나고 나는 다시 작업 요법실로 가서 심리 검사를

계속해야 했다. 이번에는 도형 맞추기가 주된 과제였다. 상자갑에서 꺼내놓은 여러 개의 나뭇조각들을 이리저리 잘 맞추자 여자의 얼굴이 되었고, 다른 상자갑의 것은 사람의 손, 또 다른 상자갑의 것은 코끼리가 되었다. 이런 것들을 얼마나 빨리 끝내느냐에 따라 점수가 매겨지는 모양이었다. 끝없이 계속되는 그런 검사에 질려서 어디 도망이라도 치고 싶은 심정이 된 것도 오래전이었다. 그녀가 새를 그린 까닭을 백번 이해할 수 있을 것 같았다. 새니 비상이니 하는 따위 진부하기 짝이 없는 상징이 새삼스럽게 감동으로 밀려와 가슴이 꽉 메어지는 것을 나는 어쩌지 못했다. 어떻게든 조금은 다른 인간이 되어보려고 발버둥을 치며 살아왔건만 모두 다 부질없는 짓거리에 지나지 않는다는 회한에 더욱 가슴이 아팠다. 결정적인 외로움의 위기 앞에서는 진부한 외마디 신파가 오히려 구제가 된다고 항복해야 된단 말인가.

"저…… 말입니다……"

꺼내놓았던 상자갑들을 가방 속에 다시 집어넣고 있는 의사에게 나는 신음처럼 말을 꺼냈다. 나 스스로도 납득할 수 없는 일이었다. 나는 지금 '샤갈의 여인' 그녀에 대해 묻고 있는 것이었다. 자연스레 마주치는 간호사에게 슬쩍 지나가는 말처럼 묻고자 나는 조마조마 망설여왔었다. 그럼에도 불구하고 나는 그만 엉뚱한 자리에서 입을 열고 만 것이었다. 목소리는 작았지만 그것은 신음이라기보다 절규라고 하는 표현이 옳다고 해야 한다.

"뭐죠?"

의사는 내가 중대한 비밀이라도 털어놓지나 않나 하는 눈초리로 행동을 멈추었다.

"저…… 6117호의 여환자 말입니다……"

"누구 말입니까?"

의사는 나를 빤히 쳐다보았다. 당황해서는 안 된다고 나는 자신을 다그쳤다. 자칫 잘못해서 무슨 의혹이라도 있는 것처럼 여겨지는 날에는 쓸데없이 난처해지는 것이었다. 나는 내가 이다지도 소심하게 신경을 쓴다는 사실이 못마땅하기 그지없었다. 그녀가 어떤 증세로 들어왔는지 묻는 것이 뭐 어쨌다는 것인가. 나는 아직 그녀의 성씨밖에 몰랐으므로 그 성씨를 대고 간단히 생김새를 설명했다.

"아, 그 환자가 왜요?"

"아시지요? 그 샤갈의 연인, 아니, 그 환자 말입니다……"

"무슨 연인이라구요?"

"아, 아닙니다. 그냥 그 환자라고 했습니다."

"그래서요?"

의사는 어디까지나 사무적이었다. 나는 말을 꺼낸 것이 후회되었다.

"별건 아닙니다. 그 여자가 어떤 증세로 들어왔는지 그냥 좀 궁금해서요. 방에서 도통 나오지를 않으니까요. 혹시 자폐증은 아닌가요?"

나는 마치 그녀가 방에서 나오지 않기에 궁금증이 일었다는 것처럼 돌려 말했다. 그러기 위해서 자폐증이라는 증세까지 동원하고 있는 내가 우스꽝스러웠다. 의사는 환자인 주제에 남의 증세를 제법 병명까지 구사하며 이러쿵저러쿵하는 게 가소로운 모양이었다.

"자폐증이 아니라 일종의 과대망상증이지요. 멀쩡하다가도 한 가지…… 비행기를 몰고 북한으로 갔었다는 거예요."

"예? 비행기요? 북한을요? 자기가 말입니까?"

"그렇죠. 고위층을 만나러 갔다고요."

나는 놀랐다. 듣던 중 이상한 증세였다. 비행기를 조종하여 북한으로 갔다는 것이 무슨 뜻인지 까마득하기만 했다. 통일에의 염원을 앞세워 북한으로 갔던 몇 사람의 일들이 세상을 떠들썩하게 했었음이 얼핏 뇌리에 스쳤다. 그러나 비행기를 몰고 간다는 설정은 쉬운 설정이 아니었다.

"운동권이었던 모양이지요?"

그녀가 그린 새 그림은 흔히 운동권에 속한 화가들이 그린 그림과는 전혀 다른 분위기였으나 나는 그렇게 연관 지어 생각해볼 수밖에 없었다.

"그렇지도 않아요. 아무런 활동도 하지 않았는데…… 그 환자한테는 아무 말 하지 마세요."

의사는 가방을 들고 자리에서 일어났다. 나도 쭈뼛거리며 의사를 따라 방을 나왔다. 더 이상 캐물을 수도 없는 일이었다. 그러나 나는 그녀의 증세에 대해 뭔가 더 큰 의혹과 충격을 느꼈다. 혼란스럽기 그지없었다. 이른바 운동권에 속한 적도 없는 여자가 그런 망상에 시달린 결과 병동에 들어와 있다. 운동권의 전력이 있었다면 이야기는 쉽게 풀릴 것이었다. 하지만 그녀는 그렇지도 않다고 했다. 나는 중앙 홀의 한구석에 놓여 있는 자전거 페달 밟기 위에 올라앉아 천천히 페달을 밟으며 여러 가지 추론에 잠겼다. 한반도에 사는 모든 사람들이 분단의 피해자일진대 그 양상은 그토록 구석구석까지 미쳐 있는 것이다. 무서운 일이었다. 그녀가 저 북녘 땅으로 가서 고위층을 만나려고 했다는 뜻은 나로서는 미지의 세계였다. 그녀의 망상이 과연 고위층을 만났다고까지 진전되고 있는지 어떤지도 알 수 없었다. 그러나 어차피 북녘 땅으로 날아갔었다는 것 자체가 망상인 만큼 더 이상 내용을 캐는 것은 무의미한 일이었다. 그렇게 또록또록 말하던 그녀의 머릿속 어디에 그런 엄청난 망상이 둥지를 틀고 그녀를 괴롭히고 있는지 알다가도 모를 일이었다.

비테프스크의 하늘 위를 날아다니는 남자와 여자, 염소와 수탉 들이 눈에 어른거렸다. 그녀도 그런 모습을 그리고 싶어 했다고 믿어졌다. 그녀가 그린 새는 단순히 하늘을 날아가는 새가 아니라 분단된 현실 위를 날아가는 새라는 생각도 들었다. 그런 의도를 읽지 못하고 새가 어떻게 날아다니는지 궁금하다는 따위의 덜떨어진 말을 한 내가 한심스러웠다. 그녀 말마따나 사람과 동물도 하늘을 날아다니는데 새가 하늘을 날아다니는 걸 이상하다고 했으니 그녀의 공박을 받아 마땅했다. 더군다나 그 새는 갇혀 있는 처지에서 자유를 꿈꾸는 개인적 차원의 새가 아니라 보다 큰 의미를 갖고 있는 것이 틀림없을 것이었다. 나는 부끄러웠다. 지난 시절 내가 분단에 대해 무슨 자각을 했었는가 따져보면 그것도 한심할 뿐이었다. 나는 꼼짝없이 체제 안에서 웅크리고 그저 먹고사는 일에만 허덕이고 있었더랬다.

그날 의사에게 그녀의 증세를 들은 이후 나는 부쩍 그녀에게 신경이 쓰였다. 나 자신의 안일한 삶에 대한 자괴감 때문인지 그녀의 망상이 내게는 오히려 신선하기조차 했다고 말해도 좋으리라. 그리하여 나는 은밀하게 그녀에 대한 탐색을 계속했다. 식사 시간만은 그녀도 어기지 않았으므로 나는 용의주도하게 그녀 가까이 자리 잡고 식사하기 위해 노력했고, 투약 시간마다 그녀 뒤에 줄을 서기 위해 노력했다. 그리고 간호사들에게도 무엇인가 알아내려고 지나가는 말처럼 묻기도 했다. 그와 같은 노력 끝에 내가 알아낸 것은, 그녀의 아버지가 무슨 사업인가를 하는 상당한 재력가라는 사실과 그녀가 프랑스에 유학했었다는 사실이었다. 한마디로 부족한 것이 없는 환경에서 자란 여자였다.

그런 여자가 왜? 나는 나름대로 해석해보려고 애썼다. 어쩌면 부족한 것이 없는 환경에서 오히려 자격지심을 갖게 되었는지도 모른다는 게 내 잠정적인 해석이었으나 모를 일이었다.

그런 어느 날 저녁이었다. 나는 자전거 페달을 밟으며 곧 눈이라도 내릴 듯한 창밖을 내다보고 있었다. 그녀 가까운 자리에 앉아 식사를 하면서 쇠고기나 닭고기 등 육류를 거의 먹지 않는 식성을 알았고, 투약 때는 간호사의 감시가 있어야만 약을 넘긴다는 사실도 알았다. 나는 그녀가 손도 대지 않은 쇠고기 볶음이나 닭고기 튀김을 얻어먹기도 하고, 마침내는 서로의 연락처를 나누어 적기도 했으나, 여전히 그녀에 대해 아무것도 알 수 없다는 느낌이었다. 자전거 페달 밟기의 미터 계기는 6,875킬로미터를 가리키고 있었다. 그동안 누군가가 그 위에 올라앉아 그렇게 달려간 것이었다. 그 계기를 보며 나는 혹시나 내가 모든 일로부터 너무 많이 달려온 게 아닐까 공연한 두려움마저 일었다. 조금 전까지 저쪽 소파에 앉아 재잘거리던 처녀들도 어느새 어디론가 모습을 감추고 보이지 않았다. 그녀들의 목소리는 작은 참새의 소리처럼 내 귀에 남아 있었다.

"별을 닦아야 해."

"이제까지 없는 멍청한 걸 보여주려고 세상에 태어났어."

"산딸기가 살아 있지 않더라도 내 탓이 아냐."

"재미있는 건 다 망가뜨려주세요. 다른 애들 못 가지게."

"상사병에도 꼬리가 있어요?"

"꼬리가 뭡니까?"

"난 금방 알아듣는데."

"요번에 남편 면회 오면 호텔 가자 그럴까? 히히."

"목요일 비디오는 뭘로 했어요? 〈베어〉가 좋은데."

"〈벤허〉는 몇 번 봤잖아."

그리고 참새들은 어디론가 날아가버렸다. 나는 페달을 빠르게 밟았다 느리게 밟았다 하면서 창밖의 빌딩과 그 옆 앙상한 나무 밑으로 지나다니는 승용차들을 내려다보았다. 나는 분단에 대해, 통일에 대해 어떤 주장을 가지고 있는 것일까? 누군들 통일을 바라지 않는 사람이 있을까만 그 방법은 어떠해야 하는 것일까? 나는 확고한 내 견해 없이 오늘날까지 살아오지 않았던가. 통일이라는 거창한 문제는 그만두고라도 나는 눈앞의 내 문제에만 매달려 저 민주화 운동의 거센 물결 속에서도 그저 뒷전에서 서성거리고 있지 않았던가. 늘 말했다시피 라면 끓여 먹기와의 투쟁 속에 내 젊음을 썩이고만 있지 않았던가. 쉽게 말하면 막말로 감옥에 가더라도 굶어죽지는 않을 텐데 먹고사는 문제를 앞세워 비겁하게 허덕이고만 있지 않았던가. 생각할수록 내 지난 삶이 답답하기만 했다. 몇 개의 출판사에서 밥을 빌어먹다가 그것도 적응하지 못하고 물러나고 말았다. 돌이켜보면 일일이 매거할 것도 없는 강퍅한 삶이었다. 여자들? 첫사랑? 그 또한 위로받지 못할 추억에 지나지 않았다. 새로운 삶을 찾기 위해 나도 폐쇄 병동까지 들어온 것이 사실이었다. 그런데 알 수 없는 비행망상을 가진 여자의 등장으로 말미암아 어리둥절하고 있는 내가 갈 길은 어디인가? 병동에서 나가면 획기적인 인생을 살리라 스스로에게 다짐했었다. 그러나 그것이 가능할 것인가? 나는 애초부터 그것을 두려워했었다.

"자전거를 잘 타시나요?"

그때 그런 목소리가 뒤에서 들려왔다. 나는 놀랐다. 참새들의 소리가 사라진 뒤로 홀에는 아무도 없었다. 그렇다고 그때 누군가가 내 옆에 와 있다는 사실에 내가 놀란 것은 아니었다. 나는 창밖을 바라보며 생각에 잠겨 있어서 내가 자전거 페달을 밟고 있는지조차 잊고 있었었다. 내가 그것을 잊고 있어서 나는 놀란 것이었다. 나는 목소리의 주인공을 돌아보았다. 그녀였다.

"아."

다시 뜻 모를 감탄사가 나의 입에서 새어나왔다. 그리고 그 감탄사와 함께 나는 무슨 죄라도 지은 듯한 마음에 사로잡혔다. 갑자기 한 사람의 얼굴이 떠올랐던 것이다. 앞에서 나는 누군들 통일을 바라지 않겠느냐고 분명히 썼었다. 그러나 그제야 나는 모두가 통일을 바라는 것은 아니라는 것을 상기했던 것이다. 몇 해 전인가, 술집에서 만난 늙수그레한 남자였다. 그와 내가 그날 저녁 어떻게 어울리게 되었는지는 자세히 모른다. 그는 나보다 적어도 스무 살은 더 나이 들어 보였는데, 무슨 이야기 끝에 이산가족 찾기니, 남북한 이산가족 상봉이니 하는 그 무렵의 현안이 입에 올랐고 마침내는 통일이라는 문제까지 들먹이게 되었었다. 나는 "이제는 대만 사람들도 중국에 얼마든지 가는데 우리는 아직도" 하는 말을 앞세우며 '누군들' 하고 예의 뻔한 당위성을 그에게 말했었다. 그런데 뜻밖이었다. 내 말을 묵묵히 들으며 막걸리잔을 기울이던 그는 고개를 저었다. 그렇게 쉬운 것도 아니지요. 세월이 더 흘러서…… 헤어진 당사자들이 차라리 죽고 난 다음이면 몰라도…… 지금 통일되면 어려운 점이 있지요…… 하고 나서 그는, 고향에 버리다시피 두고 온 사람도 있고 또 여기 새사람도 있으니…… 했었다. 나는 비록 술은 취했어도 퍼뜩 그 말을 알아들을 수 있었다. 그와 나는 평소에 안면이 있는 사이도 아니며 또 나이를 봐서도 언쟁할 사이도 아니기에 나는 그의 말을 너무도 자기 본위라고 생각하면서도 "글쎄요" 하고는 그만 헤어졌었다.

그런데 그 남자의 얼굴이 갑자기 떠오른 것이었다. 그 순간 내가 왜 마치 죄라도 지은 듯한 마음이 되었는지는 나로서도 모를 일이었다. 아니, 모를 일이 아니다. 그날 저녁 내가 그냥 "글쎄요"라고만 했던 행동이 내 의식을 치고 지나갔다고 자백해야 한다. 그랬다.

"그 자전거는 앞바퀴가 없어요."

그녀는 웃으면서 말했다. 몇 번 밝혔듯이 그녀가 그곳에 나온 것은 나로서는 처음 보는 일이었다.

"이걸 타려고요?"

그러면서도 나는 자전거에서 내려오지 않았다.

"아니에요. 난 여기서 나가면 말을 살 거예요. 그래서 말을 탈 거예요."

그녀는 꿈꾸듯 말했다. 나는 그녀가 그 자전거가 단지 운동을 위하여 만들어놓은, 달려가지 못하는 자전거임을 탓하는 뜻을 알 것 같았다. 그러자 그 위에 올라앉아 여전히 허우적거리고 있는 내 꼬락서니가 얼마나 우스울까 하는 느낌이 들었다. 말을 사서 타겠다는 그녀의 말을 어디까지 믿어야 하는지는 별개였다. 부잣집 딸이라는 점에서 신빙성이 없는 것도 아니었다. 하지만 어쨌든 다시 말하거니와 그녀의 뜻만 알면 그만인 것이었다. 그녀의 뜻은 결단코 진실인 것이었다. 달리지 못하는 자전거를 타고 창밖을 향해 페달을 밟고 있는 어떤 사내의 불쌍하기 그지없는 모습이 거기 있었다. 그렇다면 그녀의 '비행기'도 그와 같은 차원의 진실일 것이었다. 그러나 나는 비행기가 아니라 말을? 하고 물으려다가 입을 다물었다. 그녀가, 타고 다닐 새를 산다고 했어도 나는 놀라지 않았을 것이었다. 새가 아니라 아예 혼자 날아다니겠다고 했어도 놀라지 않았을 것이었다. 왜냐하면 러시아의 폴란드 국경 쪽 비테프스크 마을에서는 하늘을 날아다니는 남자와 여자가 이미 있는 것이었다. 그곳에서는 남자와 여자뿐 아니라 염소와 수탉도 하늘을 날아다녔다.

"말을요? 언제쯤 나가나요?"

나는 조심스럽게 물었다. 의사를 통해서나 간호사를 통해서나 그녀의 신상에 대해 이제 더 탐색할 방법은 없었다. 그 심리 검사 의사가 그만큼이라도 말해준 것이 요행이라면 요행이었다. 그리고 더 정확하게 말해서 언제부터인가 나는 더 탐색할 마음도 아니게 변해 있었다. 모든 사건에 직접적인 피해자만 있는 게 아니라 간접적인 피해자도 있음을 나는 오래전부터 알고 있는 것이었다.

"아마 내일이나 모레요. 선생님은요?"

"글쎄."

나는 그녀가 자기의 퇴원 사실을 미리 알리기 위해 왔음을 비로소 알았다. 흔히 언제쯤 나간다고 자랑 삼아 말하는 경우 그것은 희망사항일 때가 많다. 그날이 되어도 병동에서의 일상은 계속되며, 나간다던 사람은 잔뜩 풀이 죽어서 방 안에 처박혀 있거나 화가 나서 복도를 오락가락하는 것으로 날은 저문다. 그렇지만 또한, 나갈 날이 먼 것처럼 보이던 사람이 어느 날 "나 나가요" 하고 금방 환자복을 벗고 본래의 옷으로 갈아입곤 하기도 했다. 나는 그녀가 비행기 대신 말을 생각하는 만큼 상황이 나아졌다고 믿고 싶었다. 비행기는 전혀 현실성이 없는 것이겠지만 말은 꼭 그런 것은 아닐 것이기 때문이었다. 그래도 나는 말을 타고 북한으로 가려는 것은 설마 아니겠지 하는 투로 섣불리 물어볼 용기는 없었다. 그녀만의 비밀은 존중되어야 한다고 나는 굳게 믿었다. 나는 샤갈의 어느 화첩에 혹시 말이 하늘을 날아가는 광경, 그 말과 함께 여자가 하늘로 날아가는 광경이 있지 않을까 상상했다. 하지만 꼭 그런 광경이 없더라도 그녀는 이미 내게 충분히 설명했었다. 그런 광경은 없어도 있는 것이다. 나는 환자복 대신에 평상 외출복을 입은 그녀를 머릿속에 그려보았으나 얼른 떠오르지 않았다. 옷이 날개라는 말은 정말로 틀림없는 말로서, 더군다나 그곳 사람들은 머리 장식이니 화장이니가 엄격히 통제되고 있었으니 말할 나위 없었다. 병동에 들어올 때와 나갈 때는 대부분 다른 계절이어서 집에서 가져온 새 옷을 걸치고 중앙 홀에 붙어 있는 작은 거울을 들여다보는 사람들, 특히 여자들은 전혀 새로운 모습으로 탈바꿈한다. 여자들의 변신은 눈부시다. 나는 간혹 그 여자들의 모습이 웬일인지 다른 보통 여자들보다 훨씬 고혹적으로 보여서 내 눈을 의심하곤 했다. 그러자, 그런 와중에서도 나는 어처구니없이 〈애마부인〉이라는 수상한 영화 제목이 떠올랐다. 그녀가 말을 타겠다고 말한 것의 연상 작용이었을 것이다. 나는 때때로 마각을 드러내는 이런 유의 내 정신에 다시금 쓴웃음을 머금을 수밖에 없었다. 무슨 영문인지 몰라도 그 영화는 몇 편이나 연속적으로 만들어지고 있었다. 여기서 내가 무슨 영문인지 모른다고 전제한 것은 그 영화가 지나치게 남녀 사이의 야릇한 관계를 추구해서만이 아니다. 남녀 문제가 금기라는 발상 그것이 금기임을 나는 잘 알고 있는 것이다. 그 연속물 중 하나를 본 적이 있는 나는 도대체 왜 주인공 여자가 그렇게 말을 타야만 하는지 알 수가 없었다. 나는 곧 그녀로부터 '애마부인'의 환영을 지우고 그녀의 진정한 변신을 기도해주리라 마음먹었다.

"아무튼 축하해요. 나가면 그림도 그려야지."

나는 가지 않는 자전거 위에 그대로 올라앉아서 진정으로 축하했다. 다만 말해놓고 보니 '아무튼'이라는 단서를 단 것이 얼마쯤 마음에 걸리기는 했다. 그것은 부정적인 색채를 띠고 있는 말이었다. 폐쇄 병동에는 몇 번씩 반복해서 들어오는 사람들이 꽤 많았고, 나는 그 현상을 의식했던 것도 같다. 그렇다면 그것은 진정 어린 축하는 아니었다. 그녀가 '아무튼' 나가게 되었다는 것은 이제 어느 정도 비행기의 망상에서는 벗어났다는 것을 염두에 둔 말이기는 했다. 그래서 나는 마음속으로 다시는 이곳에 들어오지 말아요 하고 빌고 있었다. 그러므로 진정이라고 나는 거듭 밝힌다. 그렇지만 또 한 가지, 말이라도 타고 다시 북한으로 간다는 망상에 사로잡히게 된다면, 나는 그 망상을 무턱대고 매도할 수만은 없으리라는 생각이 들었다. 그것은 내가 결코 가져보지 못한 망상이었다. 그 점에 있어서 나는 엉거주춤한 회색주의자였다. 그리하여 나는 감탄사가 아닌 신음과 같은 소리로 "아아" 하고 지난 세월의 나를 비웃을 도리밖에 없는 것이다.

"그림은…… 자신은 없어요. 뭐든지 늘 날아다니게만 그리니깐……"

그녀는 문득 말했다. 나는 다시금 놀랐다. 그녀는 여태껏 그녀가 꿈꾸던 것과는 전혀 다른 말을 하고 있었다. 그녀가 날아다니는 사람을 말한 것은 불과 얼마 전의 일이었다. 그런데 그새 그녀는 변하고 만 것이었다. 그 결과 그녀가 퇴원을 하게 되었다면…… 나는 또다시 혼란스러웠다. 그녀로 하여금 세상의 모든 것을 날 수 있게끔 하게 놔둔 채 그녀를 퇴원시킬 방법은 없는 것이었을까? 그녀의 상상을 현실에 비끄러매지 않고, 즉 그녀의 발에 비참한 족쇄를 채우지 않고 그녀를 현실속으로 되돌려보낼 방법은 없는 것일까? 나는 나도 모르게 자전거의 페달을 또 밟고 있었다.

"난 날아다니는 게 좋은데……"

나는 혼잣말처럼 말했다. 뭐라고 확고하게 말할 자신이 없었다.

"새 같은 건 이제 싫어요."

"그래도 취미를 붙일 일을 찾아야지요. 그래서 그림 얘기를 한 거지."

취미 생활을 찾아야 한다는 것은 모든 환자들에 대한 의사들의 말이기도 했다. 다른 데 몰두할 수 있어야 한다는 것이었다.

"날아다니는 거 말고 뭘 그리죠?"

"그야 많지. 가령 저기 나무들……"

"나무요? 아, 나무가 있었군요."

그녀는 나무라는 게 이 세상에 있다는 사실을 처음 안 사람처럼 말했다. 그 반응이 나를 놀라게 했다. 나는 무심코 말하다 말고 내가 무슨 뜻으로 특별히 나무를 입에서 꺼냈는지 몰라 입을 다물었다. 나는 아무런 뜻도 없이 다만 창밖 아래쪽으로 내려다보이는 풍경 속의 한 가지를 끌어왔을 뿐이었다. 그런데 그게 나무였다. 나는 그만 말을 멈추었던 것이다. 왜? 나는 곰곰이 따져보았다. 그것이 어쩌면 그녀에게 땅에 뿌리를 내리고 살라는 교훈처럼 들리지나 않을까 해서였다. 실제로 나 자신이 은연중에 그처럼 고리타분한 훈계를 하고 싶었던 것일 게다…… 그렇다면 집어치우고 싶었다. 나는 그녀가 새를 그리던 그 그림 그리기 시간부터 어떤 새로운 깨달음에 나 자신의 변신을 꿈꾸었는지도 모른다. 나는 늘 내가 뿌리내리지 못한 인간이라고, 그것이 못마땅해서 애달캐달해왔다. 그 얽매임이 차라리 내게는 병소(病巢)였다. 나는 뿌리내림만이 옳다는 고정관념에 사로잡혀서 지난 세월 쓸데없이 한탄만 하고 있었었다. 그것이 더욱 나 자신에게 해독을 끼쳐서 삶을 속속들이 골병들게 하고야 말았었다. 뿌리 내리지 않고 무지개처럼 하늘에 떠서만이 존재하는 찬연한 것도 있을 수 있음을 깨닫지 못했었다. 그렇구나. 그녀는 확실히 그와 같은 깨달음을 내게 주었다. 그녀가 그것을 의도했든 의도하지 않았든 상관없는 일이었다. 세상을 살아가는 방법은 얼마든지 여러 가지가 가능할 것이었다. 그녀가 비행기를 타고 북녘 땅으로 갔었다는 망상에 사로잡혀서 병동까지 들어왔다는 엄연한 현실이 내 머리를 혼란스럽게 한 이래 나는 갖가지 설정으로 해석을 시도했었다. 그녀가 부잣집 딸이라는 환경이 무엇인가 중요한 관건이 된다는 해석도 그중의 하나였다. 이를테면 그녀는 흔히 말해지듯 지탄받는 부르주아지로서 통일과 민주에 역행하는 집안 환경에 괴로워한다. 그리하여 그녀는 망상에 사로잡힌다. 간단한 설정에 의한 해석이었다. 망상이란 자기 자신의 한계 안에서 옴짝달싹하지 못하는 데 대한 반동으로 나타나는 현상일 것이었다. 내 해석은 어디까지나 소박하기 짝이 없는 해석에 지나지 않을지도 몰랐다. 꼭 통일이니 민주니를 염두에 두지 않고 남북이 막혀 있는 상황만이 답답했는지도 알 수 없었다. 어쨌든 나는 그 해석에 의해 그녀의 망상을 나만은 '아름다운 망상'이라고 해야 했고, 당연히 그녀는 '샤갈의 아름다운 연인'이어도 좋았다. 다른 모든 사람들이 그녀를 매도해도 나만은 그래서는 안 되었다. 내 비록 부잣집 아들이 아니길래 망정이지 지난 세월 내가 이 사회에서 살아온 것도 결코 쉬운 노릇은 아니었다. 하늘을 날아다니는 아름다운 여자!

그런데 그녀가 뜻밖에 망상을 부인하고 있는 것이다. 그녀가 망상을 부인하는 이상 그녀가 병동에서 나갈 필요충분조건은 당장 갖추어진 셈이었다. 그러나 그것은 내게는 혼돈이었다.

"선생님은 왜 여기 오셨어요?"

그녀가 참았던 질문이라는 듯 불쑥 물었다.

"뭐라고 물었지?"

"어디가 아프시냐고요."

그녀는 정식으로 묻고 있었다. 하지만 나는 그녀의 증세에 대해서 뭔가 더 확실한 것을 알고 싶었다. 그녀가 새나 뭐 그런 날아다니는 걸 그리고 싶지 않다는 것이 그녀의 비행기 망상이 완화되었다는 반증은 되지 않았다. 그래도 나는 그녀에게 나무를 강조해서 추천하지 못하는 나 자신을 쉽게 납득시킬 수 없었다. 그녀의 증세가 완쾌되어야 한다는 것과 내 환상 사이에는 그만큼 불행한 간극이 있었던 것이다.

"선생님은 더 오래 있어야 되나요?"

그녀는 재촉했다.

"응…… 그런 건 아니에요. 난 알코올릭…… 술 때문에 들어
왔다고 되어 있지. 그렇지만 이건 여기서 고칠 수 있는 건 아
니래요. 술이야 나가서 스스로 끊어야 한대요."

"그런데 왜 더 있어요?"

"응…… 뭐라고 할까…… 난 이 기회에 새 사람이 되고 싶은
거야. 과거와의 단절을 시도하고 있다면 알아들을까…… 밖에
서는 그 계기를 만들기가 불가능했어요…… 난 새로 태어나고
싶은 거야……"

내 인생에서 몇 마디 말을 하는 데 그토록 어려웠던 적은 여
태껏 없었다. 그것은 의사에게도 설득력 있게 말하기 힘들었
던 것이었다. 진땀이 났다. 나는 그제야 자전거 위에서 내려왔
다. 내가 애꿎게 그 위에 올라앉아 있었던 것은 그녀와 자연
스럽게 대화를 나누는 데 도움이 될까 해서였다. 나는 더 이
상 자연스럽게 대화를 나눌 자신이 없었다. 내가 그다지도 어
렵게 내 상황을 설명한 것과는 달리 그녀는 내 말에 쉽고 가볍
게 고개를 끄덕여주었다. 오랜 세월 동안 나는 늘 새롭게 살아
야 하리라는 명제에 괴로워해왔었다. 언제부터인가 한번 잘못

끼워진 단추는 자꾸만 다른 것들도 잘못 끼워지게끔 되게 하고 있음을 나는 절실히 느끼고 있었다. 술은 위안이 아니라 도피였다. 모두들 열심히 잘 살고 있건만 내 인생은 변두리로만 흘러가고 있었다. 게다가 돈벌이도 가정도 엉망이었다. 그러나 어찌해야 한단 말인가. 그리고 막연하게 새로운 삶을 꿈꾼다고는 해도 도대체 그것의 실상이 어떠한 것인지조차 가늠할 수가 없었다. 의미 있는 새로운 삶은 어디에도 없었다. 몇 날 며칠을 바닷가 마을에서 술에 빠져 있다가 드디어 정신을 잃고 쓰러졌던 사내. 막상 새로운 삶의 계기를 만들기 위해 병동으로 떼밀리다시피 들어왔으나 막막한 심정은 더해가기만 할 뿐이었다.

"새로 태어나는 거…… 나도 그러겠어요. 꼭요. 고맙습니다. 나무라고 했죠, 나무요? 난 나무를 그리겠어요. 난 하얀 자작나무가 좋아요. 자작나무를 그리겠어요. 우리 병실 밑으로 그 나무가 몇 개 서 있어요. 저번에 나간 애가 가르쳐줬어요. 자작나무, 자작나무."

그녀가 너무 강렬하게 말해서 나는 놀랐다. 나무 이야기를 꺼낸 것을 아까부터 후회하고 있었지만 소용이 없었다. 그녀는 두 손을 기도하듯 모아쥐고 눈빛을 유난히 반짝거렸다. 하늘을 날아가는 새의 눈빛이 그럴 거라고 나는 추측했다. 그런 그녀를 보면서 나는 내가 말한 나무와 새로운 태어남을 그녀가 어떻게 받아들였을까 하고 못내 어리둥절하기만 했다. 내가 무엇인가에 뒤통수를 맞은 것처럼 멍하니 서 있는 사이에 그녀는 벌써 저쪽 복도로 접어들어 모습을 감추고 있었다. 그리고 그녀의 말은 틀림없이 실행되어 모레도 아닌 내일, 즉 다음 날 아침 그녀는 퇴원을 하고 말았다. 퇴원을 하고 '말았다'고 하는 표현에는 분명히 어폐가 있다. 퇴원은 얼마든지 축복해야 할 일이지 아쉽다거나 안타깝다고 해서는 안 되는 것이다.

퇴원을 하기 위해 새 옷을 갈아입은 그녀는 다른 사람이 그런 것보다도 훨씬 더 달라 보였다. 그녀는 미색 스웨터에 검은색 바지를 입고 그 위에 회색의 모직 반코트를 입고 있었다. 거기에다 고동색의 목도리를 둘렀다. 바깥 날씨가 꽤나 찬 모양이었다. 나는 아침부터 그녀가 언제쯤 떠날지 공연히 신경을 곤두세우고 있다가 낌새를 채고 간호사실 앞으로 가서 그녀를 바라보았다. 그녀는 그림 그리기 시간에 그랬던 것처럼 맑고 빛나는 얼굴이었다. 내가 그녀 앞으로 걸어가자 그녀는 기다리고 있었다는 듯 둘둘 말아서 들고 있던 도화지 한 장을 내밀었다. 그냥 그려본 거라고 그녀는 말했다. 그리고 그 종이를 펼쳐볼 틈도 없이 아버지인 듯한 중년 남자와 함께 굳게 닫혀 있는 출입문을 향해 걸어갔다. 나는 주춤주춤 뒤따라갔다.

"창문으로 내려다보실래요? 좀 멀긴 하지만 저 밑에서 인사를 드릴게요. 나무를 그려볼게요. 자작나무가 난 좋아요. 언젠가 그걸 그려서 보여드리겠어요."

그녀는 재빨리 말하고 고개를 까딱 숙여 보였다. 그때, 바로 그때 그녀가 희미한, 그 희미한 웃음을 띠었다고 생각되었다. 그랬던가? 그것을 의심할 나위는 없다. 나도 그 웃음에 답례를 보냈다. 철커덕, 그 육중한 출입문이 열렸다. 잠깐 내다보이는 바깥 복도에서 전등불이 비쳐들어 오고 있었다. 그 복도로 걸어 나가는 그녀의 경쾌한 발이 언제까지나 그렇게 경쾌했으면 좋겠다고 나는 빌었다. 그 모습을 보는 것은 기분 좋은 일이었다. 나는 과연 저렇게 경쾌한 발걸음으로 이곳을 걸어 나갈 수 있을지 의심스러웠다. 잠깐 어두운 복도의 그림자가 내게 어리는 듯싶었다. 계속 바라보고 있었는데 나도 모르는 사이에 이미 문은 굳게 닫혀 있었다. 나는 깜박 잠들었다가 깨어난 사람처럼 서둘러 창문 쪽으로 가서 베고니아 화분이 놓인 창턱에 손을 짚고 얼굴을 바깥으로 기울였다. 햇빛이 두 눈에 쏟아져 들어왔다. 아닌 게 아니라 그런 자세로 보니까 오른쪽 가장

자리로 하얀 나무 몇 그루가 간신히 눈에 들어왔다. 자작나무 인가보았다.

창 밑으로 검은 승용차가 지나가다가 멎었다. 나는 그녀가 언제쯤 모습을 드러낼까 기다리며 무심코 그 승용차를 내려다보고 있었다. 승용차에서 누군가 내리더니 육층 창문 쪽을 올려다보았다. 그러더니 오른쪽 손을 흔들었다. '안녕' 하는 말이 내 귀에 들려오는 느낌이었다. 나는 그 인사를 맞받아 역시 손을 들어 흔들었다.

"안녕."

나는 저절로 소리가 나왔다. 바깥에서 보면 유리에 빛이 반사되어 내 모습이 보이지 않을 거라고 여겨졌다. 그리고 그녀는 다시 승용차 속으로 사라졌다. 차가 저쪽 건물 모퉁이로 모습을 감추고 난 뒤 나는 비로소 그녀에게 해줄 말이 있었다는 생각이 났다. 잊어버리고 나온 물건이 있을 때처럼 나는 미진해서 그녀가 사라진 건물 모퉁이를 자꾸만 돌아보았다. 그 말은 아무래도 떠오르지를 않았다. 나는 내 병실 침대에 와서 그녀가 준 도화지를 펴보았다. 그것은, 환자복을 입고, 달리지 못하는 자전거 위에 올라앉은 내 모습이 그려져 있는 크레파스 그림이었다. 그 그림 윗부분에 '행복한 모습'이라고 제목처럼 씌어 있는 글을 나는 얼마 동안 들여다봤다. 그러면서도 내가 그녀에게 해주고 싶었던 말이 무엇이었을까를 기억해내려고 애썼다. 아무리 돌이켜도 그 말은 떠오르지를 않았다. 아마도 그녀가 옆에서 사라진 아쉬움에서 빚어진 마음의 공백 상태가 나로 하여금 할 말이 있었다는 허구를 꾸몄는지도 모른다고 나는 결론지었다. 그리하여 그녀와 나는 헤어졌던 것이다. 폐쇄 병동에서 만났다는 인연은 인연치고는 그리 훌륭한 인연은 아니긴 했다. 나는 재빨리 그녀를 잊기로 했다. 폐쇄된 곳에 갇혔기에 우리는 가까이 대화를 나눈 사이일 뿐이었다. 단지 스쳐 가는 인연일 뿐이었다.

그런데 알 수 없는 일이었다. 다음 날 나는 다시 자전거 페달을 밟고 있다가 내려와서 별생각 없이 유리창에 얼굴을 들이대듯 하고 창 밑을 내려다보았다. 왜 그랬는지는 설명할 길이 없다. 그리고 눈길을 옮겨 하얀 나무 몇 그루를 살펴보았다. 저것이 자작나무다 하는 순간 나는 무슨 말이 불현듯 머리에 되살아났다. 바로 그 말이었다. 내가 그녀에게 해주고 싶었던 말은 없지 않아 있었다.

나무를…… 하늘에 살아 있는 나무를 그리시오.

그것이 꼭 해주고 싶었던 말이었음을 나는 알았다. 하긴 별

대단한 말은 아니었다. 그러나 그래야만 그녀에게 있어서 이상과 현실이 비로소 조화를 이루어 꽃피어날 수 있으리라 믿었던 게 분명했다. 그런데 그녀는 떠났고 나는 병동에 갇혀 있었다. 그녀의 떠남에 덧붙여 말할 게 있다면 그전까지는 다른 많은 나무들과 마찬가지로 보통의 나무였던 자작나무에 그 떠남의 의미를 부여해주었다는 것이 되겠다. 이제 자작나무는 내게 그전의 자작나무가 아니었다. 그것은 땅에 뿌리를 내리고 한곳에서 죽을 때까지 살아가는 그런 나무가 아니라 하늘에 뿌리를 드리우고 얼마든지 날아다니며 사는 나무였다.

하늘을 날아다니는 나무.

엄밀히 따지면 그 의미는 그녀가 떠난 뒤 내가 부여한 것이라고 해야 될 터였다. 하지만 그것은 그녀의 나무였다. 그녀로 말미암아 내가 그 의미를 발견한 나무였다. 모든 사물의 의미는 이렇게 새롭게 밝혀지지 않으면 안 되었다. 나는 병실의 침대에 누워 비로소 새롭게 산다는 것의 의미를 어렴풋이나마 깨달을 수 있을 것 같았다. 그것은 내가 지나쳤던 모든 사물들에 대해 새로운 의미를 발견하는 것이었다. 그래야만 했다. 나무들, 꽃들, 새들, 벌레들, 들짐승들 등 모든 살아 있는 것들뿐만 아니라 산들, 강들, 바다들, 그리고 나아가 모든 별들에서까지도 새로운 의미를 발견해야 했다. 저 우주의 수많은 별들에서까지도……

하늘을 날아다니는 자작나무.

나는 비로소 내가 새로운 삶으로 태어난다는 의미를 깨달을 수 있을 것 같았다. 그로부터 퇴원할 때까지 나는 새로운 자작나무를 매일 내려다보는 것이 크나큰 낙이기도 했다. 내 인생의 변혁이 바깥으로부터 주어질 리는 만무한 것이었다. 그것은 내 안으로부터 얻어지는 것이었다. 새로운 인생은 하늘로부터 뚝 떨어지는 것이 아니었다. 그것은 지금까지 있던 그대로의 모든 사물을 새로운 눈으로 보는 것에서 비롯되는 것이었다. 나는 자작나무를 내려다보며 하루빨리 퇴원할 날을 기다렸다. 그러다가 드디어 새해 들어 며칠 지난 어느 날 퇴원 허락을 받았다. 병동을 나온 나는 그녀가 승용차에서 내렸던 그 자리로 가서 걸음을 멈추고, 아무도 내려다보지 않을 그 육층 창문을 향해 손을 흔들어주었다. 안녕, 하고. 그것이 내가 새로이 세상에 태어나서 처음 한 의식(儀式)이었다.

그 뒤로 내가 어떻게 새로운 삶을 살았는지는 나로서는 평가하기 어렵다. 우선 나는 술을 끊었고 과거에 못 읽었던 책들을 읽기 시작했으며 이곳저곳 여행하면서 헝클어진 마음을 가

다듬었다고 말하는 선에서 그치련다. 그 과정에서 중국에서는 평지의 자작나무를 백화(白樺)라 하고 산지의 자작나무를 악화(岳樺)라 한다는 것도 알았다. 백화는 나무 줄기가 곧은 편이고, 악화는 나무 줄기가 구불구불했다. 그리고 러시아에서는 무섭게 혹독한 추위를 무릅쓰고 그 나무들이 하얗게 하얗게 우거진다는 것도 알았다. 나는 우리나라에도 꽤 많은 그 나무를 보게 될 때마다 그 앞에서 남모를 눈길을 던지곤 했다. 나는 그녀를 다시 보았으면 하는 마음과, 안 그래도 좋다는 마음을 두 가지 다 가지고 있었다. 보고 싶은 마음은 설명할 필요 없이 당연한 것이런만, 그 마음을 저지하는 마음은 혹시나 또 다른 엉뚱한 변화가 나를 혼란에 빠뜨릴까봐서가 아닐까 몰랐다. 기대하지 않던 초청장을 받고 그 오후에 내가 망설였다고는 해도 솔직히 말해 나는 이미 그곳에 가기로 결정을 하고 있었다고 해야 한다. 그녀의 변화가 문제가 아니라 나 자신 여태껏 아무것도 보여주지 못할 어정쩡한 삶을 살고 있다고 알게 될까봐 더욱 그랬다.

하늘을 날아다니는 자작나무.

그 의미는 아직도 생생하게 살아 있기에 더욱 그랬다. 약속 시각이 다가오자 교통 사정까지 자세히 머릿속에 재고 있던 나는 서둘러 집을 빠져나왔다. 나는 몽파르나스 거리를 걸으며 한국의 자작나무 시를 읊는 시인이었다. 비테프스크 시 가지의 하늘 위를 날아다니는 염소와 수탉의 친구였다. 내가 병원을 나와 다시금 생활에 적응하는 동안 세상은 팽팽 돌아가며 큰 변화를 겪었다. 그저 큰 변화라고만 해서는 도저히 안 될 상상할 수도 없었던 변혁이었다. 이제는 중국과 러시아가 누구나 갈 수 있는 이웃 나라였다. 그럼에도 불구하고 불행하게도 변하지 않은 곳이 한 군데 있었으니 그것은 한반도 자체였다. 나는 병원에서의 나날들을 오랜만에 회상해보았다. 내게는 그 지긋지긋한 '심문'이며 검사 들도 다 지나간 시대의 유물이었다. 이 세상에 그런 곳이 있다는 사실, 아니 있다는 사실이 아니라 있었다는 사실조차도 거짓말처럼 느껴졌다. 지난날의 세계도 그와 같았다. 나는 그녀에게 얼마든지 새로운 나를 보여줄 자신이 있다고 믿었다. 조금 전의 망설임은 근거가 없는 것이었다. 나는 그 새로운 나를 그녀에게서 배웠음을 당당하게 말해주어야만 했다. 그것이 자작나무의 교훈이었다.

화랑들이 늘어서 있고 전시회 플래카드와 포스터 들이 어지럽게 붙어 있는 인사동 거리를 지나면서 나는 그녀를 처음 만나서 해야 할 말은 어떤 게 좋을까 이리저리 머리를 짜냈다.

아무리 짜내도 웬일인지 그 말들은 입안에서만 뱅뱅 돌 뿐 아무것도 완성되지 않았다. 멋있게 외국 사람인 양 나 몰라라 부둥켜안기라도 하면 얼마나 좋을까만 여기는 한국이었고, 무엇보다도 우리는 한국인이었다. 거리 곳곳은 올해 처음 열린다는 '관훈동 인사동 전통거리축제' 준비로 보도블록까지 온통 파헤쳐져 있었다. 전신주들을 잇는 청사초롱들이 줄줄이 매달려 축제를 기다리고 있었다. 옛 토기들·자기들·목기들·유기들이 진열되어 있는 여러 상점을 지나고 구멍가게와 전통찻집을 지나 오른쪽으로 꺾어 들어간 곳에 그 화랑은 자리 잡고 있었다. 몇 번인가 그곳에 가서 젊은 화가들의 그룹 전시회를 본 적이 있었다. 그곳은 지리를 비교적 잘 알고 있는 나는 길이 꺾어지기 전에 있는 작은 꽃집에서 먼저 꽃다발 하나를 만들었다. 흰 안개꽃과 빨간 장미꽃을 섞어서 묶은 간단한 꽃다발이었다. 그리고 두근거리는 가슴으로 길을 꺾어들어가 화랑의 유리문을 밀었다.

하늘을 날아서 온 이 사람을 아시나요?

자작나무숲을 지나온 이 사람을 아시나요?

염소와 수탉을 아시나요?

'행복한 모습'의 사내를 아시나요?

별을 사랑하는 마음을 아시나요?

한꺼번에 많은 말들이 쏟아져 나올 것만 같았다. 나는 그리 넓지 않은 화랑 안을 훑어보았다. 가운데 의자에 두 사람의 남자가 앉아 있다가 나를 돌아보았다. 이상한 일이었다. 그녀의 모습은 보이지를 않았다. 잘못 오지나 않았나 의심이 들었으나 입구의 포스터는 어김없었다. 자기의 전시회라고 해서 하루 종일 화가가 자리를 지키고 있으라는 법은 없었다. 나는 얼굴에 축하의 웃음을 띠고 두 사람에게 다가가서 화가는 어디에 있느냐고 제법 정중하게 물었다. 그중의 한 남자가 의자에서 일어나더니 내 물음은 아랑곳없이 "혹시……" 하고 나를 찬찬히 뜯어보았다. 어디선가 본 듯한 얼굴이었다.

"저는 병원에 그림을 가르치러 갔었습니다만."

그가 내 눈치를 살폈다. 그 미술 선생이었다.

"아, 알고말고요. 반갑습니다."

우리는 손을 내밀어 악수를 나누었다. 나는 그와 손을 놓기도 전에 눈짓으로 그녀가 어디에 있는지를 물었다. 순간, 나는 그의 얼굴빛이 흐려지며 흔들리는 것을 보았다. 무슨 사연이 있음에 틀림없었다.

"글쎄 말입니다. 다 준비해놓구 그만 다시 병원으로 갔습니

다. 하는 수 없이 문을 열긴 한 모양입니다만…… 어떻게 된
게 그림이 모두 비행기뿐이에요. 앙리 루소를 연상시키는 것
도 있군요."

그는 애석한 표정을 지으며, 그러나 재미있다는 듯이 한 손
으로 전시 벽면을 가리켰다. 막상 화랑에 들어섰어도 나는 그
림 쪽에는 눈길을 주지 않고 있었다. 엉거주춤 서 있는 내게는
병원이라는 낱말만이 귀에 왱왱 맴돌았다. "아아" 하고 얕게
신음을 내뱉었다. 미술 선생에게는 작게 들렸을 그 신음소리
는 내게는 하늘을 찢으며 울리는 소리였다. 결국 그녀는 여기
까지 와서 내게 그런 소리를 지르게 하고는 다시 사라진 것이
었다.

"비행기요?…… 아아…… 그렇군요."

나는 벽면을 휘둘러보았다. 어른어른 여러 개의 그림들이
겹쳐 보였다. 마치 영화 필름의 연속 장면처럼 비행기들이 계
속해서 날고 있었다. 미술 선생이 앙리 루소를 연상시킨다는
그림은 벼논에 허수아비 둘이 서 있고 그 위로 어처구니없게
도 라이트 형제의 이름하고나 어울릴 쌍엽 프로펠러 비행기가
날고 있는 것이었다.

순간, 나는 갑자기 목이 꽉 메고 눈앞이 아득해지며 몸을 가

누기가 힘들었다. 다리까지 후들후들 떨렸다. 온몸에서 맥이 쭉 빠졌다. 저런 형편없는 쌍엽기를 타고서라도 다시 북녘 땅으로 가야 했던 그녀의 가련한 모습에 눈이 매웠다. 속이 느글거리며 세상이 빙글빙글 도는 느낌이었다. 하늘을 날아서 온이 사람이든 자작나무숲을 지나서 온 저 사람이든 나를 비롯한 모든 인간들이 가증스러웠다. 아니, 가증스러운 만큼 가련했다. 나는 한시라도 빨리 길고 긴 여행을 떠나야겠다고 다짐했다.

나는 미술 선생이 보이지 않는 뒤쪽 전시 벽면으로 가서 벽에 손을 짚고 핏기 없이 하얘졌다고 느껴지는 내 얼굴에 안개꽃과 장미꽃 다발을 씌웠다. 자작나무 껍질같이 하얘졌을 내 얼굴이 비애와 분노로 일그러지는 것을 아무에게도 보이지 않으려는 듯이. 비행기들이 날아가는 하늘마다 내 일그러진 얼굴 대신에 그 꽃다발을 보이려는 듯이.

2

조계사 앞 길모퉁이를 지나다가 문득 발견한 러시아 문자에 나는 발걸음을 멈추었다. 이렇게 말하면 내가 러시아 문자에 상당한 조예라도 있는 것처럼 보일지 모르므로 이 점에 대해서는 미리 밝혀두기로 한다. 즉, 지난겨울에 두 달가량 그곳에 머물러 있으면서 겨우겨우 알파벳 정도만 더듬거릴 수 있게 되었다는 것이다. 러시아 문자라고는 해도, 정확하게는 키릴 문자에서 온 것으로, 가령 중앙아시아 쪽에서는 오래전부터 쓰여지던 아랍 문자를 소련시대에 러시아 문자로 바꾸면서 그곳의 독특한 토착어를 효율적으로 표기하기 위해 본디 없는 알파벳까지 만든 경우도 있는 까닭에, 나로서는 여간 헷갈리지 않는다. 그러니 나는 가게 진열창에 붙어 있는 포스터의 러시아 문자를 보는 순간 마치 신기한 무엇이라도 발견한 것처럼 발걸음을 멈추었던 것이다. 아닌 게 아니라 그것은 내가 서울의 길거리에서 처음 본 러시아 문자이기도 한 것이었다. 그렇다고 해서 이 문자가 무슨 특별한 내용이라도 담고 있는 것이었는가 하면, 결코 그렇지는 않다. 그것은 한 화가의 이름을 표기한 것에 지나지 않았다.

한 폭의 그림을 구상과 추상의 두 부분으로 나누어 그리는 방법을 구사하고 있는 그 나이 지긋한 화가의 이름을 여기서는 생략하기로 한다. 왜냐하면 내가 그 이름 표기에서 러시아

를 떠올렸다는 사실 그것만이 중요하지 그 밖의 것은 아무 상
관도 없기 때문이다. 그러고 보니 그 얼마 전에 그 화가가 러
시아 모스크바의 푸슈킨 기념 미술관에서 한국인으로서는 처
음으로 개인 전시회를 열게 되었다는 신문 기사를 보았던 기
억도 되살아났다. 눈 깜짝하는 사이에 저 북방 나라의 정체(正
體)가 변하고 그사이에 세월은 변해서, 우리와는 도무지 같은
하늘 아래 살 수조차 없으리라 했던 저들과의 교류가 여기까
지 이르렀나 하는 감회가 새삼스러웠다. 그와 함께 순식간에
내 생각은 러시아의 공간 속으로 달려가서, 푸슈킨 기념 미술
관을 먼저 떠올리고 곧 뒤이어 빨간 갈리나 열매가 익어가는
숲속을 지나고 있는 나를 그려보고 있었다. 내가 보고 있는 것
이 화가의 개인전 포스터이고 또 러시아 민속 공예품의 그림
에 너무도 흔히 그려지는 것이 갈리나나무와 그 빨간 열매여
서 일어난 단순한 연상 작용만은 아니다. 나는 지난겨울에 모
스크바에서 푸슈킨 기념 미술관을 보았고, 상트페테르부르크
에서 친구를 만나 우리는 함께 얼어붙은 북쪽 호숫가로 갔었
던 것이다. 그 호숫가의 숲속에도 갈리나의 빨간 열매는 나뭇
잎이 떨어진 헐벗은 나뭇가지에 송알송알 매달려 있었다. 우
리나라에서는 본 적이 없는 나무였으나 친구는 사전에 까마귀

밥나무라고 되어 있더라고 가르쳐주기까지 했었다. 그러나 나는 마치 아이비가 우리말로는 담쟁이덩굴로 된다 하더라도 서양의 아이비가 우리의 담쟁이덩굴은 결코 아니듯이 러시아의 갈리나도 우리의 까마귀밥나무는 아닐 것이라고 생각되었다. 물론 러시아에서 욜카라고 하는 전나무는 우리의 전나무와 같고, 사스나라고 하는 소나무는 우리의 소나무와 같고, 베료자라고 하는 자작나무는 우리의 자작나무와 같았다. 그렇지만 까마귀밥나무에는 까마귀가 들어 있는데, 그곳 까마귀가 우리의 까마귀보다 훨씬 크고 어딘가 더 의뭉스러워서 갈리나를 우리의 까마귀밥나무로 부를 수가 없다고 나는 그에게 말했다.

그야 아무려면 무슨 상관인가. 지금 돌이켜보건대 나는 폐쇄 병동을 나오자마자 러시아로 가서 예기치도 않게 그곳에서 몇백 리나 먼 북쪽의 호숫가까지 갔었다는 그 사실만이 중요한 추억으로 남아 있을 뿐인 것이다. 아니, 이렇게 돌이켜보니 그와의 그 겨울 만남이 마치 우리들 삶의 갈리나 열매처럼 어떠한 혹한에도 생명의 씨앗을 간직하고 있음을 확인했다는 느낌이 들기도 한다.

"넌 여전히 원예반 학생이구나. 식물에 대해 그렇게…… 러시아 숲은 확실히 굉장해…… 화가들이 그린 자작나무숲도 좋은데……"

　좋은데 어떻다는 것일까. 나는 지굴리 승용차의 핸들을 잡고 앞을 응시하고 있는 그를 곁눈질했었다. 그리고 나를 고등학교 시절 원예반원이었다고 해서 지금도 여전히 원예반원이라고 한다면 그는 무엇일까 하고 묻고 싶은 충동이 일었었다. 그렇다면 그는 아직도 여전히 혁명을 신봉하고 있는 것일까, 하고 물어야 하는 것이었다. 그러나 나는 결코 내가 그렇게 묻지 않을 것임을 스스로 알고 있는 것이었다. 고등학교를 같이 졸업하고 또 학과는 다르더라도 같은 대학에 들어간 것이 뭐 그렇게 대단한 일은 아닐지라도, 우리는 꽤나 가까운 관계를 유지하며 오랜 세월을 알아왔었다. 하지만 그와 나는 대학 시절부터 벌써 다른 세상을 바라보고 있었다. 이 점에서 고등학교의 동창이 아니었더라면 우리는 어떠한 경우에도 어울리지 못했을 사람들이었다. 때론 함께 술 마시고 밤을 지새운 적도 한두 번이 아니었다. 그럴 때마다 그는 사회의 개혁을 내게 역설했고, 그의 뜻에 전폭적으로 따르지 않는 나를 안타까워했었다. 그러면서도 그는 이른바 투쟁의 현장에 직접 몸 던져 싸우지 못하는 나약한 자기 자신의 태도를 괴로워하고 있었다. 그런 그를 나는 이상주의자라고 명명하고 있었는데, 이 말을 들을 때마나 그는 몹시 불쾌한 표정을 짓곤 했었다.

그를 만나자마자 바로 북쪽 호숫가를 향하여 가게 된 것이 다행이라는 생각이 들었다. 그러지 않았다면 우리는 무엇인가 이야기만으로 시간을 보냈어야 했을 것이다. 그럴 경우 형식적이고 변죽만 울리는 이야기만으로는 서로가 괴로울 뿐이었을 것이다. 프리발치스카야 호텔에서 그에게 전화하고, 로비에서 기다리는 동안 나는 그것이 걱정이었었다. 차라리 만나지도 말고 내 일정대로 떠나가고 말았을 것을, 하는 후회조차 있었다. 그러나 그럴 수는 없는 노릇이었다.

그렇지, 우선 푸슈킨에 대해 이야기를 하는 거다.

나는 문득 그렇게 생각했다. 그가 집착을 보였던 러시아 혁명에 대해서는 이제 새삼스럽게 이야기를 할 무엇도 없을 듯했다. 그가 이태 전에 서울을 떠날 때도 그것은 개방이 시작되었을 뿐 그때까지만 해도 러시아는 여전히 공산주의라는 이데올로기를 포기하지 않은 나라였다. 그 나라에 갈 길이 빠끔히 열렸다는 것을 알자 그는 그 어느 때보다도 열심히 이리저리 뛰어다녔으며 마침내 러시아어 연수를 명분으로 서울을 떠났던 것이다. 그가 배우고자 했던 것이 단순히 어학이 아니었다는 것은 너무도 확실했으나, 언제부터인가 별거에 들어간 부부 생활이 그를 떠나가게 한 것에 어느 정도 역할을 했는지는 알 수 없는 일이었다. 어쨌든 나이 사십을 훨씬 넘어서도 그가 새로운 세계를 향할 수 있었다는 사실은 존경할 만한 일이었다. 그런 의미에서 그는 이상주의자가 틀림없었다.

호텔 뒤로 보이는 저 바다는 발틱 해일까. 핀란드 만일까, 하고 나는 눈이 오락락하는 창밖을 내다보고 있었다. 그러면서 푸슈킨이라는 한 시인을 생각하고 있었다. 그를 만나면서 왜 그 시인을 이야기해야겠다는 생각이 문득 떠올랐는지 모르겠지만, 여행자 일행이 버스를 타고 핀란드로 떠나기 위해 사라져가고부터 나는 그런 대안을 머릿속에 그리고 있었던 것으로 여겨졌다. 상트페테르부르크의 겨울 날씨는 거의 매일 하루 종일 잔뜩 찌푸려 있고 눈이 오락가락한다. 그 눈 속에서 친구를 기다리며 나는 엉뚱하게도 모스크바에서의 푸슈킨 기념 미술관부터 머리에 떠올리고 있었던 것이다. 나로서는 그 위치가 정확하게 모스크바의 어디쯤인지를 말하기 어렵다. 하지만 한겨울에도 김이 무럭무럭 나는 노천 수영장이 있는 부근이었다는 것만은 또렷하게 기억하고 있다. 미술관에 들어가기 전에 수영장 앞을 지나가는 인투리스트 버스 안에서 안내자는 밤에 그 수영장에 오면 좋은 구경을 많이 할 거라며 싱겁을 떨었었다. 그러나 좋은 구경이 무엇인지는 구체적으로 설명하지 않았었다. 그야 수영장에서 좋은 구경거리라면 사람의 벗은 몸이 아니겠는가만. 그러자 곧 푸슈킨 미술관 앞이었다. 푸슈킨이라는 시인의 이름이 러시아에서는 얼마나 큰 이름인지는 그 나라에 가본 사람만이 안다. 나 역시 러시아 땅을 밟기 이전에는 푸슈킨을 〈삶이 그대를 속일지라도〉라는 시와 《대위의 딸》이라는 소설로만 그럭저럭 알고 있었을 뿐이었다. 아주 오래전에, 시내버스에 차장 아가씨들이 있어서 요금을 받던 시절에, 버스 안 문짝 위에는 어김없이 그 시가 손바닥 반만 한 거울과 함께 나란히 붙어 있었다. 그 무렵, 늘 만원버스에 올라탈 때마다 그 시가 적힌 종이쪽지가 바로 코앞에 들이밀듯이 있는 것이어서, 그래서 나는 지금까지도 그 시를 욀 수가 있는 것이다.

삶이 그대를 속일지라도
노여워하거나 슬퍼하지 말라.
슬픔의 날을 참고 견디면
기쁨의 날은 오리니
마음은 미래에 사는 것

오늘은 언제나 슬픈 것—

모든 것은 한순간에 지나가는 것,

지나간 것은 또다시 그리워지느니.

그 시절 어려운 처지에 있는 사람들에게 이 시가 얼마나 위안이 되었는지는 자세히 알 수 없어도, 웬일인지 지금은 잘 눈에 띄지 않는 걸 보면 세월은 그만큼 좋아졌고, 따라서 어려운 처지의 사람들이 그만큼 줄어들었음을 방증하는 것 같기도 하다. 하지만 나는 그 시절 어린 나이에도 이 시가 시로서 별 묘미가 없다는 느낌이 들었었다. 무엇일까, 시란 감미롭고 애절한 '노래'여야 하지 않을까 여기고 있었던 듯싶다. 다시 부연하면 그것은 내가 시란 언어 미학이 무엇보다도 돋보여야 한다는 신념을 가지고 있었다는 뜻이 되겠다. 그러나 이제 와서 그럼 이 시가 언어 미학의 측면에서 문제가 많다, 즉 단도직입적으로 말해, 어눌하다고 할 수 있는 것인지는 나로서는 매우 어렵게 되어버렸다. 왜냐하면 러시아에 가서 듣고 본 결과, 푸슈킨은 '러시아 문학의 아버지'로 가장 위대한 시성(詩聖)의 위치에까지 올라 있는 사람이었고, 그 시는 번역해서는 도무지 맛을 알 수 없다고 단언하고 있었기 때문이다. 더군다나 그 운

(韻)을 그대로 옮겨놓을 수 없을 때는 더욱 그렇다는 것이었다. 그러니까 나는 누군가 말했던 대로 역시 번역은 반역(反逆)인가 하고 참담해질 수밖에 없는 것이었다.

어쨌든 좋다. 나는 지금 푸슈킨의 시를 더 이상 이야기할 실력이 없는 것과 아울러 다행히 그럴 마음이 없다. 다만 한국의 한 화가가 푸슈킨 기념 미술관에서 그림 전시회를 열었다는 사실과 연관하여 내가 그전에 그곳에 가서 보았던 여러 그림들이 선명하게 머릿속을 스쳐지나간다는 것을 말하는 것으로 족하다. 그곳에는 어느 미술관이나 마찬가지로 많은 화가들이 있었다. 무엇보다도 놀라지 않을 수 없는 것은 프랑스 쪽의 것이 유난히 많다는 사실로서, 이, 삼층 전시실에는 대충 꼽아도 들라크루아나 밀레, 모네를 비롯하여 푸생, 쿠르베, 코로, 피사로, 르누아르, 드가, 고흐, 고갱, 세잔, 루소, 시냐크, 드니, 뭉크, 위트릴로, 동겐, 루오 등등에 피카소도 있었다. 거기서 나는 비로소 루소의 〈시인과 뮤즈〉를 보았고, 고흐의 〈오베르 풍경〉을 보았고, 피카소의 〈청색 시대〉를 보았다.

러시아에서는 식당이나 극장이나 미술관이나 한겨울이든 언제든 입구 가까운 방에서 외투를 벗어 맡기고 들어가도록 되어 있어서 여간 번거로운 게 아니다. 그것이 귀찮아서 나는 그만 하마터면 그 미술관의 관람을 놓칠 뻔하기도 했었다. 그 숱한 명소들도 어차피 다 둘러보지 못하는 판국에 미술관마다 일일이 들를 시간적 여유가 없기도 했었다. 아니, 실상 솔직히 말해 미술관이란 예전부터 내게는 들르게 되면 마지못해 들르는 곳에 지나지 않았다. 그러니까 러시아에서는 세계 3대 미술관의 하나라는 상트페테르부르크의 에르미타주 미술관만을 수박 겉핥기로 보면 그만이라는 생각이었던 것도 속일 수 없는 일이다. 푸슈킨이 시인인데 그 이름이 붙은 미술관이 뭐 그리 대단하랴 하는 선입관도 충분히 작용했었다. 그런 곳을 구경하려고 옷과 가방과 모자를 모두 맡기고 들어가야 한다는 것이 싫었었다. 나는 그때 싸구려 모자까지 사 쓰고 있었다. 북국의 겨울에는 모자가 필수였다.

그런데 몇 가지 일정이 어긋나면서 그 미술관이 끼어들게 된 것이었다. 소련이 무너지고 나서부터 그렇게 되었는지 그 사회는 여기저기서 삐걱거리고 있는 모습이 너무도 역력했다. 그래서인지 몇 군데 방문을 하려 하면 한두 군데는 까닭 모르게 문이 닫혀 있기 일쑤였다.

그러므로 부득이 행선지를 그때그때 바꿀 수밖에 없는 것이다. 그런 어느 날 오후, 나는 그 미술관 앞에 내려놓아졌고, 느닷없이 많은 프랑스 화가들 앞으로 안내되기에 이르렀다. 안내자의 설명에 따르면, 그 미술관에는 유명한 옛 조각품들도 엄청나게 많은데, 실은 이것들은 미술 교육을 위해 새로 만들어놓은 복제품들이라는 것이었다. 그렇다 하더라도 그림들은 모두 '진짜'라고 그는 덧붙였다. 북한에서 꽤 오랫동안 무슨 공부인가 했다는 그 러시아인 안내자가 '진짜'라고 우리말을 하는 것에 어떤 함정이 있었는지 모른다. 아니다. 정확하게 말해서 다른 것이 '가짜'라는 데 더욱 함정이 있었음에 틀림없다. 나는 비너스며 다비드며 일, 이층의 '가짜'들을 건성으로 지나쳐 곧장 삼층으로 뛰어올라가다시피 하여 그 '진짜'들 앞에 섰던 것이다. 그리하여 나는 내 생애에 처음으로 위대한 '진짜'들을 보고 있다는 감동에 사로잡히기 시작했으니, 이는 나 자신도 믿지 못할 강렬한 충격이기도 했다. 알 수 없는 일이었다. 아무리 세계적인 명작이라고 해도 그림 앞에서 내가 그토록 감동에 사로잡히기는 처음이었다. 그 많은 그림들이 하나같이 살아 움직이는 주체로서 내게로 다가와 나름대로의 진실을 속속들이 전달해주고 있지 않은가. 화폭에 그려진 집들과 나무들과 사람들과 짐승들이 너무도 생생한 현실인 것에 나는 놀라지 않을 수 없었다. 아무리 상징으로 그린 대상이라 할지라도 그것은 현실보다 더 현실적으로 다가왔다고 나는 말하지 않으면 안 된다. 이것은 이를테면, 루소의 〈재규어의 공격을 받는 말〉에서처럼 괴기스러운 잎사귀나 나무줄기들이 뻗어 있는 숲조차 가장 현실적인 숲으로 다가왔다는 뜻이 된다. 그런 점에서 그림을 직접 제시하지 못하는 안타까움이 있으나, 간단히 설명하면, 그림의 중앙에는 옆으로 앞발을 든 말이 갈기를 날리며 머리를 앞으로 향해 있고 그 목덜미 아래로 재규어가 거꾸로 달려들어 붙어 있다. 재규어의 오른쪽 앞발은 말의 목덜미를 끌어안고 있는 가운데 말의 검은 눈과 코가 당황하고도 슬픈 표정을 나타내고 있다. 그러나 이 그림에서 역시 화가의 특징을 잘 나타내는 것은 초록색의 길고 삐죽한 잎사귀들의 기괴함이다. 고생대나 중생대의 무슨 식물들같이 이 잎사귀들은 마치 살아서 움직이는 듯이 보이며 그 숲 사이에 원색적으로 빨갛고 노랗고 흰 꽃이 강조되어 있다. 다시 말하건대, 굳이 이렇게 돼먹지도 않은 설명을 늘어놓는 것은 기괴한, 비현실적인 숲조차 마치 이 세상 현실의 숲처럼 내게 다가왔다고 풀이하고 싶기 때문인 것이다.

그렇다 하더라도 내가 여기서 왜 잘 알지도 못하는 미술이라는 것을 붙잡고 이따위 설명을 늘어놓는 것일까. 여기에는 위에 든 화가들의 개개의 작품을 떠나서 한마디로 미술에의 눈뜸을 말하고자 하는 욕구가 무엇보다도 크게 도사리고 있음을 고백해야 한다. 누가 그것을 유도하지도 않았고 나 또한 의도하지 않은 일이었다. 그것이야말로 갑작스럽고 뜻밖의 일이었다. 그리하여 나는 그것에 감히 돈오(頓悟)라는 낱말을 갖다 붙여도 좋다고 이제 말한다.

그전까지만 해도 나는 그림 앞에 서면 왠지 주눅이 들어 움츠러들곤 했었다. 그래서 머쓱해져서는, 그림이란 알고 모르고의 문제가 아니라 느낌이 우선이다라는 말을 배경으로 '흠, 제법 그럴듯하군' 하는 표정을 짓곤 했던 것이다. 무엇이든 모르면서 짐짓 안다는 몸짓을 지어야 하는 것처럼 비참하고 구역질나는 일은 없는 것이다. 특히 그것이 자기 자신일 때는 더욱 그렇다.

그러나 내가 이렇게 말한다 해서, 미술에의 눈뜸이라거나 돈오라거나 하고 설명을 늘어놓는다 해서, 내가 그 세계를 속속들이 알았다고 하는 것은 아님은 물론이다. 그것은 그런 내가 스스로 대견하고 가상하여 끌어다 붙인 표현이라는 편이 오히려 솔직하다. 그러므로 그림의 세계가 확고하게 있음을 인정하는 선에서 여전히 문외한일 수밖에 없는 나를 이끌고 그 미술관을 나왔던 것이다. 그것이 바로 푸슈킨 기념 미술관이었다.

　이야기를 다시 푸슈킨으로 되돌리지 않으면 안 된다. 그 미술관 안에 어떠한 그림이 있든, 그것이 실제로 '가짜'든 '진짜'든, 또 내가 어떠한 충격을 받았든, 애초부터 그것을 이야기하려 했던 것은 아니었다. 무엇보다 나는 그 경험 때문에 푸슈킨이라는 이름을 새로이 받아들이게 되었음을 말하고 싶었던 것이다. 그래서 나는 그 뒤 며칠 동안 모스크바와 상트페테르부르크에서 푸슈킨의 박물관이나 기념관을 돌아보는 데 남다른 정성을 기울였다. 좀 더 정확하게 밝히면 상트페테르부르크에서 단체 여행자 일행이 서울로 되돌아갈 때 거기서 떨어져 나와 드디어 친구를 만나기 전까지 나는 여행사 사람에게 푸슈킨에 관한 것을 볼 수 있는 대로 다 보자고 귀찮도록 졸라댔던 것이다. 여행사에서 임의로 모아온 여행자들의 눈총이 때로 곱지는 못했으나, 그들은 푸슈킨이 러시아에서는 표트르 대제와 레닌과 함께 가장 널리 알려져 있는 인물이라는 내 설명에 마지못해 못 이기는 척하고 따라주었었다. 하기는 그들은 러시아를 한번 둘러본다는 게 중요할 뿐 무엇을 꼭 보아야 한다는 주장이 있는 사람들은 아니었다. 그런 그들도 푸슈킨이 귀족으로서 시인이며, 또 이름난 바람둥이였다는 둥, 여기저기서 종합해 얻어듣고 나서는 고개를 끄덕이기도 했다.

이렇게 푸슈킨 기념 미술관은 나로 하여금 푸슈킨의 세계로 인도한 첫 관문이었던 셈이다. 그 푸슈킨 기념 미술관은 나로 하여금 푸슈킨의 세계로 인도한 첫 관문이었던 셈이다. 그 푸슈킨 기념 미술관이 서울의 조계사 앞 길모퉁이를 지나다가 문득 발견한 러시아 문자를 보고 먼저 머리에 떠올랐다고 나는 앞에서 밝힌 바 있다. 분명히 '먼저'라고 밝힌 것이다. 그러니까 그 밝힘에는 '먼저'에 대응되는 '나중'이 있어야 한다. 그러나 말이 그렇지 여기서 '먼저'와 '나중'은 거의 시차가 없었다고 해도 좋다. 푸슈킨 기념 미술관과 북쪽의 호숫가는 그렇게 동시에 내게 다시금 환기되었던 것이다.

그가 러시아로 훌쩍 떠나버린 것도 몇몇 친구들 사이에서는 쉽게 믿기지 않는 일이었으나, 그로부터 그리 멀지 않은 시간이 지나서 내가 러시아로 그를 찾아갈 수 있다는 것은 나로서도 참으로 믿기 어려운 일이었다. 왕래가 무척 빈번해진 최근에 와서는 이런 느낌은 그야말로 촌티가 난다고도 말해질 수 있다. 그러나 갓 수교를 한 무렵 아직 그곳은 미지의 나라였다. 우리에게 러시아가 어떤 나라인가 말이다. 지금껏 우리는 남북으로 나라가 갈려 첨예하게 대치하고 있으며, 예전에 북쪽의 후견자 노릇을 하던 그 붉은 소련을 위해 외치던 만세라는 뜻의 러시아말 '우라'가 나이 든 사람들의 귀에는 아직도 쟁쟁하다고 하는 게 아니던가 말이다.

"우라, 레닌! 우라, 스탈린!"

불과 네댓 살의 나이에 6·25 전쟁을 겪어야 했던 내게도 붉은 군대의 만행은 귀에 익은 것이었다. 그들은 아무 집이나 들이닥쳐서는 밥을 요강에 퍼담아 먹는가 하면 물건을 빼앗고 여자들을 겁탈한다는 것이었다. 그들은 빵을 글쎄 흘레바리라고 한단다. 어머니는 몇 번이나 그렇게 말했었다. 그것은 짐승들의 교미를 일컫는 낱말인 흘레와 연관 짓는 말이었다. 먹는 빵을 흘레바리라고 하는 판이니 그들이 흘레붙기를 얼마나 밝히겠느냐는 암시가 그 말에는 깃들여 있었다. 러시아에 가서 상점에 줄을 서서 빵을 사려고 했을 때 예전에 어머니로부터 들은 흘레바리라는 말이 자꾸만 입 밖으로 나오려고 하는 걸 나는 애써 참아야 했다. 하지만 정식 발음으로 빵을 흘레브라고 하니까 흘레바리라고 해도 아주 먼 발음은 아니었다. 더군다나 자기네들도 골치 아프다고 머리를 흔드는 그 문법의 어렵기 짝이 없는 격(格)변화를 염두에 둔다면 흘레브든 흘레바리든 문제가 차라리 안 되었다. 요컨대 문제는 빵을 무엇이라고 하느냐가 아니라 공산주의라는 이데올로기가 무엇이냐는 데 있으며, 바로 그 점에서 러시아가 우리에게 무엇이었느냐 하는 물음만이 남아 있는 것이다.

그러나 이 점은 내가 지금 거론할 문제는 아님을 나는 안다. 나는 대한민국의 군정이 드디어 종식되려고 할 무렵 새로운 대통령을 뽑는 선거가 다가오고 있던 어느 초겨울날, 서울을 떠나 러시아로 향했고, 공부를 하겠다고 미리 그곳에 와서 머물러 있는 친구를 만나게 되었을 뿐인 것이었다. 모스크바나 상트페테르부르크에서 내가 푸슈킨의 자취를 찾아다녔다는 것은 이미 말한 바와 같다. 그런 중에 나는 부지런히 이름난 묘지들도 둘러보아야 했으며 또 서민 생활의 이모저모도 살펴야 했다. 그 여행은 일종의 수학여행과도 같았다.

꼭 십 년 전에 외국에 난생처음 나갔다 돌아오던 때는 비행기가 소련의 영공을 통과하지 못하는 관계로 알래스카를 거쳐 이른바 '로미오 20' 항로를 날아왔었다. 하늘을 날아다니는 비행기에도 길이 있고, 그 항로에 로미오 20이라는 고유 명칭이 붙여져 있다는 것을 안 것은, 내가 그 항로로 돌아온 지 불과 일주일 뒤에 역시 그 항로로 오던 비행기가 끔찍한 사고를 당한 일이 있고서였다. 사고 비행기는 어찌된 셈인지 항로를 이탈해 소련 영공으로 들어가게 되었고 민간 비행기임에도 불구하고 그만 전투기의 미사일 공격을 받아 모네론이라는 섬 부근 바다에 추락하고 말았던 것이다. 이 수수께끼 같은 사건은 그 뒤에도 여러 번 신문과 방송에서 떠들썩했으나 내내 전모가 밝혀지지 않은 채로 남아 있었다. 그 비행기는 내가 타고 온 비행기와 불과 일주일 상관으로 같은 시간에 같은 항로를 날아오던 같은 항공사의 것이었다. 어쩌면 바로 그 비행기일지도 몰랐다. 나는 공연히 운명이라는 낱말을 머릿속에 굴려보며 어쭙잖게 심각한 척하곤 했었다. 어림없는 일인 것이다. 나는 내가 살아 있다는 사실에 만족하고 있었던 데 지나지 않았다.

그로부터 십 년이 지나자 과연 세월은 바뀌었음을 여실히 알 수 있었다. 비행기는 비록 중국이나 북한을 지나지는 못한다 할지라도 당당하게 시베리아 동토 지대를 지나고 우랄 산맥을 넘어서 북유럽 평원을 날아갔다. 그리고 나는 그림들을 보았고, 푸슈킨을 다시 알았다. 그런데 프리발치스카야 호텔의 로비에 모습을 나타낸 그는 나와 악수를 나누고 나서 느닷없이 내게 내일 어디론가 떠나야 하는데 같이 가겠느냐고 물었던 것이다.

"여우 사냥을 가기로 돼서 말야."

그는 이빨을 드러내며 웃음을 지어 보였다.

"여우, 여우라니?"

나는 순간적으로 어리둥절해서 마주 보며 웃었다. 아마 나도 그처럼 이빨을 드러냈을 것이다. 물론 그 조금 전에 전화로 서로 간단한 안부를 묻기는 했어도 만나자마자 그의 입에서 나온 '여우'는 나를 어리둥절하게 만들기에 충분한 것이었다. 그렇지만 그 '여우'는 순식간에 내 마음을 편안하게 해주었음을 부인할 수는 없었다.

"여우를 잡으러 가자고…… 주차장지기가 날짜를 정했어. 벌써 며칠 전부터 나왔던 얘긴데…… 그게 내일이 됐어. 아무튼 나 있는 데로 가자."

그가 호텔 앞 경사진 시멘트 길을 앞장서 걸어내려와서 작은 승용차 앞에 이르기까지 나는 주차장지기가 누구를 말하는지, 그게 무슨 뜻인지 도무지 영문을 알 수 없었다. 그가 러시아에서 승용차를 굴리고 있을 줄은 꿈에도 생각지 못한 일이었다. 아닌 게 아니라 차에 올라타고 나서 그가 처음 설명한 것이 그 문제였다. 러시아에서는 승용차를 한 번 사면 이십 년이고 삼십 년이고 굴리는데 인플레가 어쩌나 심한지 차는 고

물이 돼도 값은 더 오른다는 것이었다. 그러니까 차를 가지고 편리를 도모할 뿐만 아니라 경제적으로도 손해를 안 보니 일석이조가 아니냐는 지론이었다. 그 말은 충분히 납득할 만한 것이었다. 그러나 다른 사람이면 몰라도 그가 이런 말을 예사로 하고 있는 것에 나는 내심 놀라지 않을 수 없었다. 그가 인플레를 이용해서 편리를 도모하고 손해를 안 보겠다는 말을 하고 있단 말인가? 그것이 과연 그란 말인가? 돈도 못 버는 나약한 봉급쟁이로서의 한 자본주의자였던 내게 혁명을 이야기하며, 자본이 자본을 낳는 자본주의의 못된 속성을 매도하던 그가 아니었던가 말이다. 지난 60년대의 어느 날, 이규호 선생이 비밀스럽게 나누어준 마르크스의 《공산당 선언》의 독일어 원본을 그에게 갖다준 것도 나였는데, 그때 철학과도 4학년이나 되어서야 이제 겨우 이걸 읽으라고 나누어주더냐고 비웃던 그가 아니었던가 말이다. 그의 부부 관계가 아마도 경제 문제로 비롯하여 삐걱거리기 시작했을 때, 어쩔 수 없이 중간에 섰던 나에게 '프티 부르주아'끼리 잘들 해보라고 막말을 하던 그가 아니었던가 그 말이다. 그는 가져온 몇 푼 돈이 다 떨어지면 나중에 그 차를 팔아서 얼마 더 견딜 수 있겠다고까지 덧붙였다.

"차를 주차장에 안 갖다놓으면 밤중에 바퀴도 빼가. 유리를 깨고 차 안을 뒤지기도 하거든. 그래서 주차비가 들어도 갖다놓지."

그 주차장을 지키는 경비원 중에 볼로자라는 퇴역 군인이 있어서 그로부터 여우 사냥을 제의받았다고 그는 차근차근 설명했다. 거기까지의 이야기 중에서 내가 못 알아들을 것은 하나도 없었다. 그가 차를 사서 몰고 다니는데 그 차를 놔두는 주차장의 볼로자라는 사내가 내일 여우 사냥을 가자고 했다는 것이었다.

"여우 사냥은…… 많이 가는 건가?"

나는 궁금해서 물었다. 여우 사냥 그 자체도 궁금하기 짝이 없는 일인 데다가 그와 내가 그곳에서 만나서 진정 나누어야 할 첫 대화가 그것이어야 하는지 못내 얼떨떨하기만 한 것이었다.

"많이들 간다고 해. 난 이번이 처음이지만."

"어디로 가는데?"

"그렇게 멀진 않다는데…… 언제? 같이 가는 거지? 며칠 여유는 있다고 했지?"

"여유야 있지. 설마 샤갈의 고향 비테프스크 쪽은 아니겠지?"

"아냐. 거긴 폴란드 국경 쪽, 남쪽이야."

나도 그러리라 짐작하고 있었다. 샤갈의 고향은 희망사항
에 지나지 않았다. 서울을 떠나올 때부터 그런 시간적인 여유
는 가지고 있었다. 어디서 며칠을 보낸다는 일정은 다른 여행
자 일행에서 떨어져 나온 몇 시간 전부터 내게는 적용되지 않
는 것이었다. 이제는 돈이 허락하는 한 내가 정하기에 달려 있
었다. 러시아 당국에서 내게 발급한 비자는 우선 이 개월 동안
의 체재를 허용하고 있는 것이었다. 그러나 아무리 그래도 여
우 사냥을 위한 여유는 전혀 예상하지 못했던 것이었다. 하지
만 이 마당에 그를 따라나서지 못할 까닭 또한 없는 것이었다.

지도를 보면 알 수 있듯이 상트페테르부르크는 북위 육십
도에 자리 잡고 있는 도시이다. 이것은 겨울에는 태양이 뜨는
시간이 몹시 짧다는 사실을 알려준다. 그 대신 여름에는 거의
하루 종일 해가 뜨는 백야(白夜)가 계속된다. 프리발치스카야
호텔에서 만난 우리는 먼저 주유소에 들렀고, 몇 군데 가게에
들러 보드카와 말보로 담배와 소고기와 야채를 샀다. 그는 나
를 위해 자취방에서 안주를 만들겠다고 말했다. 그러는 동안
에 벌써 네바 강 위로 짧은 겨울 햇빛은 스러지고 있었다. 그

리고 거대한 유빙(遊氷) 조각들이 떠서 하류로 밀려내려가고 있었다. 그는 왜 도착하자마자 전화하지 않았느냐고 물었고, 그동안 둘러볼 곳은 다 보았느냐고 물었다. 나는 몇 개의 궁전과 몇 개의 박물관을 헤아렸다. 그중에는 물론 푸슈킨 기념 미술관도 있었다. 그러나 나는 꼭 말해야 할 곳을 말하지 않고 있었다. 차에서 내려 말리 프로스펙트(路) 한 모퉁이에 있는 아파트 계단을 올라가면서도 나는 그 생각을 하고 있었다. 그가 한국식 찌개를 끓이겠다고 가스레인지에 성냥불을 긋는 것을 보며 나는 먼저 보드카 병마개를 열었다. 그 보드카는 라스푸틴이라는, 제정 러시아시대의 괴승(怪僧)의 이름을 상표로 프랑스에서 만든 것이었다. 그러면서도 나는 그에게 말하고 싶은 그 한 곳의 장소를 혼자 생각하고 있었다.

그저께 저녁, 여행자 몇 명은 즉흥적으로 핀란드 국경 쪽으로 택시를 몰아갔었다. 근교의 숲과 호수를 보자는 것이었는데 안내자가 느닷없이 레닌의 은신처를 가보면 어떻겠느냐고 제안했던 것이다. 그곳은 눈이 뒤덮인 숲과 호수가 있는 곳이라고 했다. 마침 혁명 기념일인 11월 7일이 처음으로 아무런 기념행사 없이 지난 지 한 달 정도밖에 되지 않았고, 우리는 레닌에 대해 뭔가 호기심과 부담감을 여전히 씻어버리지 못하고 있는 참이었다. 아니, 우리라고 하는 표현에는 조금 무리가 있을 수 있다. 우리가 아닐 경우 나 혼자라고 하면 틀림이 없을 것이다. 레닌이 상트페테르부르크 근교에 은신처를 마련하고 혁명을 지휘하고 있었다면 그것이 언제였을까? 그는 오랫동안 외국을 전전하며 황제에 대항했었다. 그리하여 마침내 혁명에 승세를 잡아 핀란드 역으로 개선하였다. 그러나 여기까지의 과정도 복잡하기 그지없으며, 그 뒤의 과정도 그전에 못지않게 복잡하게 전개되었다. 아마도 혁명 세력 사이의 알력으로 숨 막히는 투쟁이 벌어졌을 무렵 그곳에 은신처를 마련했는지도 모르겠다고 생각되었다.

그 근교의 땅은 표트르 대제가 핀란드로부터 빼앗은 땅으로, 어딘지 모르게 핀란드의 색채가 짙다고 했다. 이를테면 네바 강의 네바부터가 핀란드어로 새롭다는 말이었다. 눈은 줄기차게 쏟아지며 차창 밖을 흐려놓았고 오른쪽으로 서행해 가는 열차가 숲가를 달려가고 있었다. 높은 전나무들의 우듬지에서 하늘은 경계 없이 뿌옇게 사라지고 있었다. 열차 건널목에서 오른쪽으로 꺾어지자 칙칙한 숲속길이 뻗어나갔다. 그 숲속에 버섯이 잘 자라서 다른 계절에는 그걸 따러들 나온다고 안내자는 말했으나 끝도 보이지 않는 그 어두운 숲속에는 이상하고 무시무시한 짐승들이 들끓고 있을 것만 같았다.

날은 어느덧 어두워졌다. 그리고 곧 왼쪽 길로 접어들자 앞에 단층 건물이 모습을 드러냈다. 괴괴한 어둠에 휩싸여 있는 집은 한눈에 보아도 폐가처럼 버려져 있었다. 앞의 작은 광장은 예전에는 방문객들이 인산인해를 이루던 곳이라고 했다. 그러나 그곳은 이제 지키는 사람조차 없이 버려져 있는 어둠의 집이었다. 나는 왠지 어리둥절하고 씁쓸한 느낌에 사로잡혀 이곳저곳 기웃거리다가 앞쪽 계단에서 독사진 한 장을 부탁해 찍고는 뒤돌아서는 수밖에 없었다. 혁명의 흔적조차도 엿볼 수 없는 혁명 유적지는 서글프기조차 한 곳이었다. 도대체 무엇이 역사의 실체란 말인가. 살아 있다는 그 사실밖에 역사의 실체는 허상이란 말인가. 과연 그렇게밖에 아닐 것인가 하고 내 관념 앞에 나는 허둥대고 있는 것이 분명했다. 저 레닌의 후계자들은 무엇 때문에 극동의 작은 나라에까지 엄청난 비극을 강요했단 말인가. 그곳에서 더 나아가 숲속까지 갔다가 돌아오면서도 나는 시종일관 의문에 사로잡혀 있었다.

내가 그곳에 다녀왔다는 것을 그에게 말하지 않은 까닭은 사실 단순한 데 있을 것이다. 그가 바라보았던 세계가 그토록 참담하게 부서져 있는 것을 내가 새삼스럽게 환기시킬 필요는 없으리라는 판단 때문이었을 것이다. 이것을 우정이라고 굳이 말할 수 있는지 그것은 알 수 없다. 나는 그를 만난 것이 잘한 일인지 어떤지도 모르겠다는 생각이 들기도 해서 독한 보드카만 연신 들이켰다. 그와 나눌 대화는 얼마든지 쌓여 있었다. 그러나 나는 그를 만난 순간부터 내 마음이 열리지 않고 있다는 생각에 괴로움을 느끼고 있었다. 그런 중에 푸슈킨에 대한 평가를 그를 통해서 다시 확인할 수 있던 것이 그날 저녁의 수확이라면 수확이었다. 다른 이야기에서는 그 역시 어딘가 시큰둥한 반응을 보이고 있었으나 푸슈킨에 대해서만은 얼마쯤 열을 올렸다. 그러면서 〈청동의 기사〉라는 시를 몇 줄 해석해주는 친절도 보여주었다. 그러고는 내일 아침에는 일찍 서둘러야 된다고 말하고는 "며칠 여유는 있다고 했지?" 하고 다시 물었다.

그를 만나면 첫날밤부터 많은 이야기를 나눌 것같이 여겨졌었다. 그러나 어찌된 셈인지 그렇게 되지 않았다. 이튿날 여우 사냥을 가기로 했다는 것이 그렇게 만들었다고 말한다면 얼마든지 핑계는 될 수 있었다. 그러나 그것은 어디까지나 핑계일 뿐인 것이다. 과거에 우리는 다음 날 학기말 시험을 앞두고도 밤새워 무슨 이야기인가로 날을 밝히지 않았던가 말이다. 언젠가는 그 무렵 서로가 쫓아다니던 여자애들의 이야기로도 그 밤은 새워졌었다. 그런데 지금은 한 세계의 몰락을 놓고서도 여우 사냥 때문에 일찌감치 잠을 청하게 되다니, 믿을 수 없는 일이었다. 우리가 나중에 여자 문제에 실패자라는 공통분모를 갖게 된 것이 그 여자애들 때문은 결코 아니었으나 그 여자애들의 문제는 한동안 우리의 운명에 어떤 예언처럼 작용하고 있었던 게 분명했다. 그 간단한 실연이 우리의 우정을 묶어주는 구실을 했던 것이다. 우리가 서로 친구였던 것처럼 그 여자애들도 서로 친구였기 때문이다. 그와 나는 그때 서로를 갱생회(更生會) 회원이라고 불렀다.

그리하여 이튿날 우리는 북쪽의 호숫가로 떠난 것이었다. 일행은 우리 둘과 주차장지기 볼로자와 그 친구 유라였다. 북쪽의 호숫가라고 단숨에 말하고는 있지만, 그것은 처음부터 우리가 알고 있던 것은 아니었다. 볼로자는 여우 사냥의 목적지가 근교 어디라고만 말했었다고 했다. 그래서 친구로 얕잡아보았다는 것이었다. 그러나 도시를 빠져나오기 전에 볼로자가 휘발유통을 하나 더 준비해야 된다고 했을 때부터 '근교'라는 말의 뜻은 수정되지 않으면 안 되었다. 이 일을 이해하기 위해서는 이제 하나의 속담이 동원되어야 한다. 그것은 '러시아에서는 알코올 40도짜리 술은 술이 아니며 400킬로미터 거리는 거리가 아니다'라는 속담인 것이다.

"모스크바까지도 가보긴 했는데 기름을 저렇게 또 싣자는 걸 보니 여간 거리가 아니겠는걸."

친구도 그제야 안색이 달라졌다. 러시아의 도시 외곽에는 주유소가 없어서 멀리 여행하자면 휘발유를 그렇게 싣고 간다는 것이었다.

"위험하진 않을까?"

나는 걱정이 앞섰다. 내가 이렇게 물은 것은 눈길을 달려가는 그 자체보다도 실은 여러 가지 포괄적인 의미를 담은 것이었다. 러시아에 발을 딛고 나서 곳곳에서 들리는 것은 그곳 상황의 불안에 대해서였다. 여행자들, 특히 한국 여행자들이 처하는 위험이 강조되었다. 한국에 있을 때도 갖가지 불상사들이 보도되었었다. 한국 여행자들은 달러를 많이 지니고 있는 것으로 알려져 있다는 것이었다. 그리고 여행자로서 지켜야 할 점을 망각하는 경우가 많다는 것이었다. 사실이든 사실이 아니든 그곳은 남의 나라였다. 문화와 관습이 다른 것이었다. 특히 집시들은 어디서나 어려운 상대로 이름나 있었다. 모스크바에서는 여행자 일행이 집시들한테 둘러싸여서 봉변을 당하는 것을 직접 목격한 일도 있었다. 여우 사냥을 함께 가는 사람들이 비록 집시들은 아닐지라도 그들은 이국인이었다. 볼로자와 유라는 모두 퇴역 장교라고 했다. 나는 그 순간 예전에 한반도에 와서 '홀레바리'를 퍼뜨린 그 군대를 연상했는지도 모른다. 더군다나 그들은 엽총을 한 자루씩 절거덕거리며 들고 있지 않은가.

"믿어보는 거지, 뭐."

하기야 우리는 이미 떠나온 것이었다. 나 또한 이제껏 살아오면서 어려운 상황이 닥칠 때마다 '이것은 운명이다' 하고 의외로 쉽게 체념하는 동시에 그만큼의 오기로 무장하는 버릇을 키워왔음을 상기했다. 그렇다. 우리는 이미 떠나온 것이었다. 이런 비장한 심정은 이제는 우스꽝스럽게 들릴 테지만 그때로서는 너무도 절박한 것이었다. 이런 배경에 러시아의 피비린내 나는 역사가 자리 잡고 있음도 부인하기 어렵다. 그리고 어려운 경제 사정도 충분한 정황 설명을 뒷받침하고 있었다. 아니, 우리나라에서도 나는 서울 뒷골목에서 깡패들에게 위협받고 주머니를 털린 부끄러운 기억을 가지고 있는 것이었다.

볼로자를 길안내자로 운전석 옆에 앉히고 나와 유리를 뒷좌석에 앉힌 채 자동차는 북쪽으로 달려갔다. 도시를 벗어나자

마자 2차대전 때 이른바 스탈린그라드 공방전으로 알려진 치열한 전투가 벌어졌던 지역을 지나고 있다고 볼로자가 말하는 것을 친구가 내게 옮겨주었다. 눈이 또 뿌리기 시작해서 시야가 흐려 있었다. 높은 나무들이 길가에 늘어서서 그 뒤의 풍경을 하늘까지 가로막고 있었다. 눈발 속에서는 그 나무들도 아득한 방책 같기만 했다. 그곳에서 독일군을 맞아 싸우던 양쪽 병사들은 엄청난 희생을 치렀다고 했다. 그런 말끝에 나는 담배를 꺼내 볼로자와 유라에게 권했다. 그리고 그제야 담배를 너무 부족하게 가지고 왔음을 깨달았다. 담배가 골초인 나는 거기에는 꽤나 신경을 쓰는 편이건만, 그때까지 벌써 다른 두 사람에게 몇 대씩을 권했는지 몰랐다. 그들도 나 못지않은 골초였고, 내가 권할 때마다 한 번도 사양하지 않았던 것이다.

자동차가 유럽 최대의 호수인 라드가 호수 옆을 지날 때쯤은 눈발이 더욱 거세어졌다. 아침에 일어났을 때 친구는 그날 기온이 영하 23도를 기록했다고 말했었다. 길은 얼어서 미끄럽기 짝이 없었고 그 위에 다시 눈이 쌓이고 있었다. 그 길을 작은 승용차로 달려간다는 것이 얼마나 큰 모험인가는 겪어본 사람만이 알 것이다. 그 실상을 간단히 설명하면 이렇다. 즉 눈길은 자동차 바퀴로 자국이 나게 되어 있는데, 가는 차와 오는 차가 그 좁은 길에 바퀴 자국을 세 줄로밖에 내지 않게 되는 것이다. 말하자면 가는 차와 오는 차가 마주쳐 비켜갈 때는 가운데는 한 줄밖에 없는 바퀴 자국을 간신히 스치다시피 달려가야 한다는 것이다. 그런데도 그 눈길에서 차들은 마주쳐도 속도를 줄이지 않고 달려간다. 다른 차가 앞에서 달려올 때마다 친구는 진땀이 바짝바짝 난다고 했다. 게다가 러시아에서는 웬일로 바퀴에 체인을 감은 차를 거의 보기 힘들다. 우리의 작은 승용차도 마찬가지였다. 그런 상태에서 라드가 호수를 지나고 머지않아 볼로프 강을 건너 오른쪽으로 꺾어들었다. 더욱 오지로 접어드는 것이었다.

"티흐빈까지 가면 무슨 휴게소라도 나올까?"

나는 지도를 들여다보며 물었다. 시계는 벌써 세 시를 가리키고 있었다. 정말 애초부터 그토록 무모한 여행길은 없었음이 점점 여실하게 드러났다.

"휴게실? 러시아에서는 아무리 달려도 그런 건 없는데."

친구도 여간 난감하지 않은 모양이었다. 러시아의 광활한 벌판길을 가면서 우리 식의 휴게소 같은 게 어딘가 있으리라고 기대했던 것은 어림없는 오산이었다. 그곳에는 작은 상자집 가게인 키오스크 하나 없었다. 나는 우리나라의 전국 어디에서나 발견할 수 있는 토종닭집 같은 곳을 떠올리고 있었던 내가 얼마나 어처구니없는가 고소를 짓씹어야 했다. 목적지가 근교라는 데 그만 모든 일은 뒤틀려버린 것이었다. 아니었다. 러시아 사람들의 생활을 모르고 있었던 것이다.

"이 사람들은 끼니도 안 찾아 먹나?"

나는 두 사람을 흘끔거렸다.

"흔히 그래. 아무튼 어디 가서 오줌이나 누도록 하지."

그도 뾰족한 수가 없기는 마찬가지였을 것이다. 그러고 나서 그가 볼로자에게 몇 마디 말을 던졌고, 얼마쯤 지나자 볼로자가 '준'이라고 친구의 이름을 부르며 앞쪽의 숲가를 손으로 가리켰다. 친구의 이름의 가운데 글자는 '중'이었으나, 러시아 발음으로는 받침 ㅇ을 말할 수가 없으므로 '준'이 된 것이었다. 상트페테르부르크의 상트도 실은 산크트라고 해야 하는 것이다. 전나무와 소나무가 울창하게 우거진 그 숲가에 거친 나무 토막으로 만들어놓은 나무 의자가 있었다. 몇 시간을 줄기차게 달리면서도 길가에 그런 곳이 있는 것은 처음이었으나 볼로자가 미리 그 장소를 머리에 그려놓았다는 생각은 들지 않았다. 왜냐하면, 나무 의자라고는 해도 그것은 지나치게 약식이어서 굳이 거기까지 와서 머물 까닭은 없게 보였기 때문이다. 그러나 차에서 내린 볼로자는 익숙하게 그 나무 의자로 가방을 들고 다가가서 거기에 무엇인가 꺼내놓았다. 가방 속에서 나온 것은 종이로 싼 흑빵 한 뭉텅이였다.

"어, 흘레바리."

나는 저절로 그렇게 말이 나왔다. 친구가 그 말을 자세히 알아들었다고는 믿어지지 않았다. 그러나 그는 내 말에 웃음을 머금고 있었다. 그는 아마도 약간의 허기를 달랠 수 있다는 사실에 기뻐하는 것처럼 보였다. 두께는 꽤 두툼해도 길이가 한 뼘쯤 되어 보이는 그 빵은 넷이서 먹기에는 한눈에도 부족한 것이었다. 그 빵을 꺼내놓은 볼로자는 가방에서 다시 칼을 꺼내 자르기 시작했다. 그리고 한 조각씩 우리에게 권했다. 딱딱한 빵이었을 뿐 발라 먹을 것이라곤 아예 없었다. 그 나무 의자는 그러니까 나무 식탁이 되는 셈이었다. 눈발은 많이 드문드문해서 희끗희끗 흩날렸다. 저녁 숲가에 서서 우리 네 사람은 서로 마주보며 그 딱딱한 빵을 씹었다. 아무리 경제상태가 어렵다고는 해도 그렇게 멀리 와서 딱딱한 맨빵만을 씹고 있다는 것은 그네들의 습속이라고 이해할 수밖에 없었다. 전나무와 소나무의 가지에서 눈덩이들이 후르르 후르르 떨어져 내렸다. 지나가는 차량도 한 대 보이지 않고 다만 울창한 나무

들 사이로 길은 어디로 이어져 있는지 멀리멀리 뻗어 있을 뿐
이었다. 지도에 의하면 티흐빈을 지나 피칼레보로 향하는 길
목 어디였다. 날은 그새 어둑어둑해지고 흰 눈이 내비치는 검
은 숲 한쪽으로 갈리나의 빨간 열매들이 마치 흰 토끼의 빨간
눈빛처럼 익어 있었다. 딱딱하고 약간 시큼한 흑빵도 자꾸만
씹어감에 따라 들큰한 맛을 내고, 나는 내 생애에 그런 식사를
하고 있다는 사실이 갑자기 믿을 수 없이 고맙게 여겨졌다. 저
전쟁의 참화 밑에서 밀기울로 만든 개떡도 먹고 술지게미도
먹으며 연명한 적은 있지만 그토록 딱딱한 빵 한 조각으로 한
끼의 식사를 한 것은 내 생에 처음이었다. 게다가 해가 기울면
서 날씨가 다시 추워지는지 빵을 씹고 있는 위아래 잇바디가
따그락거리며 부딪치기도 하는 것이었다. 하지만 나는 이상하
게 행복했다. 친구는 벌써 200킬로미터를 족히 달려왔다고 했
는데도 눈치를 보면 갈 길은 아직 먼 듯했다.

'행복이란…… 참으로 알 수 없는 것이다……'

나는 혼자 속으로 중얼거리며 수통 속의 차가운 물 한 모금으
로 식사를 끝냈다. 그리고 우리는 담배 한 개비씩을 피워 물고
각기 적당한 자리에 뒤돌아서서 오줌을 누고는 차에 올랐다.

다시 말하거니와 그 여행은 너무나 무모한 것이었다. 앞으

로 나아갈수록 그 생각은 차츰 공포로 변해 다가왔다. 좀 전의 행복감은 금방 어디로 사라지고 피곤이 밀려오며 숲속으로는 이탄(泥炭) 냄새처럼 어둠이 내려 덮이고 있었다. 저쪽 러시아 동토지대의 이탄 속에 죽어 묻혀 있는 아득한 세월 속의 매머드가 어디선가 다시 살아나 움직인다는 생각도 들었다. 상트페테르부르크의 동물 박물관에는 엄청나게 많은 종류의 새들과 곤충들과 파충류들, 그리고 공룡의 뼈들과 함께 많은 매머드의 유해들이 생시의 그 모습으로 전시되어 있었다. 시베리아의 만년빙 속에 묻혀 옛 화석 동물은 죽어서도 썩지 않고 그 모습을 그대로 간직하고 있었던 것이다. 거대하고 긴 털이 나 있고 크고 굽은 엄니가 뻗어 있는 이 코끼리의 선조가 발견되어 처음 전시되었을 때 구경하러 온 황후는 그 냄새 때문에 손수건으로 코를 싸맸다고 하지 않았던가.

여우를 얼마나 잡으려고 이렇게 먼 길을 가는가 짜증이 난 것은 오래전부터였다. 하지만 그 짜증이 곧 어떤 의혹으로 바뀌곤 하는 것은 견디기 힘든 일이었다. 이들의 목적이 더 있는가, 새삼스럽게 솟는 의구심을 잠재우는 데는 상당한 인내가 요구되었다. 친구의 말에 따르면 러시아의 남자들은 직장일 말고 또 무슨 돈벌이라도 해야 하고 여우 사냥은 꽤 괜찮은 돈벌이가 된다는 것이었다. 그 말에 한술 더 뜨듯 볼로자는 곰이라도 한 마리 잡으면 그야말로 횡재를 한다고 덧붙였었다. 그것이 사실이라고 해도 그 밤길을 얼마나 더 가야 하는지 아득한 일이었다.

그런 어느 순간이었다. 갑자기 차가 미끌어지더니 앞쪽으로 흙언덕이 다가오고 곧이어 반대 방향으로 달려가 쿵 하는 소리가 나면서 모든 것은 어둠 속에 멎어버렸다. 아찔하여 나는 머리를 들었다. 살펴보니 다른 사람들도 얼떨떨한 모습으로 몸을 일으키고 있었다. 언뜻 보아 다행이다 싶었다. 우리는 주섬주섬 밖으로 나가 차체부터 돌아보았다. 라이터 불빛으로 비춰보니 앞의 범퍼 부분이 생각보다 훨씬 많이 망가져 있었다. 얼음길에 미끄러져 차가 거의 한 바퀴가량 돌아가버린 것이었다. 사람들이 말짱한 것과 함께, 그만해도 다행이라 하지 않을 수 없었다. 거기서 만약 차를 움직이지 못하게 된다면 꼼짝없이 얼어 죽을 것만 같았던 것이다. 역시 주차장지기인 볼로자가 함께 있었던 덕분에 그의 솜씨를 빌린 결과 차는 앞이 잔뜩 우그러진 꼴이나마 용케도 움직일 수가 있었다. 이렇게 하여 다시 차를 몰고 가는 심정이 얼마나 참담했는가는 더 이상 설명하지 않아도 좋을 것이다. 그로부터도 목적지까지는 몇 시간이나 더 달려야 하는지 알 수 없었다. 나중에 그나마 포장된 길을 벗어나 울퉁불퉁한 길로 접어들어 달리게 되었을 때는 드디어 올 데까지 왔다는 마지막 느낌이었다. 친구도 말 그대로 죽을 맛인 모양이었다. 사위는 완전히 칠흑 같은 어둠 속이었다.

"오지, 오지 하지만 이런 데도 있어. 이거야 원."

그 길에서는 그는 아예 얼마나 더 남았느냐는 말은 꺼내지도 않았다. 내가 러시아어로 '앞으로'라는 뜻이 되는 말이 '브랴마'라는 것을 안 것은 그 울퉁불퉁한 길을 가는 동안이었다. 그것은 볼로자의 입에 아예 붙어 있는 말이었다. 샛길로 접어들었으니 곧 어딘가 마을이 나타나야만 할 텐데 도무지 그럴 기미조차 보이지 않는 것이었다. 목이 타고 속도 쓰렸다.

그렇게 얼마를 또 갔을까. 그제야 마침내 볼로자가 차를 멈추도록 했다. 그러나 그곳이 마을이라는 느낌은 어디서도 들지 않았다. 그런데 차의 엔진 소리를 들었는지 앞쪽에서 빠끔히 불빛이 비치고 사람 소리가 들려왔다. 드디어 목적지에 이르렀구나 하는 안도감과 함께 허탈감이 밀려왔다. 오기는 왔는데 앞으로 또 무슨 일이 남아 있는지 걱정이 앞섰다. 내가 어찌하여 그런 곳까지 오게 되었는지 한심한 지경이었다. 그것은 마을이 아니라 외딴집 한 채였다. 언뜻 쳐다본 하늘에는 별이 총총 떠 있었다.

두 사내가 어둠 속의 집에서 등불을 들고 나오고 커다란 개가 그 뒤를 따르고 있었다. 집에서 나온 사내 중 하나는 눈에 띄는 텁석부리였다. 러시아 사내들은 서로 알은체를 하고는 그 집으로 우리를 안내해 들였다. 그것은 굵직굵직한 통나무로만 지은 집이었다. 먼저 나무 층계를 올라가서 안으로 들어가게 되어 있는 집 안 구조는 방 하나에 식탁이며 페치카며 침대가 다 놓여 있었고, 그런 방이 또 하나 옆으로 나란히 붙어 있었다.

"백 년 전에 농노들이 살던 집이라는데."

친구가 볼로자의 말을 통역해주었다. 나는 그 말에 방 안 구석구석을 비로소 찬찬히 살펴보았다. 나는 지금 저 제정 러시아의 농노의 집에까지 와 있는 것이었다. 혁명이 일어나고 칠십 년이 지났는데 아직도 그런 곳이 있다는 것이 믿기지 않는 일이었다. 창문 옆에 걸어놓은 램프는 내가 어릴 적 그 안에 짚수세미를 넣어 등피를 닦던 그 남포와 같은 것으로, 거기서 비쳐 나오는 흐린 불빛은 방 안을 간신히 비춰주고 있었다. 전기나 가스가 흔한 나라에도 그런 생활을 하는 곳이 있었다. 얼핏 보아 식탁이며 페치카며 침대가 다 놓여 있는 방이라고 했지만 그냥 그렇게 말해서는 피상적인 표현이라고 할 수밖에 없다. 그것은 하나같이 낡고 때에 찌들었고, 무엇보다도 방 안 전체에는 고약하게 퀴퀴한 냄새가 배어 있었다. 그것이야말로 동물 박물관에서 맡던 그런 냄새였다. 온통 모든 것이 나무로 되어 있는 것과는 달리 페치카만은 흙으로 부뚜막처럼 만들어졌고 쇠뚜껑이 덮여 있으며 흙굴뚝은 그 추위에도 온기가 훈훈하게 감돌고 있는 것이었다. 그 페치카 옆에는 그 방 안 풍경 중에 가장 가지런하게 장작더미가 쌓여 있었고, 그 앞으로 검은 고양이 한 마리가 웅크리고도 있었다. 장작은 자작나무라고 했다. 그리고 벽에는 여러 가지 연장들이며 옷가지들이 제멋대로 걸려 있었다.

내가 방 안을 곁눈질로 살펴보고 있는 동안에 페치카 앞에서는 늦은 저녁 식사가 재빨리 준비되고 있었다. 그곳에서 농사를 짓고 산다는 텁석부리 집주인이 먼저 바께스 같은 양철통에 감자와 쇠고기 통조림을 섞어넣고 삶다가는 이름 모를 들풀을 말린 향료를 집어넣고 얼마 동안 더 삶는 것으로 가장 중요한 요리는 장만되었다. 그리고 예의 흑빵을 식탁 위에 올려놓은 다음 집 안의 나무 바닥문을 들어올리고는 그 안에서 몇 가지 병조림들을 꺼내놓았다. 오이와 버섯과 토마토와 설탕과 식초와 향료를 넣어 절인 것이었다. 생선 통조림이 오르고 이어서 보드카 병마개가 열렸다.

그것은 훌륭한 식사였다. 그러나 내가 여기서 다시금 말하지 않을 수 없는 것은 그때까지 말끔히 가시지 않고 있었던 그 의구심과 연관된 것이다. 실제로 나는 여전히 그들에게 완벽한 신뢰를 보내지 않고 있었다. '혹시나 이들이……' 하는 그 마음은 어쩌면 인류 공동으로 이민족에 대해 갖고 있는 이질감에서 비롯된 것일지도 모른다. 그렇지만 나는 친구와 함께이고 또 처음에 운명이라는 말을 쓰지 않았던가. 그럼에도 불구하고 나는 너무 멀리 오지로 와버렸다는 두려움이 쉽사리 가라앉지를 않는 것이었다.

"감자 요리에다 넣은 풀이 크롭체카라는 거래. 니가 아까 흥미를 보이는 거 같아서 물어봤어. 맛이 독특하군."

나는 되받아 익혔다.

아닌 게 아니라 그랬다. 나는 그의 말대로 원예반원으로서 거기에 흥미를 가졌었고, 잎사귀와 줄기와 꽃이 그대로 붙은 그 마른 쑥부쟁이 같은 풀을 넣은 감자 요리는 놀랍게도 향기로웠다. 그가 내 마음을 읽고 무엇인가 마음을 안정시키려고 모처럼 말을 건넸다는 생각도 들었다. 그런 그도 러시아 사람들의 대화에는 잘 끼어들지 않고 주로 경청하는 입장인 걸 보면 얼마쯤은 경계심을 늦추지 않고 있는 것 같기도 했다. 자작나무 장작이 탁탁 경쾌한 소리를 내며 불붙고 있는 페치카 위에서는 쇠주전자의 물이 끓는 소리가 쉭쉭 들려왔다.

서울을 떠나오기 전 오랜만에 고향 친구들을 만난 자리에서 감자를 화제에 올리고 웃던 일이 기억에 되살아났다. 어릴 적 그릇에 든 팍팍한 감자가 먹기 싫어 이리 굴리고 저리 굴리며 밥알만 고르던 일은 이른바 감자바위로서의 공통된 경험이었다. 말이 밥그릇이지 주먹만 한 감자가 두 알쯤 들어가 앉으면 그것은 감자 그릇이라고 해야 할 것이었다. 그때 우리 고향에 만약 크룹체카 같은 향료가 있었다면 어땠을까. 나는 그 저녁을 먹으며 옛 생각에 젖었다. 어쨌든 어려운 전화의 시절을 우리 식구는 감자와 옥수수에 의해 살아 넘겼다. 한번은 공습을 피해 변두리 마을로 갔다가 무슨 보따리를 안고 죽어 있는 남자를 보았는데 그 보따리 속에 감자가 삐죽이 들어 있는 게 보여서 염치 불구하고 그걸 가져와서 한동안 신세를 진 일도 있었던 것이다. 그때, 보따리의 감자가 유난히 알이 잔 것을 보면 그 남자도 아직 캘 때가 되지 않은 다른 집 밭의 것을 살짝 캐가던 것이었을 게라고 우리 식구가 이상한 결론을 내렸던 기억도 새로웠다.

보드카가 한 순배씩 돌고 나자 식탁은 이제까지와는 다르게 갑자기 활기를 띠어갔다. 무슨 일인가 하여 옆의 친구에게 곁눈질을 했더니 본디 이들이 밥 먹으면서도 논쟁하듯 토론을 하는 통에 그렇다고 대수롭지 않게 대답해주었다. 그러나 이런 시간 속에서 나는 그들이 혹시나, '우라, 레닌!' 같은 말이라도 외치지나 않을까 은근히 마음을 졸였음을 고백한다. 그 이념의 세계가 무너진 지는 그때 겨우 얼마 되지 않았고, 아직도 그 추종 세력은 데모를 계속하고 있다고 했었다. 이들 가운데 그런 사람이 없다고 단정할 근거는 어디에도 없었다. 이렇게 말하면 지나치게 우회적인 표현이라는 데서 나는 잠깐 머뭇거릴 수밖에 없다. 거기에는, 이미 충분히 말했거니와 내 친구가 앉아 있기 때문인 것이다. 그는 나를 비웃으며 한국을 떠났었다. 비록 전과 기록은 남기지 않았다 하더라도 그는 단연코 그 이념의 신봉자가 아니었던가.

그러고 보니 내가 그 북쪽 통나무집을 향해 오는 동안 은연중에 가지고 있었던 의구심의 바탕에는 그 이념의 세계라는 것도 자리 잡고 있었음이 유추된다. 숨길 수 없이 그랬던 것 같다. 하지만 그것은 어디까지나 잠재의식 속에 자리 잡고 있었던 것이라고 말해야 할 것이다. 왜냐하면 그 대상 중에는 내가 이역만리까지 찾아온 친구가 어김없이 포함되기 때문이다. 그러나 이러한 유추는 얼마든지 가능한 일이어서, 그것을 꼭 집어 그렇다고 한다면 나는 난처해지지 않을 수 없다. 그것은 그를 향한 내 우정이 그토록 처절하지 못하다는 반증 또한 되기 때문이다. 그리하여 그것은 나를 전전긍긍하게 만들기에 충분한 것이었다. 그런데도 나는 아침부터의 그 의구심이 친구 문제와도 결부되었다고 말하지 않으면 안 된다. 비극일지라도, 어쩔 수 없이 그런 것이다.

그러나 나는 그따위 말을 결코 그에게 직접 꺼내지는 않겠다고 속으로 굳게 마음먹고 있었다. 그 점은, 레닌의 은신처에 갔다 온 일을 말하지 않는 것에도 이미 밝혀졌을 줄 믿는다. 나는 아무 말도 하지 않을 것이었다. 술을 좋아하는 내가 그곳에서 그들과 술잔을 맞부딪치지 않고 있었던 것도 거기서 연유된 몸조심이었다. 독주를 마시다 보면 어느 결에 자제심이 무너질지 모르는 노릇이었다. 나도 나지만 그들이 나로 인하여 부추김을 받아 어떤 감당 못할 사태를 일으킬 위험도 생각해야 했다.

그런데 한창 대화에 열을 올리던 러시아 사람들이 어느 틈에 제각기 단도 한 자루씩을 뽑아들고 서로에게 자랑을 하게 된 데 이르러서 나는 아연 긴장하지 않을 수 없었다. 향료가 든 식사를 하고 있던 사람들이 갑자기 칼을 뽑아들고 있다니? 보드카 탓이 아닐까? 나는 놀라서 그들의 행동거지를 살폈다. 혹시 어떤 위협의 조짐은 아닐까? 그것은 여전히 말끔히 가셔 버리지 못한 의구심과 경계심을 자극하기에 충분했다. 그러나 그들의 행동거지에서 어떤 악의를 발견할 수는 없었다. 그들은 액면 그대로 자기 자신의 칼을 상대방에게 자랑하고 있을 뿐으로 보였다. 특히 통나무집 텁석부리 주인은 자기의 칼을 스스로 만든 것이라고 한다고 했다. 흑단(黑檀)같이 검은 손잡이에 예리한 칼날이었다. 그 칼이 그 품평회에서는 으뜸의 것으로 자타에 의해 공인되는 것이었다. 사냥감의 껍질을 벗길 칼들인 모양이었다. 으뜸의 것이라고 하는 칼은 그것의 만듦새를 위주로 말하는 것이지 흐린 램프 불빛에 모두가 예리한 날을 빛내고 있었다. 저 우즈베크 사람들이 호전적으로 차고 다니는 단검과 같은 칼도 있었다. 옛 티무르 제국의 영화를 자랑하는 그들은 오늘날에도 흔히 단검을 차고 다니며 서투르면 상대방에게 들이댄다는 것이었다. 중앙아시아 쪽을 거쳐

올 때 길거리 상점에서 나도 그 칼을 하나 기념으로 샀었다. 황금빛 칼집과 손잡이에 보석처럼 빨갛고 파란 유리알이 장식으로 박혀 있는 것이었다. 그러나 그것은 지금 친구의 집에 놓아둔 가방 속에 있었다. 아니, 무슨 소리인가? 그것을 내가 지금 가지고 있어야 할 까닭이라도 있단 말인가? 가지고 있다 한들 어쩌겠단 말인가? 나는 잠깐 동안이나마 어이없는 상황으로 나를 몰아간 내가 가엾기조차 했다. 만약에 그런 상황이 벌어진다면 그저 꼼짝없이 당할 뿐인 것이다. 그 무렵 모스크바의 한국인 사회에서는 별스런 풍문이 떠돌고 있었다. 모스크바와 상트페테르부르크 사이를 오가는 야간열차에서 누군가 돈을 빼앗기고 칼에 맞아 열차 밖으로 던져져 끔찍한 시체로 발견되었다는 것이었다. 그런데 그것이 바로 한국인이라는 것이었다. 그것이 터무니없는 낭설로 밝혀지긴 했어도, 무시무시한 풍문이 선량한 사람들의 마음에 드리워놓은 검은 그림자는 쉽게 사라지지 않는 법이었다. 저 4공화국 시절 사회를 풍미하던 것은 흔히 '유비 통신'이라고 불리던 유언비어였다. 그 아래 사람들은 잔뜩 움츠러들었었다. 그것은 실제의 사실보다도 더 우리를 괴롭혔었다. 친구끼리 만나서 사방을 두리번거리고 나서 "저 박통이 말야. 색골 중의 색골이래……" 하고 소곤거리던 지난 시절은 그래도 좋았었다. 유언비어의 검은 그림자에 눌리자 우리는 입을 닫았다.

밤새 여덟 시간 동안 어둠 속을 달리는 모스크바발 상트페테르부르크행 침대 열차는 그래서인지 두 사람이 든 칸칸마다 위험하고 수상한 어둠만을 싣고 달리는 듯했다. 내가 탄 열차에는 문을 똑똑 두드리고 중앙아시아에서 온 동포라는 사내가 들어와 품속에서 은밀하게 웅담과 사향을 꺼내놓고 시베리아에서 가져온 거라고 사지 않겠느냐고 하기도 했었는데, 거기에도 그런 그림자는 깃들여 있었다.

통나무집의 램프 불빛은 열차 안의 흐린 전등 불빛을 연상시켰다. 사내들의 칼 이야기는 내 감정에는 아랑곳없이 길게 계속되었다. 그러면 그럴수록 내 긴장과 조바심은 도를 더해 갔다. 그들이 처음부터 그렇게 뜻하지 않았더라도 술 취한 사람들의 마음은 어떻게 돌변할지 알 수 없다는 흔한 경험이 나를 괴롭히는 것이었다. 소리 없이 식탁 주위를 맴돌던 고양이도 언제부터인가 가르릉가르릉 목젖 소리를 내고 있었다. 페치카의 자작나무는 더 이상 탁탁 타오르는 소리를 내지 않고 쇠주전자의 물 끓는 소리만 들려올 뿐이었다. 흐린 불빛에 비치는 사내들의 얼굴은 상당히 불쾌해져 있었다. 피곤이 엄습해 온다고 나는 생각했다. 그러나 어디 가서 좀 쉬겠다고 말할 수 있는 처지가 아니었다. 그 통나무집 어느 구석에 마땅히 쉴 만한 공간도 없었다. 어차피 모든 것을 그들에게 맡기는 도리 밖에 뾰족한 수가 없었다. 그렇다고 친구에게 무엇인가 조언을 구할 계제도 아니었다. 친구도 그저 그들이 하는 대로 별말도 못하고 멀거니 바라보고만 있는 것이었다. 그가 무슨 생각을 하고 있는지는 그 자신도 모르리라고 여겨졌다. 우리 둘은 영락없이 퇴역 소련군의 포로인 셈이었다. 저러다가 느닷없이 '우라!'를 외치며 달려들어 각을 뜰지도 모른다는 상상이 은근히 고개를 들곤 했다. 무너진 허상의 이데올로기도 그 검은 그림자가 아직 이토록 공포를 던지고 있는가. 나는 스스로를 비웃으며 또한 달래야 했다. 엄밀히 말하면 모든 이데올로기는 그것을 창조한 사람만의 것이지 다른 사람의 것은 될 수 없는 것이다. 그렇기 때문에 모든 이데올로기는 그 창조자의 삶 속에서만 구현될 수 있는 것이다. 왜냐하면 오리들은 결코 다른 사람의 삶을 살 수도 없고 또 살아서도 안 되기 때문이다. 베드로가 예수의 이데올로기의 계시를 받았다 해도 그것은 예수의 것일 뿐이며, 가섭이 부처의 이데올로기의 꽃을 보고 미소를 지었다 해도 그것은 부처의 것일 뿐이다. 그래서 레닌의 이데올로기와 스탈린의 이데올로기는 다른 것이다. 그러므로 모든 이데올로기는 하나이면서 무수하다. 이것이 이데올로기의 비극인 것이다. 비극? 포로로서 잡혀 있다는 느낌이 갑작스럽게 빙글빙글 돌다가 비극이라는 말에 이르러 나는 퍼뜩 정신을 되돌렸다. 그리고 진정한 비극이란 이 세상의 소멸이 아닐까 아득한 생각에 젖었다. 모든 이데올로기와 같은 우리도 결국은 소멸하고 말며, 이 지구도 소멸할 것이라는 두려움이었다. 별의 생성과 소멸을 천체 망원경으로 찍은 사진을 볼 때의 느낌이었다. 이에 이르러 무엇을 말한다는 것은 부질없는 노릇이었다. 문득 방 한구석에서 철커덕하고 쇳소리가 났다.

조심스럽게 반잔만 받아 마신 보트카에 내 긴장된 생각은 러시아 북쪽의 외딴 통나무집의 흐린 불빛처럼 먼 은하계의 어떤 흐린 별빛까지 가버렸던 것일까. 그러다가 그 철커덕 소리가 나를 퍼뜩 현실로 되돌아오게 했던 것이다. 볼로자가 한쪽에 떨어져 앉아 엽총을 만지고 있었다. 그 엽총은 본디 기름기가 반들반들한 가죽주머니 속에 들어 있었는데, 아침에 차를 타고 출발하고 얼마 되지 않아 우리들에게 슬쩍 열어 보여준 적이 있었던 것이었다. 가죽주머니 속에서 나온 엽총은 총신과 개머리판이 분리되어 있는 것으로서, 지금 볼로자는 그것을 서로 맞추고 있는 중임을 금세 알 수 있었다. 솔직히 고백하건대 그것을 보는 순간 나는 가슴이 그 엽총의 철커덕 소리에 맞추듯 철렁했다.

순간 나도 모르게 몸을 일으켰다. 그런 행동 중에도 나는 신중해야 한다고 나를 타일렀다. 그의 마음이 아직은 확고하지 않은지도 모른다는 생각이었다. 돌발적인 행동이 그의 망설이는 마음을 격발시키는 경우를 염두에 두어야 했다. 나는 그의 눈에 안 띄게끔 몸을 일으켜 페치카 옆으로 자연스럽게 걸음을 옮겼다. 그렇다고 해서 무슨 신통한 수가 없긴 마찬가지임을 모르는 바 아니었다. 하지만 그렇게라도 움직이지 않고 가만히 앉아 있을 재간이 없었던 것이다. 그리고 그가 선량한 마음뿐인 사람으로 내일의 여우 사냥의 꿈에 부풀어 마치 소풍 전날 륙색을 만지작거리던 어린 날의 나와 똑같은 심정으로 엽총을 만지작거리고 있다 해도 그것은 별개의 문제였다.

나는 페치카가 꽤 괜찮군 하는 표정을 지으며 안쪽으로 걸음을 옮겼다. 아무도 나를 쳐다보지 않는데 왜 그런 표정을 짓고 있는지 나 자신이 우습고 연민스러웠다. 일상에서도 나는 짐짓 그런 연기를 하고는 견딜 수 없는 자기 혐오감에 또 다른 자기변명을 하느라 진저리를 치곤 했던 것이다. 그러나 정말로 엄청난 위난이 닥쳤던 현실 앞에서 나는 이런 일을 겪는 다는 사실이 왠지 서먹서먹하고 내 일이 아닌 것 같아 실실 웃음을 던져야 했던 적도 있었음을 기억했다. 왜 하필 나란 말인가, 하고 어디론가 꽁무니를 빼려던 심사가 거기에는 있었다. 형장으로 끌려가는 사람도 그러리라 하는 것에 생각이 미치면 난 공연히 기가 찬다. 그러나 그때의 나는 꽤나 심각하고 절박했다. 그들이 누구이며, 거기가 어디인가 말이다. 단체 여행 중에도 함부로 호텔 밖에 나가 얼쩡거리지 말라고 귀에 못이 박이도록 주의를 받지 않았던가. 그런데 그곳은 호텔 밖이라는 정도가 아니라 어디인지 알 수도 없는 산골의, 농노의 외딴 통나무집 안이었다. 친구의 무신경에는 부아가 나 견딜 수가 없었다. 그는 빵조각을 생선 통조림 국물에 적셔 고양이에게 던져주거나 보드카를 홀짝거리거나, 그들의 칼자루를 감상하기까지 했다. 일부러 그 멀리까지 가서 그와의 괴리감을 다시금 확인하고 있는 내가 한심스러웠다. 사회주의나 공산주의는 이상에 불과하다는 내 말에 그는 이상을 꿈꾸는 자만이 세상을 자기 것으로 할 수 있다고 말하면서 내게 얼마나 희떠운 경멸의 눈길을 보냈는지 모른다, 그래, 그 이상이 겨우 농노의 통나무집에 갇힌 신세가 되는 것이었더냐고 나는 하마터면 버럭

소리를 지를 뻔하였다. 빌어먹을 놈의 여우 사냥. 아니, 그러고 보니 여우란 바로 우리를 가리키는 것이었다!

그러나 나는 침착하게 벽 쪽으로 걸음을 옮겼다. 램프 불빛은 더욱 멀어졌다. 한옆에 헝겊 조각의 가리개로 가려놓은 곳이 침상이었고 거기에 퀴퀴한 냄새는 더 짙게 배어 있었다. 그 통나무집에 오랜 세월 살다가 죽어간 여러 농노들의 땀과 피와 눈물이 한데 섞여 풍기는 처절한 냄새였겠지만 그때는 음산한 살의의 냄새라고 느끼며 내 몸은 잔뜩 움츠러들기만 했었다. 우정이라는 것도 그 냄새와 같다는 생각이 들었다. 역겹고 슬펐다.

그때였다. 벽 쪽을 무심코 바라보던 내가 구석 선반 위에 놓인 몇 권의 책을 발견한 것은 그때였다. 처음에는 그 외딴 통나무집에도 책이 있다는 사실만이 뜻밖으로 받아들여져서 내 눈은 크게 떠졌다. 더군다나 그곳은 전기도 안 들어오는 농노의 집이었다. 나는 맨 위에 놓인 책의 제목을 읽으려고 내 나쁜 시력에 힘을 모았다. 무슨 책이 여기에 있단 말인가. 여행을 떠나기 전 겨우 읽기만을 몇 번 해본 러시아어 알파벳 실력에 그동안의 경험이 합쳐졌어도 그 글자는 여전히 낯설었다. 누구의 우스개에 의하면 처음에 외국에서 러시아에 이 알파벳을 가져다 쓰기 시작 한 사람이 지독히 머리가 나빠서 그만 그렇게 되었다는 것이었다. 나는 한 자 한 자 또박또박 더듬어 읽었다. 트(T)…… 락(PAK)…… 토(TO)…… 르(P)…… 트락토르. 트락토르가 영어로 트랙터인 것을 우리나라 신문의 북한 소식을 보면서 알았던 것이었다. 책을 발견했기에 그토록 열심히 들여다본 것은 무엇인가에 대한 희망 때문일 것이었다. 그러나 적어도 그때 트락토르는 내 희망이 아니었다. 나는 맥이 빠졌다. 그런 책이 있는 걸 보면 그 텁석부리 사내는 트락토르를 몰고 농사를 짓거나 그럴 계획으로 있다는 사실을 알 수 있을 뿐이었다.

나는 힘없이 그 밑의 책으로 눈길을 가져갔다.

푸(ПУ)…… 슈(Ш)…… 킨(КИН)……

푸슈킨이라…… 이것이 무엇일까…… 하는 순간 머릿속을 섬광같이 스쳐가는 것이 있었다. 푸슈킨, 그것은 저 시인의 이름이었던 것이다.

푸, 슈, 킨, 푸, 슈, 킨, 푸, 슈, 킨……

나는 몇 번 그 글자를 읽고 나서 책을 뽑아들었다. 표지를 들여다보았으나 역시 푸슈킨이라는 이름밖에는 다른 것들은 뜻을 읽어낼 도리가 없었다. 러시아어의 Ж, П, Ф, Ц, Ш, Э,

Ю, Я 같은 글자들은 우리가 배운 세계의 글자에는 없는 것이었다. 게다가 우리가 배운 외국 글자와 모양이 같더라도 소리가 다른 것들도 여럿 있는 것이었다. 어쨌든 그것은 저 푸슈킨의 시집이었다. 거친 숲에서 잡아왔을 짐승의 뿔로 칼을 만들고, 감자 농사를 지으며 사는 그 텁석부리, 이제야 밝히지만 지금 엽총을 만지고 있는 볼로자보다 더 수상쩍게 여겨지던 저 텁석부리가 자작나무를 넣은 페치카 옆에서 흐린 등불을 벗 삼아 들여다보고 있던 것은 푸슈킨의 시집이었다!

알렉산드르АЛЕКСАНДР 세르게예비치СЕРГЕЕВИ ЦИ 푸슈킨ПУШКИН.

이렇게, 이야기는 여기까지 이르렀다. 나는 푸슈킨의 시집을 전날 처음 친구의 집에서 본 이래 다시 그 시골 농노의 집에서 보게 되었던 것이다. 그리고 그것을 보게 되자마자 내 마음은 즉시 어떤 다른 상황으로 급회전하기에 이르렀다. 내가 지금 말하고자 하는 것은 바로 이것이다. 내 마음의 불안은 그야말로 눈 녹듯이 사라졌다. 그것은 일종의 불가사의한 일이었다. 오랜 세월 페치카와 램프의 그을음에 찌든 벽 구석 선반에 놓여 있는 한 권의 시집이 내 마음을 그렇게 평온하게 해줄 수 있다는 것은 나로서도 진귀한 경험이었다. 그 시집의 내용이 무엇인지도 나는 모르고 있었다. 그러나 그것은 시집이었다. 거기에 푸슈킨의 이름이 있었다.

알렉산드르 세르게예비치 푸슈킨.

감자 농사를 짓든 양귀비 농사를 짓든 밤이면 외롭게 고양이를 벗 삼아 시집을 읽고 있는 사내가 흉악한 강도 따위로 돌변할 수 없다는 믿음이 나를 지배하기 시작한 것이었다.

알렉산드르 세르게예비치 푸슈킨.

나는 그 이름을 외며 시집을 들고 친구에게 가서 내밀었다. 볼로자는 아직도 엽총을 만지고 있었고 유라와 텁석부리 사내와 또 한 사내는 차를 마시고 있었다. 이 사람들이 차를 마시는 것은 우리와 전혀 다른 모습이었다. 이들은 차를 마시며 잼을 조금씩 떠먹거나 잼이 없으면 설탕이라도 조금씩 떠먹는 것이다. 그리고 차를 몇 잔이고 거푸 따라 마신다. 방 안 풍경과 분위기는 아까와 조금도 달라진 게 없었다. 달라진 게 있다면 그것은 내 마음이었다.

"이런 게 여기 다 있어."

나는 말했다. 조금 전까지의 나는 그 러시아 사내들을 의심했었고, 어느 의미로는 얕잡아보기도 했었다. 그것이 한 권의 시집으로 불식되다니, 놀라운 일이었다.

"푸슈킨이로군."

친구가 말했다. 그 말에는 어느 정도 그럴 수 있다는 수긍의 뜻이 깃들여 있었다. 그런 다음 그는 "이 사람들은 이렇다니까. 푸슈킨을 안 읽는 사람이 없으니" 하고 덧붙였다. 유라가 "푸슈킨, 푸슈킨" 하면서 나를 향해서 당신도 그 시인을 아느냐는 투로 쳐다보았다. 그 표정에 대응할 만한 러시아 말을 알 재간이 없는 나로서는 그저 좋다라는 뜻의 "하라쇼"라는 말만으로 대꾸하는 수밖에 없었다. 모스크바의 푸슈킨 기념 미술관이 기억에 되살아났다. 그곳의 많은 그림들이 살아 움직이는 생명처럼 되살아났다. 그 생명력은 그것을 처음 보았을 당시보다 더욱 큰 감동으로 내게 전해져 왔다. 나뭇잎들, 풀잎들, 꽃들, 사람들, 짐승들과 하물며 햇빛과 그 아래 산과 강과 집 들까지도 살아 있는 생명의 풍경으로서 내 앞에 전개되었다. 그 속을 매머드와 곰과 여우 들이 뛰어다니며 대자연의 노래를 부르고 있었다. 욜카, 사스나, 베료자의 가지들이 눈을 털며 하늘을 향해 팔을 벌리고 하나의 시를 창조하고 있었다. 크룹체카의 향기 속에 빨간 갈리나 열매는 나날이 영롱하게 여물어 가고 있었다.

내가 그 시집을 꺼내봄으로 해서 그 방 안에서는 때 아닌 푸슈킨 이야기가 만발하기 시작했다. 내용은 알 수 없어도 그 시집을 뒤적이며 하는 대화였기 때문에 나는 나대로 시정(詩情)에 젖을 수 있었던 것이다. 그 시인의 시는 그러나 번역으로는 도저히 맛이 전달되지 않는다는 안타까움을 유라가 말했고, 친구가 내게 통역해 들려주었다. 그 말을 듣자 나는 그 시집이 나로 하여금 해방시켜준 그 마음이야말로 그 원시(原詩)의 위대함을 말하고도 남음이 있는 것이라고 말하고 싶었다. 하지만 기껏해야 '하라쇼'에 '매우'라는 뜻의 '오첸'을 붙여 대꾸하는 내가 오히려 안타까울 뿐이었다.

"오첸 하라쇼."

이로써 내 의구심은 완전히 사라졌다. 그리고 여기에 모스크바의 미술관에서부터 비롯되어 북쪽 오지의 옛 농노의 통나무집에서 만난 시집에 이어지는 한 사람의 이름이 있음을 뜻 깊게 기억하는 것이다.

알렉산드르 세르게예비치 푸슈킨.

그는 어머니가 아프리카 한니발 장군의 가계를 이은 사람이라는 특수한 혈통을 가졌었다. 러시아 대귀족이었던 그는 그러나 독재에 저항하는 정신으로 유배를 당하기도 한 시인이었다. 어려서부터 많은 작품을 써서 러시아 문학의 시초로 추앙

받는 그는 아름다운 아내를 둘러싼 모함으로 말미암아 마침내 결투를 하게 되어 삼십팔 세의 아까운 나이에 죽고 말았다.

볼로자도 끼어들어 이야기는 상당히 오래 계속되었다. 오로지 나만이 국외자였다. 그렇더라도 그날 밤 나는 그 시인에 대해 누구보다 많은 느낌을 가지고 그들 옆에 앉아 있었다.

그날 밤 나를 안정시켜준 것만으로도 그 시인은 위대했다. 위대한 시인은 그 이름만으로도 뭇 영혼을 구제한다. 어릴 적 그 시인의 시를 붙여놓고 있는 차장 누나의 얼굴이 환하게 미소 짓고 있는 느낌이었다. 삶이 그대를 속일지라도 노여워하거나 슬퍼하지 말라……

이윽고 러시아 사내들이 식탁 앞에서 일어나 옆방으로 걸어가고 그 방은 우리 둘만의 것이 되었다. 옆방으로 걸어가기 전에 텁석부리 사내가 간이침대 위에 슬리핑백을 펼쳐놓고 그 안에 제법 하얗게 빨아놓은 시트를 넣어주었다. 그러나 하얀 시트는 정말로 걸맞지 않는 것이었다. 내가 슬리핑백이라고 말한 그것은 실로 백 년 전부터 빨래 한 번 안 하고 사용하던 것이라 해도 틀리지 않을 정도로 때에 찌들고 냄새에 찌든 것이었다. 애초에 짐승 가죽 빛깔이었다고 보여지는 그것은 이 세상의 어떤 넝마조각보다도 지저분했고 냄새가 지독했다. 나중에 본 바로는 아침에 세수조차 하지 않는 그들이었다. 나는 몇 번의 구역질을 참으며 스웨터와 바지를 입은 채 그 안에 들어가 누워야만 했다.

"저 개 이름이 아무르라는군. 아무르. 사랑 말야."

"아무르. 사랑?"

"응."

바깥에 오줌을 누러 갔다 온 친구가 후후 얇은 웃음소리를 냈다. 그리고 램프의 등피 위를 훅 불어 껐다. 창문으로 바깥의 눈빛이 야광처럼 비쳐 들어오고 있었다. 그것은 별빛을 받아 저리 파르스름하다는 생각이 들었다. 한밤은 틀림없이 칠흑같이 어두운데 별빛이 눈에 반사되고 있었다. 그도 나와 똑같은 슬리핑백 속에 몸을 눕혔다.

"여기서 자란 말이지? 정말 지독하군. 그런데 감자 요린 독특해. 우크라이나 사람들도 감자 요리가 좋아. 큰 찜통에 감자 한 켜 놓고 파 한 켜 놓고 고기 한 켜 놓고 또 감자 한 켜, 무슨 야채 한 켜, 고기 한 켜…… 이렇게 쌓듯이 놓고 푹 찌는 거야. 그럼 국물도 저절로 생겨. 정말 먹을 만해."

그가 몸을 뒤척이며 말했다. 나는 프랑스 말로 사랑을 아무르라고 하지 않느냐고 말하려다가 그만두었다. 그의 감자 요리 이야기가 어쩐지 감자 요리 이야기 그 자체로 들리지 않고 먼 옛날 추억 속의 고백처럼 들렸기 때문이었다. 나를 만나서 이렇게 외딴 통나무집에서 잠을 청하고 있는 지금 그도 여러 생각에 잠겨 있을 것이다. 특히 떠나온 제 나라의 모습들이 머리를 어지럽히고 있을 것이다. 한국과 러시아가 국교까지 맺은 지금…… 레닌의 이데올로기가 사라진 지금…… 그러나 나는 이에 알맞은 말을 꺼낼 수가 없었다.

"공부는 잘돼가?"

나는 엉겁결에 물었다. 그런 말은 묻고 싶지 않았다. 그쪽에서 응당 물어올 말인 국내 정치에 대해서도 이러쿵저러쿵 대답하리라 하지 않았다. 다행히 그는 한국의 사정이 어떠한지는 한마디도 묻지 않고 있었다. 당연히 군사독재가 어떻고, 민주주의가 어떻고, 미국이 어떻고 늘어놓아야만 하건만 단 한마디도 하지 않고 있었다. 다행이라면 다행이었다. 그럼에도 불구하고 그것이 진정 다행이라는 생각이 들지 않는 것은 알다가도 모를 일이었다.

"공부라…… 그런 건 묻지 말자. 내가 뭐 이 나이에 공부하러 여기 왔나."

그는 문득 말을 끊고 담배를 찾아 물었다. 그것은 뜻밖의 대답이었다. 무엇인가 더 할 말이 있는 듯한데 담배 연기를 뿜는 소리만 길게 들려왔다. 나는 그럼 뭐 하러 왔느냐고 묻고 싶었다. 하지만 그런 물음은 내 입에서 말이 되어 나오지를 않았다. 그가 얼마나 답답하고 막막한 처지에 있는지 그의 담배 연기 뿜는 소리가 다 말해주는 듯싶었다. 그는 우리나라에 있을 때부터 행동과 실천에는 도무지 젬병인 사내였다. 대학 때야 몇 번 이른바 가투에 나선 적이 있기는 했지만 졸업하고부터는 이론가에 지나지 않았다. 이 사회가 싫다고 공공연히 말하면서도 지식인으로서의 한계를 무엇보다도 괴로워했던 그였다. 나는 그가 현실적으로 어떠한 노선에도 가담할 수 없는 이상주의자임에 가슴 아파하지 않을 수 없었다. 그 이상주의란 무엇이었을까? 허생의 무인도 나라와 홍길동의 율도국이나 토마스 모어의 유토피아 섬도 그에게는 가당찮은 것이었다. 그가 꿈꾼 것은 진정한 사회주의 이상향이라는 것뿐, 나는 그와 더 이상의 대화를 진척시키지 못하고 오랜 세월 건성으로 친구라고 지내왔을 뿐인 것이다. 그러니까 그가 말하고 있는 대로 그가 단순히 마르크시즘을 공부하려고 했던 것은 아니라고도 할 수 있다. 이제 이 세상에 그런 것을 공부할 나라가 있을까? 그러나 그가 적어도 한국을 떠나야 했던 것을 이해해야 한다고 나는 생각되었다.

"여우는 언제 잡으러 가나?"

나는 궁여지책으로 화제를 바꾸었다. 묻고 싶은 말은 달리 여럿 있었으나 그것이 그에게는 아무런 소용이 닿지 않으리라는 것을 나는 미리 알고 있었었다. 서울에 두고 온 그의 아내에 대해서도 마찬가지였다. 그것은 그가 먼저 꺼내주어야 할 문제였다. 아내 문제라면 나 역시 실패자로서, 우리가 이십몇 년이 지나고서도 여전히 '갱생회' 회원이 되어 있다는 것은 우연의 일치치고는 고약한 우연의 일치였다.

"내일 아침에 일찍 간대. 러시아 남자들 큰일이야. 소련이 무너진 뒤 군인들이 다들 돌아와서 말야. 할 일들이 없는걸. 아프가니스탄이다 어디다 해서 돌아들 오니까 여긴 일자린 없지. 마누라들은 들볶지."

그가 묻지도 않은 말을 했다.

"혼란기니까 그렇겠지."

나는 그를 만나서부터 무엇보다 언제쯤 공부를 끝낼 것이며 우리나라에는 언제 돌아가겠느냐를 묻고 싶었었다. 그러나 그 물음은 입속에 뱅뱅 맴돌기만 할 뿐이었다. 돈이 떨어지면 어련히 안 오랴 하는 추측은 그에 관한 한 부질없는 것임을 나는 알고 있었다. 그곳 사람들의 월급이 우리 돈 일만 원도 안 되던 것이었다. 나는 공연히 몸을 뒤척거렸다.

"모를 일이야."

그는 다시 담배 연기를 후욱 내뿜었다. 페치카의 자작나무 장작도 불이 사위어가는지 아무 소리도 들려오지 않았다. 어둠 속에서 가끔 들려오는 것은 고양이가 가르릉거리는 소리뿐이었다. 그렇다면 그와 함께 나란히 누워 있는 그것만으로 우리가 이 세상에서 만난 인연은 다 끝나야 하는 것인가 나는 또다른 의구심에 사로잡혔다.

"피곤하니 그만 자자. 내일 또 일찍 일어나야 한다며."

"그러지."

나 스스로 대화를 계속하기가 힘들었다. 그가 "모를 일이야" 하고 어둠 속에서 고개를 흔들고 있는 것은 어찌 보면 커다란 변화였다. 하지만 나로서는 그를 추궁할 엄두를 낼 수 없었다. 그가 나를 뭐라고 하든 우리는 서로의 생각을 존중하는 한도 안에서의 친구였다. 담배를 비벼 끄고 가르릉거리는 고양이 소리를 듣고 있는 잠깐 사이에 그는 벌써 잠든 숨소리를 냈다. 등불이 꺼지고 창밖 하늘에는 영롱한 별빛이 반짝였다. 문득 '별을 사랑하는 마음으로'라는 시 구절이 떠올랐다. 정확하게 기억하고 있는지 의심스러워도 비슷한 구절은 있는 듯싶었다. 그렇다면 '별을 사랑하는 마음으로' 나는 여기에 와 있다고 일기에 적어놓고 싶었다.

날이 어두워지면서부터 나는 여우고 뭐고 하늘의 별을 보고 싶었다. 이곳의 별이 얼마나 가까이 다가오는가 해서였다. 어쩌면 별들의 음악소리를 들을 수 있지 않을까, 터무니없는 기대감마저 들었다. 그러나 나는 창밖으로 캄캄한 밤하늘을 바라보았을 뿐이었다. 그렇다 하더라도 내 귀는 분명 별들의 음악소리를 듣고 있다고 나는 믿었다.

다음 날 아침은 보기 드물게 맑은 하늘이 보였다. 아침이라고는 해도 어느덧 시계는 열 시를 넘어 있었다. 무슨 새인가 한 마리 창문에 와서 날개를 부딪고 있는 소리에 나는 눈을 뜨고는 바깥으로 나갔던 것이다. 친구는 물론 다른 사람들도 모두들 일어나 제각기 분주하게 움직이고 있었다. 나는 외딴집 옆에 다른 집이 두 채나 더 있는 것을 보았으나 그 집들은 모두 사람이 살지 않는 빈집으로 반쯤 허물어져 있었다. 집에서 얼마쯤 떨어진 곳이 바로 호수였다. 볼로자와 텁석부리가 눈길을 헤치며 호수 옆에 서 있었다. 곧 볼로자는 호수 위로 걸어가 얼음 구멍을 뚫었고 텁석부리는 물을 길었다. 집 앞에서 볼 때는 그리 큰 것 같지 않던 호수는 끝 간 데 없이 멀리 뻗어 있었다. 호숫가를 뒤덮고 있는 숲은 역사 이래로 그랬던 듯이 여겨졌다. 눈은 얼어붙은 호수 위를 하얗게 덮고 있었다. 침엽수림 사이사이로 잔뜩 마른 잎사귀를 달고 있는 갈잎나무가 황갈색으로 불타오르듯 솟아 있었다.

아침 식사 역시 전날 저녁과 같이 감자 요리였다. 크롭체카의 향긋한 냄새가 통나무집의 퀴퀴한 냄새를 몰아내고 코끝을 자극하면 식사 준비는 다 된 것이었다. 우리는 똑같은 요리, 즉 감자와 빵에 버섯과 오이와 토마토 절임을 곁들여 식사를 끝냈다.

"이걸 입고 장화를 신으래."

친구의 말과 함께 유리가 내게 점퍼와 장화를 가져다주었다. 그곳 추위가 엔간하기에 내가 걸치고 있는 점포도 두둑한 것이기는 했다. 그렇지만 그 털 달린 점퍼는 내 것과는 비교도 할 수 없이 두껍고 무거운 것이었다. 거기에다 안감을 넣은 방한 장화는 무릎까지 올라왔다. 모자는 여분이 없어서 하는 수 없이 내가 쓰고 간 그대로 털실 모자를 써야 했다. 눈 속을 헤매 다니자면 그렇게 감싸지 않고는 안 된다고, 유라는 차를 마시며 말했다. 나는 전날 푸슈킨을 보기 전까지 가졌던 감정 때문에 러시아 사내들을 마음 놓고 쳐다보기가 뭐하기는 했다. 그러나 이제 우리는 누구의 표현대로 순은(純銀)이 빛나는 이 아침에 통나무집을 나서고 있었다. 여우를 잡기 위해서.

그곳 도시의 백화점에는 아닌 게 아니라 여우 모피가 많았다. 러시아에서는 겨울이면 온몸을 온통 모피로 감싼다고 해도 과언이 아니다. 특히 여자들에게 모피는 절대적인 것이다. 곰털, 밍크털, 수달털, 여우털, 양털, 토끼털 등 갖가지 모피들이 진열대에 쌓인다. 많은 사람들이 기웃거리건만 양털이나 토끼털 말고 비싼 것은 쉽사리 사지는 못한다. 모피를 파는 상점을 비롯하여 비싼 물건을 파는 상점은 사람들을 한꺼번에 들여보내지도 않고 차례대로 한 사람씩 들여보내 구경시킨다. 예전에 우리나라에서도 여우털을 한 마리 통째 목에 두른 마나님들을 흔히 볼 수 있었었다. 그 시절 여우털 목도리는 어느 만큼 부의 상징이기도 했다. 여우는 교활하고 간사한 짐승으로 옛이야기에 등장하는 대표적인 짐승인데 여인네들의 목도리로 애용되는 것은 알 수 없는 일이었다. 실제로 우리말에서 여우란 교활하고 변덕이 심한 여자를 일컫는 말이기도 했다. 그리고 어여쁜 여자로 둔갑한 수많은 구미호들, 무덤에 구멍을 파고 드나들며 해골바가지를 달그락거리는 여우들이 있었다. 그런 이야기들 탓에 나는 예전에 한복으로 단장한 여자를 보면 혹시 치맛자락 밑으로 여우 꼬리가 드러나지 않나 무의식중에 흘낏 보곤 했던 것도 사실이었다. 이것 또한 허황한 옛이야기의 쓰잘 데 없는 그림자가 끼치고 있는 해독이었다. 그런데도 예전에 여자들은 여우 목도리를 줄기차게 선호했었다. 나중에 좀 더 나이가 들어 야릇한 글들을 읽게 되었을 때, 거기에는 궁중의 여자들이나 한다 하는 여염의 아낙들이 남편 바람나는 걸 방지한다고 암여우의 그것을 차고 다녔다는 기록이 있었다. 상트페테르부르크 행 야간열차에서 팔러 다니던 사향노루의 배꼽이라면 또 몰라도 암여우의 그것이 어떤 효과를 가졌는지는 아직까지도 내게는 수수께끼일 뿐이다. 나아가 여우 목도리와 여우 그것은 아무런 관계가 없다고도 여겨진다. 단지 여우 목도리가 족제비 목도리보다는 좀 더 모양이 나고 따뜻하기 때문에 선호했으리라 하는 것이다. 그럼에도 나는 여우 목도리에서 옛 여자들이 암여우의 그것을 차는 행위를 엿보곤 하였다. 암여우의 그것을 차면 남자들이 사족을 못 쓰고 좋아한다고 하였다.

이윽고 우리는 통나무집을 나섰다. 텁석부리가 앞장을 서고 그 뒤를 볼라자와 유라가, 그 뒤를 한 사람의 러시아 사내

가 섰다. 다시 그 뒤를 친구가 서고 맨 뒤에 나였다. 러시아 사
내들은 모두 엽총을 한 자루씩 메고 칼도 옆구리에 여며 찼다.
친구와 나만이 장갑 낀 맨손이었다. 셰퍼드 종 사냥개 아무르
는 일행의 앞뒤를 맴돌며 경중거렸다. 좀 전에 텁석부리가 물
을 긷던 호숫가가 아닌, 작은 잡목들이 엉겨 있는 눈길을 더듬
어가자 곧 버려진 우물이 나타나고 거기서부터 호수는 오른쪽
을 향하여 까마득하게 펼쳐지고 있었다. 우물이라고 해서 우리
식의 것을 떠올려선 안 된다. 물을 길어올리는 두레박이 매달
려 있는 끈이 아니라 사람 키 서너 길쯤의 기다란 막대기로 되
어 있으며 그 위의 버팀목 또한 굵은 나무로 커다란 시소처럼
되어 있어서, 나무 막대기를 위로 올리면 무게중심 뒤쪽의 나
무의 무게로 한결 쉽게 두레박이 올라오게 되어 있는 것이다.
그 우물을 지나 우리는 호수의 얼음 위로 발걸음을 내디뎠다.

말했듯이 날씨는 보기 드물게 좋았다. 그렇다고 햇빛이 마
냥 내리비치는 것은 아니었으나, 늘 머리 위까지 무겁게 내려
와 있는 듯하던 낮은 하늘은 멀리 높아져 있었다. 호수 가장자
리의 천고의 숲속에는 어김없이 갈리나의 빨간 열매가 송알송
알 맺혀 있었다. 도시 근교 어디서나 흔하게 볼 수 있는 까마
귀가 그곳에는 오히려 눈에 띄지 않았다. 갈리나가 러시아의

까마귀밥나무라는 것은 상트페테르부르크에서 잘 확인한 바 있었다. 어느 수도원 뜰에 들어섰을 때 까마귀들이 그 나무에 까맣게 달라붙어 열매를 쪼아먹고 있었던 것이다. 러시아의 까마귀들은 우리나라의 까마귀들보다 훨씬 크기 때문에 바로 가까이에서 벌어지는 그 광경은 괴기스럽기조차 했다.

"갈 때는 프랑스로 해서 간다고 했나?"

호수 위의 눈을 밟으며 그가 새삼스럽게 물었다. 내가 언제 그렇게 밝혔던가, 기억이 되지 않았다. 아마 한국을 떠나오기 전에 나와 통화하면서 계획을 밝혔던 것 같기도 했다. 나는 르포르타주를 쓰는 일을 맡고 있었고 그 일의 목적지를 프랑스로 잡고 있었다. 그러나 그것도 그에게 자세히 밝히기는 싫었었다. 너는 여전히 우스운 일만 맡아가지고 살아가는구나. 그가 비웃을 게 뻔했다. 그때까지 나를 먹여살려온 것은 회사들의 사보와 꼴사나운 잡지에서 맡아온 일들이 주종이기는 했다.

"응. 프랑스로 해서 선거나 끝나면 돌아가려고."

나는 얼버무렸다.

"왜?"

프랑스로 가는 게 '왜'인지 선거가 끝나면 가겠다는 게 '왜' 인지 모를 질문이었다.

"사람들에 신물이 나. 아무튼 누군가 되겠지."

나는 편한 대로 대답했다. 떠나올 때 대통령 선거 유세는 두 김씨에 정씨까지 끼어들어 온통 아우성이던 생각이 났다. 삼십 년에 걸친 군부의 통치가 드디어 끝난다고들 하고 있었다. 무시무시한 유신 시절에 나는 병역 문제로 여간 고생을 겪은 게 아니었다. 나는 오랜 세월을 술 속에 숨어 지냈다. 어떤 사랑이 나를 붙잡고 있었다고 표면적으로 설명할 수 있지만 진실한 이유는 내 탓이었을 것이다. '탓이었을 것이다'가 아니라 내 탓이었다. 나는 항상 개인이 함몰되는 사회에 견디기 힘든 공포감과 저항감을 가지고 있었다. 나는 조립 기계에서 하나의 나사가 아니라 그 기계 전체여야 했다. 이런 뜻에서 보면 나라는 인간은 사회 구성원으로서는 완전한 실격자였다. 무엇보다도 나는 사회 계약을 거부하고 있는 것이었다. 나는 그런 불행한 개체로서 술병 속에 갇혀 있었다. 견자(見者)나 각자(覺者)가 아니고서는 그런 삶은 표본실의 변이종 견본일 뿐이었다. 남의 사정이야 어찌됐든 친구는 그때 내게 나야말로 이놈의 체제에 근본적인 도전을 하고 있는 거라고 말하며 은밀하게 눈빛을 빛냈었다. 무서운 논리였다. 그리고 그것이 바로 현실과 이상의 괴리였다. 그 황당무계한 추론 앞에 나는 괴로운 술잔만 들이켰다. 세월은 흘렀고 문제는 해소되었어도 그 망령의 그림자는 나를 끈질기게 술병 속에 가두어두고 놓아주지 않았다. 그렇다. 그것도 예의 그 그림자와 같은 족속이었다. 그리하여 나는 러시아로 떠나기 불과 얼마 전에 스스로 병원으로 들어가서 새로운 삶을 획책했던 것이다. 그 떠남은 그 일련의 획책의 마무리 단계로 마련된 것이었다. 어떻게든 삶을 되찾아야 했다.

사냥꾼 일행은 말없이 걷고 있었다. 그는 무엇인가를 더 물어와야 하는데 갑자기 말문을 닫고 있었다. 내 머릿속에는 아마도 더 많은 질문들이 들어 있었을 것이다. 그러나 그것들이 얼마나 부질없는 것인가 하는 지레짐작이 나를 붙잡아 매어, 내 머리는 어지럽기만 했다. 너는 아직도 공산주의를 떠받드느냐 하면 그는 무엇이라고 할 것인가. 한국에 있을 때도 그는 그런 질문에는 정색을 하고 공박했었다. 그가 믿는 것은 차라리 무슨 무슨 주의가 아니라 진정한 삶이라는 것이었다. 그것을 공산주의, 사회주의로 연관 짓는 선에서 멈출 뿐 어찌할 수 없었던 도저한 사상이었다. 그것을 제쳐두고라도 여러 질문이 있었다. 앞으로의 계획은? 그리고 가정은? 그렇지만 이 모두 내가 섣불리 어찌할 문제는 아니라는 사실이 내 입을 막고 있었다. 그의 아내 문제도 그가 열쇠를 가지고 있는 것이었다.

호수는 옆으로 길게 뻗어 있었고 우리는 대각선으로 비스듬히 가로질러가고 있었다. 10월부터 줄기차게 눈이 내린 깜냥으로는 쌓여 있는 게 그리 많지는 않은 편이었다. 그곳도 어쩌다 포근한 날씨가 있고, 그럴라치면 속의 눈이 질퍽해지면서 녹았다가 밤에 얼음으로 변해버리는 모양이었다. 얼음이 꺼지지 않을까 걱정하는 내게 볼로자는 그 위로 커다란 탱크도 지날 수 있다고 안심시켜주었다. 모두들 무장을 했는데 한국 사람 둘이 무엇 때문에 맨손으로 그 뒤를 따르고 있는지 우습기도 했다. 아침에 감자를 먹으며 들은 바로는 여우 사냥에는 사냥개의 역할이 무엇보다 크다고 했다. 엽총은 오히려 보조 수단이거나 만약의 경우에 대비하는 것이었다. 실제로 여우를 잡아오는 것은 사냥개라고 했다. 영국에서의 여우 사냥을 영화에서 몇 번인가 보았던 기억이 났다. 거기서는 말을 탄 일단의 사냥꾼들이 여러 마리의 사냥개와 함께 달려 나가는 것으로 여우 사냥이 시작되고 있었다. 말 탄 사람은 여우를 쫓는 일을 하는 것이다. 그로 미루어 그날의 여우 사냥은 엽총을 메었든 안 메었든 사람들은 여우를 쫓아 궁지로 몰아넣는 역할을 하게 되어 있는 모양이었고 결정적인 것은 '아무르'에게 맡기는 모양이었다. 어쨌거나 우리 일행이 일렬종대로 걸어가는 모습은 사냥꾼이라기보다는 군인을 연상시켰다. 예전 어느 날 시냇가 둔덕에 엎드려 숨죽이고 보았던 광경이 생생하게 되살아났다. 십여 명의 인민군들이 그렇게 일렬종대로 야산을 내려오고 있었다. 마을에 들어와 먹을 것을 거두어가기 위해 내려오는 것이었다. 그런데 지금 나는 얼마 전까지도 적군(赤軍)이었던 이들과 함께 줄을 지어 호수를 건너가고 있지 않은가. 상상조차 할 수 없었던 일이었다. 더군다나 두 퇴역 적군 볼로자와 유라의 털모자는 앞이마에 별표가 붙어 있는 군모였다. 전날 품었던 의구심은 푸슈킨에 의해 그렇게 해소되었어도 그들과 일행이 되어 호수 건너 러시아의 숲속으로 향하고 있다는 이상한 경험 앞에 나는 긴장됨을 어쩔 수 없었다.

오른쪽으로 멀리 전개되고 있는 호수의 희디흰 눈밭이 호수 주위를 둘러싸고 있는 숲을 환하게 하고 있다는 느낌으로, 앞의 숲 뒤쪽에 어떤 세계가 있는지, 그곳은 희미한 하늘이 내려와 가물가물 흐려지고 있었다. 사냥개 아무르는 혼자서 멀리까지 달려갔다가 되돌아오기를 되풀이했다. 사막의 모래를 밟으며 갈 때와 마찬가지로 눈 속을 걸을 때는 앞사람의 밟은 자국을 따라 밟으며 가는 것이 요령이었다. 그러는 사이에 우리는 호수를 건너 대안의 숲가에 이르렀다. 지형상으로 북유럽 일대는 늪이나 호수가 많은 소택 지대가 넓게 분포되어 있고, 어딘가 음산하다. 청명한 날이라 할지라도 그것은 원시의 느낌이 짙어, 말하자면 괴괴한 청명함으로 어딘가 음산하다. 몇몇 사냥꾼들이 들락거렸는지는 알 수 없으나 그 숲은 사람 발자국이 별로 닿지 않은 태고의 정적에 감싸여 있었다. 나무 아래로는 마른 덤불들이 우거졌고 어쩌다 새들이 푸드덕거리며 날았다. 상트페테르부르크 동물 박물관의 그 많은 새들, 곤충들, 파충류들이 실제로 살고 있는 숲속 같았다.

"리사!"

작은 둔덕을 넘어 덤불을 헤치고 나아갔을 때 문득 볼로자가 손으로 가리켰다.

"리사, 여우래. 저게 여우 발자국인가봐."

친구가 나직하게 중얼거렸다. 작은 공터의 눈 위로 개 발자국과 똑같은 발자국이 나무 아래로 이어지고 있었다. 나는 주위를 살펴보았다. 긴장한 것은 나뿐이었는지, 나머지 사람들은 그게 뭐 어떻다는 거냐는 듯 좀 전과 다름없이 숲속의 눈길을 헤쳐가고 있었다. 어디엔가 여우의 소굴이 있는 것을 알고 있어서 거기까지 무작정 간다는 것처럼 보였다. 호수에서와는 달리 내가 행렬의 맨 뒤라는 사실이 슬슬 켱기는 느낌이었다. 러시아 숲속에 떼 지어 다니는 늑대들이 머리에 떠올랐다. 재규어가 사는 지역이 아님을 알면서도 어디선가 재규어가 뛰쳐나와 내 목덜미를 물어뜯는 얼토당토않은 광경도 그려졌다. 그리고 그 숲속에 요정들뿐만 아니라 마녀들도 살고 있다는 옛날이야기를 전하고 있었다. 여름이 오면 저 호수에는 큰 고니들이 날아와 '백조의 호수'가 되며, 이 숲에는 어떤 마술의 힘이 깃들여 '잠자는 숲속의 미녀'가 있게 되리라.

나는 무엇인가 아름다운 상상으로 내 머리를 채우려 했다. 그러나 그러면 그럴수록 내 마음 한구석은 마치 빗장을 지른 듯 막혀 있었다. 내게는 분명히 할 말이 있었다. 그렇지만 그와 마음을 열어놓을 겨를이 없다는 것이 나를 끈질기게 괴롭히고 있는 것이었다. 서로 마음을 열어놓는다? 이 문제에는 내가 그에 대해서 느끼고 있는 벽을 그도 내게 마찬가지로 느끼고 있을 것이었다. 이 벽은 언제부터인가 우리 사이에 퇴적물처럼 쌓이기 시작했다는 생각이 들었다. 그것을 허물려면 아예 우리 관계는 처음부터 새로 맺어져야 하는지도 몰랐다. 이것이 내가 러시아로 향할 때부터 내 가슴을 짓눌러온 빗장이었다.

우리는 다시 숲을 지나고 작은 구릉을 넘기 시작했다. 구릉이라고 해봤자 눈 덮인 흙더미라고 표현하는 게 더 적절할 것이다. 러시아는 아시아 쪽과 유럽 쪽을 갈라놓는 우랄 산맥을 빼고는 한마디로 대평원의 땅이어서 산이란 아예 없다시피 한다. 모스크바에서 제일 높은 곳인 참새 언덕은 과거에는 레닌 언덕으로 불렸던 곳인데 기껏해야 미아리 고개 높이보다 낮을 것이며, 상트페테르부르크 근교에서 제일 높다는 곳은 한강에서 바라보는 강둑 높이 정도인 것이다. 그 숲속은 그래도 호숫가라서 약간의 기복이 있는 모양이었다.

숲은 점점 깊어지는데 행군은 변함없이 계속되었다. 여기서도 그 러시아식이라는 게 적용된다는 걸 미처 생각하지 못했었다. 아까부터 발이 시려 오는 게 걱정스러웠다. 장화를 신은 발의 보온에 대해서는 말할 기회가 없었는데 부끄럽지만 나는 난생처음으로 무려 네 켤레의 양말을 겹쳐 신고 있었다. 그래도 이미 시려 오는 발은 어쩔 도리가 없었다. 세 켤레도 아니고 무려 네 켤레였는데도 말이다. 그러자 우리 두 한국인은 러시아 병사들에 이끌려 머나먼 극지로 유형을 떠나는 신세라는 생각도 들었다. 구릉을 넘으니 그곳은 침엽수들보다 자작나무가 자욱하게 우거져 있었다. 중국에서 자작나무는 평지에 곧게 자란 것을 백화(白樺)나무라 하고 높은 산에 구불구불 자란 것을 악화(岳樺)나무라 하여 구분한다지만 그곳에서는 어린 나무는 베료시카, 큰 나무는 베료자일 뿐이다. 줄기의 흰 껍질이 눈에 반사되어 더욱 희게 비쳤다. 그러나 높았던 하늘은 그때부터 다시 낮아지며 세상은 회색으로 변하고 있었다.

한국에서의 어느 어두운 숲이었었다. 더 이상 어두워지기 전에 시내로 가서 저녁이나 먹고 헤어지자고 우리는 합의했었다. 내가 그녀와 함께 그 숲으로 간 것은 두 번째였다. 그녀는 아이를 데리고 먹고살기가 쉬운 일은 아니라고 말했고, 나에게 혼자 사는 게 어떠냐고 물었었다. 그야 뭐 라면이라는 게 있으니까, 그것은 언제나 누구에게나 하는 내 대답이었다. 그 뜻은 끓여먹기 간단하고 돈이 안 든다는 두 가지를 아울러 말하는 것이었다. 그리고 어느 커다란 상수리나무 아래 이르러 나는 그녀에게 우리 함께 살면 어떨까 하고 지나가는 말처럼 건넸다. 결코 지나가는 말은 아니었다. 하지만 나는 그렇게밖에는 말하지 않으면 안 되었다. 그렇게 말할 기회를 얻기 위해서도 저녁 내내 숲가를 빙빙 돌았고 그런 만큼 실상 그것은 용의주도한 제안이었다. 그녀가 결혼하기 전에 처음 만났던 것은 누구보다도 나였다. 어떤 모임의 선배로서 일 년에 한 번 여는 정기 총회에 참석했다가 그녀를 만났던 것이다. 너무나 오래전 일이었다. 그때부터 나는 그녀의 주변을 맴돌고만 있었다는 생각이 들었다. 그리하여 드디어 그 상수리나무 아래에 이르렀던 것이다. 그게 무슨 말이에요? 그녀는 시치미를 떼고 물었다. 시치미를 뗀다는 것은 그녀도 내가 그녀를 사랑한다는 것을 알고 있다는 사실을 전제로 한다. 그녀가 그때까지 잡고 있던 손을 빼내려고 했다. 어둠 아래서 혹시 돌부리에 차여 넘어질 우려가 있다는 듯 나는 그 손을 잡고 있었던 것이다. 누구의 땀인지 몰라도 두 손은 땀이 배어 미끈거릴 지경이었다. 그러나 나는 그녀의 손을 놓지 않았다. 나는 상수리나무에게 고마움을 느꼈다.

숲을 빠져나와 아랫동네의 식당을 찾아 들어갈 때까지 우리는 아무 말도 하지 않았다. 다른 말을 잘못했다가는 상수리나무에 사랑의 박동 소리도 새겨둔 소중한 기억이 흐려지리라. 그런데 식당에서 순두부와 된장찌개를 시켜놓고 먹으려 했을 때 문득 그녀의 두 볼을 타고 흘러내리는 눈물을 나는 보았다. 왜? 하고 나는 물어보아야 했으나 입을 다물었다. 그 눈물을 보는 순간 나도 가슴이 터질 듯이 복받치며 눈에 눈물이 핑 돌았던 것이다. 내가 그녀를 동정했던 것일까? 동정은 아닐 것이다. 사랑이라고 정의할 수 있다면 좋겠다고 나는 생각했다.

그녀가 바로 지금 러시아의 숲속에서 내 앞을 걸어가고 있는 친구의 아내라는 사실이 도무지 믿어지지 않는다. 그와 그녀가 별거에 들어갔을 때만 해도 나는 내 감정을 억누르고 있었다. 알량한 우정 때문이라고 해도 좋겠다. 그러나 그는 아무런 결말도 짓지 않고 다시 러시아로 떠나갔던 것이다. 내가 그녀와 어떤 관계를 맺기를 원한다면 우선 그와 그녀의 관계부터 정리되어야 했다. 그러므로 그에게 나는 할 말이 있었다. 하지만 나는 그 말을 하려고 그를 찾아 만난 것은 맹세코 아니었다. 그것은 변함없이 그의 독자적인 몫이었다.

그렇다면 무엇 때문에 나는 그를 만나고 있단 말인가? 나는 그의 발자국이 놓였던 자리를 되밟으며 숲속의 눈길을 가고 있다. 그러나 나는 그와 내가 어디서, 어떻게 만나질 수 있는가 비로소 알 것 같았다. 그것을 그전에는 왜 몰랐을까 싶었다. 그것은 무엇이 어찌되었든 간에 우리는 같은 세계에서 같은 길을 헤쳐 나가고 있다는 것이었다. 누군가 무슨 뚱딴지같은 말이냐고, 지금 여우 사냥에 우연히 같이 쫓아가는 데 불과하지 않느냐고 윽박질러도 하는 수 없는 일이다. 그러나 나는 그 러시아의 숲에서 하나의 생각에 도달했음을 자랑스럽게 말한다.

하나의 생각, 그것이 어떠한 계기로 내게 깨달음처럼 찾아

들었는지는 말하기 어렵다. 내가 그것을 위해 마치 참선을 하듯 면벽(面壁) 궁구한 것은 아니었다. 그와의 화해의 실마리를 찾기 위해 내가 특별한 제스처를 쓰려 한 것도 아니었다. 그따위는 아무 소용도 없다는 것은 오랜 세월 우리 사이에 증명되었던 것이다. 나는 아무 말도 하지 않으리라 했었고, 아무 말도 할 처지가 아니었다. 다만 지나가는 길이므로 오랜 친구를 만나본다는 거기에 목적이 있을 뿐이었다. 여기서 그 누구라도 그의 아내에 대한 이야기는 제발 개입시키지 말기를 바란다. 그 상수리나무 밑의 일은 우리의 미지수의 시간, 유예의 시간 속에서 일어난 것이었다. 그러므로 그것은 우리 인간의 일이라기보다는 그 상수리나무의 일이라고 하는 편이 옳다. 유예된 삶 속의 이야기는 당연히 유예될 수밖에 없는 것이다. 사랑이란 유예의 시간 속에서만 스스로의 얼굴을 본다. 거울에 비친 그 얼굴이 희미해지면서 마침내 지워져버리면 그 사랑은 헛된 것이었음이 스스로 밝혀진다.

하나의 생각, 그것이 비록 미숙한 것일지라도 나는 믿을 수밖에 없는 것이다. 그 러시아 숲속에 가서 사냥꾼이 되기까지의 역정, 우리의 역정에 별다른 것이 있었던 것은 아니다. 눈길과 숲들과 감자 요리와 푸슈킨이 있었다. 농노들의 생활과 고양이의 가르릉거리는 소리와 그리고 내 발에 신겨진 네 켤레의 양말.

그리고 나는 생각했던 것이다. 그와 내가 어떠한 경로를 밟아 무엇을 찾아 헤매어 가든, 찾아 헤매는 그 몸부림만은 서로 닮아 있다는 것이었다. 이것을 우스꽝스러운 타협이라고 매도하지는 말기 마란다. 즉 그가 이상을 찾기 위해 허우적거리는 것이나 내가 현실에 발붙이기 위해 허우적거리는 것이나 결국은 삶의 유예를 담보로 하지 않았으면 성립될 수 없었다는 것, 그것이었다. 그것은 엄청난 담보였다. 그리하여 우리는 우리 스스로의 사랑의 얼굴을 보고자 한 것이었다. 그리하여 나에게와 마찬가지로 그에게도 떠남은 그 마무리 확인을 의미하는 것이었다. 틀림없었다. 그리하여 결코 지워져버리지 않는 그 어떤 얼굴을 보고자 한 것이었다.

어디선가 크롭체카의 향내가 풍겨 오고 있었다. 우리는 경사진 공터의 한 귀퉁이에 도달해 있었다. 이미 말했다시피 러시아의 서북 평원은 저지의 소택지가 많다. 그리고 숲이 우거졌는데 그 사이사이로 풀들만 우거진 땅이 숨어 있다. 하늘은 이제 곧 눈이라도 흩뿌릴 듯 낮아져 있었다. 경사진 공터라 한데서 알 수 있듯이 역시 낮은 구릉이 저쪽으로 이어졌다. 어느 미술관이었던가, 포프코프라는 화가가 그린 푸슈킨의 모습 몇 점이 있었다. 그는 어떤 집의 현관에서 바깥의 전원 풍경을 내다보고 있었다. 그는 뒷모습일 뿐 향기로운 전원 풍경이 현관을 통해 나에게도 전해지고 있었다. 그리고 또 한 그림은 그의 옆으로 누운 얼굴이 꽃 속에 잠겨 있는 모습이었다. 나는 그 배경이 바로 저 앞에 펼쳐져 있다는 환상에 빠졌다. 크롭체카의 향내도 그냥 숲속의 냄새일지 몰랐다. 유예된 시간 속에 나는, 우리는 어떤 환상의 숲속에 있는 것이었다.

그때였다.

"리사!"

누군가가 소리쳤다. 나는 퍼뜩 고개를 들었다. 소리친 사람이 볼로자였는지 유라였는지 텁석부리였는지 알 수 없었다. 또 그것은 누구라도 상관이 없었다. 그와 함께 아무르가 뛰는 것을 보았다.

탕!

그리고 그와 함께 엽총이 발사되는 소리를 들었다. '그와 함께'라고 나는 쓰고 있다. 그 모든 것은 한순간에 일어난 일이었다. '리사!'라는 소리가 들린 것과 아무르가 뛴 것과 '탕!' 엽총 소리가 들린 것은 그러니까 거의 동시에 일어난 일이었다. 나는 바쁘게 눈을 움직였다. 이것은 거의 동시의 일이었다. 그런데 여기서 '그와 함께'라는 말은 나는 다시 쓰지 않으면 안 된다. 그 소리들과 함께 아무르가 뛰자 느닷없이 내 앞의 친구가 따라서 뛰기 시작했던 것이다. 왜 그랬는지 나로서는 알 수 없는 일이었다.

"리사! 여우다!"

그가 뛰쳐나가면서 지른 소리였다. 그를 만나서 사귀어온 오랜 세월 동안 그가 그처럼 맹렬하게 뛰쳐나가서 돌진하는 것을 나는 본 적이 없었다. 그것이 무엇 때문이든 말이다. 그가 왜 뛰쳐나가는지는 몰라도 좋았다. 다만 나는 그가 그렇게 뛰쳐나가는 것을 본 것만으로도 충격이었다. 사냥꾼들은 벌써 여기저기로 흩어졌으며 저기 구릉 쪽으로 아무르가 눈 속을 크게 뛰어오르면서 달려가고 그 뒤로 그가 뒤뚱거리며 있는 힘을 다해 달려가고 있는 모습이 보였다. 모든 것이 순간적이었다. 그는 필사적으로 달려가고 있었다. 모를 일이었다. 그리고 그다음에 뒤이은 내 행동은 내가 주체자였음에도 불구하고 나로서는 설명할 길이 없다. 그가 필사적으로 달려가고 있는 모습을 보는 그 순간 나 또한 그를 뒤따라 앞으로 뛰쳐나간 것이었다. 나는 네 켤레의 양말을 신고도 시린 발로 눈 속의 대지를 힘차게 딛고 뛰기 시작했던 것이다. 크롭체카의 향내는 더욱 짙어지고 나무들의 잎사귀는 하나하나 미술관의 그림처럼 살아 움직이기 시작했다. 눈이 덮인 땅도 살아 있는 대지였다. 지난해에 마른 풀잎들도 살아서 숨 쉬며 향내를 뿜고 있었다. 검은 그림자는 하얀 눈에 덮이고, 모든 의혹은 사라져야 하는 것이라고 나는 생각되었다. 나는 그가 새로운 삶을 향해 그렇게 내닫고 있다고 여겨졌다. 유예되었던 시간은 끝났다고 누군가 소리치는 것을 나는 들었다. 그것은 그의 이상이 참다운 이상으로 현실 속에 구현됨을 꿈꾸는 소리였으며, 나의 현실이 참다운 현실로서 이상 속에 구현됨을 꿈꾸는 소리였다.

"조심해!"

나는 목청껏 소리쳤다. 그림 속의 모든 사물들이 살아서 움직였듯이 모든 무생물과 생물들이 한데 어울려 살아나 소리치는 느낌이었다. 나는 있는 힘을 다해서 그의 뒤를 따라 달려가며 한 뜀 차례마다 '조심해!'를 가슴속으로 외치고 있었다.

너, 욜카여, 사스나여, 베료자여, 러시아의 숲이여, 크롭체카의 향내여, 갈리나의 열매여, 그림 속에 갇혀 있는 옛 풍물들이여, 사람들이여, 유예된 시간 속에 갇혀 있는 모든 사연들이여. 너 러시아의 리사여, 한국의 여우여.

나는 외쳤다.

"조심해!"

나는 있는 힘을 다해 눈을 헤치고 달려 나갔다. 침엽수의 바늘잎들이 커다란 노처럼 하늘의 배를 젓고, 시(詩)가 꽃잎처럼 흩뿌려지며 향내가 대기에 가득 찼다. 나뭇가지가 팔을 벌려 우리를 받아들이는 곳에 대자연은 춤추고, 모든 삶은 호수의 거울 속에 새 얼굴을 드러내고 있었다. 모두가 하나 됨을 노래하는 세계가 거기에 있었다.

너, 숲이여, 강물이여, 호수여, 엽총을 들고 칼을 찬 사냥꾼들이여, 통나무집이여, 흐린 램프여, 땅속의 매머드여, 땅 위의 짐승들이여, 하늘의 새들이여, 호수 속의 물고기들이여, 러시아의 아무르여, 한국의 사랑이여. 별을 사랑하는 마음이여. 별들의 음악소리여.

나는 확실히 폐쇄 병동을 벗어나 있는 것이었다. 달려가는 내 몸에서는 그 어느 때보다도 힘이 넘치고 있었다. 눈발이 한 꽃잎 두 꽃잎 흩날리고 있었다.

검은 지도에 씌어진 시

늦은 밤이면 나는 산 밑 길을 걸어 집으로 돌아왔다. 고개를 넘으며 검은 지도를 품에서 꺼내 내 앞길을 읽곤 했었다. '검은 숲'이 언제까지 계속될 듯한 길이었다. 시는 내 인생에 나침반이 되어줄 수 있을까. 나를 맞이하던 폐마(廢馬)도 이미 어디론가 사라지고 나는 그 마구간에 공부방을 들여 시를 쓰고 있었다. 시는 모든 것이었다. 전화가 없던 시절에 나는 시인이 되었다는 전보를 그곳에서 받았다. 눈발이 날리던 날이었다. 그 소식이야말로 전보로 받지 않으면 안 된다. '모든 별들은 음악 소리를 낸다'는 전화가 아닌 전보로 전해져야 한다고 나는 믿는다.

세월이 지나, 유럽의 검은 숲 북쪽에 여우를 잡으러 가게 될 줄은 몰랐다. 그러나 이 동선(動線)을 이끌어가려고 검은 지도에 그려진 것은 역시 시였다. 멀리 흰 숲이 펼쳐지곤 해서, 거기에 쓴 시 구절이 나를 이끌었던 것이다.

이 소설은 폐마가 남긴 페가수스의 천마도(天馬圖)를 우리 하늘에 옮긴 글자들일 수밖에 없다. 이것이 시인지 소설인지는 중요하지 않다. 시를 썼는데 소설이 될 수도 있으며 소설을 썼는데 시가 될 수도 있는, 다만 전보 한 장이 내게 있다. 젊은 날의 방황과 모색이 거의 날것으로 드러날 때라도 이것이 나의 모습임을 나는 숨기지 못한다. 이것이 나의 삶이며 문학이라고, 나는 쓴다. 이 글자들을 떠나서는 나는 있을 수 없는 것이다.

다시 오랜 세월이 지났다. 나는 고갯길에 살며 여전히 검은 지도를 품에서 꺼내 읽곤 한다. 닳아서 너풀거리며 앞길이 끊긴 동선이 있는 듯도 싶다. 그러나 없는 글자를 맞춰 읽는 방법도 문학의 방법임을 나는 안다. 아직도 삶의 암호들은 남아 있고, 옛 전보의 내용은 잊히지 않았다. 폐마가 발을 구르며 이 눈 속에 어디 모르는 길로 멀리 가진 말라고 내게 알린다. 닳은 굽 쇠 소리에, 모르는 길을 적어놓은 암호들이 눈발 속 전보에 나타난다. 이 글자들이 있는 한, 나는 있는 것이다.

산 밑에 집을 짓고 돼지우리, 배추밭에서 고생하신 변호사 아버님께 이 소설을 바친다.

2016년 여름

윤후명

작가 연보

1946년 강원도 강릉에서 태어났다.

1967년 《경향신문》 신춘문예에 시 〈빙하(氷河)의 새〉가 당선되며 시인으로 입신했다. 그로부터 신춘문예 당선 시인들의 모임인 《신춘시》에 작품을 발표하다가 시 동인지 《70년대》의 창간 동인으로 활동하면서 시인에의 길에 본격적으로 들어섰다.

1977년 그동안 여러 출판사들을 전전하며 써 모은 시들을 엮어 시집 《명궁(名弓)》을 문학과지성사에서 펴냈다. 개인적으로 문학적 성과이기도 한 이 시집은, 동시에 문학적 갈증을 유발시켰고, 그 무렵 밀어닥친 가정사의 문제와 뒤엉켜 소설에의 길을 모색하는 계기가 되었다.

1979년 《한국일보》 신춘문예에 단편소설 〈산역(山役)〉이 당선되며 소설가가 되었고, 이듬해에 다니던 출판사를 그만두고 소설가로서의 삶만을 살기로 결심했다.

1980년 소설 동인지 《작가》의 창간 동인이 되었다.

1983년 거제도 체류. 중편소설 〈돈황(敦煌)의 사랑〉으로 녹원문학상을 수상했고, 동명의 표제작으로 첫 소설집을 문학과지성사에서 펴냈다.

1984년 단편소설 〈누란(樓蘭)〉(뒤에 〈누란의 사랑〉으로 개작)으로 소설문학작품상을 수상했다.

1985년 단편소설 〈엉겅퀴꽃〉과 〈투구게〉를 중편소설 〈섬〉으로 개작, 한국일보문학상을 수상했다. 소설집 《부활하는 새》를 문학과지성사에서 펴냈다.

1986년 단편소설 〈팔색조〉(소설집에는 〈새의 초상〉으로 수록), MBC 베스트극장에서 드라마 방영.

1987년 산문집 《내 빛깔 내 소리로》를 작가정신에서, 중편소설 문고 《모든 별들은 음악소리를 낸다》를 고려원에서 펴냈다.

1988년 중편소설 〈높새의 집〉이 국제 펜 대회 기념 《한국 소설집》에 번역(서지

문 옮김), 수록되었고, 〈모든 별들은 음악소리를 낸다〉가 무용가 김삼진에 의해 호암아트홀에서 공연되었다.

1989년 소설집 《원숭이는 없다》를 민음사에서 펴냈다.

1990년 장편소설 〈별까지 우리가〉를 도서출판 둥지에서, 산문집 《이 몹쓸 그립은 것아》를 동서문학사에서, 장편소설 《약속 없는 세대》를 세계사에서, 문학선집 《알함브라궁전의 추억》을 도서출판 나남에서 펴냈다.

1992년 장편소설 《협궤열차》를 도서출판 창에서, 장편동화 《너도밤나무 나도밤나무》와 시집 《홀로 등불을 상처 위에 켜다》를 민음사에서 펴냈다.

1993년 《돈황의 사랑》이 프랑스 출판사 악트 쉬드(Actes Sud)에서 번역(최윤 옮김)되어 나왔다.

1994년 중편소설 〈별을 사랑하는 마음으로〉로 현대문학상을 수상했다.

1995년 중편소설 〈하얀 배〉로 이상문학상을 수상했다. 한국소설가협회 기획분과위원회 위원장에 선임되었다. 연세대학교, 동국대학교 국문학과 강사(~1997년).

1997년 소설집 《여우 사냥》을 문학과지성사에서, 산문집 《곰취처럼 살고 싶다》를 민족사에서 펴냈고, 한국소설학당을 설립했다.

1998년 추계예술대학교 강사(~2000년).

1999년 단편소설 〈원숭이는 없다〉가 독일에서 나온 《한국 소설집》에 번역(안소현 옮김), 수록되었다.

2000년 민족문학작가회의 이사로 선임되었다.

2001년 추계예술대학교 문예창작과 겸임교수가 되고(~2003년), 소설집 《가장 멀리 있는 나》를 문학과지성사에서 펴냈다. 한국소설가협회 이사, PEN 클럽 기획위원회 위원으로 선임되었다.

2002년 단편소설 〈나비의 전설〉로 이수문학상을 수상했다. 산문집 《그래도 사랑이다》를 늘푸른소나무 출판사에서 펴냈다. 중편 〈여우 사냥〉이 일본의 이와나미문고에서 나온 《현대한국단편선》에 번역(三枝壽勝 옮김), 수록되었다. 대한매일신보 명예논설위원, 연세대학교 동문회 상임이사(문화예술분과)로 위촉되었다.

2003년 산문집《꽃》을 문학동네에서 펴냈다.

2004년 소설가협회 중앙위원이 되고, 2005년 독일 프랑크푸르트 도서박람회 주빈국(한국) 출품 도서 '한국의 책 100선'에《돈황의 사랑》이 우리 소설 16편 중 하나로 선정되었다. 동화《두부 도둑》을 자유지성사에서 펴냈다.

2005년 장편소설《삼국유사 읽는 호텔》을 랜덤하우스중앙에서 펴냄과 함께 《돈황의 사랑》을《둔황의 사랑》으로(문학과지성사),《이별의 노래》를 《무지개를 오르는 발걸음》으로(일송북) 제목을 바꾸고 여러 곳 손을 보아 다시 펴냈다. 프랑크푸르트 도서전을 계기로 독일 순회 낭송회에 참가, 본 대학과 뒤셀도르프 영화박물관에서 작품을 낭송하고 해설하는 행사를 가졌다.《The love of Dunhuang(둔황의 사랑)》(김경년 옮김) 이 미국 CCC출판사에서 나왔다. 서울디지털대학교 초빙교수.

2006년《敦煌之愛(둔황의 사랑)》(왕책우 옮김)이 중국에서 나왔다. 국민대학교 문예창작대학원 겸임교수(~현재). 시와 소설 그림집《사랑의 마음, 등불 하나》를 랜덤하우스중앙에서 펴냈다.

2007년 단편소설〈촛불 랩소디〉로 제12회 현대불교문학상을 수상했다. 소설집《새의 말을 듣다》를 문학과지성사에서 펴내고, 이 책으로 제10회 동리문학상을 수상했다.

2008년《21세기문학》편집위원.

　　미술;「티베트의 길, 자유의 길 전」(헤이리 '마음등불')에 참여했다.

2009년 중국 베이징 주중 한국문화원 개원 2주년 기념행사 '한중작가 사인회 (장편《인민을 위해 복무하라》의 중국작가 옌롄커(閻連科)와 미국 LA 한인문인협회 세미나에 참가(강연)했다. 문학 그림집《지심도, 사랑을 품다》를 펴내고(교보문고), 전시회와 낭독회(거제도)를 가졌다.

　　미술;「독도 전」(전국순회전),「어머니 전」(미술관 가는 길),「구보, 청계천을 읽다 전」(청계천 광장, 부남미술관).

2010년 한국소설가협회 부이사장이 되고, 중국 난징(난징대학)과 타이완 타이베이(정치대학) '한국문학포럼'에 참가. 산문집《나에게 꽃을 다오 시간

이 흘린 눈물을 다오》를 중앙북스에서 펴냈다. 중편소설 〈하얀 배〉
〈모든 별들은 음악소리를 낸다〉 고등학교 교과서에 수록.

미술; '문인 자화상 전'(신세계갤러리), '한국의 길─제주 올레 전'(제
주현대미술관, 포스터 채택), '이상, 그 이상을 그리다 전'(교보문고, 부남미
술관선유도), '조국의 산하전'(헤이리 '마음등불'), '한국, 중국, 오스트리아
교류전'(헤이리 아트팩토리).

2011년 《한국소설》 편집주간을 겸임하고, '한국작가총서 문학나무 이 한 권의
책 001 《사랑의 방법》을 '문학나무'에서 펴내고 문학교육센터(남산도
서관)에서 낭독회를 열었다.

미술; 한일교류전(헤이리 한길아트), '아트로드77'전(헤이리 리앤박 갤러
리), 조국의 산하전(광화문 '광' 갤러리)

2012년 육필시집 《먼지 같은 사랑》을 지식을만드는지식에서, 시집 《쇠물닭의
책》을 서정시학에서 펴냄. 제1회 부산 가마골소극장 문학콘서트를 열
고, 소설과지성사에서 펴냄과 함께 첫 개
인 그림전시회 '꽃의 말을 듣다'(서울 인사아트센터) 개최. 장편소설 《협
궤열차》를 다시 펴내고(책만드는집), 《둔황의 사랑》이 러시아에서 출간
됨(박미하일 옮김). 제1회 고양행주문학상 수상.

2013년 세계인문문화축제 '실크로드 위의 인문학, 어제와 오늘'(교육부, 경상북
도 주최)에서 '실크로드의 문학' 발표. 시집 《쇠물닭의 책》으로 제4회
만해님시인상 작품상 수상.

2014년 미술; 개인 초대전 '엉겅퀴 상자'(길담서원 갤러리).

2015년 서울대통일평화원 인권소설집 《국경을 넘는 그림자》에 단편 〈핀란드
역의 소녀〉 발표. PEN 세계한글작가대회 강연, 강릉 문화작은도서관
명예관장, 토지문학제 명예대회장, 몽블랑 문화예술후원자상 심사위
원, 수림문학상 심사위원장, 이상문학상, 산악문학상 외 각종 문학상
심사.

현재 문학비단길, 문학나무 고문, 강릉문화작은도서관 명예관장.

윤후명 소설전집 06

모든 별들은 음악소리를 낸다

1판 1쇄 발행 2016년 9월 7일
1판 2쇄 발행 2022년 3월 7일

지은이 · 윤후명
펴낸이 · 주연선

(주)은행나무

04035 서울특별시 마포구 양화로11길 54
전화 · 02)3143-0651~3 | 팩스 · 02)3143-0654
신고번호 · 제 1997-000168호(1997. 12. 12)
www.ehbook.co.kr
ehbook@ehbook.co.kr

잘못된 책은 바꿔드립니다.

ISBN 978-89-5660-640-8 04810
ISBN 978-89-5660-996-6 (세트)